2022年长篇小说
吉林省作家协会重点扶持项目

昨夜飞雪

薛成龙 著

百花洲文艺出版社
BAIHUAZHOU LITERATURE AND ART PRESS

图书在版编目（CIP）数据

昨夜风雪 / 薛成龙著 . -- 南昌： 百花洲文艺出版
社 , 2024.5
ISBN 978-7-5500-5356-4

Ⅰ . ①昨… Ⅱ . ①薛… Ⅲ . ①长篇小说—中国—当代
Ⅳ . ① I247.5

中国国家版本馆 CIP 数据核字（2024）第 002011 号

昨夜风雪
ZUOYE FENGXUE　　　薛成龙 著

出 版 人	陈　波	
责任编辑	杨　旭	
书名题字	薛成龙	
装帧设计	文人雅士文化传媒	
出 版 者	百花洲文艺出版社	
地　　址	南昌市红谷滩区世贸路 898 号博能中心一期 A 座 20 楼	
电　　话	0791-86895108（发行热线）0791-86894717（编辑热线）	
邮　　编	330038	
经　　销	全国新华书店	
印　　刷	廊坊市海涛印刷有限公司	
开　　本	710 毫米 ×1000 毫米　1/16	
印　　张	23	
版　　次	2024 年 5 月第 1 版第 1 次印刷	
字　　数	345 千字	
书　　号	978-7-5500-5356-4	
定　　价	79.80 元	

赣版权登字　05-2024-2

网址：http://www.bhzwy.com
图书若有印装错误，影响阅读，可向承印厂联系调换我只担心一件事，我怕我配不上自己所受的苦难。

——陀思妥耶夫斯基

目 录

001　第一章

010　第二章

018　第三章

032　第四章

040　第五章

047　第六章

060　第七章

071　第八章

078　第九章

088　第十章

097　第十一章

113　第十二章

123　第十三章

130　第十四章

137　第十五章

143　第十六章

155　第十七章

158　第十八章

167　第十九章

176　第二十章

183　第二十一章

194　第二十二章

206　第二十三章

216　第二十四章

226　第二十五章

234　第二十六章

242　第二十七章

246　第二十八章

258　第二十九章

265　第三十章

274　第三十一章

280　第三十二章

289　第三十三章

299　第三十四章

307　第三十五章

315　第三十六章

323　第三十七章

333　第三十八章

340　第三十九章

346　第四十章

351　第四十一章

359　后　记

第一章

张志龙的嘴唇轻轻贴在萧桐的唇上，萧桐的气息被他毫不保留地吸进胸腔。第一次品尝女人的唇香，一阵悸动，迅速将他淹没……

夏末秋初的鲁西平原蓝得纯净，热得深沉。在这片高天厚土上，随处可见的白杨苍翠挺拔直指苍穹。蓝天白云中，有一只矫健的雄鹰在高高地盘旋，一闪而过，只留下一个匆匆的影子……

陶秀英五十四五岁，一头乌黑的短发中几根银丝依稀可见。她一脸慈爱沧桑，眼角眉梢的条条皱纹仿佛一块岩石上风化的痕迹。老儿子张志龙考入县高中，今天就去报到。陶秀英特别高兴，一双脚里里外外一刻也没闲着。她双眼含笑，眼里流泻着欣喜、期望还有几分牵挂几分不舍。她从箱底拿出只有过年时才拿出来的半新蓝褂子，又拿出那双新做的黑面白底老粗布鞋，让志龙把脚洗干净穿上。张凤池和陶秀英年龄相仿，一米八的个子，身材十分魁梧、壮实。脸庞棱角分明，黑漆漆的眼神里透着一股坚毅。他把毛驴车铺上一层厚厚的麦草，帮儿子把行李搬到车上。收拾妥当的张志龙难以掩饰心中的喜悦，轻松一跃上了毛驴车，后背倚靠在行李上，脸朝后坐在麦草上。张凤池正了正头上扎着的白羊肚毛巾，松开车闸牵着毛驴出了院门。陶秀英头上系着那块自己手织的蓝色老粗布头巾，迈着小碎步从院子里出来，在村口的老槐树下目送着他们，脸上摇曳着晨光和浓密的槐树枝叶的暗影……坐在车上的张志龙怀着喜悦和几分不舍朝母亲挥了挥手：

"娘，恁回去吧？外面风大！"

待毛驴车走上村东边那条通往县城的土路，张凤池轻轻一摇手中的鞭子，待毛驴车稍微有了点速度，他不慌不忙，紧跟着小跑两步，稍微一欠屁股就坐在地排车前左侧的车板上。

通向县城的这条有些泛白的土路有三米多宽，经过一代又一代人的脚踏和车轮碾轧，坚硬如铁。从小张庄一直向东延伸，隐没于徒骇河大堤浓密的杨树林中。路两旁的白杨枝叶交叉，人和车走在里面，仿佛置身于一个天然的绿色隧道。秋日的暖阳柔柔地洒在张志龙白净英俊的脸上，微风吹动着他的头发和身上的汗毛，犹如沐浴在微风和阳光中的一片青草，痒痒的酥酥的。鸟叫声和毛驴踩踏在乡路上的有节奏的"嗒嗒"声，宛如儿时母亲哼唱的摇篮曲，让张志龙忽然有了睡意。然而，来自心底的兴奋又瞬间让他睡意全无。他对新的生活学习环境充满了好奇和期待。毕竟，能考上县高中是很值得骄傲的一件大事！

对自家的毛驴车张凤池有很深的感情。那套那鞍那闸那辕那胶皮轱辘那竹竿鞭……那毛驴车上的每一物件儿，还有那活蹦乱跳的小毛驴，都摸了好多年，早都摸出了深深的感情。只要往那车上一坐，颠颠哒哒地一走，就禁不住舒开慈眉，眯起善目，就从日渐苍老的脸上颠哒出乐呵呵的笑模样和无与伦比的舒坦劲儿来。他的脸上挂着难以掩饰的喜悦，时不时地回头对儿子说上几句嘱咐的话。毛驴车上了徒骇河大堤，拐向南方。公路两侧和徒骇河边上成排的白杨沙沙作响。俯视徒骇河，只见河水清澈见底，火红的阳光把整个河面染成了红色，河水像闪烁的红飘带，闪着波光缓缓地流向远方。张凤池心情大好，忍不住摇头晃脑地哼唱起山东吕剧：

"说高平道高平，

高平城处处是美景，

映红荷花翠柳绿，

千层芦苇百鸟鸣。

清水鱼虾多肥成，

物华天宝人杰灵。

　　说不尽的高平美，

　　催动毛驴赶路程……"

　　阳光照射在他那张有棱角的脸上。他眯着黑褐色的眼睛，回头又看了一眼儿子光滑的额头和黑亮的眼睛，微微上翘的唇角不由得咧嘴笑出声儿。他猛然甩起手中的鞭子，在空中打了个旋儿。通身灰色的小毛驴肚子下面有几片白毛，像绣上的花朵。鞭子一响，小毛驴紧绷身板，竖挺着耳朵，头高昂，眼圆瞪，四只小蹄子就不沾地儿了。

　　高平县第三中学坐落于徒骇河畔的一个乡镇郊区，离小张庄不算太远，也就20多里路，用了不上一个小时就来到了学校大门口。校门外一个偌大的沙土地操场上有两个破旧的篮球架子，场地的白线标记已经模糊不清了，几个穿着跨栏背心的男生正热火朝天打着篮球。

　　校门是红旗造型的铁栅栏门，刷着浅蓝色油漆，门楣黑底黄字写着"高平县第三中学"几个古朴苍劲的大字，每扇门上都有一个红色的铁制五角星。

　　张凤池还未将驴车停稳，张志龙一跃而起跳落地下，双手拎起行李和洗漱用品下了驴车，有些急不可耐地对父亲说："爹，恁回去吧。放心，我一定好好学习，给咱家争光！"话音未落，便兴冲冲走进校园。初秋的校园一片绿意，一条长长的林荫道两旁是两排粗壮高大的梧桐树，遮住了湛蓝的天空。阳光丝丝缕缕地穿过绿叶，星星点点地落在地上。在这秋高气爽的校园里，桂花把香气毫不保留地散发出来，使整个学校都有一股桂花的香气。挨着南边院墙的是一排高大挺拔的白杨，墙上爬满了牵牛花。秋风中枯黄的带有黑斑的叶子纷纷跌落枝头，就像一只只翩翩起舞的蝴蝶自由地飞舞着，给校园披上了金黄色的秋装。林荫道的左右两边各有几栋红砖结构的工字型瓦房——学校会议室和老师办公室位于左侧的北半部，右侧北边是食堂，食堂前边是男女生几间寝室。左侧和右侧南边二十多间砖瓦结构的平房是教室。

　　这时候的校园无疑是一年中最热闹的。学生、家长、教师……都显得

十分忙碌。学生宿舍就是几间破旧的教室经过稍微修缮而成，与民房不同的是，教室和宿舍都是起脊房。学校的办学条件看起来十分艰苦。窗户玻璃用塑料布代替，塑料布星星剥剥，房顶和窗户一看就是雨天漏雨雪天飘雪大风天掀被。高一年组男生就一个集体宿舍——一个特别宽特别长的筒子房，东边中间只有一个门，前后各有四扇窗户。床是上下铺，都是些老旧床，床垫子几乎清一色是用白色化肥袋子装的麦草缝制成的。从门口到里面一张挨着一张挤得满满的，中间有一条通道，一间宿舍能容纳100多人！看了宿舍，张志龙喜悦的心情立马凉了下来。可即便这样，他来得较晚，宿舍已经没有位置了。一位负责接待新生安排住宿的男老师帮他出主意——到校外附近的农家去赁（租）个房子，上学挺方便，价格也不贵。张志龙心里极为慌张，生怕父亲赶着毛驴车走了。他匆匆跑到校门口，只见父亲坐在驴车上抽着那杆烟袋锅呢。俗话说"毛驴子拉车没长劲儿"，走了一个多小时，毛驴子那毛茸茸的耳朵上、脊梁上，冒着热气。

"爹——，宿舍木（没有）地方了，咱得自个儿到附近去赁（租）房。"

"哦，"张凤池皱了一下眉头，"那赶紧地吧。"

张凤池急忙把烟锅里的烟磕打到地上，赶着驴车就到学校附近寻找可住宿的民房。转了一圈，还真没费啥劲，很容易就找到一家出租的民房，房租特别便宜。院落挺宽敞，地上落满了枣树叶子。窗户同样没有玻璃，整个窗户都钉着塑料布。微风轻轻吹动，发出"呼啦、呼达"的响声，就跟家家厨房灶火旁的风箱似的。屋里的一张八仙桌上落满了灰尘，桌子上有盏同样落满灰尘的煤油灯，里面还有些少量的油。张志龙从屋里走到院里，秋日的阳光照在他充满朝气的脸上，他明显感觉到，屋里还没有外面暖和呢。这对于张志龙而言并不重要，只要省钱，能住就行。

安排好儿子住宿后，张凤池嘱咐了儿子几句，赶着毛驴车走了。望着渐行渐远毛驴车上父亲的背影，张志龙的心里有一种前所未有的孤独感。

张志龙的学习成绩属于中等，中考分数并不高。而他的衣着在全校可以说是最差的，饮食方面更是寒酸得不能再寒酸了。在众多陌生的同学面前，张志龙多少有一种自惭形秽之感，因此，在班里一直沉默寡言。他作文写得较好，在中考中得了全县最高分，这让参加批阅的吉世玉老师记住了"张志龙"这个名字。恰巧，吉世玉老师任张志龙所在班的班主任，便给张志龙安排了个班干部——文艺委员。吉世玉个子不高，面容清瘦，眼睛不大，但是十分有神。他轻轻努动嘴角时眼睛发出两道冷飕飕的光，给人一种不寒而栗之感。他不修边幅，胡子和头发总是凌乱不堪，像秋天操场边的蓬草。平时走在大街，走在人流中，没人能看出他是一个教师。

秋日，黎明的风有些寒气袭人。亮晶晶的星儿像宝石似的，密密麻麻地撒满了辽阔无垠的夜空。

鲁西的学校是早晨两节，上午四节，下午四节，晚上两节。黎明前的鲁西寒冷凛然，漆黑一片，偶有鸡鸣犬吠，声传得很远。无论住校的还是住在校外的，早课前，大家都到校外的那个沙土地操场集合。天黑乎乎的，学生们有在原地踏步的，有跑跑颠颠凭着声音寻找自己的"队伍"的。大家在学校体育委员的口令和哨子声中围着操场跑步。"一二一，一二一，一二三——四！"围成一圈的学生跟着体育委员的口令和节奏，一边调整着步伐，一边一起喊着"一二三——四"，一边跑一边使劲儿搓着有些冰冷的手，不时还凑在嘴前呼出点热气。旁边农田里的庄稼在风中"沙沙"作响。两千多学生踢踢踏踏的脚步声和"一二三——四"的呐喊声，为这座小城奏响了起床号。

电还没完全普及，学校自己发电，晚课后会断电。天亮前学生都用自备的煤油灯上早课。有摇头晃脑大声背诵课文的，有闷头默写的，也有趁老师不在调皮捣蛋的。蜡烛比煤油灯费钱，只有个别家庭条件比较优越的学生才使用。渐渐的，透过门窗玻璃投进教室一抹微弱的太阳光，大家几乎在同一时间把煤油灯和蜡烛吹灭。煤油和蜡油味融合在一起，教室里烟雾缭绕，好多同学的鼻孔被熏得黑乎乎的。大家嘻嘻哈哈互相取笑着，久而久之就都习惯了。

开水房是一间坐落在距离学生灶不远处角落里的低矮平房，房子内到处都是黑乎乎的，灯泡上裹了一层厚厚的泛黄的油性污垢及厚厚的苍蝇屎。烧水和馏饭用的是一个特大号锅，锅垢结得很厚，靠近锅沿的一圈锅垢已经炸开。大锅敞开，锅底有一摊烂泥塘般污浊的水，大木锅盖靠在一边的墙上气

呼呼地喘着粗气。校园内有几口老式洋井，学生们用洋井水刷碗，也有很多住校生用它洗脸。早饭前后，洋井一圈围满了学生，有学生负责压水，其余学生你一把我一把弓着腰匆忙洗把脸，从裤兜里掏出一块粗布手绢擦一下。

校园全都是平房，从使用的砖可以看出新房和旧房。老师的办公室是红砖的，窗户和玻璃是一整块，带有插销；学生的教室是青砖，窗户也是后来改造的。玻璃是三小块玻璃拼接而成，插销早早就坏了。秋天的雨和风冷得让人直哆嗦，窗户来回扇动，临近窗户的学生用纸叠在一起紧紧地塞进缝隙里强行控制它的晃动。

秋夜，天高露浓，一弯月牙在西南天边静静地挂着。

晚课在十点结束。张志龙走出校门，借着街上无精打采的昏黄灯光回到自己的寝室。"更堪细雨新秋夜，一点残灯伴夜长。"张志龙在桌子上摸到火柴，把桌子上的煤油灯点着，坐在床边，从床上拽起被子盖在身上，拿起英语辅导资料看了起来。约莫一个小时，觉得有些倦意，就放下英语辅导资料顺手拿起那本看了不多的《钢铁是怎样炼成的》，如痴如醉地读了起来。午夜时分，从屋门和窗户吹进的风使灯苗跳闪不停，此刻他才感觉到深秋夜晚的寒冷。反正没有炉子没有水，也就省了洗脚了，甚至连袜子也不必脱。困了就吹灭煤油灯，钻进冰凉的被窝里，把身体弓成虾米状。刚要迷糊着，有只胆大的老鼠携家带口在被子上狼奔豕突，张志龙坐起来使劲儿抖一下被子，耗子尖叫着夺路而逃。

学校食堂的份菜十分便宜：一角钱一份，两毛钱就可以买到肉，最低的只要五分钱一份——这样的菜大多是水煮萝卜或冬瓜之类，盐味有，味道就不能顾及了，里面隐隐约约的油星儿通常可以论个儿数清。在张志龙贫瘠的整个高中时代，他不记得从家里拿过馍馍，不记得去食堂排队领过馍馍，不记得买过一次哪怕五分钱的菜。老娘给的两块钱他在寝室的床垫子底下放了两年多，直到他后来离开这也没舍得花……

学生平时都是从自己家拿小麦，到学校按斤数换成饭票，凭票在学校食堂购买主食。食堂有个小窗口，学生拿饭票列着长队排号领取馍馍。张志龙家里地少人多，仅有的小麦一般留作过年过节，来人去客或者家里谁有个头疼脑热人情往分急需用钱的时候，才拿到面粉厂去兑换现金，平时是不舍得吃的。每周上六天课，周六下午只上两节，课后学生就可以回家休周末——带干粮和生活费。张志龙非常期待周六，下课后，在校园大墙边推起自行车，飞快地蹬着车轮。家里没人，都在田里干活。他掀开锅盖，拿出老娘准备好的掺着玉米面的馍馍狼吞虎咽……周日，张志龙一整天都帮着家人去地里干活，或者去割牛草。天色不早，老娘一个劲儿地催促儿子："快点走吧，一会儿天黑了。"张志龙用蓝色的老粗布兜子装上20几个窝窝头和一罐头瓶咸菜，使劲蹬着自行车。到了学校，即便冷天后背都透出汗来。学校有个小伙房，里面有口大黑锅，专门给像张志龙这样为数不多的学生预备的。开饭的时候，食堂师傅揭开大锅盖，一股热气在伙房里弥漫，待热气慢慢散去，同学们走上前，根据网兜去辨认自己的食物。陶秀英经常会给老儿子做那种白面掺着大量玉米面的馍馍，让他带到学校。至于家里人，掺玉米面的馍馍也很少吃，平时的主食就是窝窝头。除了逢年过节，一年四季几乎没有炒菜。基本是腌制的咸菜，有时干脆就是窝窝头蘸着蒜泥，喝着白粥（玉米面粥，很稀）或者馏锅水。

一日三餐是学生们最开心也是整个校园最热闹的时刻。各班值日的两个男生用一根磨得溜光的木棒，像电影《少林寺》里那样扛着十分沉重的大木桶，到学校食堂领回白粥。回到班级，同学们已拿个茶缸子站在教室门口等候，值日生拿个水舀子依次给大伙盛满。大家把课桌上的书本收拾到一边，课桌变餐桌，三五成群围坐在一起"聚餐"。桌上摆满了各式各样的罐头瓶子，各式咸菜应有尽有。"冬吃萝卜夏吃姜，不用医生开药方"。萝卜在民间有"小人参"之美称，在农村，腌萝卜条是一道开胃的家常菜；黄豆配萝卜或者丝瓜，丝豆咸菜是家家必备。热腾腾的玉米粥，配上酸酸脆脆的咸菜，对鲁西人来说，是难忘的记忆。

"来，尝尝俺的洋姜，愣（特别）脆！"刘世佳个头矮小，身子瘦弱，但是非常活泼非常机灵。

"你们谁敢吃辣的？尝尝俺娘腌的辣椒，保准让你掉眼泪！"高大魁梧的李晓明红脸膛，脸上长满了"青春美丽疙瘩豆"。他一边说着话一边伸出被辣得通红的舌头。

谁的咸菜吃得快，说明好吃，会让主人觉得很有面子。那种飘荡在舌尖

上的记忆，让张志龙一直回味无穷。

张志龙的老爸张凤池一般都在每周三的下午——老儿子的窝头吃得差不多的时候，骑车给他送来20几个窝窝头，够他吃到周末。记不清多少次了，在烈日下，在细雨中，在寒风里，张凤池骑着那辆"嘎吱嘎吱"直响的破旧自行车来到学校给老儿子送窝头。

又是一个周三的午后，晴转多云，风刮得教室玻璃窗来回啪啪直响。临近窗户的一个男生急忙起身把窗户关严，用折叠的纸条塞紧。不一会儿，像从筛子里漏下的雨点噼里啪啦杂乱无序地打在窗玻璃上，声音很大，让人听着感到有点慌乱。正在上课的张志龙有些心不在焉。他期望一阵风能把雨刮跑，然而，这雨却越下越大。风追着雨，雨赶着风，校园南墙的那排杨树的枝干被风吹得来回摆动。挨着南墙低洼处不一会儿就蓄满了水，水面上泛起一个个十分规则转瞬就破碎的圆形水泡。污浊的黄泥水哗哗地从墙下的几个出水孔汩汩流出，整个天地都处在雨水之中。这节课老师讲了一些新知识，可张志龙的心根本不在课堂。下了课，他披着雨披跑出校门口，在迷蒙的雨雾中看见校门口那棵梧桐树下站着一个身材魁梧的高大男人，不用看清面貌，只看身形，张志龙就断定，这人一定是父亲。待张志龙跑到跟前，果真是爹爹。老人从头到脚被淋得像个落汤鸡，雨水顺着头发流了满脸，又顺着脸颊流进脖颈……他从头上解下白羊肚毛巾，用那双像蒲扇的手使劲拧了拧，摩挲了一把脸，接着又系在头上，从车把上解下装着窝窝头的老粗布口袋递给儿子，说："现在正是长身体的时候，多吃点！缺钱了就言语一声，甭屈了自个儿！"

"爹——，俺知道！以后再下大雨甭给俺送干粮，俺饿不着！俺跟同学借饭票……"志龙看着老爹满是沟壑的黝黑的脸上不停地流淌着雨水，心里十分难受。他几乎是带着哭腔跟父亲说话。

"嗨！木事……这天……也是的，刚才还……好好的哩，怎么……就下起雨了！"老爹表面非常平静，可张志龙几乎能听到老爹上下牙不可控制地打战的声音。

"爹——，恁到学校那个门下面避避雨再走吧！"张志龙转过头指了指学校大门的雨搭，那里可以暂时避雨。

张凤池掸了掸袖子上的雨水，抬头看了看天，雨势渐弱，但一时半会儿没有停的意思，便说："木事，一会儿就到家了……"

张志龙急忙解下身上的雨拨给老爹披上，爹爹却一把把雨拨扯了下来给老儿子披在身上，说："俺一会儿就到家了，你快点披上，淋湿了衣服木有换的……"说完，张凤池转过身，骑着那辆"嘎吱——嘎吱——"直响的自行车，驼着背，渐渐消失在雨幕中。张志龙的眼里一团模糊。

一夜的狂风把天空洗得明净湛蓝，从敞开的窗子吹进一缕清新的花草的芳香。

每到吃饭，班级几个男生都争抢着吃张志龙的窝头，让张志龙吃他们的馍馍，嘴里发出夸张的吧嗒嘴的声音，连说"好吃，好吃！"。张志龙完全理解同学们的好意，但这让他非常不好受，面子上也有点过意不去。于是吃饭的时候，就常常到伙房找到自己装着的窝头的网兜，不再回教室，而是一个人走出校外，顺着操场边的那条小路来到那棵老槐树下，坐下独自吃饭。

转眼两个月过去了，这天的第一节课，班主任吉世玉领着一名女生走进教室，同学们齐刷刷地把目光对准了这个满脸害羞的女生。她中等身材，一双眼睛闪动着聪慧的光芒，明眸皓齿，高鼻梁下的嘴唇如熟透了的樱桃般红润。一袭粉色连衣裙，脑后梳着马尾辫，一双如葱的玉指交叉在腹前不自在地摆弄着。吉老师环顾下教室，向大家介绍："同学们，今天我们班新转来一名女同学，现在让我们以热烈的掌声欢迎新来的同学做自我介绍！"

"同学们好，俺叫萧桐。"在讲台上，她非常有礼貌地向大家鞠了个躬，白净的脸庞泛起一片红霞，抬头低眸间都是水光潋滟。

介绍完后，吉老师把她领到中间靠后的一个座位，和另一名女同学共用一张课桌。

第二章

　　一学期在忙忙碌碌中过去了，张志龙的考试成绩在班级依然排在中等。那个新转来的萧桐的成绩则既让人羡慕又让人嫉妒——在每次的各科测试中，她的成绩都是第一。她渐渐成为高一（二）班甚至全校的焦点。课余时间，总有同学围住她，向她请教数学、英语、物理、化学等方面的知识。

　　一阵清风，田野里枯黑的枣树为数不多的叶子瑟瑟发抖。这是最难熬的日子，虽说房东在上冻前把窗户又蒙了一层塑料布，可房子里一年四季不生火，没有阳光，确实不见得比外面暖和。尤其晚上，从两扇木板门缝儿吹进的风刺骨的冷。晚上放学，张志龙骑着自行车出校门，向南拐去，借着马路边店铺里发出的昏黄微弱的灯光，小心翼翼地骑行着。快到主街时，再把自行车拐向东边，过了徒骇河大桥，再往南拐，自行车驶进一片模模糊糊的民房……到了租房，他从自行车上下来，推门进院，反手把院门推上，把自行车放在墙角。屋里寒酸得耗子看了都落泪，所以根本不用上锁。他摘下挂在两扇木板门上的一段锈迹斑斑的"U"形钢筋，进屋后回身把门栓插上。为了省油，摸黑打一趟拳脚，待身子暖和些了才点上煤油灯。如豆的灯苗在黑暗的小屋跳动，僵硬的夜色变得妩媚起来。那灯芯上小小的火苗，向四周散发着迷人的光晕，灯光把张志龙高大的影子投射在地面和南墙上。火苗随着微风摇曳，像美丽的少女舞动着婀娜的身姿，影影绰绰，简陋的屋子便有了些许生气。可往往一股疾风就把煤油灯吹灭，张志龙就再次点着，用身体为煤油灯避风。老娘给做的老粗布棉袄棉裤棉鞋多絮了些棉花，但怎么也抵挡不住寒风的肆虐。他无法安心坐在床上看书，只能手里拿着教科书不停地来回跺着冰冷的双脚。红肿的手背已经冻裂好几个芝麻口子了，碰一下，钻心地疼。他不时地放下书来回搓红肿的手，凑近嘴边，用哈气给予一丝温暖。在他眼里，出现了周末回家时的一个场景：老娘给他倒了一茶缸热气腾腾的开水，他一边用茶缸子暖着手一边非常享受地一小口一小口地喝着……

夜晚下了一场不大不小的雪，雪在阳光的照射下融化滴在房檐上，一串串冰凌透明无瑕。教室里只有一个铁炉子，离得近的学生烤得脸有些受不了，其他学生则鞭长莫及。今天真的太冷了。吉世玉老师走进教室，一边不停地搓着手一边呼着哈气："这天儿够冷的，咱们放下手里的书，都跺跺觉（jue二声，脚）。"所有的学生都站起来用力来回跺脚，一时间教室里咚咚乱响。

1987年元旦如期而至。

这天下午第一节课，班主任吉世玉腋下夹着教案走进教室，教室里的嘈杂声立刻消失了。

"今天，是我们入学的第一个元旦，经校领导同意，今天晚上，全校以班级为单位，搞一个文艺晚会……"班主任用浓重的山东口音说。

"咱们全体同学要高度重视，诗朗诵、歌曲演唱……有嘛（什么）才能展示嘛……今天的晚会，由咱班的文艺委员张志龙负责……"

听到老师说出自己的名字，张志龙感觉脸一热，周身的血仿佛一下子涌到脸上。前面的同学都回过身看着他，他能感觉到，后面左面右面的同学，也都把目光聚焦在他的身上。一个男生当文艺委员还真没听过，所以，后面的一个女生"扑哧"笑出声来，班主任严厉的眼神让她意识到自己的失态，急忙用手捂住嘴。

整整一下午，张志龙都投入在晚会的安排上。哪个同学表演什么，都一一登记下来，并排好顺序。

晚上，教室头顶的四根灯管显得格外耀眼。张志龙用彩色粉笔在黑板上写下——"高平县第三中学高一（二）班1987年元旦文艺晚会"的美术字，并率先登上讲台唱了一首歌——《北国之春》。

"亭亭白桦悠悠碧空

微微南来风……"

张志龙的肢体语言非常潇洒。他富有磁性的嘹亮的歌声，顺着教室飞出，余音绕梁，刚一张口就博得同学们的热烈掌声。接着，张志龙用并不十分标准的粤语唱了陈百强的《偏偏喜欢你》：

"愁绪挥不去苦闷散不去

为何我心一片空虚

感情已失去 一切都失去

满腔恨愁不可消除

为何你的嘴里总是那一句

为何我的心不会死

明白到爱失去一切都不对

我又为何偏偏喜欢你

爱已是负累 相爱似受罪

心底如今满苦泪

旧日情如醉 此际怕再追

偏偏痴心想见你……"

在白炽灯白亮灯光的照射下，张志龙那张俊朗的面孔更显白皙，两道剑眉稍稍向上扬起，鼻梁高挺，唇上隐隐露出毛茸茸的胡子。五官清秀中带着一抹俊俏，帅气中又带着一抹温柔，透着一丝棱角分明的冷峻，有着他自己独特的空灵与俊秀！教室里非常安静，学生们都静静地听着，待张志龙唱完这首如泣如诉的歌曲时，大家报以雷鸣般的掌声。

在大家热烈的掌声中，萧桐落落大方地走上讲台，向大家深深鞠了一躬，手拿一本诗集，用略带山东口音的普通话朗诵了普希金的爱情诗《致凯恩》：

"我记得那美妙的一瞬，
在我的面前出现了你，
有如昙花一现的幻影，
有如纯洁之美的精灵。

在无望的忧愁的折磨中，
在喧闹的虚幻的困扰中，
我的耳边长久地响着你温柔的声音，
我还在睡梦中见到你可爱的倩影。

许多年过去了，
暴风骤雨般的激变，
驱散了往日的梦想，
于是我忘记了你温柔的声音，
还有你那精灵似的倩影。

在穷乡僻壤，在囚禁的阴暗生活中，
我的岁月就在那样静静地消逝，
没有倾心的人，没有诗的灵魂，
没有眼泪，没有生命，也没有爱情……"

教室里学生的欢呼声和掌声夹杂在一起经久不息。

通过这个元旦晚会，大家对容貌美丽天资聪颖的萧桐有了更深刻的印象。而一向穿着普通、默默无闻的张志龙也给大家留下了好感，并渐渐引起大家的注意。

张志龙在学习上有个致命的弱点——数学太差。代数对他而言仿佛就是天书，无论老师怎么讲他就是听不懂，这让梳着油亮发型戴着深色眼镜的数学老师苗子玉大为光火。一次数学测试后，老师拿着试卷当着全班同学的面奚落他："榆木脑袋！你要能出息，谁都能出息！"说着，把张志龙的卷子砸

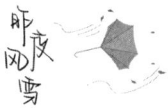

在张志龙的脸上。张志龙的脸像放在炉火上烤一样，火辣辣的。自尊心更是受到从未有过的伤害！

张志龙打小学时就对作文情有独钟。上高中后，书桌里常有通过各种渠道借来的《小说月报》《小说选刊》《青年佳作》及《散文》等文学刊物。他一次次地写稿、投稿，他多么希望有一天自己的名字能被印成铅字！

每周五的下午是张志龙最喜欢的作文课。吉世玉老师讲课激情飞扬，抑扬顿挫，讲到激动处经常点一支香烟，猛吸一口，真香！老师先是点评一下上周作文，再布置一下这周的作文。张志龙写作文从不打草稿，而是打完腹稿后利用一节课时间直接写就，老师总是给个"甲"，最不好的时候也是"甲-"。吉世玉老师教两个班级的语文，张志龙的作文在每周的作文课上被老师当作范文朗读已成为平常。

这是下午的最后一节课。从教室玻璃窗上折射出来的光耀眼夺目。吉老师走进教室，喊出张志龙。他把张志龙领进后面的一间教室，里面已经坐满了学生，都是生面孔。张志龙不知何意。吉世玉转身走出教室，一个不认识的应该是县教育局的领导说了话："各位同学，你们是来自全县各个高中的作文尖子，今天把大家召集到这里，是要搞一个全县高中生作文大赛。希望你们充分发挥，为自己、为班级、为学校争光！"说罢，老师给每名同学发了卷子，上面给出条件、提出要求，题目自拟。张志龙浏览了一会儿，提笔飞快地写下"逝去的岁月"。监考老师在寂静的教室里来回走动了一会儿后，最后在张志龙身边停下脚步，一直看着他写。

作文竞赛过去一个多月了，张志龙以为就是很平常的一次测试，早已把这事儿忘了。

这天晚饭后，张志龙在校园内的压水井旁刚刷完饭缸子走回教室，同学刘世佳手里拿着还没来得及刷的饭缸子飞快地跑进教室，兴奋地对他喊："张志龙，张志龙，你的作文第一！"

"你说啥？"

张志龙没反应过来。刘世佳来不及解释，拽着张志龙的手向位于学校中心的黑板报墙跑去。张志龙离老远就看见，有位同学正站在课桌上往黑板上抄着东西，"逝去的岁月"几个字赫然入目——他正把张志龙竞赛的那篇作文往黑板上抄。旁边围了一圈人，有几个老师，大部分是学生，有的学生还照着板报往自己的笔记本上抄写着。张志龙仿佛看到自己的作品被发表了一般，心中一阵狂喜。

这次竞赛张志龙为学校争了光，为此，学校特地召开了一次非常隆重的颁奖大会。全校两千多名学生以班级为单位，到操场集合。一阵杂沓、凌乱的脚步声后，每个班站成两排。随着校体育委员的一声口令："立正！稍息！"脚步声渐渐消失，大家静静地在操场站立，目光都集中在主席台上。站在主席台上的校长戴着黑色宽边眼镜，镜片闪着光。他难以掩饰心中的喜悦，环视一圈台下的两千多名学生，吹了吹手里的话筒，保持着一校之长的威仪："同学们，这次全县作文竞赛，张志龙同学获得第一名，为我们学校争了光，希望大家以张志龙同学为榜样，好好学习……"学校食堂门前那棵大树上高音喇叭的回音在校园上空久久回荡。

在现场所有老师和同学的注视下，张志龙红着脸，控制着强烈的心跳，裤子内的两条腿有些抖颤地走上领奖台。校长亲自把一个笔记本、一本文学书和一张盖着学校大红印章的奖状发给张志龙，微笑着和张志龙握手并拍拍他的肩："好好学习，再接再厉！"台下的老师和学生报以极热烈的掌声，有一帮男生使劲儿喊了几声："张志龙，真棒！"同学们这时才发现，这个平时不善言谈、穿着非常朴素的张志龙，其实真的挺帅！此刻的张志龙心中升腾起一股从未有过的自豪。

数日后的一天午饭后，比较顽皮的陈放拿着一个牛皮纸信封跑进教室。他高举信封，冲张志龙喊道："张志龙，你的信！"

张志龙一看信封，是来自《小小说》杂志社的，心"怦怦"跳得厉害。他哆嗦着手打开信封，里面是一本《小小说》期刊。他飞快地打开封面，在杂志目录栏里从上而下查找，他看到了那令他周身的血流骤然加速的"张志龙"三个字——他的处女作——小小说《公平交易》发表了！里面还有一封编辑老师的信：张志龙同学，你的小说构思精巧，基本功扎实，望你继续努力……

趴在张志龙肩头的陈放也看见了张志龙的名字，他一把抢过杂志举在头上，在教室里喊了起来："张志龙的小说发表了……"

"给我，我看看。"

"来，俺也想看！"

"让俺们女生先看，你们男生着嘛急！"

一个女生上来从男生手里抢过杂志，这个男生龇牙咧嘴歪头晃脑朝她做了个鬼脸。

同学们争相传阅，张志龙心里升腾起一种前所未有的自豪。而随后寄到学校的10块钱稿费更是让张志龙激动得眼泪都掉下来了。

在县教育局的倡议下，高平县第三中学语文组成立了一个文学社，并创办了《春笋》校刊。张志龙仅仅是高一的学生便荣登了文学社社长兼校刊主编的"宝座"，学生们都向他投来羡慕的目光。毫不夸张地说，这时的张志龙俨然成了整个校园的明星、"男神"。走在校园，总有男生女生小声议论：

"嗳嗳，你看，那就是张志龙，全县作文大赛一等奖，还是校刊主编，楞有才了！"

"听说他发表过好多小说，杠（非常）厉害了！"

"张志龙长得好帅啊！"

……

这些溢美之词，让平素自惭形秽的张志龙有了些许自信。他表面矜持，佯装没听见，心里却像喝了蜜一样，连走路都变得异常轻松。

校刊是用铁笔在蜡纸上刻字。在办公桌上放好钢板，铺上一张蜡纸，再拿上一支铁笔，就可以刻字了。刻字可是个技术活，力要适度，轻了，油印的时候字迹模糊、不清晰；重了，则会把蜡纸划破，油印的时候漏油墨，影响油印的质量和美观。蜡纸上面有格子，供你排版布局，选择字体的大小。午休时间，张志龙和另外一个写字较好的同学负责刻板，文学社里的另外几名同学一起油墨印刷，大家各有分工忙得不亦乐乎。在教育局领导的关注下，在全校师生的共同期盼中，第一期校刊面世了，一时间，学校掀起了一股文学热潮。有许多学生的作品被全国知名刊物《中学生报》《语文报》发表。周边市县的中学纷纷效仿，各种名称的文学社在鲁西平原如雨后春笋，应运而生。《齐鲁晚报》记者来到高平县第三中学就文学社的创办做了专访。不久，一篇题为《春笋，在校园破土而出》的通讯报道就见诸该报二版显眼位置。

　　春节前夕，县委书记萧云峰在县委、县人大、县政府、县政协领导的陪同下，到高平县第三中学看望全体教职员工，对高平县第三中学一年来的教学工作给予充分肯定，并表示，要加大对高平县第三中学教学资金投入。张志龙作为学生代表，有幸和县委书记亲切交谈，并接受了高平电视台的采访。

　　这时的张志龙意气风发踌躇满志，他感到展现在他面前的是鲜花和掌声，铺在他面前的是一条宽广的阳关大道！

第三章

　　转眼到了1987年的夏季，那是个炎热、燠闷的季节，那是个让人年轻同时也让人苍老的季节。七月盛夏，烈日灼灼，瓦蓝瓦蓝的天空没有一丝云彩，火热的太阳炙烤着大地。鲁西平原的土地被晒得滚烫滚烫，街路上根本看不见人影。山东人喜欢喝茶，无论冬夏，家家的窗台总是摆放着七八个甚至十多个暖壶。人们坐在阴凉地里，一边摇着蒲扇一边用粗瓷碗喝着廉价的茶水。张凤池敞怀穿着无袖疙瘩扣汗衫，汗水像一条条小溪顺着长满汗毛的前胸流淌，老粗布裤腰一圈已变成深深的颜色。热得实在受不了了，他端来一盆凉水，把毛巾扔里酸一下，脱去外衣，从头到脸、到前胸、到后背擦一擦，真是舒爽！

　　整个鲁西大地沉沉地睡去了。

　　这时，学校的老师和学生吃完午饭都去宿舍午睡了。张志龙没有这个习惯，他的课桌里有好几本文学书，这个时候，他已经跟随一行行铅字走入作者虚构的世界中去了，去受苦，去欢乐。遇到精彩的句子，他就抄写下来，手掌的汗水把笔记本都浸透了，他急忙把手掌在裤子上擦一把，然后继续抄写。

　　教室里静悄悄的，张志龙时而看书时而伏案笔耕。实在困倦了，便揉揉眼睛，把视线瞟向窗外。窗外，校墙内那排高大挺拔的白杨，从枝叶的缝隙筛落下斑斑白亮耀眼的阳光。树上有几只知了在不厌其烦地鸣叫着。在杨树的空间有几株盛开着紫色的丁香花儿。每当微风轻拂，这些丁香花香从窗外飘进教室，教室盈满甜甜的花香，沁入心脾，令他困倦的神经陡然精神了许多。坐得久了有些乏累，他从座位上站起来，双手扯一下犹如被胶布粘在臀部的裤子，透透风，伸伸胳膊直直腰，然后坐下来继续走进那个虚构的世界。

这是一个平平常常的中午，张志龙依旧在寂静的教室里看书，蓦地，他感到在沁人的紫丁香花香中含有一股异样的浓馥醉人的清香萦绕鼻间，使人感到舒畅、惬意。他正有些乏累，就趁机抬起头打个哈欠伸个懒腰活动活动脖颈。在扭头的瞬间，看见右侧挨着窗户的课桌上坐着一个一袭粉色连衣裙脑后梳着马尾辫的女生。原来是她——萧桐，不知何时坐在这个本不属于她的座位上，而这个座位离张志龙还不到两米远！教室有前后两个门，萧桐一定是从后门轻轻走进教室的。

那浓郁的独特的丁香花香夹杂着香皂和香水的味道，胜过人间任何芬芳！此后的许多年，在许多个地方，不经意间张志龙的鼻孔总能闻到这股浓郁的似曾相识的香味。

萧桐坐在那里不知在看什么书。也许她今天没有睡意吧。张志龙想，心里并没在意。可是接下来的几天，萧桐天天中午坐在那个并不属于她的座位上，张志龙感到有些局促不安。寂静的教室里就他们一男一女两个学生，况且又这么近，况且午休时间又那么长。张志龙感到有些窘迫，静如止水的心一天天慌乱起来，仿佛长满了野草，有时看了整整一中午的书却不知书上写了些什么。从萧桐略带羞涩略带紧张的眼神和瞬间涨红宛如桃花的脸上张志龙读出了些异样的东西。萧桐每天中午先是看一会儿书，大部分的时间则是闭着眼睛伏在桌上休息，而脸正侧向张志龙这一边。张志龙禁不住偷偷打量起她来：粉红色的半袖下面露出两段莲藕般白皙的胳膊，又细又弯又黑的眉毛，又细又弯又黑的眼睫毛，白皙的面庞透出一丝红晕……正痴痴看着，萧桐忽然睁开了眼，发现张志龙正在看她，她抿着嘴笑了。这一笑让张志龙窘迫万状，脸和脖子火辣辣的，他连忙收回视线，心狂跳不止，把头深深地埋在臂弯里……

作为校刊主编，全校学生写的文学作品能否发表最后需张志龙定稿。一天中午，教室里依旧静悄悄的。张志龙依旧低头看书，但是根本没看进心

里一个字。他充满紧张充满期待地希望听到那熟悉的脚步声，闻到那股比丁香花还香的芳香。果然，不一会儿的工夫，那个熟悉的脚步声从教室外面进了教室。脚步声由远而近，那股熟悉的芳香越来越浓，张志龙感觉身子一阵痉挛，心都要从嗓子眼儿里蹦出来了，他听见自己那颗年轻的心强有力的怦怦跳动的声音。脚步声在他近前停了，一个温柔如水的甜甜的声浪浸润着张志龙：

"志龙，你看看我这篇作文能发表不？"萧桐红着脸微微笑着，把一篇作文递给张志龙，一双充满柔情的眼睛大胆地看着张志龙。

张志龙有些慌乱，他不敢直视萧桐的眼睛。他浑身微颤从座位上站起，有些受宠若惊地说：

"嗯，好好，我看看。肯定没问题！"

今天与往日不同，萧桐并未再坐在那里看书、休息，把作文递给张志龙后，就转身走了。望着她渐渐远去的背影，张志龙闭上眼贪婪地吸吮着她留下来的香气和从她口腔鼻腔呼出的气息，顿觉五脏六腑都浸在了丁香花香里，神清气爽。

张志龙打开用三篇作文纸写的作文，在这篇"作文"中，张志龙看到了一位情窦初开少女的心扉，读罢令他浮想联翩。在结尾她这样写道：只许"发表"在你心里。张志龙那纯净的心湖瞬间荡漾起春水般的波澜……

这晚，他躺在床上翻来覆去烙起了饼。萧桐的一举一动一笑一颦反反复复在他脑海里回放。

从此，张志龙的日记中多了一份情丝、一个秘密；甜蜜的梦境多了一个情影、一个笑靥。

每天，张志龙都默默地期盼萧桐出现在他的视野中，而当他的目光和萧桐的目光不期而遇，他就会像受惊的兔子一样慌忙地把视线挪开。

这天早晨，吃饭的时候张志龙没看见萧桐。怎么了？怎么没来吃早饭？或许临时有啥事儿吧。这顿饭张志龙稀里糊涂地咽进肚里，以至于饭后他都不记得吃了什么。上课了，张志龙假装活动一下劳累的脖颈，眼睛迅速地瞟了一眼左后方那个属于萧桐的座位，凳子上空荡荡的，张志龙的心也如他的衣兜，空荡荡的。整整一上午，他反复猜测着萧桐去哪了。午饭时，他和几个男生一起吃饭，耳朵却极力捕捉旁边女生的谈话，希望从她们的闲谈中能听到关于萧桐的只言片语。他终于听到一名女生跟另外几名同学提到了萧桐。"萧桐"两个字让张志龙大为振奋，他一边轻轻咀嚼着饭菜，一边竖起了耳朵。从那名女生的话中得知，萧桐夜里受凉感冒了，烧得挺严重，回家了。张志龙的心犹如被重锤狠狠击了一下，难受得要命。他开始挂念起她来。萧桐的感冒一定非常重，否则正值紧张的学习阶段，一般的头疼感冒她是不会请假的。他多么希望自己能代替萧桐，把病痛转移到自己身上来。

这几天张志龙觉得太漫长、太漫长了！他的心焦灼不安，仿佛被放在热锅上不停地翻炒，又仿佛脱离了躯体在灼灼烈日下暴晒。他失魂落魄，心慌意乱。中午，他依旧坐在教室里看书，可是却没看进心里半个字。整个校园除了杨树上的"知了"在不厌其烦地鸣叫，一个人影也看不见。他索性站起来，走到萧桐常坐的那个临窗的座位坐下。他闭着眼睛，用鼻子轻轻搜寻着萧桐身上的香气……他的心好乱，他想象着萧桐生病的样子：躺在床上，表情痛苦，母亲把饭端到她面前，她懒懒地摇头……张志龙在心底呼唤：桐（就在十多天前，他在心底已开始这样称呼她了），你快点好起来吧，快点儿上学吧！我……真的很想你！他的心剧烈地疼痛起来，如刀绞一般。他感到一切都索然无味、暗淡无光！他魂不守舍，甚至上课老师喊到名字都没听到……

这一晚，张志龙彻底失眠。在煤油灯下，他写下了这首诗：

失眠的夜绵绵长长
你的笑脸在脑海里播放
焦急地盼望
马上入眠和你呢喃在梦乡

思念的草在心头疯长
你的眼睛是冬天的暖阳
盼望着天亮

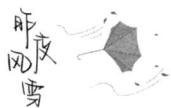

让我听见你笑声的爽朗

相思爬上我的床
坠入那张情网
无法挣脱遍体鳞伤
愿是你身边温顺的绵羊

相思爬上我的床
跌进深渊万丈
迷失方向意乱心慌
抛弃一切陪你走他乡

　　清新的早晨，一道灿烂的金色阳光穿过白杨的繁茂枝叶，斑斑点点地投落在教室的一角。张志龙和几个要好的男生围在一起有说有笑吃着早饭，张志龙却心不在焉，他的笑是勉强把脸上的肌肉朝着眼角的位置挤出来的。他心里时刻牵挂着萧桐，牵挂着她的病情。

　　上课的铃声响了，就在老师快要迈进教室的时候，那件熟悉的粉红色连衣裙、那头熟悉的一跑乱颤的马尾辫出现在教室，出现在张志龙的眼前。好几个女生兴奋地跑上前把萧桐紧紧抱住，她甜甜的银铃般的笑声让张志龙心头发颤。他偷偷地含情脉脉地注视着她，激动得几乎要掉下泪来。萧桐在众位女同学的拥抱中也偷偷看了他一眼，旋即移开。张志龙无比兴奋、无比快乐，仿佛雨后阳光，在瞬间穿云破雾而出！他恨不得冲出教室到操场跑上几圈，引吭高歌，唱首欢快的歌儿。

　　渐渐地，张志龙觉得自己的生活已和萧桐密不可分了。看见她憔悴，他默默地伤悲，看见她微笑，脸上红霞飞，想她的时候，腮边挂着泪，梦到她的时候，一辈子愿这么长睡……他问自己，这是不是所谓的"早恋"？可他马上又自责起来，17岁的年龄就……是不是有些太荒唐！然而，然而当他试图去割舍这份情丝的时候却发现已经做不到了……

　　受家庭条件影响，平时张志龙理发从来不去理发店。头发长了，就让大嫂拿剪子在他的头上"剪"走龙蛇。虽然理一次发仅仅两三毛钱，但张志龙舍不得。理一次发，在食堂可以换两个馍馍呢！大嫂成功地把他塑造成一个接近于"汉奸"的形象后，拿着剪子笑个不停，不过张志龙从来不计较这些。直到那棵爱的"萌芽"在他心底破土而出，大嫂的剪子才彻底"退休"！

"老五啊，咋不用大嫂剪发了？处对象了吧？"大嫂逗他。

"大嫂，别胡说。"张志龙矢口否认。

"哎呀，你骗不了我！没处对象你脸红啥？"

"大嫂，你……"张志龙无言以对。

萧桐经常穿那套粉红色的连衣裙，扎个马尾辫，这个形象在张志龙心里扎根了一辈子。此后，每听到《粉红色的回忆》，就会情不自禁地想起萧桐。

一连下了半个月的雨。这是个返校的星期天的下午，窗外的雨没有停的意思，母亲陶秀英找了一双露脚指头、脚后跟磨透了该扔但还没舍得扔的布鞋让志龙穿上，把另一双布鞋装在洗衣粉袋子里挂在志龙的车把上，让志龙到学校把那双破布鞋顺便一扔，把脚洗洗，再把好鞋换上。张志龙顶着不大不小的雨骑着自行车回到自己的寝室，把那双破布鞋脱下，换上那双新布鞋。就在他捡起那双鞋刚要扔出屋外的瞬间，他又犹豫了，最后把它放在窗台上了——以后遇到这样的天还可以穿。

这天，班主任宣布，从明天开始放暑假。教室里立刻沸腾了，大家像要从拘留所走出去的犯人似的，高兴得相互击掌。唯有张志龙快乐不起来。教室里空无一人，他的目光在萧桐的座位以及她中午常坐的那个并不属于她的座位上久久停留……

炎炎夏日，一个空中飘着花香的季节，总是那么让人沉醉，又总是那么让人烦躁。青春是一场大雨，哩哩啦啦，张志龙没有撑伞，走过了那段梅雨季节。

张志龙家里有10多只羊，陶秀英每天忙完地里的活后都要把它们赶到芦苇地边的荒草地放两次，风雨不误。养肥实了牵到集市上卖，贴补家用。动

物也是欺软怕硬。有一只山羊体型健硕，特别不老实。睁着一双黄眼睛，"咯吱咯吱"地吃草，冷不防歪着脖子扬起两只坚硬的羊角把陶秀英拱倒在地。陶秀英手里拿根木棍，每次都十分小心地躲着它，可还是常常遭到偷袭。放羊回家总是强忍着腰痛，做饭、洗衣，收拾家务。每个周六的下午，放学的铃声一响，张志龙总是第一个冲出教室，骑着自行车飞快地赶回家中，把自行车放在墙角，跑着去芦苇边的荒草地，替老娘放羊。这只山羊开始也偷袭志龙，志龙可不惯着它，两手一手抓住一只羊角，一使劲儿就把它扳倒了。羊有点不服气，又歪着头扬起角瞪着黄眼珠子朝志龙顶来，但它哪里是从小就习武的张志龙的对手。再次被制服后慢慢老实了，以后见到志龙就扭头悄悄走向一边。

田间玉米苗长势正旺，在阳光下泛着耀眼的光。

芦苇地边有几个滚圆的麦秸垛，张志龙倚着麦秸垛看芦花飘飞，看田间枣树上的果实发着绿莹莹的光，看瓦蓝的天空白云慵懒地伸着腰肢，看羊儿自由自在"咯吱咯吱"地吃着草……他呼吸着夹杂着花草味道的空气，心里时刻想着萧桐。蓦地，远方有个穿着粉红色衣服的身影骑着自行车出现在白杨掩映的乡道上，那身影和骑车的姿势特别像萧桐，他猛地站起来。难道是住在县城的萧桐在这个村有亲属，放假走亲戚来了？或者是萧桐心里也想着他，特地找个借口看他来了？他的心止不住"怦怦"跳个不停。身影越来越近，原来是本村的一个女孩儿，不是他的"桐"。他失望地倚靠在麦秸垛上。

张志龙魂不守舍，吃饭的时候，碗里明明有咸菜，筷子却又去夹。更常常是刚吃几口就放下筷子，回到自己的小屋，躺在床上，用枕巾盖住脸想着心事。老爹、老娘感到纳闷儿，问他怎么了。他红着脸尽量保持平静，用拳头轻轻敲着前额说：

"哦，木事，头有点不舒服。"

老儿子懂事，从小到大没用他们操过心，所以，老人也就没放在心上。

无论白天黑夜，他都不可遏制地思念他的桐，一遍遍猜测她和他接触的每一个动作的心境和想法。猜测她现在在干什么，是否也如他一样思念着自己。

这个夏天实在太漫长、太难熬了！张志龙在那种蚀骨的相思和等待之中，苦苦地走过了一个季节。那一刻的等待就像一个世纪一样漫长。

终于盼到了开学！

教室里开了锅。女生叽叽喳喳地笑着、相互拥抱着，仿佛有说不尽的话。男生的脸上也都洋溢着久别重逢的喜悦。互相打听，作业都做完了吗。暑假干什么了。

萧桐银铃般的笑声又回荡在教室，犹如一股清泉，在张志龙的心田轻轻漫过。

班长叫刘玉河，大高个，长得十分帅气，是富家子弟。老师不在课堂的时候他就相当于老师，安排大家学习。他穿着高档，在班里鹤立鸡群，是班里女生背后议论的焦点。萧桐是班里的尖子，很多同学学习上遇到难题都会向她请教。刘玉河本身学习不错，但也总是和萧桐讨论问题。在张志龙看来，他就是故意找机会接触萧桐。两个人一起有说有笑的神情让张志龙心生妒意，心生怒火！但转过头一想，人家英俊潇洒，家庭优越，你张志龙方方面面哪有资格跟人家比！别做梦了！那种隐遁不久的自卑又油然而生。

"张志龙，你别做美梦了！你必须好好学习考上大学，否则，你啥也不是！"张志龙无数次告诫自己，努力丢掉一切幻想……

这是八月节前的一天中午。张志龙早早地从教室出来，到伙房取了自己的窝头后直接走出校门，向北边位于操场边的那棵槐树走去。来到树下，他坐在那块平整的石头上，拿出窝头，掰了一小块儿扔进嘴里。他正满腹心事地吃着，忽然，萧桐骑着自行车出现在他面前。她红着脸递给他一个崭新的饭盒："后天就过节了，甭吃窝头了，吃这个！"

张志龙有些手足无措，他挠挠耳朵说："吃这个……挺好的……"萧桐上去一把抢过他的窝头，以命令的口气说："今天必须吃俺的！"

张志龙接过饭盒，打开盖子，六个小巧的包子在里面分成两排挤坐着。

"俺娘包的，快尝尝好吃不。"

张志龙拿出一个递给萧桐："来，你也吃。"

"不了，俺在家吃过了。"

"刚下课不一会儿，你，怎么吃过了？"

"告诉你吧，俺，上午最后一节课逃课了……"

张志龙咬了一口包子，满嘴流油，香而不腻。

"好吃不？"萧桐歪着头问他。

"嗯，好吃。羊肉馅的，太香了！替我谢谢……谢谢你娘。"张志龙想说，"替我谢谢伯母"，又觉得"伯母"两个字文绉绉的别嘴。

吃完一个张志龙就不吃了。他挤出一个饱嗝对萧桐说："吃饱了。"

"你怎么吃这么少？再吃一个！"

"不吃了，真饱了。你……这个饭盒急着用不？"张志龙问。

"不急，给你了！"

晚饭的时候，萧桐一直没看见张志龙的影子。她有些纳闷：干吗去了？

下了第三节课，张志龙从课桌里拿出装着饭盒的老粗布袋子，飞也似的骑上自行车就往家赶。母亲肠胃不好，他要把萧桐给他的羊肉包子拿回家给老娘吃。平时四十多分钟的路程，他仅用了半个小时就到家了。父母当时一愣——还没到周六咋就回来了。张志龙来不及多讲，把包子从饭盒里捡出来就匆忙返回学校上晚课了。

班里有个同学叫高大伟，戴个金丝眼镜，平日里油头粉面，头发梳得那叫一个立整，油光可鉴，要是有个苍蝇落上去，估计立马就得摔个四仰八叉！这小子是个纨绔子弟，平日不学无术，抽烟、喝酒，还专门和社会的一些混混接触。他喜欢萧桐，早在萧桐刚来到这个学校时就曾大胆地向她表白过，被萧桐严词拒绝。前不久他参与了一次打架，警察到学校了解情况，校领导知道了他的一些事情后把他开除了。一天晚上，教室里静悄悄的，同学们都低头做着功课。这时，高大伟领着三个一身酒气的"社会人"推门进了教室。他旁若无人地径直走到萧桐面前，手里拿着一支精美的钢笔，非常傲气地说：

"萧桐，这是美国的派克，送给你了。"

"谁稀罕你的杯（笔）！"萧桐毫不客气地把钢笔扔在地上。高大伟觉得在朋友面前丢了面子，冲萧桐大吼：

"给你脸你不要脸！"

高大伟扬起手做个要打人的架势，学生们吓得大气儿不敢出。跟高大伟一起来的一个人伸手扯住了萧桐的衣袖把萧桐从座位上拽了起来。张志龙早就按捺不住心中的怒火了！但是他不想出风头。老师不在，这个时候班长应该出面摆平此事。他回头看了眼刘玉河，脸色苍白，浑身似乎在发抖，这让张志龙有些不屑。童年听过的评书、看过的电影及戏剧里的英雄人物仿佛一下子全都浮现在眼前，此刻，他们正用期待和鼓励的眼神看着他。张志龙感觉浑身的血液沸腾，他不容分说从座位上站起，从桌子上跳了过去，一把攥住那个人的手，厉声喝道：

"你想干什么，这是学校，你老实点！"

"你他娘的少管闲事儿！"高大伟在一旁骂骂咧咧。作为生在东北的张志龙，骨子里既有山东人的憨厚、耿直，又有东北人的粗犷、豪放，正气凛然的种子其实在童年时代就已在他心中生根发芽，他最恨这种恃强凌弱的小人，也根本没把他们的狐假虎威放在眼里。他在小学和初中的时候就跟村里的一个孤寡老人学过几年武术，对付这几个小混混根本不在话下。

"这里是教室，我是班干部，请你们赶紧离开，不要胡来！"张志龙义正词严。

"就他娘的你逞能，你算个球啊！多管闲事我一砖头搋扁你！"说着，高大伟使劲儿推搡了张志龙一下。

"走，咱们出去，别影响大家上课。"

说完，张志龙转身先走出教室，高大伟几个人耀武扬威地跟了出来。有抱膀的，有抽烟的。高大伟为了在几个小弟面前展示一下，伸手薅住张志龙的脖领子，张志龙厉声说道："你撒手！"

高大伟嘿嘿一笑，手上的力量更大了。张志龙伸出右手攥住他的手腕，用力向外一掰，高大伟疼痛难忍，嘴里喊着"俺的娘嗳——"，急忙松开手。旁边两个小混混一看高大伟吃亏了，从两旁同时向张志龙扑来，张志龙不慌不忙，蹲下马步，左右肘同时向他俩的肋下击去，这两个家伙嘴里同时发出杀猪般的嚎叫。张志龙手下留情，并没使出全力，真要是把他们打伤了，咱可承担不起医药费。

窗户及门玻璃挤满了提心吊胆的脑袋。高大伟恼羞成怒，从墙根找来一块砖头，趁张志龙不注意，狠狠地向张志龙的头顶砸去，鲜血从张志龙的右

前额淌了下来。张志龙"啊——"的一声倒在地上，高大伟几个人骑着自行车扬长而去。学校的大门白天晚上都开着，几个人出了校门飞也似的消失在夜幕中。张志龙的同学急忙从教室跑了出来，有两个同学跑着去找班主任。萧桐拿出手绢把张志龙的伤口捂住。有几个男生从学校食堂找来一辆地排车，大家七手八脚地把张志龙扶到车上，送往镇上的医院。医院并不太远，十多分钟就到了。医生检查了一下，处理完伤口，包上绷带，对大家说：

"患者木（没）事儿，只是暂时昏迷，大家安静些，让他好好休息，留一两个人在这就行。"

班主任吉世玉也到了。班里的几个男生争着要留在这，这时萧桐说话了：

"你们都回吧，张志龙是为俺受的伤，俺留在这！"大家互相瞅瞅，一看萧桐的态度十分坚决，便都离开了。

众人都散去了，病房里只剩下萧桐和躺在病床上的张志龙。此刻，萧桐才有机会零距离毫无羞怯地端详着张志龙。在病房的灯光下，因为流血过多，张志龙的脸庞显得比平日更加白皙，他浓密的眉毛稍稍向上扬起，五官清秀中带着一抹俊俏，帅气中又带着一抹温柔，透着一丝棱角分明的冷峻；他身上散发出来的气质好复杂，像是各种气质的混合，但在那些温柔与帅气中，又有着他自己独特的空灵与俊秀！爱怜的泪水从萧桐眼中流了出来。此时的萧桐有万语千言要对张志龙说，在她心中已认定，眼前的这个男人就是她托付终身的人！

"这个是你妹妹吧？"值班护士走进病房，给刚刚醒来的张志龙换药。她一半认真一半开玩笑地说，"刚才看把她急的，哭得不像个样子！"

萧桐的脸潮起一片桃红，坐在病床边大胆而深情地看着床上的志龙，一言不发，算是默认了自己就是他的"亲妹妹"！

护士换完药转身走出病房。旁边的两个病号佝偻着腰躺在被窝里正"呼呼"睡着。病房里十分安静。

"萧桐，"志龙躺在病床上，声音有些虚弱，"你回去上课吧，俺，没事！"

"上嘛课！都放学了！"萧桐一脸嗔怪的表情。

"哦，可不是！"张志龙有些自嘲地笑了，"现在……几点了？"

"十一点半了。"

"那……你也不能在这坐一晚上啊。"张志龙的眼里流露出一丝爱怜的柔情。

"木事，反正……你甭想赶我走！"萧桐一脸不容置疑的坚决。

张志龙微微地笑了，欣慰的笑。实际，他内心何尝不希望萧桐能留在他的身边，这样，躺一辈子他都心甘情愿。

张志龙用手掌试探着支撑着床铺，想要起来。

"咋了？是不饿了？我给你削个苹果。"萧桐回身要去拿床头柜上的水果，张志龙急忙拉住她的手，"不，我不饿。我想……去趟厕所。"说完，张志龙脸有些红了。

"哦，来，我扶着你，慢着点！"萧桐小心翼翼地扶张志龙从床上坐起，慢慢下地穿鞋，慢慢直腰站起，慢慢一步步地向病房外的卫生间走去。张志龙身上散发出一股男人特有的味道，让萧桐有些着迷。她心里涌起一股甜蜜的溪流，她多想永远这样依靠在这个男人的身上，陪他走天涯，走海角……卫生间在走廊右侧的尽头，萧桐多希望这段路能再长点！到了卫生间门口，萧桐慢慢撒开手，想让张志龙一个人进去，张志龙微微一个趔趄，险些栽倒，萧桐吓出一身冷汗，急忙又扶住志龙，手紧紧地攥着张志龙的胳膊。

"我……扶着你进去吧！"说完，萧桐的脸红了。张志龙的脸也红了。"我——，真没用！"张志龙有些自责，"没事，我，能行！"张志龙怎么可能让一个年轻的女孩儿走进这里。他轻轻转了一下身子，想让萧桐放开紧紧抓着他胳膊的双手。"你能行？甭逞能！"萧桐生怕一松手张志龙就摔倒。张志龙非常自信地看着萧桐满含深情而又有些紧张的双眸，说："放心吧！我心里有底，我扶着墙慢慢走。"

萧桐站在卫生间门口，等张志龙刚一露头，就急忙上前扶住他。张志龙明显感到，这次萧桐双手的力量更大了。他的心里升腾起从未有过的幸福。他多想被萧桐这样搀扶着走完自己的一生……回到病房，张志龙躺在病床的一侧，给萧桐腾出一个地方，用眼睛示意萧桐上床。夜半时分，病房里有些凉了，萧桐并没推辞，脱了鞋，和衣背对着张志龙躺在张志龙的身边。张志龙把身上的被子往萧桐身上拽了拽。萧桐往他的身边又靠了靠。张志龙感觉

浑身燥热，血液升温。萧桐始终一动不动，朝上的右肩头微微耸动。可能是睡着了吧？张志龙大胆地把脸紧紧贴在萧桐的马尾辫上，贪婪地吸吮着萧桐身上散发出的迷人的芳香。其实，萧桐又怎能睡得着！此刻，她同样也沉浸在幸福的海洋里。刚来学校不久，她就觉得这个不善言谈穿着朴素的张志龙与众不同，具体有什么不同，她也说不清楚。反正就是喜欢偷偷看他的背影，喜欢看他明澈的眼睛，喜欢看他的一举一动，喜欢听他的声音……她摸清了张志龙每天中午都一个人在教室里看书的规律，那天，她就瞒着宿舍的同学，说不困，想出去走走，而后，揣着一颗怦怦乱跳的心，红着脸，从教室后门蹑手蹑脚地走进教室，坐在离张志龙不足两米远的右后方，一个临近窗子的别的同学的座位。她心里做好了一切准备，假如张志龙没发现她，就一切正常。她翻看着同学的书本，假如张志龙发现了她和她说话，她就说，不困，到教室学习。张志龙聚精会神地看书，开始还真没发现她。只是在乏累休息的时候回了下身，当时她的心怦怦跳得厉害，所以没敢抬头和张志龙说话，只是拿起同学桌上的笔和本，胡乱地写着什么。再后来，她发现张志龙曾偷偷看她，被自己发现脸瞬间红了，凭感觉，她知道张志龙一定也喜欢她，于是，就主动出击，大胆地给张志龙写了自己人生的第一封情书……通过今晚的举动，萧桐已经认定，张志龙就是自己人生的另一半！躺在张志龙的身边，萧桐留下了幸福的泪。要是跟这样的人同床共枕一辈子，那将是莫大的幸福！此刻，她甚至希望，张志龙能主动一些大方一些，把她搂在怀里。被他搂着，她便觉得此生无憾。

第二天早上，太阳慢慢地透过云霞，露出了早已涨得通红的脸庞，像一个害羞的小姑娘张望着大地。灿烂的阳光穿过树叶间的空隙，透过早雾，一缕缕地洒满了医院，洒满了病房。

张志龙从睡梦中醒来，看见萧桐正红着脸坐在床边看着他，他反倒有些不好意思了。

"来，慢慢起来，吃饭吧。"萧桐同样红着脸，打开床头柜上的一个一个带有盖子的小钵，里面有五六个鸡蛋，四五个包子，旁边的杯里还有一杯牛奶。

"你，出去买的？"张志龙确实有些饿了，这些食物勾起他的食欲。他慢慢从床上坐起，萧桐轻轻扶着他，让他不要动，她把食物放在了床铺上。

"我回家了……俺娘给蒸的包子，煮的鸡蛋……"

"哎呀，这……怎么好意思！替我谢谢……你娘……"

早饭后，高大伟在父母的陪伴下拿着罐头、水果到医院看望张志龙。高大伟握着张志龙的手言辞恳切：

"志龙，是俺不好，俺不是人！夜日（昨晚）俺喝酒了……俺已经报了名去参军，你就饶了俺这回！"

他的父亲长得同样是高大魁梧，一身正气。他在一旁为儿子求情："这个混球玩意儿！等你伤好了使劲儿揍他！大伟已经报了名，让他到部队去锻炼……你要是报案，他这一辈子就毁了。"说完，他从兜里掏出1000块钱，"孩子，让你受苦了。这点钱给你买点补品吧！"

张志龙本来挺恨高大伟的，但听说他参军要走，心里的怨恨在瞬间烟消云散：

"大伟，你喝酒了，我不怪你！到部队好好干，别让爹娘总挂（惦记）着！"大伟连连点头。张志龙拿起那1000块钱递给大伟的父亲："叔，这钱我说啥也不能要！就简单包扎一下，没花几个钱。您给大伟带着吧！"

张志龙在医院躺了三天，他让老师和同学替他隐瞒，千万别让家人知道。一日三餐，萧桐都回家让老娘换着样给做点好吃的，拿到医院给张志龙吃。

这一次"英雄救美"，让全班同学对张志龙刮目相看，也彻底俘获了萧桐的心。

一天中午，张志龙打开书包取出高尔基的《在人间》，有个纸包从书上掉到地下。他弯腰捡起来打开一看，是五十斤食堂饭票——这可是平常学生两个月的口粮啊！凭直觉张志龙猜测，肯定是萧桐趁他不注意塞到他书包里的。他皱着眉，不动声色，把饭票包好重放回书包。

第四章

　　"田家少闲月，五月人倍忙。夜来南风起，小麦覆陇黄"。已是小满节气，过了小满便是芒种，在鲁西有"芒种三天见麦茬"和"麦熟一晌"的说法，就是本来看着小麦还是青熟的状态，有可能经过一天骄阳的炙烤和干热风地吹摇，小麦就熟透了，如果不细心观察，就会错过收麦的最佳时机。过熟的小麦在人工收割时麦粒很容易抖落，造成减产，这对于要颗粒归仓的农民来说，那简直就是从他们身上割肉。另外，已入夏，雨随时都会来。收麦的季节最怕的就是遇上连阴雨，不仅仅是因潮湿麦粒无法从麦秸上脱离，更重要的是小麦受潮后很容易霉变和发芽，造成的损失不可想象。所以，通常情况下，尽管麦粒还没完全成熟，人们还是宁愿提前几天收割——提前收割小麦，既可以避免可能突然降雨造成的损失，还可以提前种植夏玉米，要知道，夏玉米提前播种一天，到秋天收获时就会提早成熟且籽粒饱满。

　　随着麦苗不断长高，分蘖、抽穗儿、变黄，整个鲁西平原的主色彩便发生了改变，农民的生活也随之发生着改变：蓝天下，金色的麦浪翻滚着喜悦。孩子也和大人一样，充满了紧张、兴奋和期待，生活也变成火热的金黄色了。麦子熟了，天地间氤氲着麦香之气。收麦仿佛打仗。没有机器，全靠人力，男女老少齐上阵。上学的孩子放麦假了，上班的大人即使不放假，请几天假在家收麦，也是很被认同的——麦收就是老百姓家里天大的事。麦苗历经整整一个冬天的守望和希冀，冰雪的呵护令它们泛着翠绿的喜悦，寒冷的折磨则让它们苗壮坚韧；又经过整整一个春天和风细雨的滋养，麦苗就长成了一颗颗麦子，后来麦子又结出一支支穗子，穗子连着穗子，在平阔的鲁西平原形成一望无际的绿色的海洋。"知了"一叫，太阳也格外兴奋，热烈地照一照，绿色的海洋就变成金色的了。

太阳热烈得过分，麦子成熟后也都高傲起来。如果不及时收割，它们会跟风乱跳，相互磨掉很多麦粒；如有雨来招惹，那更了不得：它们会撒泼放赖地倒下，连扶也扶不起来，麦粒受潮还可能生芽。所以，人们常用"抢收"来形容麦收，而实际上，每一年的麦收都是抢收！这是人与麦之间的一次相互馈赠，神圣而庄严；也是人与麦之间的一次竞争，紧张又热闹。好像全世界都在忙着，根本没有看热闹的人。只有远处一两声蝉鸣，毫不掩饰它们的清闲，大声喊："热啊——热啊——热啊——"。

走进田野，麦浪滚滚，一片金黄。庄稼人望着自家成熟的小麦，打心眼里向外透着喜悦。张凤池走到自家麦田边倒背双手一脸释然。拽下一颗麦穗用牙齿嚼一下，麦穗"咯噔"一声应声折断。他点点头：可以收割了。他的胸腔里早就憋着一股劲。他大步流星回到家，从仓房里拿出用报纸包裹的镰刀。在磨刀石上淋点水，摁住镰刀刃，把刃口磨得发亮发烫，还不时用拇指肚试试刀口是否锋利。老四张志波把板车车轱辘用压气筒打得摁不动，再放上麻绳、镰刀、草帽。第二天，天还没亮，张志龙就被父亲叫醒。陶秀英早就起来了，在煤油灯中，在热气腾腾中来回晃动着忙碌的高大的身影。蒸好了一锅雪白的馍馍，一家人坐在地桌（相当于东北的炕桌，放在地下）旁的板凳上，撕开一块馍馍，在蒜泥碗里蘸一下，塞进嘴里，嚼巴嚼巴咽进肚，喝一口蒸馍馍的馏锅水……匆忙吃罢早饭，陶秀英把剩下的还冒着热乎气的馍馍装进老粗布口袋里，带到田间作为午饭。板车里还装着粗瓷碗、热水瓶等必不可少的后勤保障"设备"，一场"大仗"即将打响。

曙色微明，一望无际的田间早有黑影猫腰慢慢蠕动——已经有人动手割麦了。开镰了！张凤池左手大把抓住麦秆，右手挥动镰刀，割下一把把麦子，来不及处理，直接轻放在地上，连成一垄垄，像巨大的地毯平铺在田野里。从远处看，割麦人像金色大海里的一只只小舟，不断往前行进着。十四五岁的半大孩子一般被分派捆"麦个子"——将大人割倒的麦子敛到一处，抱到一起。先用两把麦子拧成一条麦绳，再用麦绳把麦子捆成捆儿，就

成了一个个麦个子。捆麦个子的少年，在金色田野上移动的速度比较快，在挥汗如雨的割麦场很是拉风，像金色大海里的一朵朵浪花，俨然割麦大军的主力。其实割麦人才是毫无争议的主力，捆麦个子的顶多算作旗手，只是年少轻狂的他们不这样认为罢了。此时这些被少年们鄙视的学龄前小不点儿，也被大人们委以"重"任——拾麦穗儿——有散落在地留恋故土的多情者，有故意逃脱麦个子捆绑的自由主义者，有长的时候就自由散漫割的时候难以把捉的个性主义者……这些难搞的麦穗儿统统都是"童子军"捕获的目标。他们提篮背筐，也拿着把小镰刀。装备虽不精良，但认真努力，一穗不落。但奈何人小力薄，只能成为金色大海里的几滴水珠，无论如何也翻不出浪花来。

清晨天气凉爽，不一会儿露水就打湿了裤腿。东方的天空渐渐红了起来。房屋、树木、大地都沐浴在朝霞中。太阳很快就爬到了头顶，麦田开始燥热起来。麦田里时而弯腰时而直起的人们，开始把尖顶或平顶的草帽戴上，女人脸上还多蒙着一个既能防晒又能防灰尘的纱巾。割麦子的手也因紧握镰刀把很快就磨出了水泡，腰也因长时间佝偻而疼痛难忍。还没割两个小时，陶秀英就双膝跪在麦垄沟里，左手抓住一把麦子，右手伸出镰刀，在麦子根部用力割下。麦子割下后扔在边上的地垄沟里，然后以膝盖当脚，"一步一步"地往前挪。

"娘，恁腰不好，别累坏了。到地头歇一会！"老四在不远处，冲老娘喊了一声，顺便用袖子擦把脸上的汗水。

老人擦把汗，连头也不抬，说："嗨，木事！"割了不到20米，老人腰酸腿疼，实在撑不住了，不得不站起来直直腰，膝盖上沾满了干白的泥土，脸上的汗水里折射着五彩斑斓的光。只是喘口气的工夫，老人又跪了下去……麦田时不时地会发现青蛙及刺儿草上飞来飞去的蝴蝶，偶尔还能发现一窝夜莺。第一天不能太累了，得悠着点干。大家会不约而同停歇下来，稍微舒展一下腰板，或者来到地头，咕噜咕噜地喝上满满一搪瓷缸的凉开水，用毛巾拭去脸上的汗水。不时掀开汗水贴身的衣裳，享受那片刻的清凉，随即又走进麦田哈下腰继续割麦。

好不容易到了中午，这时田间的温度也达到顶点。骄阳似火，西南风挟着股股热浪扑面而来——40度只多不少，而且，肚子也开始咕咕叫着抗议了。张凤池直起黝黑锃亮泛着光泽的腰背，像棒槌般的胳膊血管暴起，他把镰刀从右手交到左手，发布命令："上午就到这了，咱们去树下吃饭！"志龙赶紧跑到地头杨树下，从板车上掏出晒得发烫的毛巾，从里面拿出馍馍、腌大蒜、臭豆子、咸鸭蛋。全家人席地而坐，脸上的皱纹里粘着被汗水浸湿的泥土，吃着喝着聊着。张凤池倒不着急，从湿透的蓝色老粗布裤腰带上解下那杆老烟袋，坐在地边借着微风喷出几口烟。

这时，从路东边来了个卖冰棒的，骑着一辆自行车，驮着一个盖着被子的箱子，大声喊：

"卖冰棒了，冰棒——，冰棒——，一毛钱两块儿。"

无需多喊，很快他就会被团团围住。没有人怪罪他涣散了割麦大军的士气，都争相享受这个乱入者给他们带来的清凉。冰棒那么凉那么甜，顿时消解了劳累和炎热。

麦收时节，伙食水平和气温一样高。家家户户都能吃上平时难得吃到的咸鸭蛋、咸鸡蛋。蛋黄流着黄油儿，就着白面馍馍，再喝上一碗红红的绿豆汤。不论多么劳累，都会心满意足，元气复满。其实，令张志龙更为期待的是吃西瓜。这个时节，张凤池总会提前买上一大麻袋西瓜，足有七八个。有的麦地离家近，家人就无需在田间吃饭。快晌午时，头系老粗布头巾的陶秀英会提前回家做饭，一家人回家吃。在午后的蝉噪声中，短暂的午休结束。为了给即将上麦场割麦的家人助阵，总要隆重地杀一个西瓜吃。西瓜是上午就放在水缸泡着的，水缸里的水是新从井里打出来的，所以西瓜往往是凉透了的。张凤池切西瓜是有条不紊的。他一边让老大张志海或者老四张志波把西瓜从缸里捞出来，放在桌上的案板上，一边拿出那把专门切西瓜的长刀，在水缸边用水舀子舀水，将刀来回洗几遍，拎着往下掉着水珠闪着亮光的刀信步走到桌边，轻轻把瓜蒂连同瓜蒂下面的瓜皮一起切下。虽然并未切到红瓤，可西瓜的清香气息已然飘了出来。有的瓜还会"嚓"地回应一声，有的甚至会因此裂开一两条缝，流出一点西瓜汁。一贯不苟言笑的张凤池，这时候会边用带瓜蒂的瓜皮擦着刀，边笑着说：

"听这动静，一定是个好瓜！"

坐在桌边等着吃瓜的家人便都跟着笑起来，对瓜的凉与甜更是充满了期待。张凤池按部就班，把切去瓜蒂的西瓜拦腰切开，再依次把它们切成均匀的扇状块儿。西瓜的甜香、凉爽袭来。张志龙咽着口水，等待着老爸把西瓜全部切完，发布"吃"的命令。这种吃西瓜的仪式感，是张志龙儿时夏日记忆中的一部分。那种清凉感，竟胜于吃瓜的感觉了。看着家人吃西瓜，张凤池并不着急吃。在院子偏西的地方有一棵杏树一棵枣树。麦子成熟的季节，黄澄澄的杏也就熟透了。那一树金黄的杏子在微风的吹拂下，颤颤悠悠，摇曳多姿。枣树高六七丈，枝繁叶茂，树干弯曲嶙峋，犹如虬龙，巨大的树冠把整个小院遮了个严实，旁逸斜出的树枝从墙上越到邻家院内。枣花香气氤氲，知了在树上不停地鸣叫。张凤池把马扎拿到枣树下的阴凉地里坐下，解开白色无袖老粗布对襟衫，结实的胸膛淌着汗水。他看着家人吃着甜甜的西瓜，一边手拿蒲扇不停地扇着，一边用粗瓷大碗"滋滋"地喝茶，喜悦伴着汗水在脸上流淌。

麦子拉到自家的场院后，要给这些捆着的麦个子全部"松绑"，均匀地摊在场院，让烈日暴晒。午饭后，张凤池和老大、老四一人拿着把木头叉子，头顶烈日，把晾晒在场院的麦子翻个个儿，老百姓叫"翻场"。待两面都晒干后，用牛或毛驴拉上碌子一圈圈碾压。完成脱粒后，用叉子挑走麦秸。"扬场"是一个技术活，选一个有风的天气（风还不能太大），头戴尖顶草帽，脖子上系个老粗布毛巾，拿起长把的木掀（木制锹）撮起麦子均匀地撒向空中，麦粒落下，麦糠和麦秸被风吹走，最后把干净的麦子入库归仓。整个过程说起来简单，实际是非常烦琐和劳累的。但即便烦琐，即便劳累，咱老百姓的脸上总是挂着知足，挂着幸福。

这几天，挂在庄里大树上的大喇叭一直响个不停。大队干部从早到晚不停地喊："各位乡亲请注意，各位乡亲请注意，乡里已下发通知，从明天开始得交公粮了，三天之内必须完成。咱不要存在侥幸心理，交皇粮那是老祖宗定下的规矩，是扛不过去的！"

几声狗吠，天还黑咕隆咚的，陶秀英早早地做好了早饭。张凤池把所交的几袋干燥小麦，用麻袋装满，捆上尼龙绳扎紧口袋，不得漏气。装车前，两手使劲的左右摇晃，确保粮食不会漏出来，这才放心地用粗麻绳，牢牢地绑在地排车上。装上车，张凤池把地排车的车袢绳套在肩上，戴上草帽，脖子上搭着条老粗布毛巾，拉起来就走。天空大地黑沉沉一片。这点重量对于壮实如牛的张凤池而言实在不算啥，放暑假的张志龙只是在上徒骇河堤坝的坡路时推一把。

抵达粮站，太阳刚露出半张寡白的脸，可是他们还是来得晚了——没想到起早的遇着摸黑的。距离粮站大门还有两三百米，路上就黑压压挤满了人和各式各样的车：牛车、手推车、马车，还有几辆手扶拖拉机。

张凤池从腰间掏出烟袋，蹲在路边抽烟。太阳一步步向头顶走来。地球像是扔根火柴就能点着似的，火辣的太阳烘烤着大地。粮站里一棵树都没有。两边的排房墙上还残留着白底红字的语录。屋檐下，站着满脸大汗等着交公粮的百姓。他们手里拿着草帽，一边扇着一边埋怨：这天咋这么热！在这种天，其实屋檐下和太阳底下没什么两样，只不过心里觉得好受些。虽然收成不错，但百姓脸上好像没有喜悦。每到交公粮的时候，总是要看粮站那些人的脸色。粮站负责开票的工作人员四十多岁，蓄着稀稀拉拉的黄色胡须，坐在磅秤旁的一把黑色木椅子上，椅子边立着把特大油布太阳伞。他一边神气十足地叼着香烟，一边拨拉着算盘。交粮的百姓都点头哈腰毕恭毕敬。粮食好坏他说了算，他说好就好，他说不好就要你退回去晒个两三天再来，那可就麻烦了。

"快点快点，马上下班吃饭了！"工作人员一边叫着，一边擦着汗。暴晒了大半天了，张凤池脸上的汗水一直没停过。脖颈，前胸后背，裤腰都湿透了，脖颈的汗水里沾满了湿湿的黑泥。车队一点点往前移动，每次移动时，他一弓腰，一使劲儿，脖子上青筋暴突，青筋上的汗珠显得格外大。终于轮到他了，他极其小心地把板车轻轻停在工作人员面前，掏出一根特意准备的大鸡牌香烟，脸上堆着笑："来，点着！"开票的工作人员一脸公事公办的严肃，带搭不理地把烟扔在磅秤上的账本边。那里已经放了不少香烟了，不过码放得还算整齐。他拿着木把"枪刺"照着板车上的麻袋里刺进去。刺刀中间有个槽，拉出来时槽里带出了麦子。他熟练地往手里倒，拿几颗塞到嘴里，咯吱咯吱地咬咬。

"麦子有点潮……这么地吧，搬下去吧！"工作人员一边把咬过的麦子朝磅秤边的地下吐出去，一边拉拉着脸跟张凤池说着。

张凤池一颗悬着的心终于落了下来："哎呀，太谢谢了！太谢谢了！恁的心肠真好！"他一个劲儿地点头致谢，匆忙把一袋袋的麦子往粮仓里扛。粮仓的入口在两头，要上个五六米高的台阶。搬上去后，打开袋口往下倒，完了把袋子收好，从上面飞快地小跑下来，顺手把空袋子扔给志龙，让志龙放在板车上，他再把另一袋扛上去，几趟下来衣服像水洗的似的。粮站工作人员开好收据，张凤池仔细收好，擦了把汗，推着板车往粮站外走。

已是正午，街里飘出各种诱人的香味。张凤池推着车子连口饭也舍不得吃就匆忙往家赶，志龙跟在后面。太阳依然火辣，但他们的心情却很好。张凤池头上的草帽跟着步伐一晃一晃的，汗不住地往下淌……

麦收的最后一道工序是垛麦秸垛。当村前村后、场边路沿竖起一朵朵"大蘑菇"时，夏收工作就算彻底结束了。垛麦秸垛是大事，是"形象工程"。麦垛子是丰歉盈余的晴雨表，关系着一家人的温饱和形象，也影响着儿女们婚姻的去向。很多人家的闺女找婆家，就是看男方家里麦垛的大小，所以垛垛绝对马虎不得。

垛垛是力气活儿，更是技术活儿，要把垛垛到风吹不倒，雨打不漏，没有相当的技术还真不行。老大张志海和老四张志波总要比量比量，可张凤池信不着，总要自己动手，让两个儿子给他打下手。垛垛首先要选定位置，以地势高为好。垛址选好后，先在底部摊上一层厚厚的麦糠，叫"打垛底儿"，垛底儿打好后，才可以朝垛上摞麦秸。张凤池站在垛上手持木杈，如威武的勇士，不停地将扔上去的麦秸打散、摊匀，使麦秸互相咬茬，不能成绺，不然会塌垛。中间儿还需沿着麦秸垛的边缘走上几遭，以确保麦秸垛得扎实牢固和形状周正。待到麦秸垛到两人多高，且麦秸全部堆完时，需围着垛将外面一层没有咬实的麦秸用叉扯掉。这时，垛就基本成型了。扯下来的麦秸要连同垛周围散的麦秸一起，再次被长长的木杈送上高高的垛顶，直到垛顶滚圆。垛打好后，为了防漏雨，还要再堆上一层厚厚的麦糠。最后，在垛顶泥上一层加入麦秸、麦糠的黄泥，以防漏雨，垛垛的工作就完成了。

麦秸垛垛好以后，人们就不再过问，而是把它交给了风，交给了雨，交给了四季轮回的岁月。麦垛并不寂寞，围绕它会衍生出许多温馨有趣的故事。在有月亮的晚上，孩子们会草草吃罢晚饭，来到麦垛边捉迷藏，玩得昏天黑地，乐而忘返。麻雀和其他不知名的小鸟，会在垛内安置自己温暖的家。掏鸟窝、捕小鸟又成了孩子们乐此不疲的游戏。麦秸垛也见证了青年人温馨浪漫的爱情。村里放电影了，多情男女只要一个眼神，就能心照不宣地来到草垛旁，然后如醉如痴地拥抱接吻，进入自己的爱情世界。

到了秋冬时节，气候日渐寒冷，青草枯萎，金色的麦草就成了牛的草料，坚实高大的麦垛一天天瘦下去，不再圆实不再饱满。等牛们吃完最后一把麦草，又一个麦收到来，一个个新的麦垛诞生了。

第五章

　　鲁西地区属典型的温带大陆性气候，四季分明，雨量集中。水、热、光资源丰富。土质不错，属于黄河冲积平原的二合土和轻砂壤土，土层厚，质地疏松，庄稼极易成活，且种棉历史悠久。这里一年种植两茬庄稼，冬播小麦，夏种玉米和棉花。玉米便宜，皮棉较贵，镂出的棉籽可卖可榨油。因此，家家都有几亩棉花地。种棉花相比玉米和小麦辛苦得多。棉花种子一般都是自家留。每年，张凤池特别留意那些棵大、坐果多的棉花，甚至细数出果枝的条数和棉桃的个数，把这些棉花采摘后单独存放，镂后就可以做棉种了。给张志龙留下的印象是，家人一年四季起早贪黑日出而作日落而息，却年年没啥变化：还是粗茶淡饭，还是粗布衣衫，还是外债累累。

　　"清明早，立夏迟，谷雨种棉正当时"。种棉不比种麦，小麦早种、晚种十天半个月都一样，但种棉花错几天就有很大的差别。"人误地一时，地误人一季"说的就是这个道理。春暖花开的季节，庄里的机井就忙上了。大家伙儿先排着队挨号浇地，不管白天黑夜，轮到什么时间浇，就只能什么时间浇。浇完地，等晾个七八天，土壤有点干松，就可以准备犁地了。两头老牛套上"牛梭子"，再把牛套杆挂到铁犁铧挂钩上，两头牛就能均拉平杆。今年开春，张凤池借了点钱买了一头牙口不算好的老黄牛，耕地时，向亲戚家借了一头牛犁地。犁完之后，再用耕牛耙地，直到把地耙平，打上畦背儿。种棉花需要烫棉种，烫棉籽的水温过低，棉种发芽慢，在土里一埋数天，便沤烂了；水温过高，就把胚芽烫死了。等棉花种似发芽未发芽之时，恰到好处，就用木耧将棉花种子耩（读桨，播种）到地里。烫棉种的水温不好掌控，有些人家一季棉花种三茬，地里出现"爷、儿、孙"三代棉花的景象并不少见。棉苗刚出土时像极了婴儿握着的拳，几天便长出红色的茎，舒展开两片嫩绿的叶，长到一寸许时就可以初次间苗了。第一次间苗和第二次间苗都只是大致剔一下，把那些矮小、不健壮的苗剔除，使棉苗之间分开距离。赶到周末休课，张志龙能抽出空闲来，就常和父亲套上牛，架着耘锄，去棉花地里耘地。耘地目的是松土、除草，提高地温，从而加速棉花生长。一晃棉花长到地平面十厘米左右，就开始在棉花茎的底部抹药，以预防病虫害发生。再一晃，就得给棉花打杈和叶面喷洒农药了。除草、打杈、施肥、打药、旱天浇水等环节一旦跟不上，就会直接影响棉花长势。

棉花定苗后，高温多雨的季节就来了。棉花长得快，草也长得猛，几天便要锄一次地。否则，草就把苗给"吃"了。锄地经常累得人想吐。最让人发怵的是棉花生虫，大片的棉花生了虫，只能打药了。打药离不开水，张凤池家棉田的东面有一条大河——徒骇河，用水桶取水灌满两汽油桶，再用牛车拉到地头。用农药要特别谨慎，严控用药的剂量：浓度低，不足以杀死害虫；浓度过高，则伤害到棉花。每次打药，张凤池都用量杯把农药按配比进行稀释。一垧多的棉田，三十多斤重的喷雾器背在身上，一人把上两垄进行全面喷洒，两人差不多得一整天的时间才能打完。大日头底下打药害虫杀得最彻底，但打药的人也浑身汗湿如水洗。赶上周末，张志龙总是抢着跟老爸去打药。他体格较为单薄，老爸就让他装半壶药，志龙总是逞强地说："爹，木事儿，给俺装满！"

徒骇河河水汤汤，温和、宁静，从南向北缓缓流淌。两岸是合抱粗的大柳树及成片的白杨，一眼望不到头。杨柳依依随风飘舞，各种鸟在稠密枝丫间欢唱。河水清澈见底，站在岸边，能看见水里鱼虾、蝌蚪成群结队耍闹。打完药后，父子俩跳到河里洗个澡，打几个扑腾，疲惫顿消。口渴了就用手划一划，分开上层的水，趴在水面上，像牛羊一样，咕嘟咕嘟灌一肚子，抬起头打个饱嗝，那个舒服劲儿就甭提了。

棉铃虫繁衍得很快，几天一代地滋生，药就需要几天一打，直到开棉花才能停止。早晨，是棉铃虫的活跃时段，陶秀英根据棉铃虫的活动规律，连

续几天四五点钟就起床，戴着头巾披星戴月赶到棉田里，蹚着露水，拿着瓶子，把捉到的棉铃虫直接放进去。这种看似落后的灭虫方式人比较劳累，但是真能起到"立竿见影"的作用，而且对陶秀英来说，省下一瓶农药钱，够老儿子一个月的生活费了。

从种棉到开花，经过三个多月的辛劳，棉花终于开摘了。白绒绒的棉花从棉花桃上含苞绽放，在绿色的棉花叶子映衬下，在阳光的照射下，发出耀眼的光芒，很是吸引人们的眼球。整个村子的西北，上百亩的棉田里，到处是盛开的棉花，一望无际，非常壮美。张凤池和家人看着眼前丰收的果实，早已按捺不住内心的喜悦，他们腰间系着陶秀英用一块化肥袋子剪开自制的棉花包（俗名兜兜）兴奋地走进棉田，一边说着话一边开始拾（摘的意思）棉花。每人负责拾两行，把成熟的棉花桃拨开，然后用五个手指头把棉花夹住，从拨开的棉花桃上一鼓作气摘下来，直到完全剩下棉花壳，才算完成阶段性的拾摘任务。白花花的棉宝宝，从张开的棉桃上一个个地摘下来。清空的棉桃好用它锋利的尖指甲——棉桃尖，不时划伤他们的手背。陶秀英除了睡觉吃饭外，几乎全天泡在棉花地里，冒着酷暑，顶着烈日，流着汗水，机械地重复着单调而又充满诱惑的棉田采摘生活，常不时停下来，解下头顶的蓝头巾擦擦满脸汗水，轻轻敲几下疼痛的腰……直到夕阳西下，甚至有时候一直要到月亮升起，才推着每包大约上百斤，装满两大包棉花的地排车行走在回家的路上。

自从庄稼地里种了棉花，陶秀英就把全部精力都放在棉花的田间打理上。每天天不亮就起床做饭，露水还没有完全下去就来到棉田里。除草、打杈、施肥、打药……一样也落不下。等到棉花多得摘不及时，陶秀英便直接连坚硬的外壳一块儿拽下来，直拽到昏天黑地看不见，晚上回家在煤油灯下再一颗颗地剥棉花……

可能是夜晚受了风寒，这天早饭后陶秀英偏头痛的病又犯了，躺在炕上疼得直打滚。张凤池和老四张志波出去干活了，正赶上暑假志龙在家，老娘的病痛把志龙吓得不轻。他早知道母亲有这个病，但以前从没这么严重过。

"娘——，您别吓我！咱快去医院吧！"志龙穿着布鞋跳上炕，跪在母亲身边，连着急带害怕，脸上挂满了泪水。

陶秀英躺在炕上，有气无力地摆摆手："木……木事……"说着话老人紧紧抓住老儿子的手，安慰儿子，"不碍事，甭……甭怕……一会儿就好了……"

直到这时，张志龙才注意到母亲粗糙黝黑的手：瘦小枯干，长满了老茧，宛如冬日从树上跌落地上的一根根枯枝。看着母亲的手，张志龙的心里说不出的难受。

老人缓了口气接着说："咱家从东北……搬回来才两年，你大哥一家……就跟了回来，给他们盖房子，拉下些……饥荒。前年……你三哥在东北来电报，要结婚，让给张罗钱。你爹……去你姑家、你表哥家……借钱，我回你大舅、二舅家……借钱……又卖了些小麦，好歹凑了2000块钱。木房子，你四哥也木人给……俺们有口气就得……把房子给盖上，让他……信（娶）个媳妇。"说着话，老人老泪纵横，泪水湿了炕上的灰色老粗布褥子，"老五啊，苦就苦了你了！在学校吃不好，穿不好，住不好……我和你爹……心里难受！你争个气，考个大学，俺们就……省心了……也不知道，能不能等到……等到你成家……"

"娘——，恁别瞎想，恁一定会没事的！恁放心，我不用恁操心！俺一定能考上大学！"张志龙的泪珠噼里啪啦掉在母亲干瘦的手上。

暖融融的太阳升上天空。张志龙帮着父亲把几块棉花大包铺到院子里，把昨天拾的棉花均匀地摊在棉花大包上，让太阳晒干。棉花大包也是陶秀英用化肥袋子拼接缝制而成的。爆热的天气，晒上一天差不多就能晒干了。抓起一把棉花，把棉花籽儿放到嘴里，试着用牙齿咬，会发出"嘎嘣——嘎嘣——"的响声，说明已彻底晒干——可以拉到棉站卖钱了。

这天天还没亮，张凤池在紧张忙碌的氛围中抹了把脸、胡乱吃了口早饭，套上牛车，把车上的大包棉花勒紧——去乡里售棉。和交公粮一样，早点去排队，才能早点卖完早点回家。张志龙还没去过棉站，便跟父亲去了。天空大地黑沉沉一片。牛车赶路本来就慢，在黑暗中摸索前行更是慢悠悠，还没有人走得快。田野十分幽静，只听得到牛粗重的喘息声，牛蹄踏地的敲击声，车轱辘与地面的摩擦声，偶尔撞击到石头的哐当声。

牛车不紧不慢地载着张凤池爷俩到棉站时，棉站门口的人和车已经排起了长龙。一个乡只有乡棉站才有资格收购棉农的棉花，全乡卖棉花的人都集中到这里，地方狭窄、人员众多，光驴车、牛车就把马路挤得没有一点空隙，挨号排上两三天是常有的事。

"甭挤！甭挤！都排好队，按顺序来。再他娘硬挤，就谁也不让进来了……"棉站负责维持秩序的人叫黄飞，人送绰号"荒废"。他嘴里不干不净，歇斯底里地叫喊着，维持着秩序。通往棉站的南北大路上，早已被卖棉花的大车小辆挤得水泄不通。排出的长队也像一条弯曲的长龙——足足有三四里地。人声鼎沸，牛哞马嘶，各种刺耳的声音交织在一块，场面混乱不堪。因卖棉花加楔子两家人打仗的事早已屡见不鲜，大家都竞相朝前头挤，盼着快点卖了棉花好早点儿回家。两家子你不让我，我不让你，骂得不可开交。结果是谁想上前头去也去不了。周围的百姓焦急地劝着两家，赶快罢战，握手言和。这边战争刚劝停，那边又传来了叫骂声。棉站的验级员一看场面难以控制，竟然躲到一边图清净看热闹去了，棉农着急而又无奈地等候着。

张凤池尽管起了个大早，但还是排在后面。不一会儿，身后又排了好几十米。老黄牛摇摇尾巴，"啪嗒啪嗒"排出了一堆冒着热气的牛粪。张凤池赶忙把牛粪铲进一个废纸包里放在棉包下面——这可是种地用的好肥料，得带回家，不能浪费。张凤池去棉站里面打听今年棉花的收购价，不一会儿出来了，眼睛里折射着喜悦的光，说："一级棉一块五，二级和三级棉各低五分。"说着从棉包里拽出一把棉花，雪白的棉花在他宽大的手掌里握紧又散开，棉籽小棉絮多，手里抓不住，很有把握地对儿子说，"咱家肯定能卖到一级价！"

张志龙坐在牛车的棉包上面，看着父亲张凤池跟别人闲聊。牛车一步步地往前挪，不知不觉一上午过去了。到了饭口了，火辣的阳光炙烤着棉站外的人们。有人看一时半会儿排不到，索性就去旁边的包子铺买包子去了。张凤池从棉包里拽出一个老粗布兜子，从里面拿出一个掺着玉米面的馍馍，刚要递给志龙，却又犹豫一下，说："志龙，你看着牛车，我去上趟'茅子'（厕所）。"张志龙从车上跳下来，从父亲手里接过牛缰绳。厕所明明在东边的一块荒地边，可爹爹却往西边去了。张志龙看见爹爹在前边不远处找到本庄的一个人，跟他说着什么。那人从兜里掏出东西递给爹爹，爹爹又转向南边去了。不一会儿爹爹回来了，手里捧着用一块包装纸包着的五个包子，包子里的油浸湿了包装纸。他招呼志龙："来，他家的包子楞好吃。快，趁热吃。"张志龙知道这包子是爹爹才去跟人借钱买的。精粉做的包子冒着热气，香气扑鼻。张志龙有些犹豫，他本不想吃，又怕父亲跟他发火，便拿起包子咬了一口。

"爹，这个包子是羊肉馅的？"

爹爹点了点头："嗯。他家的羊肉包子愣有名。你多吃点。"

张志龙慢吞吞地只吃了一个，就把剩下的包子递给父亲，皱着眉头，说："爹，恁吃吧！羊肉太膻了，不好吃……"父亲笑着摇着头说："吃那个不抗饿。"他手拿个掺着玉米面的馍馍对儿子晃了一下说，"还是这个实惠！"

志龙把剩下的包子装进布兜里，自己也拿出一个黄面馍馍使劲儿咬了一口。

终于看到棉站检测员提着桶在前面几个老乡那里取样品了。检测员成了大家又爱又恨的人。棉农都把最好的棉花往他的桶里装，他往往不放心，怕掺假。每个棉包里都要自己抓取些。有的人心虚做了手脚，一边和他说话打岔，一边捡棉包里最好的棉花给他。提走的样品是不包含所售卖棉花的斤称，等于白给公家。棉农怕他装太多，脸上堆着笑，嘴里念叨着："少装点吧，大兄弟，这么多能检测出来了。"

棉农为了一两把棉花总是与检测员再三争夺，最后还是被他们提走了一桶棉花。当家的老爷们不敢说话，老娘们儿紧走两步，偷偷追过去又抓回来一些，赔着笑脸说："大兄弟，你最心好！这两把棉花卖的钱能给孩子买一斤糖吃了。"检测员拎着桶棉花，无奈地走进棉站内。

检测员提着桶终于来到张凤池这里，张凤池赶紧迎上去攀起了亲戚："哎呀，这不是咱庄四婶子她外甥家的大小子嘛，恁是岳王庙的吧？"

"嗯！"检测员头也不抬，继续往桶里装棉花。

"别装那么瓷实，装暄腾点，不少了！"张凤池脸上始终堆着笑，心疼地看着自家棉花被检测员的大手一把一把放进桶里，还压了压。

正在这时，忽然传来一阵犹如杀人般的哭喊与吵闹声。棉站又出事了，一群人呼啦围了上去。

"把他家的棉花都扣下，把他俩送到派出所！"一个棉站领导站在一对中年夫妻身边，怒目圆睁，指着男人大声喊道。

围观的人面面相觑，不知发生了什么事。卖个棉花怎么要送派出所。

"呀！他家棉花怎么掺进了这么多盐粒！"眼尖的人用手扒拉着棉花，还有一些人也在拿着棉花仔细看。

雪白的棉花与盐粒在一起根本看不出来，只有用手去捡拾才会分辨出来。

事实摆在面前，这个中等个子穿着灰色中山装的棉站领导让员工带走了那对夫妻。对着所有卖棉花的人，他大声训话。虽然简短，但语气是严厉的，神情是严肃的，甚至他的声音和身体都微微颤抖着："你们知不知道，掺进这几斤盐粒，就多卖十来块钱，却损坏了县城棉纺厂十几万块钱的机器设备！"他舔了一下嘴唇继续说，"老乡们，棉纺厂工人也是人，因为前些日子收上去的棉花有盐粒没发现，把机器毁了，都发不下工资了。以后大家不要做这种事了，好不好？咱们都是乡邻，传出去，不仅棉站蒙羞，个人蒙羞，而且没收棉花！唉……"

棉站领导摇着头叹着气转身走了。

卖完棉花的张凤池乐颠颠地取了钱，此时，月亮已经升起来了。棉站外还排着长长的队。那些还没排上号的棉农做好了在这过夜的准备，从车里拿出了干粮和大衣。

老黄牛拉着空车，步子迈得很大，有些着急地往回走。

秋天夜里的露水很重，一阵秋风袭来。张凤池看着天上的半个月亮，严肃而温和地对儿子说："记着，无论到嘛时候，咱们穷死不下道！要把良心放正！"

张志龙使劲儿点点头："嗯，知道了爹。"张凤池像是自言自语又像是对儿子说："老天爷保佑咱老百姓，年年大丰收，给娃们买肉包子，买月饼，买新褂子……"说罢，他拿起鞭子抽了一下牛屁股，老牛一弓身步子更急了。远远近近家家户户的窗口散发出昏黄而温柔的灯光，牛车和山东吕剧的悠扬声音在寂静的村路上传出很远。

第六章

秋天是多彩的。蔚蓝的天空，没有一丝云彩，寂寥的秋风带走了满眼的绿色和农田里满地的金黄。天高云淡，偶尔的细雨蒙蒙，让人享受一份独特的凉爽，在夹杂着泥土气息中倍感惬意。

俗话说，长尾巴秋。过秋不像过麦样，从虎口夺粮。但也必须抓紧，不然则误了季节，误了墒情。

那是十月的一个周末，天气晴好。早饭后，张凤池把弯弓犁、耙都装在板车上，要去地里耕地。刚套上牛，张凤池却突然捂着胃弯下腰去，豆大的汗珠从额头滚下。父亲的胃病又发作了，志龙急忙跑上前牵住要走的牛："爹，今天咱别干了。"张凤池眉头紧皱，脸上现出痛苦的表情："木……木事！一会儿就好了。我上车……坐着，你……赶车。"

老牛非常听话，迈着火上房都不着急的步子，慢条斯理地载着犁、耙和张凤池来到位于庄子东边的地头上。以前总是看爹爹耕地，自己没操作过，今天，张志龙按父亲的指令开始学耕地。他右手扶犁把，左手执鞭，两眼紧盯犁托。犁托距犁沿是半扎远，要始终保持这个距离，用推、搬犁把来控制和掌握。距离大了就拉一下，距离小了就推一下。耕深了就抬一抬犁把，耕浅了就按一按犁把……用了半晌的工夫张志龙基本掌握了耕地的要领。农谚有"秋收一把锄，麦收一盘耙"的说法，耕完地还得耙（读 bà，表示"一种把碎土、堆肥、杂草摊开，使它们附着在农田表面的农具"，长方形木架下，有成排的15厘米左右的铁齿）地，深耕和精细耙地完美结合才能打造出适合

小麦播种的土壤。这个活张志龙并不生疏。往年父亲耙地时赶着牲口，让他在耙上学过。不过这次是他独自站在耙上，心里难免有些紧张。他一手牵着牛绳，一手执鞭，像父亲那样耙地。由于地里坷垃多，人在耙上站不稳，有好几次险些从耙上掉下来。老牛浑身长着金黄色的绒毛，在阳光的照耀下闪着金光。在地头拐弯时，志龙一手牵牛绳，一手搬耙，由于经验不足，技术不到家，又由于人小力单，搬耙吃力，在放耙时不小心有个耙齿扎在了脚面上，立时鲜血直流，张志龙疼得咧着嘴坐在了地上。张凤池顾不上胃痛，急忙跑过来抓一把土按在张志龙流血的脚上，鲜血把黄土染成了黑色。

"哎呀呀，你看看，出了这么多血！"

志龙忍着钻心的疼痛，尽量放松面部表情："爹，木事儿！扎得不深，两三天就好了。"张凤池从路边的树上扯下几片树叶放在嘴里嚼碎，敷在志龙的脚伤处。坐在长满野草的地头田埂上，吹着微风，张凤池掏出烟袋锅，非常享受地吸了一口，说："志龙，自打国家恢复高考以来，咱小张庄木出过一个大学生，整个乡里也没几个。谁家要是出个大学生方圆好几十里的人都能知道，像是中了状元……"望着伫立在地里的那头廋骨嶙峋在午日的阳光下不停地甩动尾巴赶着苍蝇的老黄牛，张凤池对老儿子语重心长地说，"记住我今天说的话，要想改变在地垄沟刨食的命，你就得上大学！"

张凤池眉头微锁，深邃的目光忧郁地眺望着远方。浓烈的烟从他厚实的唇间飘出，带着一种难以言说的深沉。

凝望着眼前一望无际的黄土地，张志龙暗暗发誓：一定要考上大学！

这里虽然已经通了电，可由于电力紧张，停电是常有的事。家家的煤油灯依旧挂在墙上、摆在桌子上。

又是一个周末的晚上，张志龙一家围坐在地桌上吃饭。老娘和小妹坐在灶台边，背对着油灯。老爸坐在上首边，张志龙和老四张志波坐在右边。桌子上的"别棒"（类似东北的盖帘）里横七竖八地卧着几个窝窝头儿，还有一盘咸菜。挂在灶墙上的煤油灯跳动的火苗照在张志龙心事重重的脸上。他几次欲言又止。

老娘心思细腻，看出了老儿子有心事，便小声问："小龙，你有嘛事吧？

怎么皱着眉头？"

"学校……要交20块钱学杂费。"

张凤池不动声色地皱了一下眉，随即端起粗瓷大碗，"滋滋——"喝着白粥。

张志龙把脸转向父亲，嗫嚅着央求父亲，声音细小得像蚊子"嗡嗡"：
"爹——，俺……不想念了，让俺跟……四哥出去打工吧！"

家人几乎同时停止咀嚼。老四和小妹半张着嘴，看看志龙，又偷偷看看老爹。陶秀英也同样有些紧张地看着丈夫。志龙低着头，轻轻嚼着窝窝头。

张凤池的脸沉得吓人："胡说！咱家就是砸锅卖铁也要供你读书！你甭操心了……"

张志龙把碗放在桌上，走进里屋，把桌子上的煤油灯点着，坐在床上，满怀心事地看书。

张凤池在外屋煤油灯下的小板凳上一直坐着。夜已很深了，那杆老烟袋还在一燃一灭不停地闪烁。

第二天，吃早饭的时候家人都没看见爹爹，老娘也不知道他干啥去了，只知道天还没亮就起来骑着自行车走了。一家人心里都清楚，肯定是去哪个亲戚家借学杂费了。从上午到下午到傍晚，陶秀英系着围裙，一次次地走出小院，到路口四处张望……拿不到学杂费，张志龙今晚就不打算回校读晚课了。明天回校也行——老师这么说的。煤油灯点上了，在一家人焦急地等待中，只听见院门"吱——"地响了一下，随后又"吱——"的一声关上了。小妹说了句："俺爹回来了。"几个人急忙起身迎了出去。张凤池披着星光、拖着疲惫的身体迈进了家门。他把自行车在墙边支上，把夹在后车座的铁锨拿下来立在墙角。

"你干吗去了？"陶秀英关切地问。

张凤池并未答话，跨步进了屋。在煤油灯下，家人看清了：爹爹浑身上下没有一点干净的地方，脸上和衣服上挂满了一大块一大块的泥巴。头发上干巴的泥浆不由让人联想到钢筋混凝土……陶秀英急忙脱去丈夫的外衣，再次问："你这是去了哪里？怎么搞这么脏？"

"到乡里了，挖河沟……"他眼里带笑，使劲儿拍了拍自己的胸脯，"俺

这身体，年轻小伙儿俺都不服……"话音未落，却一下子跌坐在椅子上……

　　冬天早早地来了，天阴沉沉的。早饭后，天空飘起了比榆树钱还大的雪花，整个冬天都沉浸在一片灰黑的色调当中，日子仿佛瞬间没了色彩，只剩下久久的等待。这天刚上完三节课，有同学大声喊张志龙："张志龙，校门口有人找你！"张志龙有些纳闷儿，会是谁呢？他不敢怠慢，踩着"咯吱——咯吱——"的雪向校门口跑去，离老远就看见有个个子不高头上系着蓝头巾的老人站在操场雪地里。

　　是母亲！

　　初冬季节，上级来了任务，张凤池和两个儿子前些天跟庄里的青壮年都去徒骇河上游的一个县挖河了。陶秀英起大早包了些饺子，煮好后装在一个坑坑瘪瘪的铝饭盒里。用老粗布毛巾捂了好几层，步行二十多里路来学校给老儿子送饺子。老人穿一件黑色大襟衫，一条黑色的宽腰裤，一双黑色的老太太布鞋。她的双膝沾有泥雪的印记，张志龙仿佛看见老娘在一个很陡的坡路滑倒，饭盒跌落在地，老娘急忙捡起饭盒，慢慢地从雪地上站起，用手掸了掸腿上的雪，把饭盒塞进贴身的斜襟棉袄里继续蹒跚着前行。从地面杂乱的脚印看出，老娘在寒风中一定等了很久，直到他来到近前才从棉袄里拿出用老粗布包裹着的饭盒。

　　风雪中的老娘已有些瑟瑟发抖了，可饭盒却保持着温热。志龙知道，那是母亲用身体焐热的！

　　"今天，是你生日，你爹和你哥……去外地挖河去了……"陶秀英累得有些气喘，同时更有些冷，声音明显有些发颤，"饺子还木凉，快拿回屋……趁热吃。"

　　张志龙根本不记得今天是他十七岁的生日！他的眼睛瞬间被洪水淹没。他鼻翼翕动，喉咙似有什么东西堵住。此刻纵有千言万语，却只喊出一个字："娘——"他多想扑在母亲的怀里，为母亲挡挡凛冽的风，掸去母亲头巾上落满的雪花！他极力控制着没哭出来，接过饭盒转身跑进校门内，背对着一墙之隔的母亲，背对着三三两两在校门口进出的学生，他情感的堤坝彻底崩塌，捂着嘴压低喉咙哭了起来……待他匆忙擦干眼泪又跑出校门时，只见母亲弯曲的瘦小的背影正蹒跚着走在那条回家的落满雪花的路上，风雪中扑扑抖动的蓝头巾渐渐模糊……晚上，在寝室的煤油灯下，他打开日记本写下这样一句话：张志龙，你一定要考上大学，将来让父母享福！

地里刨食的庄稼人，一年四季几乎没有清闲的时候，从睁眼忙到睡下。就这样忙忙活活，越是累死累活，倒越是带劲，日子就越有奔头。拖着一身疲惫回到家里，还要垫垫猪圈，扫扫院子。在院子里或者篱笆下，种上些茄子辣椒、丝瓜扁豆之类的青菜，总之不能闲着。真的闲了下来，倒还手痒了，觉得浑身没了力气。在院子里踅摸着，拾掇拾掇这里，整理整理那里，总要忙到日落西山。

初冬的芦花垂首静立，萧瑟之中舞动着朝阳下的柔弱。枯黄而潮湿的芦苇，依然是初冬的主角。败草的香味在清冷的气息中氤氲着、酝酿着。挖河是个累活，但也是展示男人阳刚一面的时候。记忆中的徒骇河，清清的河水像涓涓流淌的乳汁，源源不断地滋养着家乡两岸的人民。不过她的脾气却有时温顺有时暴躁。早些年每年的七八月份常发大水。打着漩涡的湍流，一路夹带大量的泥沙不断沉积，致使河床逐年增高。为了使河流泄洪畅通，上级每年都要投入大量人力物力，号召人民积极对徒骇河进行清淤治理，预防洪水给家乡人民带来灾害。

几天前，庄里那棵老树上的大喇叭一天到晚重复着村干部的声音："各位乡亲请注意，各位乡亲请注意，乡里已下发通知，开始挖河了，开始挖河了！"一天三顿吃白面卷子，两顿漂着一层油花的白菜汤，白粥随便喝。这过年一样的待遇是极具诱惑力的。劳力们早已把铁锨、铁镐、充气筒、被褥等准备好，随时等候出发。这次是徒骇河上游清淤"大会战"，工棚扎在徒骇河南岸的蔡寨乡——是用偌大的帆船布东西横向搭建的。每个庄一间，门口朝南。工棚里面两边铺了厚厚的麦草，上面放上简单的铺盖卷。中间留约一米宽的走道，挖河的乡亲们头对着头，睡在这美其名曰的"卧铺"上。在土窝子里摸爬滚打了一天的乡亲们，腿都要抽筋，躺在暖烘烘的"草窝"里，那个舒坦劲儿就别提了。可甭管怎么说，十冬腊月的，不用遇上大风，后半夜人人都会升个"团长"（抱成一团）。风趣幽默的张凤池，为了解手不起

床，偷偷弄来一节破旧胶管子，从自己的被窝里一直顺到工棚外面。他这风趣的举动，被三孬和老航瞅上，趁人不注意，一把黄泥从外面给堵上了。夜里，张凤池依旧半梦半醒地在被窝里解决，还没等解完，就觉得被窝里热乎乎的，湿漉漉的。他马上精神起来，吆喝道：

"哪个坏种给老子堵上了，真不是个东西！"

一头的角落里憋不住的笑声传出："深更半夜一惊一乍的，咋了张二叔？"

"不知哪个王八羔子给老子堵上了，弄了一被窝。"

老张头边穿棉衣边说。几个人一阵哄笑后，一工棚的人都被吵醒了，你一句我一言的，黑暗中必定会有人讲一些黄色笑话，弄得刚入睡的人们精神了，有的甚至失眠了。第二天，零星的小雪几近融化，出工的哨子照常吹响，睡意未退的人们，形成黑压压的人流向工地上移去，铁锨小推车的撞击声，在依稀的天光下，在徒骇河上沉沉浮浮……

马萧萧，车辚辚，长龙似的河滩人山人海。汉子们挥舞着铁锨、铁镐，破冰铲土。他们用那双粗粝的大手，用宽阔的肩膀，把满带冰渣子的黄淤泥，一车车、一锨锨地运上徒骇河大坝。太阳一竿子高了，人们已经大汗淋漓。推车的壮汉脖根抻得长长的，一根麻织的车绊直往肉里勒，眼珠子开始发胀。五十多岁的张凤池是全村出了名的壮汉，满满一推车土，不用马拉，自己就从河床拱上岸来。人们在惊叹之中，个个挑起大拇指。这时，人群中走出一个身材魁梧的人，大家都叫他铁匠，是李家庄公认的"大力士"。他笑着走过，脱下早已被汗水湿透的汗衫，扔向一旁。一身高高凸起的肌肉，像一个个肉疙瘩，嵌在他的胳膊及肩头上。他走到一辆刚刚装满土的小推车旁，一卧腰，把小车抬起，一步步地向岸上走去。此时，大伙静静地望着铁匠，手里替他攥着一把汗。五六米高的岸坡，把三百多斤重的一车土拉到岸上去，绝非易事。还差几步就到岸顶的时候，铁匠的脚步挪得很吃力，汗珠子顺着肉疙瘩往下滚。这时，四狗突然高喊："铁匠，加油！铁匠，加油！"大家伙也跟着喊了起来："铁匠，加油！铁匠，加油！"。在人们的呼喊助威下，铁匠猛一用力，终于把一车土拉上岸顶。他长长地出了一口气，在场的人们都惊呆了。这时，张凤池走过来，不动声色，也是抬起一车土，弓着腰向岸上拉。这时的人们不再是屏住呼吸，而是有节奏地为张凤池加油。而张凤池也不愧为出了名的壮汉，步子平稳踏实且一鼓作气地上了堤岸，气不长出。掌声中，众人投来佩服的目光。

中午时分，送饭的来了，村干部从腰包里掏出哨子，"吱吱"地吹上几声，又放高嗓门喊："吃饭了，吃饭了!"劳累的人们，早就抻长脖子，不断地把目光投向送饭人来的方向。听到喊声，撂下铁锨或小推车，到河边撩些水洗洗手，边走边往裤腿上抹两把，一窝蜂地围拢过来。大锅粥好喝，每天粥桶刚蹲下，张凤池先拿一个大铁碗，盛上一碗不住地吹着，顺着碗边喝下去，紧接去舀第二碗，嘴里还不住嘟哝着："先来个汤饱。"然后独自找个地方放好，再去领属于他的那几个馍馍。出门在外，张凤池不抽烟袋锅了，改为纸烟。吃罢午饭，他坐在原地掏出烟荷包，捏一些烟叶放在一条白纸上，熟练地卷起一个喇叭筒状的烟卷，用宽厚红里透白的舌头在卷烟纸上抹了好几下唾沫，把卷烟顶部的尖顺手掐掉，叼在嘴上，取出皱巴巴的火柴点着，长吸了一口喷出一团浓烟，脸上现出满足的神情。约莫半个时辰的工夫，队长吹响了哨子，人们懒洋洋地起来，补充些水，继续投入紧张有序的劳动中。"土，不挪寸地。"这话一点不假，刚开始，人们还干劲充沛，生龙活虎似的，不大会儿工夫，所有人的汗水就湿透了衣衫。年龄稍大点的，一直不紧不慢地干，更有熬头；觉得自己身强力壮的青壮小伙，放泼了干，一阵子过去就有点顶不了了，越干越慢；更年轻点的，瘫坐在地上不想起来，一副精疲力竭的样子。收工回工棚的路上，与铁锨推车摔了一天跤的人们，浑身一丁点儿力气都没有，骨头架子都散了。水是农业的命脉，水利是农村的希望。乡亲们用脊梁扛、肩膀挑起来的一条条堤坝，再用汗水与心血夯实。

在鲁西，男青年有一套完整的院落是介绍对象的首要条件，否则不管你多优秀，也不管家里多有钱，一切免谈。有了梧桐树才能引来金凤凰。至于能不能引来，那完全是另外一回事，但如果没有新房，金凤凰是万万不可能飞进家门的。

自打给远在东北的三儿子张志河张罗完结婚，老四张志波的婚事成为张凤池两口子的一块心病。张凤池在床上辗转反侧了好几宿，终于下定一个决心。

　　傍晚，灶台上的煤油灯跳动着欢快的火苗。张凤池和老伴儿、儿子张志波围坐在外屋中间的地桌边吃着晚饭。张凤池掰下一块窝头在蒜泥里蘸了一下放进嘴里，嚼了几口吞咽下去，粗壮的喉结上下滚动，又"滋溜"喝下一口白粥。他看了一眼老伴儿和儿子张志波，在煤油灯火苗的映射下眼里泛着喜悦的光。待饭菜吞进肚里，他向家人郑重宣布：盖房，给老四张志波盖新房。老伴儿看了他一眼，又看了看儿子，用疑惑的眼神问："得两三万哩，上哪儿弄那么多钱？"

　　张志波放慢吃饭的进度，说："爹，哪有钱盖房？外面还欠着那么多饥荒哩。还是等等吧，不着急。"

　　"我都寻思好了，到你大舅、二舅、三舅那，一家借咱们5000，还有你姑家，也让给张罗5000，剩下的零碎就好办了。"张凤池说。

　　老伴儿咽下一块窝头，不无忧虑地说："这些家，咱都欠着人家不少钱呢，咋张这个嘴啊！"

　　"放心吧，他们都说过，孩子的婚事是大事，用钱的话都能帮衬！"张凤池胸有成竹。

　　果然，几个近亲属兑现了诺言，答应借的钱真就张罗差不多了。有了钱就好办事了。张凤池把庄里的"大明白"请到家里，做了四个小菜。大明白今年五十六七岁，唇上的胡须黑黑的，几乎把整张嘴盖住。大明白小名三宝，从小体弱多病，家人怕养不活，所以把他认给山西的一个常仙当儿子，赐名三宝。他喊常仙爹，改口喊自己爹娘为叔叔，婶子。在他九岁的时候，他常仙爹说他命占三丁四甲，正财不旺，而且掌心带"井"字掌纹，适合做阴阳先生。后来在常仙爹的指点下，他拜入赵瞎子门下，学习阴阳五行、捉鬼降妖之术。这样一来，也算是走了偏门。自从十七岁出徒，到今日，已经整整四十年了。

　　喝了二两小酒的"大明白"戴着顶蓝帽子，右手拎着一个黑色皮包，包里放着罗盘，背着左手从村东走到村西，又从村西回到村东，后面跟着一群看热闹的街坊。在村东一块较为平坦的闲置地块，他摇头晃脑指指点点，最后说了句："就是这！"

　　张凤池大悦，他不敢怠慢，马上让老大老四推着架子车推土把宅基垫上。"砸夯"是盖房子的第一步,"房要好,地基牢",地基必须得处理好。夯,是用碌碡和木棍做成的。把三五百斤的碌碡立起来,四根硬木横竖把碌碡上部夹住,用绳子绑起来,像抬轿子一样。庄里四个棒实的小伙子双手抬着杠子,其他几个人拽着绳子,把石夯高高举起,重重砸下。随着夯的一起一落,几个来回,地基就砸实了。砸夯的场面不亚于结婚娶媳妇。左邻右舍、乡里乡亲的都会主动来帮忙。帮不了忙的老人孩子也来凑热闹,捧人场。这么多的人想把夯砸到一个点上,没有人统一协调是万万不行的。所以在砸夯的人中,就有一个负责喊号子,俗称"领夯的",喊的号子叫"砸夯号子"。大家随着砸夯号子的节奏,心往一处想,劲往一处使,砸出的地基才匀实。喊号子可不是个简单活儿,一要声音洪亮,二要脑子灵活。指挥方向、发布命令,都要通过号子的形式。而砸夯号子没有现成的,全凭领夯者现场发挥,具有很强的随意性。喊号人要脑子灵、反应快才能应付得了。古往今来、天南地北、村中的趣事、眼前的东西,都可以入号子。领夯的靠敏捷的思维,伶俐的口齿,将眼中所见,心中所想,用诙谐幽默的语言表现出来。有时也免不了会出现一些荤词,逗得人们前仰后合。领夯人的号子似唱非唱,曲调简单,悦耳动听。砸夯号子不仅可以统一步调,而且对于调节现场气氛、提高劳动热情起着举足轻重的作用。每当夯号响起,抬夯的人就像出征的战士听到了冲锋的号角,顿时精神抖擞力量倍增。

喊号子的人自己不抬夯,但他却是砸夯的中心。抬夯的人可以换,而号子手是固定的。小张庄固定喊夯的叫张德顺。他个子不高,眼睛不大,瘦瘦的身材,几根稀疏不长的胡子,像秋天的玉米须,年近50岁了还是光棍儿一根。别看他身体不壮实,却有着喊号子的天赋,几乎承包了小张庄所有领夯的事。张德顺喊的号子像唱歌一样,不仅抬夯人齐心合力砸得带劲,连围观的人有时也跟着一块"唉嗨嗨哟噢"地喊:

"爷儿们抬起来哟, （众）唉嗨嗨哟噢；

抬起那夯来呀啊, （众）唉嗨嗨哟噢；

盖房不容易呀啊, （众）唉嗨嗨哟噢；

大家来帮忙呀啊, （众）唉嗨嗨哟噢；

今天你帮我呀啊，（众）唉嗨嗨哟噢；

明天我帮你呀啊，（众）唉嗨嗨哟噢；

大家高高举呀啊，（众）唉嗨嗨哟噢；

举高了砸得实啊，（众）唉嗨嗨哟噢。"

砸夯是个很累人的活儿，小伙子们裸露着胸膛，绷紧了肌肉，被太阳晒得红红的，汗水不停地往下流。四间房，一圈大墙打过头遍，张凤池招呼大家歇息一会儿，家人满脸含笑地递上烟、茶水、可口的绿豆汤。砸夯人端起大碗"咕咚咕咚"一饮而尽，抹一把汗，休息一会儿再接着干。张德顺的号子总用说教类的老词，大家有些听腻了，于是就起哄说："德顺，来点荤的！"德顺自己也知道砸的时间长了，这是大家拿他打哈哈，于是他就拿自己开涮：

"爷儿们举起夯呀啊，（众）唉嗨嗨哟噢；

接着砸地基呀啊，（众）唉嗨嗨哟噢；

你们出力气呀啊，（众）唉嗨嗨哟噢；

我德顺也不易呀，（众）唉嗨嗨哟噢；

你们回到了家呀，（众）唉嗨嗨哟噢；

还能搂着妻呀啊，（众）唉嗨嗨哟噢；

我德顺回到家呀，（众）唉嗨嗨哟噢；

老鼠都没母的呀，（众）唉嗨嗨哟噢；

德顺我不愁吃呀，（众）唉嗨嗨哟噢；

德顺我不愁喝呀，（众）唉嗨嗨哟噢；

愁我那小雀呀啊，（众）唉嗨嗨哟噢；

没呀没处搁呀啊，……"

此时众人已笑成一团，有的还抬着夯杆，有的则乐得猫了腰。砸夯的项目就跟唱歌演戏一样，成了人们放松自己和释放热情的载体。虽然累，但所有参加的人都特别开心特别快乐。石碾沉闷的落地声与嘹亮高亢的号子声交融在一起，响成一片，传出很远很远。

打夯是个力气活，日子再紧巴，打夯这天的伙食也要厚实。午饭包白菜猪肉包子，包子里多放两块肥肉。晚上炒几个盘子，必须有酒。吃得好、吃得饱才有力气。要是谁家打夯，伙食上差了，就别怕别人津津乐道了。饭口了，陶秀英和大儿媳、小女儿以及左邻右舍前来帮忙的女人们早就把好酒好菜准备好了。张凤池家用最好的饭菜招待大家：白菜猪肉包子，猪肉炖白菜粉条，鸡蛋汤。张德顺没有老婆，平常自己吃饭也就是糊弄，这时候，有白菜猪肉包子还有肉菜，他当然也想解馋，但是他比较好面子，别人一捧他就顺着竿儿向上爬。大家抄起包子准备吃的时候，有人就故意捉弄他：

"德顺，听说你不爱吃包子，就爱吃窝头，对吧？俺给你拿窝头去吧！"

"德顺，听说你不爱肉，就爱吃白菜，对吧？"

本来这就是玩笑话，但是他却红着脸连说："是是是，"别人就起哄递给他窝头，结果德顺眼巴巴地看着别人吃包子，他只能拿起窝头来吃。晚上砸夯结束继续喝酒，大家喝得开心、尽兴，煤油灯火苗在一张张涨红的脸上跳动、闪烁。酒足饭饱，大家摇摇晃晃有说有笑地离开张凤池家。陶秀英打发老儿子志龙把剩下的一些炖菜和包子给德顺送去。虽然自家平日里吃包子的时候少之又少，可人家累了一大天了，孤苦伶仃一个人做饭太不容易……

地基完成了，下一步是脱坯。今年春天气温高，干燥少雨，正好晾坯，又赶上农闲。在一个风和日丽的日子，张凤池和老大张志海、老四张志河开始脱坯了，张志龙也跟着打个下手。"房一间，坯一千"。盖四间房的话，打出损耗，怎么也得四千二三。这要是摆开来，得不小一片地方，没有宽敞的场地办不了。小张庄村北有个盐碱地的河滩，这里地势开阔，方便操作和晾晒，而且旁边有个水沟，取水方便。他们前一天在河边选好了一块地，用铁锨把土翻起，围成一个大圆圈，然后放进水闷着，这叫洇土，为的是使土充分吸收水分。不洇透就和泥，土生，脱出坯来不结实。在洇土的同时，还撒上厚厚的一层麦秸段，作用类似于钢筋混凝土中的钢筋，这样脱出的坯不易断裂。土洇了一宿，第二天早上和泥。坯泥不能太稀，太稀脱出的坯不成个，也不易干，但也不能太硬，太硬的泥脱起来费力。张志海拿"三齿钩子"来回地翻弄搅合，老四张志波干脆挽起裤腿光着脚丫在泥里踩，庄里人

管这叫"踩泥窝"。水、麦秸、土易于黏合在一起。经过几个回合的翻倒，坯泥就和好了。张凤池早把准备放坯的地方打扫干净，上面撒上些细土细炉灰，现在可以正式脱坯了。家人各有分工：两人和泥，两人装筐，两人抬泥，一人供泥，一人摁模。脱坯用的工具叫"模子"，由四块木板钉成的长方形。长约五十厘米，宽约四十厘米，厚约十厘米，内外都刨得非常平滑。两个短框上钉有提手，为的是便于出模。张凤池在脱坯方面是个老手，只见他手持模子蹲在地上，旁边放一个装有水的脸盆，把模子放在脸盆的水中浸湿清洗后放在平地上，供泥人用铁钗把和好的泥放入模内。张凤池两手对角迅速摁两次，先把四个角撑起来，再用手掌把模内的泥压平，两手抠住提手用力一提，一块坯就脱成了。脱完一块坯，马上把模子放到水盆里刷干净，泥不沾框，坯不掉角。

脱好的坯要在太阳下暴晒，这时最怕闹天，一旦来上一场大雨，几天的辛苦将付之东流。这天刚脱完坯，半夜忽然变了天，一夜电闪雷鸣、狂风呼啸，陶秀英急得一夜没睡，到第二天早上起来嗓子都哑了，说不出话来。幸亏是干打雷不下雨，虚惊一场，没造成什么损失。坯经过三四天日晒表面见干了，一家人又去"立坯"——把平躺在地上的土坯立起来，使之通风，为的是干得快，干得透。再过几天坯彻底干透了，一家老小又是齐上阵用板车运回家。

趁农闲，张凤池请来几位木工和泥瓦匠。不几日，一座新房的框架就搭起来了。

接下来就是整个盖房工程中最为隆重的事了——上梁，这可是关系着房屋质量甚至盖房人脸面的大事。张凤池在村里威信高人缘好，这天来帮忙的人特别多，庄里许多婶子大娘也来帮厨了。张志波起早从集市上割来了肥花花的猪肉，买了烟、酒，还买了红红的一挂鞭炮。

负责盖房工程的本家没出五服的大爷把着表，按照村里"大明白"查好的时辰，一声吆喝："吉时已到，上梁喽！"早已蹲候在山墙上的壮劳力拉紧绳子，地上的人则扶正早已贴好张凤池亲手书写的"太公到此，上梁大吉"的房梁。当鞭炮噼噼啪啪响起之后，被打扮得出嫁姑娘一般的木梁就冉冉地被人托上了墙头。满面春风的陶秀英端来包裹的花花绿绿的糖果撒给前来看热闹的孩子，大家一拥而上嘻嘻哈哈抢捡地上的糖果，等他们抬起头时，那梁已被人们牢牢地稳固在山墙上。随后盖房的人各就各位，有的架檩，有的苫盖麦草……忙忙碌碌一整天，太阳快落山的时候，一座崭新的房子就在村里亮堂堂矗起来了。

大家拆卸下架木，收拾好工具，擦把脸，点上一支烟，就被张凤池拉到了早已摆好酒菜的饭桌前。面对丰盛的菜肴，一开始大家还谦谦地、有些不好意思地一点点抿着酒杯。在张凤池和张志波热情相劝中，人们就敞开了肚皮，毫无顾忌地大口喝酒、大口吃起肉来。

看着乡邻们那渐渐酡红的脸，陶秀英心里乐得开了花。仿佛看见一个俊俏的女子走进宽敞的院落……

第七章

这是张志龙从家返校的一个周日的下午，他骑着自行车往学校赶。途中，忽然下起了雨，让张志龙措手不及。公路两侧全是白杨，并不能遮多少雨，索性就低着头使劲儿蹬着连脚蹬板儿都没有的自行车继续前行。离学校还有四五里路的样子，张志龙蓦地发现，在路边的杨树下站着一个熟悉的粉红色的身影。是她，萧桐！静静地站在风雨中，虽然打着伞，但前额的头发有水珠滚落，粉红色的衣袖及黑色裤脚早已湿透。

"你怎么上这儿来了？"张志龙急忙勒住车闸，从自行车上下来。

"下雨了，俺给你……送雨披来了。"

张志龙这才注意到，萧桐的手里拿着一件黑色的雨披。在风雨中走了四五里路，就为了给自己送件雨披！这让张志龙激动不已，一时竟不知说啥是好。

"你……骑车没？"张志龙擦一把脸上的雨水，问。

"木价（没有）。"

"你怎么不骑车子？"

"俺……车子坏了。"

"那……我驮着你吧。"张志龙披上雨披，用没淋到雨的袖子擦了擦后车座，蹬上自行车。萧桐合上雨伞，跟着跑了几步，才一偏身子坐了上去。车把一晃，张志龙双手用力摆正车把，蹬着自行车在雨中慢慢前行。

雨不大不小地下着，张志龙载着萧桐沿着徒骇河河堤不紧不慢地骑着，二人默不作声，谁也不说话。路边的白杨青翠欲滴，淅淅沥沥的雨点像珍珠般从天而降，打碎了平静的徒骇河河面。经过一个浅沟时，车子颠了一下，萧桐伸手环住了张志龙的腰身，头紧紧地贴在张志龙的后背。张志龙感觉一股电流涌遍他的全身……

刚才的雨已经渐小，现在却越下越大，斜风带雨，不一会儿，萧桐的身上就湿透了。

"俺，有点儿……冷！"萧桐哆嗦着身子对张志龙说。

张志龙在雨幕里四处张望，堤坝上有一个水闸房，但是锁着门，别处并无可供避雨的地方。他心急如焚，停下自行车，脱下雨披给萧桐披上。

再有一里多地就到张志龙租的房子了。张志龙试探着说：

"要不，先到俺租的房子那……避会儿雨？"萧桐点点头。两人再次上了自行车。

张志龙赁的房子是个弃置多年的独门独院，两扇陈旧的木板门从不上锁。两人推开大门跑进院里。张志龙匆忙把自行车倚在东墙角，拿掉挂在屋门上用于当锁的那截"U"形钢筋，推开屋门，让萧桐先进屋。屋子实际不比外面暖和多少，四处漏风，好在可以避雨。萧桐迅速环视了一下屋子。屋子北面正中间靠墙的地方有一张老式的黑色八仙桌，桌上有一盏用墨水瓶做的煤油灯，灯芯黑黑的。

萧桐的头发上不停地往下滴嗒水珠，她浑身上下早就湿透了，前胸鼓胀，露出少女迷人的曲线。看她一个劲儿打着冷战，张志龙急忙找来满是汗味的枕巾递给萧桐擦拭头发和脸上的雨水。

"志龙，俺……俺有点冷……"萧桐擦完脸哆嗦着说。她的脸有些绯红，一定是感冒了，这可急坏了张志龙。他根本没有换穿的衣服啊。

"这里太脏了，也木有换穿的衣服，要不，俺送你……回家吧？"张志龙看着萧桐的眼睛，试探着说。她的家就在县城，回家很方便，也就10多分钟的路程。

萧桐长长的睫毛上滚动着点点晶莹的泪珠。听了张志龙的话，她明显有些生气了："俺不！"

但，总不能这样站着啊。

"那俺……出去一下。你……把衣服脱了，上俺的床上盖上被子……暖

和一会儿。床……有点儿……脏……"

萧桐看了一眼张志龙的床铺。一张旧木床上铺着用化肥袋子拼接而成里面装着麦草的床垫，有个角露出一绺扁实的麦秸。床垫上面是泛着黑亮光泽的一床被褥。

在萧桐心里没有一丝嫌弃床铺脏的意思，而眼下也确实没有别的办法，萧桐犹豫片刻点点头。张志龙拿起雨伞就要出去，萧桐伸出胳膊拦住了他：

"外面雨下那么大，你出去干吗！你……就站在那边，脸……转过去……"

张志龙走到房子的东墙角，头部面向墙壁，脱下上衣，使劲绞了几下，又使劲抖落抖落。

"好了，你……回过身吧。"张志龙回过身把衣服搭在临窗的一根用来晾衣服的铁丝上，又蹲下身，拧了拧两个滴水的裤脚。萧桐已躺进他的被窝，湿湿的衣服搭在床头。张志龙急忙过去，拿起萧桐的那件粉红色上衣使劲用手拧，抖落抖落，也搭在临窗的铁丝上，随后又把萧桐的裤子、衬衣衬裤一起拧了拧搭在上面……张志龙心想，这要是有一个火炉子该多好啊！

现在，张志龙感觉手足无措了。他坐在八仙桌前的椅子上，从桌上拿起一本书，漫无目的地翻动。

夜色慢慢降临了，他俩的衣服都没干，看来，今晚的晚课是没法上了，这倒无所谓，关键是……这一夜，得怎么度过啊。

屋里很静。外面"噼里啪啦"的雨点砸在房顶，砸在窗户的塑料布上，砸在院落。从门缝儿和窗口吹进的风，让张志龙感到一阵阵凉意。

沉寂了片刻，萧桐躺在床上喊他："志龙，俺……还冷！"张志龙回过身走到床前。萧桐的脸红扑扑的，身子在不住地颤抖。

"你在雨里是不等了很长时间？风那么大，一定是感冒了！"张志龙伸手去摸萧桐的额头，有些烫人。张志龙有些慌了："你躺一会儿，俺去买感冒药。"说完，从晾衣的铁丝上抓过衣服穿在身上，披上雨披跑了出去。

张志龙买回感冒药，去房东家要来一茶缸子开水。他右手端着茶缸子，左手拿着药片。萧桐要从床上坐起来，但是头部刚离开枕头就倒了下去。张志龙连忙把手里的水和药放在八仙桌上，隔着被扶着萧桐从床上慢慢坐起。在起身的刹那，萧桐两只雪白的挺实的乳房从胸衣里初露峥嵘。张志龙脸红耳热，血流加速，急忙把脸转向一边。吃完感冒药，萧桐躺在被窝里还是浑身发抖，上下牙直打架，嘴里不停地对志龙说："冷，就是冷……"这可咋办？张志龙头上的汗都急下来了。

"俺想……让……让你……抱抱……抱抱……俺……"萧桐上下牙不停地叩击着。她的话让张志龙心头一惊——这，这怎么能行！

看他不说话，萧桐转过身，眼泪都下来了。被子在不停地抖动。

萧桐生气地嗔他："俺……就是冷！你……木长心啊！"

张志龙也有过一次重感冒，即便身上盖好几条被子，依旧觉得冷，他明白萧桐此刻的感受……

张志龙急忙脱去湿漉漉的上衣和裤子，穿着背心和衬裤钻进被窝。萧桐上身只穿一件粉色的背心式乳罩，下身只穿着一条短裤。她的身体滚烫！刚一接触，张志龙感觉一股强大的电流从心脏向外涌遍全身。萧桐身体依旧筛糠般发抖，她不顾一切紧紧抱住了张志龙。张志龙的脸被她的头发罩住，女人的气息扑面而来，满鼻腔都是他向往的发香和体香。这是他最熟悉最喜欢的味道！他曾无数次在教室里贪婪地闻着从萧桐身上散发出的这股香气。张志龙感觉眼前一阵眩晕，浑身燥热难当，不由自主伸出胳膊使劲搂住萧桐光滑细腻的双肩，幸福的泪水悄然而下。

"怎么？你……怎么哭了？"萧桐问。她说话的气息像热浪一阵一阵扑在张志龙的鼻腔里。长这么大，他第一次感受到女人的气息竟是如此醉人！

"桐——，"张志龙在心底曾无数次这样呼唤过萧桐。每当萧桐从他眼前经过，他的眼睛就传达出这样的讯息：桐，我爱你！今天，萧桐竟然和他躺在一张床上，他觉得幸福来得实在突然，一时接受不了，以为是在梦中。

"你知道吗，"张志龙的声音非常低沉，"不管你在不在我的眼前，每天我都无数次在心里一遍遍地呼唤你的名字！桐，我爱你，真的爱你！我曾幻想过无数次，要把你拥入怀中……俺……不是在做梦吧？"

萧桐伸出手指刮了一下他的鼻子："你看看，是不是做梦？"

萧桐紧紧搂住张志龙，滚烫的脸蛋贴在张志龙的脸上。她呼吸急促，在志龙的耳边细语喃喃："志龙，俺冷，你……吻俺！"

张志龙用力抱住萧桐。

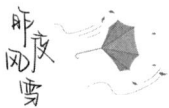

"啊——"在漆黑一团里，萧桐的呼吸也变得非常急切。

她轻轻叫着。

张志龙的嘴唇轻轻贴在萧桐的唇上，萧桐的气息被他毫不保留地吸进胸腔。第一次品尝女人的唇香，一阵悸动，迅速将他淹没。他疯狂地抱紧那个滚烫的胴体，闭着眼睛疯狂地吻着他的嘴所能触碰到的一切部位：鼻子、眼睑、眉毛、额头、耳朵、脖颈……他如饥饿的牛犊，将口里的唾液一口口地咽进肚里。他的唇上刚长出毛茸茸的胡子，嘴唇所到之处，让萧桐浑身战栗、浑身发麻。

"志龙……抱我……"萧桐的声音微弱地颤抖着。

最后，两张嘴犹如两朵粉红色的玫瑰紧紧叠在一起。两个人唯愿这一刻，天长地久；这一刻，地老天荒……

激情下两人尽管也曾想闯进神秘的伊甸园，探寻那块幸福的地带，但两个少男少女根本不谙床笫之事，所以忙活半天，他还是少男，她还是少女……

激吻和热烈的拥抱抚摸过后，枕着张志龙的胳膊，萧桐沉沉地睡去了。第二天，天晴了，阳光从窗外照了进来。萧桐醒后，张志龙已买回了早餐。衣服也晾干了。

"你……好些了吧？"张志龙红着脸问。

"嗯，好了。"萧桐同样红着脸点点头。

晚上回到寝室，张志龙在油灯下写下这样一首诗。

你的出现对我是个考验
心海波澜
脑海里反复播放的
始终是你的笑语欢颜

你的出现让世界变得灿烂
沧海桑田
从此再也不会有人

能打开我心房的门闩

不去想今生能与你相恋
只要每天都能看到你的笑脸
这辈子孤单
我也不会觉得遗憾

不去想今生能与你相伴
只要每晚都能在梦里和你呢喃
睡上一万年
我也心甘情愿

眼下是高考前最紧张的时候，张志龙的学习成绩却明显下降了，萧桐也有很大的波动。班主任吉世玉似乎看出了端倪。一天午饭后，吉世玉让一位同学给张志龙捎话，让他到他的办公室去一趟。张志龙不知何事，急忙来到班主任老师办公室兼休息室门口，轻轻敲了下门，里面传出老师的声音："进——"

张志龙开门进屋，班主任正在狭小的办公室的椅子上坐着，脸色凝重。

"知道我为嘛找你吧？"吉老师开门见山。

张志龙有些紧张，他摇摇头。

"你最近学习怎么下降这么多？照这样下去，你能考上大学吗？"

张志龙低着头，一动也不敢动，连从鼻孔呼出的气息都十分微弱。

"你的家庭状况我非常了解，"吉老师的表情十分严肃十分冷峻，"全家人都指望着你能考出去，改变家庭的命运，改变你的命运……你们正在青春期，有异性吸引，这很正常，可是，你必须面对现实！考不上大学，你是个嘛！嘛也不是！……"

张志龙的脸涨得通红，不知说啥好，只是一个劲儿地"嗯、嗯……"

他是怀着极度苦闷和沉重的心情离开老师的办公室的。

当夜，张志龙陷入了沉思：还有不到一年的时间就迎接高考了，照这样下去……他不敢想象，据说萧桐有良好的家庭环境，县委书记萧云峰就是

她的父亲。而他，若考不上大学就是再普通不过的平民百姓。无论怎样，萧桐是白天鹅，而自己，则是丑小鸭……想到这些，张志龙非常理智地告诫自己，要想将来和萧桐在一起，就必须考上大学！

于是，张志龙开始有意回避萧桐了。每天午饭后，他不再回到教室看书，而是拿着一本书走出校门到校外僻静的树下。说是看书，只不过是一个冠冕堂皇的借口而已！在寂寞的小路上品读夏的热烈，忽然发现他的热烈之中仿佛带着些许凄凉。他用他深邃的双眸默默地注视着这个世界，其中有疼爱，有喜悦，但仍掩饰不住丝丝的怜悯和淡淡的忧伤。望着空中飘浮的朵朵白云，他的心好杂乱、好沉重，仿佛被雨水淋湿了……

以往，张志龙和萧桐的目光每天都有相撞的时候，这几天张志龙努力控制自己不再去看她。几天过去了，他还是忍不住偷偷瞅了她一眼，她显得很清瘦，脸上已找不到往日灿烂的微笑了，白净的面庞浮现淡淡的哀愁、淡淡的忧伤。原本妩媚灵动的眼睛此刻黯然失色，眼眶周边罩着黑边，眼光是那样的空洞，那样的孤单，那样的忧郁。看到她这个样子，张志龙的心里好难受……可他，必须规划自己的将来，他要对自己的将来负责！他必须尽快忘记昨天！然而，他恨自己，他的心已不再属于自己了，他的思绪犹如一匹脱缰的野马无法再拉回到书本上来了，他的思绪又如一叶漂流在海面的孤舟，找不到停靠的港湾……他恨自己，真的恨自己！他真想马上离开这，这样下去他会崩溃的！他会在高考的独木桥上被毫不留情地挤落水中的。我，到底该怎么办！张志龙对自己的未来一片迷惘。

暑假又到了。同学们都兴高采烈地回家了。张志龙上次回家的时候跟父母说，自己数学差，打算利用暑假的时间给自己补课，把数学成绩撵上来，所以，暑假期间只能抽空回家。

暑假过后，开学就得交学杂费，张志龙想尽量减轻父母的负担。这天早饭后，他骑着自行车在县城漫无目的地走着，想找个零活干。也巧，在县城辅街西北角，他看到有个工地正在搞建筑，就走上前去，跟一个筛沙子的人攀谈，问这里需不需要小工。这个人上下打量了他一番，看他细皮嫩肉的，就问："你能行吗？这个活儿可不好干，得能吃辛苦。"

张志龙一听这话，觉得有门儿："只要有活干，俺啥苦都能吃。"

这个工人告诉他，这里要兴建百货商场，急需小工，一天4块钱，中午供吃……一个月能挣一百多块，学杂费用不了，剩的钱可以给爹爹买包好烟，给老娘买二斤蛋糕，还可以称二斤猪肉，给家里改善改善生活。家里除了过年、过节能吃上一顿有限的猪肉，平时是根本见不到肉的……

这是张志龙人生第一次打工。他负责给两个师傅扔砖。两个师傅站在三米高的架子上，砌着越来越高的墙。成手的小工，一哈腰，双手从地上夹起五六块砖，直起身子的同时，双手向上一用力，砖整整齐齐地扔到大师傅的面前。大师傅伸出双手，稳稳地接住……张志龙虽说有点力气，但扔砖这个工地最为普通的活也是需要技术的。他扔出去的砖，是翻着跟头上去的，没头没脚，如天女散花，六七块砖师傅只能接住一两块，剩下的落到架子下，引来师傅几声不满的骂声。

手不一会儿就磨出几个血泡，钻心地疼。对张志龙来讲，这无所谓，只要能挣钱，再大的辛苦他都能忍受。工地离他的租房大约有两公里，每天收工回到住处已经很晚了。工地中午有一顿能让你不饿的午餐，早餐和晚餐得自己准备。下班后，他在街里胡乱对付一口，回到家用水冲一下脚，脱去脏衣服倒在床上，不一会儿就睡着了。

在工地打工的第三天下午，张志龙有些内急要去工地厕所，路过工地办公室时从工地办公室走出来一个女孩儿，两人走个"顶头碰"，二人几乎同时一愣！

"你……在这里干嘛？"萧桐睁着眼睛疑惑地问。

张志龙不自在地搓着双手："放假了，回家也没事儿……到这儿……锻炼锻炼……"

萧桐从头到脚打量着张志龙。头发上粘有一大块水泥灰，白净的面庞明显晒黑了，但眼角眉梢透出一种令人喜欢的坚毅。跨栏背心裸露出的两个红红的肩头上，翘起两块白白的薄薄的皮——这是爆裂的阳光赐给他的。右肩头有一道深红的勒痕，那是来自拉砖的地排车绳索的馈赠。裤脚上挂满了泥浆。脚下的黄胶鞋，两个大脚趾处已经睁开眼，两个脚指头偷偷打量着外面的世界……

张志龙被萧桐看得有些窘迫，尽量想把要露出来的两个大脚趾缩回去。

眼前的张志龙让萧桐既吃惊又心疼。

"你……上这里干啥？"张志龙想打破眼前的尴尬。

"俺二叔在这里管事儿……俺爸让俺来找二叔，晚上去家里吃饭……"

"哦，那……你快去忙吧，我……也该去干活了。"见周围有人看着他俩，张志龙有些不自在忙转身走了。萧桐返回身，又走进了工地办公室。

下午，张志龙正在工地干活，有人喊他到工地办公室去一趟。

办公桌后面，一个西装革履面无表情的中年人坐在老板椅上，张志龙进来后，他也并未起身。

"你叫张志龙？"这个人上上下下打量了一番后问。

"嗯。"

"你跟萧桐是同学？跟你直说吧，俺侄女萧桐说让我关照你。我看她对你不是一般关心。"从进屋到现在，此人的表情一直是眉头紧锁，而且脸上明显有一种不屑，"咋个照顾你啊？"

"不用不用，就干现在的活就行。"张志龙连忙摆手。

他从桌上的烟盒里抽出一根烟，"啪"地用打火机点着，非常用力地吸了一口，蛇一样的烟雾从嘴和鼻孔喷了出来，在张志龙的面颊前慢慢散去。

"俺侄女大学毕业后要去外国留学，学杂费一切都由我负责……"张志龙不知道他说这些话何意，只是不住地点头。

"这样吧，这里的活你不用干了。我给你开一个月的工资，你回家吧。"说着，他从兜里掏出100块钱，扔在办公桌上。

张志龙感觉脸上火辣辣的，一下子明白了他刚才说话的用意了。明显是瞧不起他，不想让他和萧桐联系，这是要赶他走啊！

"我就要我应该得到的，多一分我也不要。"张志龙语气非常坚决。

"那……给你五十吧？"

"不，我说过，多一分我也不要。"

最后，张志龙从萧桐的二叔手里接过12元钱，转身走出办公室。

张志龙把上衣搭在肩头，骑着自行车离开了工地。一股复杂的情绪在心头翻滚。

他仍然不想回家，仅仅三天，他不希望自己的打工路就此结束。他怕再见到萧桐，便骑着自行车向城外走去。张志龙一直在想着萧桐二叔说的话，是啊，人家是县委书记的千金，大学毕业去海外留学，或许还能留在国外……家人早已把她的前途规划好设计好了，而自己，连下学期的学杂费还没着落呢。

尽管张志龙深深爱着萧桐，他也能看出，萧桐对他也是一往情深，但，双方间的差距实在太大，好比一个白天鹅，一个丑小鸭——二者之间是不可能的！张志龙在自行车上苦笑着摇摇头。

张志龙噙着泪水，吹着口哨，潇洒地用力向后一甩头发，骑行在两旁满是白杨的树荫下。

这是一个美妙的季节，湛蓝的天空飘着大片大片的云朵，看起来无边无际，偶尔有风吹过，树叶轻轻作响。温暖的阳光下，整颗心都沉浸在醉美的时光里。微风轻轻吹拂，小河缓缓流淌，偶尔传来一两声清脆的鸟鸣。置身于田野间，仿佛听到了大自然的呓语。姹紫嫣红的鲜花竞相开放，树木的叶子由翠绿变成深绿，风里带着花树和泥土的清香。

他漫无目的地骑行，不知不觉走出县城。他用袖子擦一把额头的汗水，骑着自行车边走边望。在一个空旷的田间，矗立着一个又高又粗的大烟囱，此刻浓烟滚滚。看样子是个砖厂。有几辆三轮车喷着黑烟突突响着，有人正忙碌着往车上码砖。张志龙顺着凹凸不平的乡间土路骑过去，下了车，非常客气地问一个面相憨厚满脸淌汗正在装车的三轮车司机："师傅，这里能找到活干吗？"事有凑巧，旁边有个三轮司机的老婆这段时间生病，急需一个装卸工，把砖运到另一个村庄，那里正在兴建面粉厂。一天4块钱，中午供顿饭。这个活没啥技术含量，只要能吃苦就行。要是行的话，一直可以干到开学。中途有事随时可以走，工钱当日就结。张志龙一看这个司机四十七八岁，黑黑的脸膛，一脸憨厚朴实，一瞅就是实在人，就爽快地答应了……

在张志龙离开不久，萧桐再次来到她二叔管理的那个工地——她为张志龙买了牙具毛巾和一双高腰黄胶鞋。怕张志龙吃不饱，又买了一包蛋糕。她打听了几个人，都说张志龙下午干了会活就走了，不知道什么情况。萧桐就进了办公室问她二叔，二叔把前后经过告诉了萧桐。萧桐听说张志龙走了，不知道去了哪里，非常焦急地跑出二叔的办公室，在县城其他几个搞建筑的工地寻找张志龙。县城不大，没有几个搞建筑的。萧桐没看见张志龙，给张

志龙买的这些东西她不能带回家，又不知道放在什么地方。猛地，她灵机一动，反正离张志龙租的房子也不远，干脆到那看看。张志龙暑假没回家，应该还住在那里。假如他没在那里，她就把东西放在屋里……

通过两年的接触，她完全了解了张志龙的家境，但她不在乎这些，她喜欢这个不苟言笑一身正气的张志龙。在她心里，早就认定张志龙就是自己的意中人，并且已经做好了和张志龙一起面对生活的暴风雨的准备，况且，将来，自己的父母不会不管她的……大概走了半个小时，萧桐来到了张志龙租的那个房子外，房门还是用一截锈迹斑斑的"U"形钢筋"锁"着。她摘下门"锁"，推门进屋。这间房里，有她刻骨铭心的回忆。一道阳光从门口照在对面那张老旧的八仙桌、老旧的椅子上，数不清的细小灰尘如精灵般在光线里舞动。左边靠着墙的是那个老旧的床，被子没叠，凌乱地摊在床上……在她看来，以前她只是心有所属，自从淋雨的那一晚，她和张志龙同床共枕，她就把自己的一切完完全全交给张志龙了，她今生就是张志龙的人了……说不清什么原因，眼泪不由自主流了下来。

她把买来的东西放在桌子上。那双鞋大小应该合适。那天，张志龙跑出去给她买感冒药的时候，她忍着头痛，从床上爬起来，用一根麦草量了张志龙留在屋地上的湿湿的鞋印——正好比自己手掌长两个指节。去年冬天，已经很冷了，张志龙却还穿着单鞋——她本想今年冬天给张志龙买双棉鞋。今天，看见张志龙穿着露脚趾的鞋干活，她心里特别难受，就急忙到商店买了这双鞋。

午后的阳光很足，催人入睡。萧桐竟躺在满是男人汗味的被褥上睡着了，待她睁眼醒来，已是黄昏了。出来一下午了，她怕家人惦记，整理好志龙凌乱的床铺后，带着对这里的不舍、对志龙的惦记走了。

挂在枣树枝头的太阳完全沉到地平线后，张志龙才收工回来。他点着煤油灯，蓦地看见桌子上的那些物品，他无需猜测就知道一定是萧桐买给他的。他把那双崭新的黄胶鞋紧紧贴在胸前……

新学期开学了，张志龙用自己打工挣来的钱交了学杂费，他觉得特有成就感。一个月的打工生涯，张志龙无论内心还是体魄都强大起来。他自信，生活中无论遭遇什么样的风浪，他都可以从容面对了。

第八章

　　张志龙一共哥五个，他排行老五，和大哥、四哥生活在山东。老二张志江和老三张志河生活在东北吉林省。老三张志河是在张志龙上高二那年结的婚。家里早就债台高筑，又东挪西借给寄去2000块钱。这时，老四张志波已经二十五六了，全家人最愁的是他的婚事。虽然又欠下不少外债把房子盖了，但是彩礼、家具、家用电器等还得两万块钱。破败的家庭本就像个筛子，四处漏风。张凤池老两口把一切希望都寄托在老五张志龙身上，希望他考个好大学，为张家争光，也减轻一下家里的沉重负担。

　　张志龙非常用功，但无论怎么用功，数学中的每一个公式和符号对他而言仿佛就是天书，咋学也学不会。自从和萧桐早恋后，学习成绩更是一直下滑。班主任吉世玉委婉地劝说他，要抛开一切虚无缥缈的杂念，面对现实。张志龙不止一次地骂自己笨，甚至不止一次抽自己的嘴巴。

　　这天，家里接到老三张志河的来信。他听说五弟数学成绩不好，便打算让五弟转学去东北……三哥的来信让张志龙陷入了沉思。晚上，躺在寝室的床上他辗转反侧久不能寐。他对自己目前的学习状况以及家庭情况进行了全面系统地分析。凭目前的成绩，他根本没有希望考上大学，考不上大学，他和萧桐的未来就是一场梦，一场缥缈的青春之梦。考不上大学，父母及亲友对他的期待也将化为气泡，瞬间破灭。老爹老娘像对待四哥一样，给他盖房、张罗婚事……这是这个家庭无法承担的重荷。去东北，是目前唯一的出

路。可说实话，他又确实舍不得离开山东。舍不得老迈的父母，舍不得疼爱他的哥嫂、小妹，也舍不得他深爱着的萧桐……经过几日的反复思考，他还是下了决心：去东北！老师和同学们知道他的想法后极力挽留他，可他的心事自己清楚，必须离开这儿！张志龙才思敏捷，并且写得一手漂亮的钢笔字。同学们纷纷赠送张志龙红皮绿皮蓝皮各种颜色封皮的日记本，并拿出自己的日记本让他写临别赠言。这些熟悉的面孔，这所熟悉的校园，校园内那些挺拔的白杨，白杨间那几株沁人的紫丁香……都将离他而去了，张志龙的心头掠过一丝莫名的悲哀，一股莫名的凄凉，一如冬日这凄冷的风……张志龙期盼萧桐也能送他一本日记本，最好写些心里话，他也早把送给萧桐的话想好了。然而萧桐每天只是挂着淡淡的忧伤在教室进进出出，并未送给他日记本，也并未让他写临别赠言。

最后的一堂晚课后，同学们三三两两地走出教室，回到各自的寝室休息。张志龙想再多看几眼这所校园，便在同学们都离开后一个人在校园内徘徊、发呆。每一间教室、每一棵树、每一朵花……都令他留恋、不舍。

初冬的一轮圆月升起来了，像一个银盘，高悬在天幕上，放出冷冷的光辉。万点繁星如同撒在天幕上的颗颗夜明珠，闪烁着灿灿银辉。

月光在天上是最美的，白杨树在地上是最美的。月光照在白杨树上，就是美与美的相遇，就是极致与无限的碰撞，就是世界上大美之物的诞生。

张志龙在夜色渐浓而月光却更亮的白杨树下徘徊。他把脸贴在那棵最挺拔伟岸的白杨上，双手抚摸着光滑的树干。他又轻轻抚摸丁香的枝叶，跟丁香说着心里话。一阵微风吹来，几片枯黄的树叶离开枝头，落在志龙的脚下。张志龙禁不住泪水潸然。学生宿舍的灯光已经熄灭了，只有几间老师的办公室还散发出微亮的昏黄的光……也许是心有灵犀，萧桐，手里拿着一本厚厚的书从女生宿舍走了过来。

几颗寒星在朔风的夜空闪烁。强劲的风吹得白杨枝叶沙沙作响。他俩相视无言，在明亮的月光下，萧桐的睫毛在夜风中微颤。在她浓黑的眉毛下，眼神如柔美的月光，略见清烟一般的惆怅……张志龙静静地凝视她的双眸，他看见萧桐眼里有晶莹的东西闪烁。

"这是俺常用的……数学复习书，你带上吧……"萧桐声音微颤。

"谢谢你！我猜到你会来，所以……"张志龙接过书放进书包，从书包里拿出一个纸包，"这是……你给的吧？俺……用不上了。我留了一张作为纪念，这些……还给你吧，谢谢你！"张志龙把那50斤饭票只留一张，剩下的塞到萧桐的手里，喉咙有些哽咽。

当时看到饭票的时候，他猜到一定是萧桐偷着给他的，他不能当着全班同学的面还给萧桐，那样会让萧桐很没面子的。找机会单独还给萧桐也会让她伤心的。现在自己要远行了，饭票确实用不上了。

"你怎么这么憨（傻）啊！"萧桐使劲儿捶了一下张志龙厚实的胸膛。她有万语千言，她想告诉张志龙，甚至想大声告诉全世界：张志龙，我爱你！她的嘴唇翕动了几下却始终没说出口。眼前的这个她喜欢的男孩儿马上就离她而去了，她再也听不到他爽朗的笑声了，球场上再也看不见他潇洒的身姿了。萧桐努力控制着自己的情绪。此时的萧桐百感交集，她多想伏在张志龙宽厚的胸膛痛快地哭出声来。

张志龙从书包里拿出一支钢笔送给萧桐，声音微颤："这是俺打工挣钱给你买的……我家……条件不好，你……会等俺吗？"

"谁在乎你穷富！俺等你，永远！"萧桐满脸泪痕闪闪发光。"你记住俺说的话，自从那晚跟你……睡在一张床上，俺今生注定就是你的人！无论多少年，就是一辈子，俺也等你！"

校外大街上传来《十五的月亮十六圆》那生动昂扬的旋律。今晚是农历的十月十六——1988年的农历十月十六，怪不得月亮如此明亮如此圆满。张志龙对自己的大学梦没有太高要求，凭他的成绩随便上一个大专就很不错了。他突发奇想，他和萧桐约定，四年后的今天也就是他大专毕业那年，即1992年的农历十月十六，二人无论在哪无论是上学还是参加工作都相约再回母校。在白杨树下，共赏圆月共话今昔，共谋未来……

"记着，到了那边，给俺写信。将来不管在哪里上大学，也一定给俺来信……"月光下的萧桐，清秀温柔，眼睛里像有一潭秋水，干净明亮。

"桐！等俺，俺将来一定娶你为妻！"张志龙满含深情、信誓旦旦地说。

"嗯——"萧桐眼含泪水，非常信任地点点头。她踮起脚吻了一下张志龙的脸，然后转身要离开。张志龙一把扯住她的胳膊，环住她的身子，使劲

儿把萧桐拥入怀中，给她热量，给她温暖。

"桐，你是我今生唯一的爱！除了你俺谁都不要……等俺！"说完，疯狂地吻着萧桐。

张志龙安慰萧桐，假如明年高考顺利的话，那时就回家看望父母，两人就一定有见面的机会……在月光下二人依依不舍地分别了。萧桐抹去脸上的泪水回到女生宿舍，张志龙一个人慢慢走在回租房的寂静的大街上。街上有气无力散发着昏黄灯光的路灯把他的影子拉得很长很长……

为了给老儿子张志龙凑足学费和生活费，张凤池求遍了七大姑八大姨，好歹凑了2500块钱。穷家富路，出门在外用钱的地方太多，老人想给老儿子凑够3000块钱。他硬着头皮来到一个还没出五服的叔伯弟弟家。他家两个孩子在县城做水果生意，手里有钱，是整个庄里最富的。这个叔伯弟弟为人奸诈，见利忘义，张凤池平日最看不起这样的人，走个顶头碰最多从鼻腔里"嗯"一声。

张凤池到庄里的商店称了二斤蛋糕，拎着蛋糕满怀心事地走到叔伯弟弟家门口。在门口，他犹豫了一下，转身要往回走，但最终还是转过身推开了那扇厚重的大门。叔伯弟弟那双小眼睛看见蛋糕后放射出不易被人觉察的喜悦光芒，双手接过蛋糕放在八仙桌上，忙倒杯茶水，嘴里嗔道："哎呀，他大爷，快坐！你看你，来就来嘛，给俺拿东西干吗！"

"哦，听说俺婶子这些天总咳嗽，俺过来瞧瞧。今年都八十二了吧？可甭含糊！"张凤池一边说着一边坐在八仙桌边的椅子上。

"木事儿、木事儿，吃点岳（药），强多了！咱们都是一个'院里'的，木事儿的时候就来家玩玩儿，可甭拿东西！"

"嗯，好好。"张凤池呷了口茶水。

"哎呀，哥啊，咱家老三结婚那阵子你到处张罗钱，俺都跟着着急、上火！唉，木办法啊，帮不上忙！两个小子在县城做买卖，资金周转不开。这不，夜日（昨天）还给家捎信儿，让俺给张罗钱，说是要买辆车，进货。这两个熊玩意儿，一天到晚就瞎折腾！"

"可不是嘛，一家不知一家……"张凤池闲聊了几句从叔伯弟弟家出来，心里这个悔啊！

回到家，老伴儿陶秀英仰着脸小声地问："你去谁家了？借到钱了吗？"他闷着头沉着脸一句话没说。他招呼四儿子张志波跟他一起从粮囤子里装了几麻袋小麦，再装到地排车上。估计还不够，又把目光放向粮囤子旁边的一个麻袋上——那是来年种地的麦种。老人迟疑片刻，最终还是招呼老四一起把麦种抬到车上。陶秀英扎着围裙，眼里满是愁苦和无奈，本想上前制止，可她知道老头子的脾气，便没敢作声。她静静地看着老四赶着毛驴车走出院子，去往镇上的收购点……

慈母手中线，游子身上衣。这几天，陶秀英没黑没白给他最心疼的老儿子赶制一件加厚的棉袄和一件不带衬子的中山装外衣。夜已很深了，屋子里的煤油灯火苗有些疲倦地跳着舞。老人家戴着老花镜坐在炕上，在昏黄的煤油灯下，时而腰身前倾一针一针地缝着，时而抬起头对着灯光一遍遍地穿针引线，时而用衣袖擦一下浑浊的眼泪……这个画面早已深深地印刻在志龙的记忆里。在他上小学时，晚饭后，母亲常戴上老花镜，眯着眼，"嗤——"的一声划着一根火柴，点着挂在灶台墙上的煤油灯，橘红色的火苗在灯盏里跳动着，屋里霎时就亮堂了。借着昏黄的"灯"光，母亲系上围裙，开始收拾锅头灶尾，来回走动的高大身影投射在斑驳的墙壁上。收拾停当，母亲把那块吃饭时才解下的蓝头巾重又系在头上，盘腿坐在炕上的纺车前，在不太明亮的煤油灯下，用粗糙干裂的手摇响纺车。母亲一手摇着纺车轮，一手捏着棉棒，手臂一起一落，身体一仰一合地纺线。那匀称的棉线被母亲不断地从棉捻里抽出来，由短变长。当线扯到一定高度，转动的轮子稍微一顿，又急速地反旋一下，棉线就牢牢地缠在锭穗上。纺车发出的吱扭吱扭的声音，是一首缠绵、动听的摇篮曲。很多时候，志龙听着那纺车的声音进入甜美的梦乡，又在那吱扭吱扭的纺车声里醒来。睡眼惺忪中志龙常看见母亲摘下老花镜，揉揉昏花和由于烟熏而淌着泪的眼睛，站起身来，活动活动盘了很久有些酸胀的脚，打个哈欠，伸伸胳膊，看看睡得正香的几个孩子，依次伸手给披披被角，然后戴上眼镜，坐下来继续摇转纺车。母亲把从地里捡拾回来的棉花，变成一家老小的单衣、夹袄、被里、被面、毛巾、鞋子，变成志龙课桌上的本和笔，织补着捉襟见肘的清苦生活。寒来暑往，母亲把幸福和忧伤摇成了纺车的歌谣，更把对子女丝丝缕缕的爱和美好期望织进了老粗布的经

纬间……

破旧的房墙，墙上自己的几张奖状，炕梢失去本来颜色的炕柜，炕柜上那几床老粗布被褥……这一切都要和张志龙再见了，张志龙心中有太多的不舍。最难以割舍的还是亲情和牵挂。父亲总咳嗽，母亲总头疼，他真的放心不下。可眼下，他无路可走。考不上大学，被人笑话不说，父母哪还有能力给他成婚啊！真要是那样，爹娘还不得愁死！自古华山一条路，眼下，他只能期望自己在东北参加来年的高考高唱凯歌，到那时，他将拿着大学（或者大专）的录取通知书回家，来驱散父母脸上的愁容。

明天就要踏上东北的旅途了，四哥张志波去集市称了一斤猪肉，大哥、大嫂、侄子也都过来一起吃晚饭。老娘和大嫂做了四个菜：肉炒芹菜，大头菜炒粉条，黄瓜炒鸡蛋，老娘还特地做了一个老儿子最喜欢吃的炸藕合，破天荒蒸了一大锅猪肉白菜粉条馅包子。老娘一个劲儿让老儿子多吃点，而她自己却假装平静，说："中午吃多了，还木消化呢，你们先吃，我等一会吃……"说完躲进里屋去了。这顿饭草草地结束了，一家人有坐在炕边的，有坐在凳子上的，尽量聊些轻松的话题。张凤池用两根长铁筋做成的"筷子"把"红泥小火炉"里面的三块蜂窝煤由上而下一块块夹出来，把最底下的那块已经燃烧得很透的蜂窝煤扔在炉子边上，再把另外两块仍然燃烧得又红又亮的蜂窝煤放进炉子里，最后把一块还未燃烧的蜂窝煤放在最上面，把装满水的烧得很黑的铝壶放到炉子上。不一会儿，铝壶就发出"吱吱"的声响，壶嘴儿喷出一米多高的烟雾状的热气，在小屋慢慢飘散。由于最近总咳嗽，张凤池的烟已经很少抽了。他从抽屉里拿出烟袋锅，在烟袋里挖了一袋烟，使劲儿抽了一口，换来的是眉头紧皱和一声声咳嗽。志龙走过来，把烟袋锅从父亲的手里拿过来，把烟锅在炉子上磕打干净，第一次用带有"命令"的语气说："爹，恁最近总咳嗽，以后别抽了。"

"好，不抽了。"张凤池尴尬地挠了下头皮。

一家人围坐在炉子边，谁也不说话。老娘把3000块钱用一块手绢包了又包、裹了又裹，放在张志龙棉袄紧贴胸口的兜里：

"老儿子啊，路上小心着点儿！到了哥哥家会来点儿事儿！想吃啥自个儿就买啥，甭亏了身子。"老娘回过身用围裙擦了擦眼睛接着说，"那边冷，不比家里，多穿些。"

张志龙努力控制着自己的情绪："娘，木事儿啊，俺都……这么大了，您甭挂着！这两天……恁总咳嗽，明天……让四哥……领恁到医院……好好检查检查……"说着，志龙转身跑进里屋，趴在自己的小床上，用枕巾堵住嘴，使劲儿压低自己的哭声。

今夜注定无眠。"哨——哨——哨——"挂在暗处墙上的老挂钟响了十二下，躺在里面小屋床上的张志龙听见母亲从炕上轻轻下地的声音。不一会儿，张志龙觉得脸上霎时亮了，明显能感觉到火苗在他脸上跳着舞蹈。老娘轻轻给他披了披被角，轻轻抚摸一下他的头发……张志龙的内心翻江倒海，可表面却是安详酣睡的样子。三四分钟后，脸上的亮光挪开了。两颗豆大的泪珠从张志龙的两眼角淌了下来……

开往哈尔滨（途经吉林省辉河县）的列车即将启动，车站列车员吹着尖锐的哨子，把往车窗里爬的旅客恶狠狠地拽下来。挤成一锅粥的车厢门口，气急败坏的列车员关不上车门，摘下旅客的棉帽子挨个往车下扔……伴随着响亮的汽笛声，火车喘着粗气冒着黑烟在晨光下徐徐开动。在开往东北的列车上，张志龙打开了萧桐送给他的那本书——一本她常用的数学辅导资料，书中夹有满满六页纸的信，信间还有她的一幅一寸黑白照片。在信中，萧桐再次向张志龙吐露了心语：志龙，你走了，我的一颗心也跟你去了远方。信的末尾写道：我等你回来，永远！泪水已不觉溢出了眼眶，张志龙忙把脸转向奔驰的列车窗外。徒骇河泛着波澜渐渐远去。奔驰的火车发出有节奏的"哐当——，哐当——"的声音，一棵棵树木、一根根电线杆从眼前疾驰而过……

从此音尘各悄然，春山如黛草如烟。张志龙和老师和同学们像蒲公英一样，从共同学习的校园散落，此后再难相见。岁月沧桑，不堪回首。

再见了，我的故乡，我的爹娘！

再见了，我的校园，我的白杨！

张志龙幻想着来年高考金榜题名，为家人争光，和萧桐取得联系，待毕业后举办婚礼，和她牵手走过此生。然而，东北之行，生活赐予这个年轻人的是难以想象的暴雪狂风。

第九章

　　1988年东北的冬天格外寒冷。即便坐在火车车厢里也能感到一丝凉意。

　　"各位旅客，前方到站辉河火车站，有在辉河下车的旅客请提前做好下车准备。前方到站辉河火车站……"10分钟前，火车车厢喇叭传出一个女播音员的甜美声音。睡觉的乘客揉揉眼睛站起身伸伸懒腰打个哈欠，在行李架上取下包裹。过道里站满了人。张志龙背上书包，从座位上站起来，随着拖着行李箱背着包裹的人流一小步一小步缓慢地向车门口移动。

　　"呜——"一阵沉郁、低哑的汽笛声，传入张志龙的耳朵里，让人顿感苍凉。

　　列车历时二十多个小时，像一头疲惫的老牛，"哐当——"一声喘着粗气，在大雪纷飞中缓缓停靠在吉林省辉河县火车站。辉河县不大，车窗外站满了戴着厚厚棉帽子裹着厚厚棉衣焦急地等着上车的即将远行的人们。张志龙跟随着下车的人流往车门走。列车员缩着脖子站在车门口，当他打开车门的刹那，一股强劲的冷风迎面袭来。莽莽苍苍的大东北迎接张志龙的是如刀割脸般强劲的西北风，如棉絮般扑天而来的雪花。连绵起伏的群山、皑皑的白雪……虽然志龙打小在这里出生、长大，经历过酷暑和严寒，可毕竟离开东北七八年了，他明显的感觉到这种寒冷已经有些不适应了。扑面而来的寒风使张志龙不禁打了个寒战，可在一瞬间，他却惊出一身冷汗——临行前一天晚上，老娘小心翼翼放在那个很深的棉袄兜里的3000块钱不知何时不翼而飞！他慌乱地在内衣兜、外衣兜、裤兜、书包里来回翻找。尽管他清楚地记得，老娘确确实实把钱放在棉袄里面的兜里，但他期望奇迹出现，他多么希望自己的手能触摸到那一沓厚厚的东西！然而，所有能翻的地方里里外外翻了好几遍，还是没有。他努力回忆着这一路火车上发生的一切。连日来，张志龙心事重重，已经好几宿没休息好了。夜半时分，他倚在车座上迷迷糊糊地睡着了，一定是这个时候给了小偷可乘之机！

已近傍晚，雪越下越大，仿佛有个巨人手执巨大的扫帚在天地间狂挥乱舞。张志龙放在地上的书包被雪盖得严严实实。此刻，老爹老娘一定是坐在家中，看着墙上的挂钟念叨着："老儿子到了东北了，应该跟他三哥见上面了……"

风雪中往来穿梭着车辆，有辆车险些撞到张志龙。张志龙像个冰雕立在路边。

"坐车不？"一辆出租车"嘎——"的一声停在他的身边。

张志龙的头上和脖颈里全是雪，眉毛和眼睫毛上也挂着雪花。他的眼睛里漫出满眼的泪水，眼泪沿着白里透红的面颊流了下来，在前衣襟上结成了冰瀑。眼前的人流车流刺耳的喇叭声以及司机的问话仿佛来自一个与他毫无相关的另一个世界。

他被泪水淹没的目光迷失在雪花纷飞的天际。

"你聋啊！"司机骂了一声，开车一溜烟走了。

县城离三哥张志河所在的建设镇不算远，客车一个半小时就能到。张志河在建设镇客运站等了很久也不见弟弟的影子。辉河县城到建设镇的客车一辆接一辆，按照信中说的到站时间，这个时候早就应该到了。莫非迷路了？不可能啊！五弟打小出生在这里，回山东老家时小学都快毕业了，屈指算来只不过六七年的光景，再说，现在已经是个大小伙子了……张志河焦急万分，便打了一辆出租车直奔辉河火车站。快到站前广场时，隔着车窗他看见不远处有个穿着厚厚棉袄的人呆呆地站在雪地里，外套一件灰色的中山装，头发上身上落了厚厚的一层雪，像雪雕一样一动也不动。从身高和穿衣打扮看，非常像自己的五弟。车到近前停住，果然是五弟志龙。

张志河打开车门下车问：

"五弟，你怎么不回家啊？在这站着干啥啊？"

看见三哥，张志龙"哇"的一声，像个孩子般哭了起来……

张志河把几乎冻成雕塑的五弟志龙接回到富安村三组时，天已经大黑了。没有月亮，只有附近几家的窗口透出昏黄的灯光。张志河付了车费，和志龙一起下了车。出租车晃着两道雪亮的灯光转过身疾驰而去。俩人踩着"咯吱咯吱"的雪走到位于富安供销社门前的一所小房门前。张志河从兜里掏出钥匙，打开门锁，使劲儿拽了一下冻在门槛上的破旧房门。犹如打开冰箱的门，一股冷气扑面而来。张志河摸黑打开门后的开关，屋里霎时亮堂起来。张志龙里里外外看了一圈。这个房子不是农村正儿八经的住房，而是"二四"墙的简易房，房墙很薄，由于地基不牢，西山墙斜着有一道裂缝，白灰墙上挂着像冰箱冷冻箱一样厚厚的白霜。一间房子间壁出两个房间。一间放着席梦思床，那间小的是个睡两个人都挤的土炕，炕上铺着的炕革挨着外屋炉口的地方都焦黑了。整个房间除了一个地炉子，连取暖、做饭的灶台都没有。

"三哥，三嫂呢？"志龙一边从肩上解下书包，一边疑惑地问。

"去他妈的，别提她！"

志龙的心里咯噔一下。莫非三嫂不欢迎他，听说他来了，故意躲出去了？

"三哥，我……没想在这长住……你让三嫂回来吧。"说出这话，志龙的眼泪在眼窝里直打转。

"哎呀，不是那回事儿。"三哥边脱下厚重的棉衣边轻描淡写地说，"跟你没关系。你别多想！"

三哥为弟弟准备好了炖大豆腐和猪肉炖粉条。热气腾腾的饭菜上桌，屋里有了些暖和气。

桌子放在狭小的炕上。在饭桌上，张志龙边吃饭边追问三嫂的事儿。

张志河几乎继承了他父亲张凤池的所有优点，大高个儿，长得潇洒，加上头脑灵活，身边有不少朋友。奈何时运不济，日子过得竟是捉襟见肘。他和岭东的媳妇是自由恋爱，还没结婚就怀了孩子。几年前，他之所以从山东再回东北，也是考虑到家庭的难处——身下还有两个弟弟没成家呢。结婚时，他跟父母要了2000块钱盖了这所简易房，又举办了简单的婚礼。今年夏天，张志河和朋友合伙做磁带生意，结果合伙人卷钱跑了，他赔进去3万多块钱。他五分利从村里人手里抬的钱，利滚利，越滚越大……入秋以来，上门要账的都推不开门。媳妇一气之下要和他离婚，抱着一岁的孩子回岭东娘家了。就在来时的路上，志龙还天真地想，让三哥拿钱帮他上学，等将来自己有了工作挣了钱再还给三哥，现在看来，这是不可能的了！至于二哥，听三哥说，由于超生，家具被计生办的人拉走了，还被罚了不少钱。况且，在家来时爹娘就叮嘱过他，二哥在家是"气管炎"，说了不算，不到万不得已千万别给二哥添麻烦……

哥俩低着头沉闷地吃着饭。

"老五，在火车上吃东西没？多吃点。"

"没吃。"

张志龙觉得喉咙有些堵胀，光滑的大米饭像沙子一样刺痛嗓子。三哥也没有多少言语，目前他是泥菩萨过河自身难保，五弟的事他真的是爱莫能助。

张家尽管生活十分困苦，但他们尽最大能力让这个老儿子读书，希望他考上大学出人头地，为家人争光。现在看来，这个美好的愿望不可能实现了。在张志龙看来，大学是他和萧桐由恋爱走向婚姻的基石，现在，大学梦碎，他和萧桐的爱情大厦也必将轰然坍塌……

张志龙和三哥挤在那个仅能容纳两个人的小炕上。有席梦思床的西屋像冰窖一样，待一会儿浑身就直打冷战。张志龙离开东北七八年了，在山东早已习惯了睡床，这冷丁睡热炕，还真是不习惯，热得翻来覆去睡不着。他怎么可能睡得着啊！他不知道该何去何从，但有一点可以肯定，他无论如何也不能让百病缠身的爹娘知道他的事——那会要了他们的命。

旁边的三哥睡得呼呼的。躺在狭小的炕上，张志龙连身子也不敢翻。他睡不着，他的心里燃烧着比炉火更旺的火苗。屋里除了炕的温度还行，从窗户缝门缝吹进冷冷的风。由于炕热加之心火旺盛，张志龙的脑门竟然沁出了细细麻麻的汗珠。躺了半个多小时，他难受得要命，索性轻轻起身，双脚摸黑在地上划拉到老娘给他做的加厚棉鞋，把脚探进去，从棉被上轻轻扯起棉袄，轻轻开门，趿拉着鞋摸索着来到西屋的沙发上蜷缩着坐着。沙发挨着北窗。透过朦胧夜色，可以看清沙发前有一个玻璃茶几。他不敢开灯，怕影响三哥休息。此刻大概是晚上十点多钟的样子，隔着一条路的供销社营业室门

前雨搭下面挂着一盏昏黄的灯，雪花在灯光下如群魔乱舞。路边光秃秃的树枝和架在路边电线杆子上的电线在寒风中发出刺耳的尖啸，如一头待宰的猪发出撕心裂肺的惨叫，只是偶尔像累了似的稍微喘口气，但马上就响得更紧了。南北窗户上的塑料布在强风的拍打下也发出一阵阵呜咽……想想老家的爹娘，想想自己目前的处境，泪水从张志龙脸上簌簌落下，流进嘴里，落到身上。

在孤独无助的夜里，他的思绪上下翻飞。他想起老爹曾经给他讲述的他们张家过去的一些故事，也想起自己小时候的一些难忘的往事。

那是在张志龙出生八年前的1961年。立秋时节，鲁西平原麦田里的枣树在肆虐的狂风中瑟瑟发抖。多年大旱，山东省与河南省伏牛山至沙河以北地区大部分河道断流，济南至范县的黄河也有40多天断流或接近断流，800万人缺乏饮用水。"灾情是新中国成立后最重的，也是近百年少有的"。多年干旱致使禾苗枯死，树木焦黄，农作物颗粒无收，齐鲁大地一片荒凉。

家住高平县胡屯乡小张庄的张凤池二十七八岁，一米八的个子，浓眉大眼，血气方刚，棱角分明的脸庞和炯炯有神的眼睛透着果敢、坚毅。妻子陶秀英是个裹脚的小媳妇，脸上时刻挂着生活的愁苦。张凤池五十多岁的老爹、老娘瘦骨嶙峋，看上去一股风就能吹倒。他们蜷缩在终日不见阳光的床上，身上盖着破旧的散发着霉味的老粗布棉被，只有出了太阳天气稍微暖和了才从床上慢吞吞地爬起，双手抱膀颤巍巍地到外面倚着墙根晒晒太阳。别看张凤池年龄不大，可他已经是三个儿子的爹了。大儿子张志海五岁，二儿子张志江三岁，三儿子才一个月，名字还没起呢！连年大旱，地里颗粒无收，平时给猪吃的谷皮、麦麸已成了最奢侈的美味，野菜拌玉米面糊糊简直是过年了！这样的日子也没维持多久，家里就揭不开锅了。陶秀英采把玉米芯磨成的面倒进开水锅里，在墙上的破布袋里取出秋天攒的几片干白菜叶扔进去，撒了一撮大粒盐，又倒里点棉籽油。揭开破旧的锅盖时小屋里立刻热气腾腾满屋飘香，那股香味永远留在张凤池的记忆中。连汤带水吃了三天，一家人全都干燥。老大志海、老二志江脸都憋紫了，大便还是排不出来，陶秀英蹲在地上拿根木棍儿挨个给往外抠。

日子天天过，肚皮时时饥。这一天，张凤池扛着镢头顶着冷风从家里走到野外，看看有没有被别人遗落的树皮、野菜根儿或者白菜根儿，但他彻底失望了。秋天的时候还能到野外找一些野菜和白菜根儿，但眼下，这一冬也没下雪，前几天哩哩啦啦下了点儿还没等落地就化没了。冬天的田野光秃秃的。这块地瓜地已经被大家刨过好几遍了，但还是常有人光顾这里，像寻宝一样寻找着遗漏的地瓜、地瓜梗。张凤池和大家的心思一样。刨着刨着，忽觉眼前一亮，好像发现了金条——他看见一截巴掌长的地瓜梗，急忙弯腰捡起来小心翼翼地揣进棉袄兜里。

正在这时，五岁的大儿子张志海慌慌张张地趿拉个破棉鞋跑来了：

"爹，快回家吧，俺三弟不行咧！"

张凤池一怔，扔下手里的镢头就往家跑。没跑几步鞋掉了一只，又忙跑回来套在脚上。

"俺那苦命的孩儿啊，还没给你起个名儿你就走了，我的那个亲娘哎，你叫俺咋活啊！"妻子陶秀英怀里抱着仅三个月大的老三，肩头颤动，泪水挂腮。由于吃不饱，奶水不足，张凤池的三儿子就这样夭折了。

张凤池的老爹老娘依旧病恹恹地蜷缩在床上。死人的事天天发生，家家都有，人们都麻木了。刚开始还用门板之类的简单钉口棺材，后期没有木板了，就用炕席、高粱秆或者芦苇打个帘子一卷抬出门去埋掉。张凤池把夭折的孩子处理掉后，回到家看了看病恹恹的父母、悲痛中的老婆、衣衫褴褛面黄肌瘦在门外一个人玩耍的大儿子张志海，最后把视线放在几天前偷吃了一把棉花种全身浮肿上吐下泻差一点儿把小命丢了的二儿子张志江身上：颧骨凸出，眼睛大而无光，筋骨暴露，肚大如鼓，四肢瘦得像麻秆儿……

张凤池欲哭无泪！这样的日子实在没法过下去了，再熬下去，全家人一个也活不成！思来想去，眼下只有一条路——闯关东。祖辈早些年闯关东，至今仍有人在东北生活。此刻，在张凤池的脑海里呈现的是"棒打狍子瓢舀鱼，野鸡飞进铁锅里"的美好画面。但是，扑奔谁啊？张凤池蓦地想起，有个远房侄子张志恩在东北吉林省辉河县当兵，现在在部队大小是个头头儿。前些天往家来过信，能找到他的地址。干脆，投奔他去吧！

张凤池来到出了五世的哥哥家要来侄子的地址，小心地放在破旧的棉袄兜里面。他劝说叔伯哥哥一家跟他一起走，哥哥不同意。

张凤池又走了三个多小时来到陶家庄老丈人家，劝老丈人跟他一起走，老丈人说啥也不干："俺都这么大把年纪了，老胳膊老腿的折腾不动了。俺这把老骨头不想扔在关外。甭管我们了，你们逃命去吧……"

张凤池有一个妹妹，嫁到前村。他来到妹妹家，劝说妹妹妹夫和他一起闯关东。妹夫的父母年龄大了，而且重病在身行走不便，也没法走。

老古槐哭泣，徒骇河无语。张凤池家东面路边有一棵古槐，粗九尺三寸，高十五米有余，遮阴七十多平方米。老槐树主干皮色沧桑，斗大的树洞如巨人怒目圆睁，裂隙纵横、老根隆起、盘根交错。枝条蜿蜒如一条条乌蛇，树冠高大如巨伞，浓荫蔽日。每年的立冬至第二年的清明之间，每至深夜，鸡狗入眠万籁俱寂之时，于此树下或在附近人家的房屋内，静下心来，凝神寻闻，总能听到有鬼神自空中过，车马人畜之声——可辨。时而呜呜咽咽、忽高忽低、或急或缓的成群连片的众多成人的低声哭泣，声高时可辨出捶胸顿足之状，声隐时可随之有抽噎屈闷之感。至今已哭泣了七百二十多年了。任何人只要在所述之时之地，均能听到这悲戚的声息从古槐上下传出。这并非梦幻，亦非错觉。时值立冬，槐叶落光，秋风吹过无叶但是密集、多弯、硬抖的枝条时，便会发出比柳哨低沉、比松涛婉转的"呜呜呼呼"的低韵，这便是来自槐树之上的悲鸣。与树下涵洞之声组成超低音合奏，便出现了万众齐咽之效果。清明之后，槐叶茂盛，有风掠过，叶子翻滚碰撞，发出"哗哗啦啦"的声音，此声盖住了涵洞中发出的声音，所以清明槐树有叶之时，是不能听到"呜咽"之声的；天亮之后直至晚上，人和动物活动频繁，器物相撞、鸡鸣狗叫、车磙马嘶、人际应答……声响鼎沸，压过了古槐上下发出的所有声音，所以白天是听不到古槐悲鸣的。

苍野茫茫的高平县城乡之间，黄土漫道，尘埃飞扬。张凤池变卖了两间破房子，在这年的夏初，领着爹娘、老婆和两个儿子，在一个月夜的晚上，和妹妹洒泪而别，坐着大舅哥的毛驴车来到禹城。张凤池肩上扛着两个包裹，手里牵着多病的父亲。母亲牵着五岁的大孙子志海，妻子陶秀英牵着三岁的二儿子志江，一家人随着拥挤的人流上了闷罐车。

车里满满的人。包裹、柳筐、黑底锅、孩子……不断在人的头顶缓慢地朝车厢里移动。有人被挤在车厢中间的位置，使劲转过身朝门口喊：

"窗户不透气，等一会儿关门！"

惊恐、好奇、喊叫，席地而坐又紧往里挪。一家一堆，伸头、竖耳、斜觑，聚精会神好像等着什么。突然，"呜——"的一声长鸣，咔嚓一震，火车动了！车外的灯光在唰唰后撤，凸凹的黑影也在往后撤。

月亮明晃晃的。火车"咣当——咣当——"走走停停，人们睡睡醒醒，不知道外面是哪省哪县。一代一代求生逃命的山东人，只要越过山海关，也就看见了饭碗。下煤窑，进密林，刨黑土，淘黄金。"有心想回关里家，舍不得土豆大角瓜"！

火车经过两天两夜的颠簸，终于到了辉河火车站。火车从肚子里挤出一群群身着灰黑颜色服装拎着包背着行李的人。听嘈杂的声音张凤池就知道，这熙熙攘攘的人群中有很多人跟他家一样，也是从山东过来投亲靠友的"盲流"。一家人在车站角落休息了片刻，张凤池向当地人打听了一下辉河的方向，便一路向东走去。在一条小河边的大树下，张凤池招呼家人坐下休息。大儿子张志海把身上背了一路的小铁锅从后背解下来，放在地上，松松筋骨。张凤池找了几块砖头立在地上，把小黑锅放在上面，又去河边取了点水，捡了几根树枝把火点着。陶秀英从一个破口袋里往锅里倒了点儿玉米面，粥咕嘟咕嘟冒着泡。一家人喝完稀粥又休息了片刻便起身上路。东北的大世界让两个孩子异常兴奋，他们欢快地跑着、跳着。挖野菜、摘野花、沿途乞讨，饥一顿、饱一顿。走了没多久天就黑下来了。两位老人已经累得走不动了。张凤池在田间找了一个四面透风的窝棚，一家人在里面抱团夜宿。

老的老小的小，一家人在第二天下午到了目的地——吉林省辉河县建设公社富安大队。张凤池经多方打听，辗转找到了在驻地部队当排长的远房侄子张志恩。因为事先并未通信，他们的突然来到让张志恩大感意外，以为家里出了什么变故：

"叔，婶子，恁怎么来了？家里出了嘛事？"

"大侄子哎，咱家木法活了！"张凤池把关里的情况一五一十地讲给了侄子。

张志恩近三十岁，大高个，高鼻梁，大眼睛。个子和张凤池不相上下。两个孩子仰着脖儿看着他身上鲜绿的军装、闪闪发光的帽徽、火红的领章，

倍感新奇。张志恩赶紧让家人在他的床上和凳子上坐下，他上食堂找了点东西吃。张凤池一家人的到来让他愁眉紧锁，沉思片刻，说：

"叔，俺认识个小队长，咱们找他去试试！"

"好好好。"一家人不敢怠慢，急忙收拾行李跟着张志恩走。

张志恩所在的连队叫"防化连"（防备化学武器的连队），位于建设公社富安五队和富安六队之间。张志恩经常和战士参加地方生产，所以跟五队和六队两个小队的队长都很熟，相比之下跟五队的队长关系更熟络一些。于是，张志恩领着一家六口，顶着落日，在天黑前来到五队队长赵凌云家。

"赵叔，这是关里俺亲叔、亲婶子……俺的小弟饿死了，那边木活路了，现在木地儿落脚，您帮帮俺吧！"张志恩声泪俱下。

队长赵凌云外号"赵大胆儿"，四十多岁，在方圆几十里有些威望，为人仗义，平日跟张志恩关系不错，他一拍胸脯，说：

"放心吧，只要有我'赵大胆儿'吃的，他们就饿不着！"赵凌云的眉毛长得与众不同，黑黑的浓眉一根根向外挺立。这个小队就四十多户人家，和六队一样，依山而建在东西向的一个山坳里。这么一大家人，谁家也住不下。天已擦黑，赵队长思忖片刻，让队里的一个社员把位于屯子中间的一个闲置的羊圈收拾收拾，铺上些稻草，让张凤池一家暂时栖身。陶秀英打开行李，把破旧的褥子铺在稻草上，一家老小六口人在羊圈度过了来东北的第一个夜晚。第二天，赵凌云又跟一户社员商量，把他家的"马架子"借给张凤池一家。马架子，介乎窝棚和正房之间，是用泥巴和几根木头搭成的窝棚——用几根圆木搭成"人"字形的骨架，糊上一层泥墙，再盖上东北特产的"洋草"，在两头开个门就建成了。简单易建，冬暖夏凉。张凤池一家刚搬进马架子里住时正赶上春末夏初，"炕"下的冻土开始融化，马架子里成了大泥塘。到了雨季，大雨大下，小雨小下，外面不下，屋里滴答。荒野上的蚊虫在马架子里来去自如，威风八面。

在赵队长的关照和老百姓的接济下，张凤池总算安顿下来。这时，陶秀英已有几个月的身孕，两口子始终盼望生个闺女，可偏偏事与愿违，接下来的几年接连又生了两个"带把的"——老三张志河，老四张志波。

一个初春的夜晚，张凤池的父亲病重。老人家觉得口渴难耐，张凤池给老人找来一个发糠的萝卜。老人用如柴的手哆哆嗦嗦接过去，咬了一口，萝卜上沾上通红的血迹……躺在炕上的张凤池久久未能睡去。大约后半夜两点钟，他从炕上爬了起来，穿上破棉袄棉裤，把两块钱小心翼翼地揣进兜里，直奔辉河县走去。为了能早点赶到，他选择走山路。凄冷的月亮挂在空中，山风呼啸，山林发出瘆人的吼叫。张凤池觉得后背直冒凉风，连跑再加紧张，汗也下来了。为了给自己壮胆，他大声唱起了山东吕剧：

> 身染重病昏沉沉，
> 员外得病我揪心。
> 梦中常见儿和女，
> 你思虑过多伤精神……

张凤池连跑带颠来到了辉河县一家副食品商店，因为来得早，商店还没开门。张凤池站在商店门口等着。一阵冷风袭来，张凤池打了个喷嚏。身上的破棉袄早已经湿了，冷风一吹浑身凉飕飕的，上下牙一个劲儿地打架。

终于等到了开门，张凤池让营业员给他挑一个小一点儿的西瓜。西瓜，那可不是普通百姓吃得起的！营业员上上下下打量了他好几眼，最后挑了一个最小的给他。一个小西瓜一块六，可由于没有副食票，营业员说啥也不卖给他。这个山东大汉脸憋通红，他扑通给营业员跪下了：

"您行行好，俺是从山东逃荒过来的，俺爹马上就不行了……老人家就馋西瓜……"

有个营业员被眼前这个孝子感动了，他从兜里掏出一张副食票交给张凤池：

"大哥，这个给你吧……"张凤池接过副食票，千恩万谢。待他背着西瓜连跑带颠回到家时，父亲已经咽气了。

在众乡邻的帮助下，张凤池草草地把父亲的尸体葬在东山。不久，他的老娘因日思夜想独自留在山东的女儿，张凤池便又把老娘送回山东……

第十章

张凤池两口子正是虎狼之年，别看年景不好，收成不高，可在繁殖下一代方面产量还是蛮高的。这不，在六十年代最后一年的冬天，陶秀英又要生产了。这天晚上，陶秀英做了一个梦，梦见一个白胡子老头笑容可掬地走进家门，肩上卧着一条金蛇，怀里抱着一个非常欢实的胖小子。老头把孩子递给陶秀英，陶秀英伸手去接，就在她接过孩子的瞬间，白胡子老头不见了，她一下子从梦中醒来，心中十分诧异。

鹅毛大雪随着寒冬飘飘洒洒地来到东北这个偏僻山村。暴风雪愈来愈猛，寒风摇撼着树枝，狂啸怒号，发狂似的吹开整个雪堆，把它卷入空中，方向变化不定。随着一阵凛冽的寒风吹过之后，村庄变得清瘦了。小河像一条哈达静静地铺在村边。河边冰雪覆盖的村路经长时间的人踩马踏也是光滑锃亮。天寒地冻，五队和六队之间的那条路已经横着裂开一条半米宽的缝隙。四十多个民居房顶盖着严严实实的雪被。房前屋后高出房顶七八米的树木上挂满了银条。在屯子中有一个"马架子"，尖尖的冰柱像一把把利剑悬挂在檐前。矗立在房子西侧像座小塔一样的烟囱冒出热腾腾的浓烟，随风向空中飘散。

此刻，张凤池有些紧张地坐在外屋灶坑边的小板凳上。灶坑里的木头火势正旺，映照着他的两道浓眉，以及棱角分明的脸庞。他顺手往灶坑里扔了一块木头桦子，锅里的水翻滚着浪花。这些年，张凤池家的孩子以平均五年两个的速度增加，要不是因为老三出生不久就夭折了，今天这个该是他第六个孩子了。他心里惴惴不安。他时而站起，时而坐下，那杆老旱烟已经抽了好几锅了。他祈祷上苍，已经有了四个儿子了，给我一个女儿吧！

寒风吹得窗外的树枝"嗷嗷"直叫，钉着一块破草帘子的房门"呼啦"一下被风吹开了，张凤池急忙起身把门使劲儿往里拽了拽。他再次从腰间拽出烟口袋，烟锅探到深处挖了一下，在灶坑里拿出一根儿冒火的木棍儿，把旱烟袋点着，使劲儿抽了一口……

在这旋风的怒号和呼啸声中，只听得一阵洪亮的哭声从"马架子"里传出——张家的第五个孩子呱呱坠地了。

接生婆王大娘掀开门帘子从里屋走出来，她那满是横七竖八的皱纹以及一张瘪瘪嘴儿里流淌着喜悦。她面带喜色，高兴地说：

"凤池啊，恭喜你！"

张凤池有些紧张地看着接生婆。

"又是一个'带把的'！真好！"

"嗯，好好，谢谢你啊大娘！天不早了，在这吃了饭走吧！"

"不了不了，以后有的是机会！"接生婆颤巍巍地走了，张凤池有些失望地长长叹了口气。

送走接生婆王大娘，张凤池掀开"马架子"的门帘子走进里屋，朝小炕上看了一眼。躺在老婆身边尿褥子里的小家伙儿脸蛋白净，一双眼睛像朝露一样清澈，小巧英挺的鼻梁，玫瑰花瓣一样粉嫩的嘴唇，虎头虎脑，伸胳膊蹬腿儿很是欢实。张凤池轻轻刮了一下他小巧的鼻子，告诉几个孩子好好照看娘，从炕上抓起黑毛狗皮帽子扣在头上，戴上手闷子走出屋。从山墙的铁橛子上摘下扁担，把两只土篮子挂在扁担钩上担在肩上，在窗台下边拿起洋镐上山"打疙瘩头"（木头橛子）去了。天气异常寒冷，马上就要迎来七十年代的第一个年，得准备好足够的柴禾给这间"马架子"增加温度。他深一脚浅一脚地踏着没到膝盖的积雪朝西山顶走去。

寒风凄厉，山吼树鸣。远处的山林中，被一层薄雾笼罩的太阳即将落山。

屯子里传来几声有气无力的犬吠。张凤池直直腰，瞅了瞅山坡雪地上零零散散的木头桦子，嗯，够他这一次担的了。后背早已见汗，狗皮帽子下面冒着热气。冬天昼短夜长，天色有些暗了。数九寒天，山冷得在发抖。群

山环抱的小山村家家的烟囱冒出滚滚的青烟，在半空缠绕在一起。大街上冷冷清清，门前的小河冻得僵直了，光秃秃的小树苗可怜巴巴地立在道路两旁……张凤池把"疙瘩头"装进两个筐里，稍微弯腰，把扁担担在肩上，一使劲站起来，左手拎着洋镐顺着来时的路下山了。山坡的雪地上留下几行深深的脚印。

蛇者，小龙也。由陶秀英所做的梦，张凤池给孩子取名张志龙。张志龙出生在大雪节气，命中注定要经历太多的狂风暴雪！

小志龙的到来并未给这个从山东逃荒来的家庭带来一丝喜庆，相反，倒是雪上加霜。那是在张志龙刚满周岁的一个冬日的夜晚，午夜，小志龙忽然哭闹不止，陶秀英忙把乳头塞进孩子嘴里，可孩子只咽了一口就继续哭闹，手脚不停地抓挠、踢蹬。陶秀英发现孩子身上起满了红豆豆，忙把睡得正香的张凤池唤醒。孩子面色苍白、呼吸短促。见多识广的张凤池说了声："日他娘的，坏菜了。孩子'出疹'了！"张凤池用他那棒槌般的手指挠挠头皮，眉头紧皱，眼神依旧透着坚定……熬到天亮，张凤池赶忙抱着孩子来到乡里的卫生所，大夫见了孩子的症状也皱紧眉头。孩子打了四五天针未见好转，后来屁股都没处下针了，大夫把针扎在了孩子的大腿根上，但仍无济于事，且越来越重，呼吸困难，高烧烧得舌头上长满了肉刺，都翻白眼了。大夫摊了摊手，说："孩子不行了，救不活了，回去自己处理吧……"张凤池和陶秀英一路抱着奄奄一息的孩子回到家中。放在炕上，孩子小脸煞白，眼睛一动不动。张凤池心疼地瞅着哭泣的妻子。既然结局已定，就别再犹豫了。张凤池推门走出屋外。窗台上有个草编鸡窝篓，上面落满了积雪。他掸掉雪，把鸡窝篓拿进屋放在炕上，把孩子包裹包裹，装进鸡窝篓要扔到后山沟里。陶秀英哭得死去活来，搂着丈夫不肯撒手。正在这时，邻居杨大嫂听见哭声赶了过来。听说孩子救不活了要扔掉，杨大嫂一把从张凤池手里抢过孩子抱在怀里，把嘴凑近孩子的鼻孔，闻到尚有一丝微弱的气息，非常气愤地说：

"这还有口气呢，不能扔！你们要是扔，我要！"她一口口地亲吻着怀里脸蛋泛红的婴儿，就像是亲吻着自己多年未见的孩子。

"大嫂，不是俺心狠，是大夫说……肯定救不活了……"张凤池一脸的焦虑和无奈。瘫在炕上的陶秀英想起八年前在山东夭折的那个儿子不禁悲从中来，一边拍着大腿一边哭着：

"俺的那个天娘唉，俺的命咋就这么苦唉……"

"我不管，反正孩子只要有口气，说啥也不能扔！"杨大嫂态度十分坚决，眼睛喷火怒视着张凤池。

家里很快聚集了很多闻讯赶来的乡邻，大家七嘴八舌，说啥的都有。赵凌云也来到张家，听说此事给张凤池一顿训斥：

"你他妈的胡闹！这大小是个生命，你要是给扔了，我饶不了你！"他面露怒色，"咱们别在家吵吵把火地了，死马当活马医，马上送到县医院，能救活算孩子命大，要是救不活也心安了。"事不宜迟，赵凌云在生产队给派了辆马车，车上铺了床棉被，又拿了一床盖身子用。张凤池两口子抱着孩子上了马车。未等坐稳，车老板儿鞭子一甩，马车一路狂奔，顶着夜色奔向辉河县医院。半路上，飘起了鹅毛大雪，让人几乎睁不开眼。仗着车老板儿对这条路熟悉，也仗着这两匹马多次走过这条路……也是小志龙命不该绝，在县医院，只打了一针，半夜时分病情就见好转，手脚乱蹬，睁着眼睛四处找妈。

队长赵凌云给张凤池安排个"猪倌儿"的活，在队里放羊、放猪，大家都叫他"张猪倌儿"。为了完成上级的征购任务，家家都养几头猪。猪被困在圈里是件很不情愿的事情，黄泥叉垛的圈墙常被猪拱得眼瞅着见薄。农民家里养的猪，再加上生产队饲养的三十几头猪，组成了七八十头的庞大"连队"。张凤池每天从上头走到下头逐家打开猪圈，把猪赶进群中，这叫"松猪"，到附近的山坡放牧，吃些新鲜青草。待到傍晚炊烟袅袅升起时，再赶回队里。从下头走到上头，逐家送回圈里，这叫"收猪"。"猪倌儿"这个差事，除非下大雨，小雨是不误的。风里雨里，泥里水里，就这样日复一日地劳作着。猪是否放好了，吃好了，百姓通过观察猪回到圈里的状态，自有一番评价。主要看是否"闹圈"。回到圈里，吃完猪食，安然睡眠休息的就算上好的。如果惶恐不安，心神不定，还想出去就是没有遛好、吃好。

张凤池为人厚道，所以他放的猪个个膘肥体壮，大家十分满意，逢年过节家家给几个鸡蛋以示犒赏。特别是在每年的端午节这一天，猪倌儿松猪时，从村头开始，一直到村尾，每一家在松猪的时候都会拿几个鸡蛋，或者鸭蛋、鹅蛋亲手放在猪倌儿手里。脸上带笑着说："辛苦了！谢谢你！"猪倌儿

双手小心翼翼地接过鸡蛋或者鸭蛋鹅蛋，放在背着的兜子里。报以同样的笑脸、同样说着"谢谢"。待猪齐了，背兜也差不多满满的了。这是一个传统，是各家对放猪的人一年辛苦的慰问。

富安五队和六队相隔一里地的样子，都没有一个屯堡子从上头到下头距离远。早晨公鸡啼鸣，两个队的公鸡争先恐后，人们几乎分不清打鸣的到底是哪个队的公鸡。此时，位于五队东北部和六队西北部的"防化连"也响起了起床号。一只公鸡用沙哑的喉咙撕开黎明前的宁静，随之而起的一片啼鸣声和部队的起床号交织在一起，为这个小山沟的早晨平添几许热闹。炊烟袅袅，杨柳依依。门前十多米宽不足半米深的小河是一条不能称之为河的小河流，但又比溪流大些，所以老辈们就称它为河。这条小河流，也曾汹涌澎湃过，不过那是要在雨季或暴雨过后才能见到的情景。它曲曲弯弯，从富安六队、五队、建设公社、辉河县城，注入辽河，一路向西南奔流而去奔赴大海的方向。

富安六队有个老实人家，老爷们儿叫郑武，戴着像鞋底子一样厚的眼镜，是本村的小学教师。郑武过于老实，他的媳妇儿常年被队里的生产小队长马志荣霸占。郑武敢怒不敢言，觉得在人面前抬不起头，一家人要远走他乡。他家有两间土房，房况还不错。

初夏时节，在和煦的微风里，院子中间的葡萄架嫩绿的叶子爬满了葡萄藤，密密匝匝的阴影清晰地投在葡萄架下的空地。院里的篱笆墙爬满了豆角，菜园子里的早土豆也已经开了花。

一天晚饭后，郑武从六队特地来到五队找张凤池。张凤池吃罢晚饭正蹲在路边极其简陋用白灰标着"男""女"字样字迹模糊的"茅楼子"里运气，要把刚吃进肚里的东西再排出去。他手里拿着从柴禾垛折断的两截玉米秸，放在嘴边用牙齿从中间劈成两半，攥在手里。这几天一直干燥，吃进去容易排出来难。"吭哧"半天，脸都憋紫了，大脑都缺氧了，总算挤出一段棒槌一样坚硬的东西。他长长地舒了一口气，觉得无比舒服。随后，用劈成两半的玉米秸刮了刮下面，直起身提起裤子系紧老粗布腰带趿拉着前脚尖露眼的布鞋踱着四方步无比轻松地走回家。

郑武正跟陶秀英唠嗑。

"哎呀大兄弟,你咋这么闲着?"刚回屋的张凤池看见郑武坐在他家的炕边便问。

郑武急忙站起来,说:"回来了大哥?我来跟您商量点事儿……"

"来,快坐下。抽烟。"

郑武摆摆手,说:"大哥,我不会抽烟。"

"你有嘛事?说吧。"招呼郑武坐下后,张凤池也在炕沿边坐下。

"老张大哥,不怕您笑话,我在六队没法待了……"郑武皱着眉头说,"我要搬到权安县我老丈人那去。我一寻思上下两个队就你家没房住,七口人挤在一个小屋里,这也不是曲子啊!我寻思把房子卖给你家……我那个菜园子啥菜都要下来了……"

张凤池从烟笸箩里挖了一烟袋锅儿旱烟,点着后抽了一口,烟雾在小屋中弥漫。五队、六队挨得特别近,几乎相当于一个小队。郑武家的事张凤池早有耳闻。他家的房子不错,但是,本队的人慑于队长马志荣的淫威,谁也不敢买。如果我这个外来户买了这个房子,容易惹马志荣不高兴。他从心底既瞧不起郑武又同情郑武……他皱眉思忖了片刻,说:

"大兄弟,房子是不错,俺经常路过那,知道,可是……俺木钱啊!"张凤池叹了口气。

"大哥,我知道您的为人,我信得着你!这么地,一百块钱,您秋后给我就行!"

张凤池一看这么便宜,还不用掏现钱儿,上哪找这好事儿去。他使劲儿拍了一下大腿:

"中,秋后你来取钱!"

就这样,张凤池一家告别了居住了八年的"马架子"。搬家这天,队长赵凌云在队里找个牛车,左邻右舍帮着把张凤池从山东背来的大包小裹、盆盆罐罐装到车上,张凤池和大家一一握手告别。那头断了半截尾巴的老牛迎着晨光不紧不慢地走着,铁皮箍着的木头车轮在满是坑洼的土路上发出"吱呀吱呀"的声音。

富安六队位于建设公社的最东边,特别偏僻,过岭就是权安县了。六队有两个队长——政治队长马志荣,生产队长孙长喜。

这里天高皇帝远，政治队长马志荣一共哥六个，有五个儿子。他父辈更邪乎，哥八个！有权有势。在这个队他们就是天，他们就是地。他们说一，绝对没人敢说二。

张凤池也不是不知道此中细节。山东人天生倔，天不怕地不怕，别人没人敢买郑武的房子，他敢！但，却为此吃了苦头！

张凤池一家非常喜欢这个新家，尤其这个小小的院落。篱笆墙内，扁豆架上秧藤蔓绕，紫色的蓝色的粉色的小扁豆花像一片片舒展的心，又像一个个小小的手掌，在微风中轻轻摆动。黄瓜架上藤缠蔓绕，尖圆形带刺毛的梗叶儿片片肥大，金黄色的小花儿微微带露。用手掀开叶片，一条条翠绿的黄瓜吊在蔓上。轻轻摘下一根，抚去瓜刺儿，咬上一口细细嚼着，那股清香从口腔散发出来……

马志荣长年戴一顶灰色的帽子，前脑门儿的地方满是汗渍。他仗着哥们儿多，又跟大队书记高德林是对头亲家，在队里说一不二，生产队长也拿他没办法。这家伙一口大金牙，左嘴唇有一个大瘊子，上面长了一根长毛。讲话的时候他习惯用手来回捋，大家背后都叫他"一根毛"。

晚饭后，马志荣经常组织全队社员在队部进行政治学习。别看他大字不识一个，衣袋里总是明晃晃地别两管钢笔，在屋顶灯泡的照射下泛着亮光。他口才极好，一口气滔滔不绝地讲几个小时都不带重样的。

富安六队年轻人多，有青年人的地方就有欢笑声。每逢开会，姑娘小伙儿们早早就到场了。小伙子们俏皮话、嘎咕嗑不离嘴。他们三个一伙五个一群，推推搡搡，朝女人堆里钻。姑娘们叫着，翻愣一下白眼轻轻骂着。开会前的几十分钟，大家一边抽烟嗑瓜子吃炒苞米豆子，一边白话、吹牛，连说带笑。俗话说，"三个女人一台戏"，农村的粗衣女子，俏皮泼辣，敢说敢笑，敢踢敢咬，不藏心机，说话都如竹筒倒豆子一般，噼里啪啦，交根交底。东北天寒地冻，女人说话嗓门儿也高，没有遮拦，粗大拉的。大娘大嫂大姑娘凑到一块叽叽嘎嘎，把房盖都能掀起来。有一次，外号叫"大棉裤"的杨志明拿苞米豆子偷着往绰号"母夜叉"的老孙大嫂身上扔，老孙大嫂回头找了找没发现是谁。她回过头去，猛地一转头，大棉裤正扬起手朝她扔出几颗苞米豆子，被老孙大嫂逮个正着。她撺过来一把薅住他的头发，在几个老娘们儿的帮助下，把大棉裤按倒在地，要扒下他的棉裤。大棉裤一个劲儿地告饶。

"大嫂，我服了，快放开我吧！"

老孙大嫂骑在他的身上："以后你还撩闲不了？"

"服了服了，我再也不敢了！"

"心服口服？"

"心服！"

"那你口不服呗？"说着，她伸手照他的下身掏去。"哎呀，这小子没穿裤衩子哎！"

"哎呀，我的姑奶奶，我心服口服！"大棉裤双手急忙捂住下裆。

"说，你管我叫啥？"

"你说啥是啥！"

"叫'姑奶奶'！"

"姑……姑奶奶……"大家哈哈一笑。

疯得差不多了，小队干部也到齐了。坐在桌子后面的马志荣披一件蓝色中山装，左上衣兜里别着两支钢笔。他咳嗽一声，伸出双手把搭在肩部的衣领往上拽拽，抬起手臂，手掌做出向下压的动作，示意大家肃静：

"我说大棉裤，你能消停一会儿不！你那嘴啊，连个把门的都没有，像个棉裤腰似的，有的也说，没的也说。你说那谁偷苞米，你看见了？收拾你就对了！二鼻涕，还笑呢，那大鼻涕都进肚里了！"二鼻涕急忙拿袖头擦下鼻涕。"老孙婆子，你也别笑了，嘴再大点儿都能看到胃了！"老孙婆子忙用手把嘴捂住。

马志荣捋了捋那根长毛，目光静静地扫过周围的人们，清清嗓子接着说：

"今天，咱们学习的内容是《愚公移山》……抓革命，促生产……早晨三点半，晚上看不见……白天红旗飘，晚上红灯照……"

马志荣在队里可以说是"熊瞎子打立正——一手遮天"，全队的吃喝拉撒全都归他说了算，郑武正是慑于他的淫威才远走他乡。他有五个儿子，大儿子马强眼瞅三十了，长得膀大腰圆，像座黑塔一般。按农村人话说，这小子

有点"虎"，背后大家都叫他"马大虎"。这小子长这么大从来没刷过牙，一年四季牙齿上始终黏着一层厚厚的"苞米粥"。

马强一个大字儿不识。那年过年，他求人给写了几副对联，乐颠颠地拿回家，抹上浆子就贴，把"肥猪满圈"贴屋门上了，把他爹气得拿起笤帚疙瘩满院子撵着削他。

队长是亲爹，儿子自然能捡到不累的活干。苞米打浆的时候，马强在队里负责看青。东北的九月晚上凉意很浓。一天晚饭后，他穿着棉袄借着酒劲儿来到西甸地，围着地边走了两趟，眼皮开始打架了，躺在地边迷迷糊糊就睡着了。十点多钟，朦胧中他听见苞米地里有"咔咔"掰苞米的声音，他坐起来晃晃脑袋，声音离他不远。他喊了一声："谁？——"苞米地里传出凌乱的跑步声和苞米秸折断的"咔咔"声，他拿起镰刀顺着声音就追。别看喝了酒，这小子步伐还挺灵活。前面的黑影把苞米掉了一地，在一个横垄地被垄台绊倒了，马强一下子扑了上去。黑影原来是村里的于寡妇。于寡妇吓坏了，筛糠般苦苦哀求：

"大兄弟，你行行好放过我吧！"

"放过你？那能行吗？走吧，把苞米捡起来跟我到队部……"

"大兄弟，俺孩子馋烧苞米……你就放过我吧，下次……下次再也不敢了。"于寡妇跪在地垄沟里直给他磕头。

"不行，我跟队里没法交代！"

说着话，这小子打起了歪主意。于寡妇四十多岁，风韵犹存。在寂静的月光下，"马大虎"有些春心荡漾。

"大兄弟，只要……只要不上队部，咋的都行！"

"其实，也没啥大不了的，不就是孩子馋了嘛。"

"是啊是啊！"

"马大虎"用他那簸箕般的大手摸了摸于寡妇白净的脸蛋，随后一下子把于寡妇扑倒在地，用他那"苞米粥"牙狠狠地朝于寡妇的脸啃去……打那以后，于寡妇再也不用提心吊胆半夜三更去偷生产队的玉米了。马强在夜深人静时常拿个麻袋，扛着几十棒苞米，蹑手蹑脚推开于寡妇的房门……

第十一章

  这年秋收季节的一个晚上。马志荣把大家召集到场院边，四周木杆上的几个200瓦的灯泡把场院照得亮如白昼。面对男女老少，马志荣提高了嗓门儿：

  "天气马上转冷了，今天咱们夜战，把南山岗和西大坡那些苞米全都扛回来。"割地、收地、往山上挑粪，夜战是常事儿，社员早已经习惯了。

  马志荣说的这几块地都在山尖儿，牛马车根本上不去。他想让大家把苞米装进麻袋一趟趟地扛到路边的车上，然后再拉到场院里。马志荣发完号令，社员们已经拿起麻袋准备上山了。这时，张凤池开了口："队长，这么干活不中！那么多苞米别说晚上黑灯瞎火的，就是大白天一天也扛不完啊。再说，看不见，还不掉得哪都是啊！"这么多年马志荣说的话在这个队里就是圣旨，从来没人敢反驳。今天让张凤池这么一说，大伙儿觉得在理，七嘴八舌的谁都不想上山了，有的已经把麻袋扔在地上。

  "大老张，你他妈的跟我作对是不！"马志荣脸上有点挂不住了。

  在富安六队，人们不再称呼大高个儿的张凤池"张猪倌儿"了，人们都称他"大老张"。

  "俺不敢，俺说的是实话！"

  "对，大老张说的有道理。整不干净落得哪都是，到时候更费劲，图个啥啊！"

  "是啊是啊，可不是嘛！明天天亮再整呗……"大家你一言我一语。

"这队长我不干了……"马志荣一看现场局面控制不住，有点儿下不来台了，索性一甩身子走了。

竟敢有人反驳我？马志荣从来没遇到这样的事儿。他本想收拾收拾张凤池，但一想，别说人家五个儿子，个个如狼似虎，就大老张一个人就够他喝一壶的！据说，这个张凤池可不是盏省油的灯，会点儿武把操，所以他就打消了这个念头。其实，郑武早就张罗卖房了，但是没人敢买。这个"大老张"不管天不管地，把郑武的房子买了，郑武漂亮的媳妇也远走他乡，他马志荣再也尝不到荤腥了，早就对张凤池心有怨恨。眼下，马志荣觉得自己的权威受到了挑战，对张凤池更是怀恨在心。他怒火中烧，心里发狠，找机会一定得好好收拾收拾这个大老张！

政治高于一切，队里没了政治队长那可不行。两天后，大队高书记出面相劝，马志荣借坡下驴，继续当他的政治队长。

这件事儿让张凤池在百姓面前有了威信。张凤池在山东上过私塾，写写算算不在话下。大队书记高德林看他有点文化，人还特别憨厚实诚，就让他当了小队的会计，负责一些账目和一些生产业务。不脱产，每月给三天记账的时间，年终额外加六十个工。

"青年点儿老碾道，生产队的仓库老牛槽的料；车老板的鞭老更房的烟，大儿马嗑的嚼子扬场的锨；量米的升称粮的斗，麻袋片子滤粪的篓；小夹板儿后蹲兜儿，鞍子肚带挂外套的钩；哪个驴拉套哪个马驾辕，老队长的手闷子大算盘……"这些老物件饱含着岁月的沧桑，承载着时代的记忆！小队会计是生产队的管家人。张凤池的认真节俭是出了名的，他用的算盘长长的，珠子磨得已经发亮。张凤池用它记账，记工分，记着生产队每家每户的收入，记着生产队的富裕与贫困。粮食是按工分和人口分配的。年景好的时候每人每年能分500多斤粮食，年景不好的时候分300多斤，每人每天还不到一斤。谁家出多少个工，挣多少分，应剩多少钱……劳动工分可是社员的命根儿！工分有说道，这玩意儿不仅仅是按天算，还得看你的技术。刚下地的"初生牛犊"俗名叫"半拉子"，很多农活不会，一天就能挣六分。"上道后"基本就能挣到七八分了。"十八般武艺"拿得起放得下的能挣到十分。一个工分也就一毛钱左右，一般不超过两毛。谁家一年剩个一二百块那就很不错了。一般孩子多劳力少的家庭，去掉吃米烧柴，还有不少欠着三角债的——张凤池就属于这样的家庭。

雪山，炊烟，夕阳下的山村静悄悄的。

"分红了，带着手戳去队上领钱去。"张凤池用他一半是山东味一半是东北味的嗓门，走门串户下通知，声如卖豆腐的老倌儿。

刚才还是静悄悄的山村，立刻沸腾起来。开门声、狗叫声、脚踏雪地声、互相打招呼声，搅热了冬天的夜晚。声音中夹杂着欢乐和忧愁。

临近过年了，人们迫切分红的心情一天比一天强烈。

年关将近，当最后一批粮食卖给粮库，已经进入了腊月，离过年仅仅一个月的时间。这个时候，生产队的会计便开始夜以继日，把全队收支情况，一直细化到每户的收支计算出来。然后，经大队会计审核后，由大队报到公社批准生产队的分配方案。

春夏秋冬，社员们平时劳动挣工分，由记分员记录后报给会计，年终以每户的工分作为收入依据。会计先计算出全队收入，这些收入包括卖公粮，卖余粮等，由于当年不允许搞副业，所以收入基本上是这两项。支出相对就复杂了很多，种子、化肥、牛马的喂养、农机具的购买等。收入减去支出，按照国家规定交农业税，净收入是分给社员们的。社员参加生产队劳动一般每天男劳力记十分，女劳力记八分，也有的生产队记分根据季节或者劳动量来记，不管怎么记，都以工分为结算标准，净收入除以全队的总工分，就是一个工分的分值，是衡量一个生产队收入好坏的标准，也是社员劳动一年成果的体现。社员分配到手的钱，扣掉其一年消费掉的部分，就是纯收入。

社员们辛辛苦苦劳动一年，每一天挣的工分都是虚拟货币，全盼着分红这一天见到现钱，眼圈都盼红了。分到了钞票，孩子们要做件新衣服，小媳妇要买一个红围巾，老人们也要换一双新鞋。女大当嫁，男大当娶，等钱用的地方多着呢。

分红的那天早上，社员围在队部里，听着"噼噼啪啪"的算盘响。大队干部、队长、会计、现金出纳员等人一阵忙活之后，脸上露出的笑容告诉大家，今年收成不错。会计和现金出纳员坐上外边早已套好的马车，晃动马鞭一溜烟奔向二十里外的建设公社信用社取款。

在信用社里，四五个人轮流清点现款，然后把钱装进麻袋里，放在车中间，有社员坐在麻袋上。马鞭啪啪响，没到中午就回到了生产队。社员很早就在村口翘首相望，盼着取钱的大车早点回来。

下午五点正式分红。队部是个长筒子正房，屋里灯火通明烟雾缭绕说笑声不断。屋子中间搭个锅台，大铁锅锅底朝上，灶坑里木头火燃烧正旺。外面寒风刺骨，屋里暖意融融。男女老少围在分红的桌子周围，听到叫自己的名字，便应声到桌前，在账本上写有自己名字那栏盖上自己的手戳，然后领取自己的那份"红"。

领到钱的社员喜笑颜开，大人在孩子们的簇拥下，欢天喜地地往家转。

三十多岁的"何二麻子"是队里有名的懒汉，说话有点结巴，平时说话越生气越着急越说不出来，急得直翻白眼儿。明明是跟你说话，眼睛却望向别处。他戴着一顶蓝色羊剪绒棉帽子，因为年头过久，帽耳朵上的系绳没了，上面系不上，又不完全放下来，左右两个帽耳朵向下耷拉着。这帽子的岁数，估计比他小不了几岁，软的哈的。棉袄五个纽扣都在，可他从来没扣上过，他嫌麻烦，一根麻绳拦腰缠着。年终没领到钱，他心里很不是滋味。他双手插在棉袄袖头子里，眼睛看着张凤池右边的天空，气冲冲地问张凤池："'大——大——大老张'，别人家——都——都剩钱，我咋——欠——欠四十多呢？你是不是——整——整——整错了？"张凤池不慌不忙："错不了，俺这有账！人家铲地铲半根儿垄了，你晃荡着才来。你一会儿屁股疼、一会儿腰疼的，你一天才挣几分？去掉三口人的口粮，你可不得欠钱嘛！"一旁的社员哈哈大笑。

"不光你欠钱，我家欠的比你还多呢！"

"何二麻子"一看账本，张凤池家果然欠了八十多块钱，这回无话可说了。

这几天，刚上小学的张志龙天天盼着爹爹能给他几毛钱。老爹也看出了老儿子的心思，总是不慌不忙地打开抽屉，从生产队刚刚分来的钱沓里抽出一张嘎嘎新的五角钱来给他。比志龙才大两岁的老四也有份。接过钱，小哥俩约上村里的八九个小伙伴儿，乐颠颠地就往供销社跑。通向三队供销社以及建设公社街里的牛车、马车、自行车、爬犁以及步行的人，络绎不绝。

车老板子的胡子、眉毛，还有前额上的狗皮帽子都挂着一层很厚很结实的冰霜，狗皮帽子的狗毛在风中来回摆动。他们拿起鞭子时而在空中甩出一个清脆的声响，配合着鞭子声响嘴里吆喝着："驾——，喔，吁——"。鞭子声和牛蹄、马蹄踩踏在冰雪路面发出的清脆声音宛如一曲清新欢快的乐曲。天很冷，但无论大人和孩子都热情高涨，棉帽子下面呼呼冒着热气。供销社里也是人挨人人挤人，人们拿着钞票和粮票、布票、油票购买各种商品。志龙花一角钱买了一挂一百响的小鞭儿，一角钱买一本小人书，五分钱买一串馋了一冬的糖葫芦，再花五分钱买几块糖球。糖葫芦他并不舍得吃，他把糖葫芦和糖球拿回家，给爹、娘和妹妹吃。爹爹摆摆手笑着说："粘牙，不吃！"

辉河蜿蜒曲折，连绵悠长。水波荡漾的河面，宛若一条长长的洁白的丝带，在家乡的土地上蜿蜒流淌着，弹奏着岁月悠久的歌。那满溢爱的河水，就如同甘甜的乳汁滋养了这方人。

一晃，张凤池家闯关东已十四五年了。

队里没有机动车，从春耕拉粪肥到秋收拉地，全靠马车在田间地头来来回回，牲口其实是生产队里最主要的劳动力。张家老二张志江已经出落成大小伙子了，耍得一手好鞭杆儿，因此，生产队把队里最棒实的一套马车交给他使唤。在张志江心里，他那三匹牲口比他的眼珠子都金贵。特别是枣红色辕马，长得高大，生产能力也强，已经给生产队添了两头马驹子。他的马只有在他的手里捋顺调羊，别人碰一下就蹶子蹽兴。主人摩挲它时，它非常享受地眯眯着眼睛，乖乖地靠在他的身上。马鬃一耸一耸，尾巴轻轻地悠荡着。有时主人拎着缰绳，它在地上狠狠地打个滚儿，站起来时，前右蹄刨着，一是向主人亲昵地示好，二是示意可以赶它走了。

张志江特别勤快，每天早晨都早早起来，第一件事就是到牲口棚把枣红马牵出去遛。一天雨后路滑，张志江一不小心摔在了深沟里。枣红马竟跑下深沟，自己卧在地上，用头拱着他的身体，让他趴在背上，将张志江驮回了家。打那以后张志江逢人就讲这匹马有灵性，善解人意，跟这匹马的感情更深了，从不用它去干重活，常骑着这匹枣红马出去走走，令队里的人十分羡慕。村里的孩子们见这马温顺，也嚷嚷着要骑。张志江也常把孩子们抱上马

背，带着他们小跑上一圈。

也不知道啥原因，这匹马偏偏看不上政治队长的大儿子马强。马强打小就"手欠"，按农村话说叫讨人嫌。没事手里总是拎根树条，抽抽这、打打那，见鸡打鸡、见狗打狗，所到之处总是鸡犬难宁。当然，他对马也不例外，马正走得好好的，他从身边走过也要用树条抽它一下。想必是枣红马记他的仇，当马强也要骑它时，那马便一反常态，愣是不走。马强用树条照马屁股上狠狠抽了一下，马是走了，可就是不走正道，专往小毛毛道上跑。等到了有坡的地方，马还故意两条腿往坡下踏，身子往下一歪，愣把马强给摔到泥沟里。等马强再爬上马背，那匹马不等他坐稳便飞跑起来，专往树茅子里钻，愣把马强给刮了下来，把这小子的胯骨摔脱了臼。

又到秋收了，堆在生产队场院里的带叶的苞米像座小山。一天傍晚，一群妇女头上系着围巾围着苞米堆有说有笑地扒着苞米。老蒋大嫂四五岁的孩子也跟来了。孩子自个儿玩了一会儿犯困了，就在旁边的苞米皮堆里睡着了。过了一会儿，老蒋大嫂一回身，没看到孩子，以为孩子进了旁边的打更房里。这时，贪黑拉苞米的马车进了场院。张志江挥着鞭子往苞米堆上赶马。平时，这三匹马每车都猛劲儿冲上苞米堆，然后把车厢板打开，把苞米卸下来。可这回咋赶马也不往上冲，不但不往上冲，还往别处拐。张志江十分疑惑，咋回事儿呢？咋不听使唤了呢？这时，老蒋大嫂起身扑拉扑拉身上的苞米叶子和苞米须，开始四处找孩子。

"老蒋大嫂，你找啥啊？"张志江问。

"俺家那个小兔崽子不道哪去了，刚才还在这玩呢……"

张志江急忙把车闸锁住，走近苞米皮堆，用鞭杆子粗的一端去扒开苞米皮子。一扒，竟扒出一个睡得香香的小男孩儿。老蒋大嫂一看，正是自己的"那个小兔崽子"，真是又惊又喜，眼泪都出来了。她拽着孩子跪在张志江和三匹马面前连磕三个响头……

"听诊器方向盘，人事干部售货员"是这个年代最让人羡慕的工作。要是吃上医生这碗饭不仅受人尊敬，且收入不低；国家控制货物流通，司机这门职业也吃香得很。尤其是跑货运的司机那简直牛得不得了，他们最先知道公司进货，信息来得快，能给亲戚朋友通过后门提前购买。

1975年夏，电闪雷鸣，一场突如其来的大雨致使富安供销社营业室棚顶多处受损，门框窗户框年久失修烂得快趴铺了，急需找人修缮。张凤池跟富安大队书记高德林有点交情，便找高书记帮忙，让二儿子张志江去干修缮供销社的活儿。高书记在整个建设镇说句话，没有不给面的。就这样，张志江扔下鞭杆儿进了供销社。这里的活儿非常轻松，中午供顿高粱米饭，大豆腐随便造，而且每天干活还能顶工分。这可是打着灯笼都找不着的活，张志江巴不得能在这干一辈子。张志江老实，从不多言多语，干活实惠，手脚干净，从没拿过供销社的一针一线一糖一果。

供销社主任觉得这个小伙子可靠，等房屋修缮完，把他找进仓库，问他："志江，在这里干活咋样？"

"太好了！那个大豆腐真好吃！"张志江实话实说。

供销社主任笑了："那以后天天让你在这吃大豆腐，你愿意不？"

"啥——？"张志江瞪大了眼睛。

"以后你就天天来上班吧，先当临时工，等干好了，以后给你转正……"

张志江回家跟家人一说，可把张家老老少少乐坏了。那个高兴劲儿，不亚于儿子考上了大学。当天晚上，媒婆就乐颠颠地上门了……

那时候，大部分商品都由供销社统一销售，统一调配，统一定价，所以即便物资非常匮乏，但是物价却非常平稳，很多物资价格都相对比较低。在这种市场环境下，供销社的商品根本就不愁卖不出去，甚至你还得求着他们卖才可以，所以供销社里面的营业员一般都十分傲慢。张志江开始在供销社当装卸工，进货、送货，哪都走。别看只是个装卸工，坐在汽车副驾驶的位置那也不是一般的牛。一年后，由于营业室缺人手，张志江被安排在营业室当营业员。张志龙经常跟二哥去供销社，他最喜欢闻供销社里的麻花、饼干、糖块以及水果的味道，就连大粒盐和酱油的味道也特别好闻。到了供销社即便不买东西他也要多转一会儿。除了那股特殊的味道他还特别喜欢看营业员包月饼。手里拿着手绢那么大的一张张黄色的纸，里面上下叠落五块月饼，包起来后拿一小块红纸放在上面，用纸绳打个十字花缠起来，在上面再

打个结缠紧，然后隔十厘米左右再打个结便于提拉。

富安大队有个姓李的社员，仗着弟弟是公社的领导，到哪说话办事儿硬气得很。在富安，除了大队书记，谁他都不服，人送外号"李不服劲儿"。

"李不服劲儿"是个酒魔，早晨起来没菜也得喝二两。这年月物资极度匮乏，到供销社买散装酒也得凭票。一天，"李不服劲儿"拿个瓶子，又来到供销社买酒。张志江非常客气地跟他说：

"李叔，今天没有酒了，卖了了。"

"李不服劲儿"眼睛瞪得溜圆，那大嗓门子，说出话来不管多大的屋子都带回音：

"你少跟我扯，我才不信呢！"

"李叔，卖谁不是卖呢，我不糊弄你。"

"不行，我今天必须买到酒。张老二，你他妈地少跟我扯犊子，赶紧给我打酒！"

"李叔，一点儿也没有了，不信您自己看。"说着话，张志江把两个酒缸的盖子全都打开了，只从缸底儿冒出一股酒香，酒，确实一滴也没有了。

"你准是藏起来了，自己留着喝！"

"李不服劲儿"说着话还动起了手，伸手薅住张志江的脖领子，嘴里一直骂骂咧咧。这下张志江急眼了："你个老不死的东西，是不给你点儿脸了！"张志江一个腿绊儿就把"李不服劲儿"摞倒在地上。这下可闯了祸了。"李不服劲儿"的弟弟找到供销社主任，不依不饶，就这样，张志江被供销社开除了。

"艰苦奋斗、自力更生，学大寨、赶大寨、超大寨"是当下最响亮的口号。让高山低头，让河水改道。到处红旗飘扬，彩旗招展，口号声声，车欢人叫，开山造田，挖河凿渠，场面壮观，热闹非凡。伴随着《大海航行靠舵手》的嘹亮歌声，所有劳动者都不甘示弱。到处飘扬着学大寨的宣传标语，农田水利遍地开花，社社有工程，村村有战场，到处是战天斗地的壮观景象。

县里、公社干部和群众一起干，全部到农户家吃派饭，每天付给派饭农家四毛钱，一斤二两粮票。干部群众吃住在一起，到处充满豪气冲天的干劲，出现了动天地撼山河的口号。"天上的月星，夜战的明灯""下雨当流汗，刮风当风扇""大干加苦干，建成大寨县"……

富安大队的"大寨楼"就是那个时代的产物，它依山而建，是富安大队的标志性建筑。

富安大队在县里甚至省里都"挂号"。提起大队书记高德林那可是响当当的人物！高书记经常外出做报告，据说，还受过毛主席和周总理的接见呢！外地来富安大队实地参观学习的络绎不绝。崭新的"212"轿车，车头插个小红旗，在富安大队院里进进出出，好不热闹！

志龙打小就体弱多病，患有严重的气管炎，每到寒冬尤为严重，咳嗽个不停，常常把小脸憋通红，吃了许多药都无济于事。志龙喜欢吃咸菜和大酱，家人吃饭就把咸菜和大酱藏到饭桌子下面。在志龙上小学二年级的一个寒冬的午夜，志龙被病痛折磨醒了，在炕上直打滚，豆大的汗珠挂在额头。家人吓坏了，连忙找下院的邻居——车老板儿叶英国。叶英国来不及跟队上打招呼，套上马车拉着志龙和张凤池老两口直奔辉河县医院。大夫诊断为"胃溃疡"。志龙住院了，家里没有钱给孩子买必要的药物和营养品，屯子里的许多人倾囊而出，把自家仅有的三五毛、一两元钱送到张家，把张凤池这个刚直的山东硬汉感动得泪水横流……在志龙住院期间，为了让志龙能吃上水果罐头，陶秀英每天晚上都去医院附近的味精厂叠纸袋，一干就是半夜。也就是从那时候开始，陶秀英的眼睛落下了总淌清泪的毛病。住了几天院，病症不见好转，而且愈发严重，大夫无奈地摇摇头。陶秀英哭着赶回家，她要为即将离世的老儿子做一顿饺子吃。家里的面袋子里一点儿面也没有了，屯子里的人们听说此事，把自家不舍得吃的面一小碗或一小钵地送来。驼背的王大娘挂着拐把见底的面袋子都拎来了。进了张家门，她弯着腰擦了擦额头的汗，对陶秀英说："凤池媳妇，家里……也没有……面了，把……袋子控一控（头朝下往外倒）……兴许……还能……有点……"这个季节，正是青黄不接的时候，后院子菜窖里的白菜没有了，就剩几个长出很长芽子的土豆了。几个老嫂子把家里扔在水缸边的白菜根儿都捡了起来送给陶秀英，帮着陶秀英把这些白菜根儿剁碎，好歹凑了一碗饺子馅……天黑下来了，陶秀英

把煮好的饺子装在饭盒里在怀里焐着，坐上马车，把一床棉被盖在身上遮风挡寒。叶英国一偏身上了马车，"啪——"地使劲儿甩了一下鞭子，马蹄声声，载着哭泣抹泪的陶秀英在寒风呼啸中连夜赶往县医院。行至半路，天空突降大雪。望着夜色中漫天飞舞的雪花，陶秀英禁不住捂着嘴哭出声来。叶英国回过头安慰着："大嫂，别上火，摊上啥事办啥事。"天亮后，骨瘦如柴的小志龙从医院接回家中，等待死神的最后宣判。屯里人三三两两把自家不舍得吃的鸡蛋、白糖拿来探望，脸上无不流露出惋惜的神情，几个老大娘回过身偷偷地抹着眼泪……许是命不该绝，屯子里的贺老三听说此事后连夜翻山越岭去权安县的姨夫家，讨得一个专治胃溃疡的偏方。当他把用铅笔头写的偏方递给张凤池时，累得一头倒在老张家的炕上。张凤池不敢怠慢，差大儿子赶紧去县里按偏方抓药。有道是"偏方治大病"，这个还不到三毛钱的偏方竟然让张志龙起死回生，把病治好了。对于乡亲们的救命之恩，张志龙永远铭记于心。

这次得病，给幼小的张志龙留下一辈子也抹不去的痛苦记忆。他暗暗发誓，一定要提高自己的身体素质。广播体操的时间到了。阳光下，富安小学校园内，小学生们穿着白衬衫，蓝裤子，系着红领巾，以班级为单位整齐地站立。房顶的大喇叭先是奏出激昂雄壮的小号声，紧接着传来清脆嘹亮而又浑厚的男高音："伟大领袖毛主席教导我们：发展体育运动，增强人民体质，提高警惕，保卫祖国。现在开始做广播体操……"全校200多名小学生，在乐曲声中，朝气蓬勃地开始做操。张志龙身材矮小，总是站在班级队伍的前排。他总觉得身后有无数双眼睛看着他，所以，一招一式，一丝不苟，做得十分标准、规范。体育老师发现了他，把他安排到高高的领操台上领操。

晚霞把河天相接之处染成一片火红。河水悠悠，送走了星月，迎来了晨曦，人世间的沧桑沉浮也在这岁月流变中波谲云诡。

马志荣这几天瞅着他家这个有点肿眼泡的二儿子马壮特别不顺眼。这天吃着饭，他撂下饭碗带着怒气问马壮：

"你说说，集体户的那个姓赵的丫头，你弄到手没有？"

"还没呢。人也不搭理我呀。好像……正和上街从山东来的张会计家的大小子处呢。人家赵秀云从来都没正眼瞧过我。就你总惦记这事儿！"马壮长得柔弱，性格也柔弱。他偷偷瞟了一眼他爹。

马志荣照着儿子的后脖颈就是一巴掌："你真是个完蛋玩意儿！咱是坐地虎，你太爷爷以前那是当过保长的人……别看我就是一个小队长，你爹我喊一嗓子，整个建设公社他也得颤几天……不信弄不过这么个外来的盲流！"

马志荣的父亲马福春当过保长，就因为这，他们马家没挨过饿。父辈哥八个，都娶了个比自己小十多岁的老婆。那时节，家家户户都吃不饱，许多人家为了一斗高粱、一斗谷子就把姑娘嫁出去了。到了马志荣这辈，倚仗家族势力强大，成为乡里一霸。甚至公社有啥事都得征求马家意见，否则，背后使绊子，你啥事儿也别想办成。

马壮低着头，偷偷看了一眼正在气头的老爹，说：

"那你说咋整？咱总不能抢吧？咱又不是土匪！"马壮气呼呼地说。

马志荣嗓门儿高得吓人：

"咱不能明抢，还不会暗里来啊！一会儿你去户里一趟，叫那丫头来一趟，就说今年最后一批回城的指标弄来了。"

相貌甜美的赵秀云憨厚淳朴，她早就心有所属了——她看上了张凤池家的大儿子张志海。张志海比他爸富态，不胖不瘦的脸盘，大高个，浓眉大眼。他也非常喜欢赵秀云。俩人时常花前月下卿卿我我。

这一年的二月，张志海响应国家号召，要去参军。经过严格的征兵体检，被西藏岗巴独立营的接兵干部批准入伍。很快，新兵连的全体人员集合出发了，大家都穿上了绿军装，戴上了光荣花。

送兵的父老乡亲们聚集在富安村大队部院内。新兵连的纵队向大家走来，走在最前面的是张志海。整个队伍生龙活虎、精神饱满、神采奕奕。

张志海高声喊着："一二一，一二一，立正！向左转、向右看齐、向前看……左转弯跑步走。一二一，一二一，一二三四。立正！向右看齐、向前看，立正！稍息！"队伍整理好后，张志海大声说："请富安村大队书记高德林同志给我们新兵讲话，大家鼓掌。"

高德林说了一番鼓励的话后，张志海代表新兵发言："父老乡亲们大

家好！今天我们二十个新兵高高兴兴、快快乐乐、非常光荣地入伍了，当我们等到帽徽、领章佩戴好了之后，我们就是拥有二十颗红五星的解放军战士了。我们永远忠于党！忠于毛主席！忠于祖国！忠于人民！请大家放心！请祖国放心！敬礼！"

一阵热烈的掌声响起。

一人参军，全家光荣。自打张志海参军，张凤池走路腰板挺得更直了。

张志海参了军，和赵秀云两人以书信传情。自从赵秀云被马志荣看上后，所有书信都被截下了。因为没了书信往来，她以为男友变了心，一天比一天消沉。

马志荣有事没事常到集体户转转，也总是没话找话跟小赵搭讪：

"秀云啊，你这姑娘长得这么漂亮，人又勤快，可不能老窝在这个穷地方啊！这不白瞎了吗！人往高处走，鸟往高处飞，你说是不？"

"是啊，大叔！可有什么办法啊！"小赵不知他心怀叵测。

马志荣捋着那根毛，说：

"秀云啊，叔看你这孩子不错，听说你那男朋友不和你联系了……"他故意放慢语气，看看她有什么反应，"对了，是不是因为你回不了城啊？人家不想跟你处了……这事儿没事儿，叔可以帮你。"马志荣拍着胸脯说。

赵秀云正为此事头疼，听他这么一说，心中大喜，忙说：

"叔，你真帮我？要是真能办成，让我怎么谢你都成！"

时间一天天过去，赵秀云回城的事儿还没有消息。一天，赵秀云问马志荣：

"叔，我那件事儿有动静没？"

马志荣挠了挠帽檐下像垄沟一样的额头，故作为难地说："哎呀，现在指标太紧张，不好办啊！这么地吧，明天我再去公社看看。晚上你过来听信儿……"

第二天晚上，赵秀云如约前往马家，马壮也在。刚进屋灯还亮着，不一会儿就停电了。赵秀云有些心慌，就想往外走。但是来不及了，马志荣出去后把门挂上了锁，想要马壮把生米煮成熟饭。赵秀云看出老马家没安好心，开门要跑。这个马壮天生老实，胆子特别小，根本不敢下手。赵秀云使劲儿推门没推开，跳上北炕，使劲儿推开北窗户，跳出窗外，顺着菜园子往集体户方向跑，马志荣领着马壮在后面追。这时家家户户都已经安歇了，空中的月亮时明时暗。赵秀云无处躲藏，情急之下，她看到队部门口的一口大井，匆忙中她抓住摇把下面的井绳，踩着"水斗"下到井里，筛糠般蹲在水斗上，使劲儿捂着嘴，大气儿不敢出。

队里的赵顺喜是个老更夫，还是队里的饲养员，今年六十大多了，自己住在生产队，给队里打更，捎带侍弄生产队的三匹马、八头牛。每天这个时候，他都要出来打水饮牲口。来到井沿，他放下水筲和扁担，抓过井摇把，一摇，一动没动。嗳，怎么回事？他再次使劲儿摇，还是沉甸甸的。他有些纳闷儿，打开手电往井下照去。井下蹲着一个黑乎乎的人影，把赵顺喜吓了一跳："谁——你是谁？"

赵秀云听出不是马志荣的声音，放了心。她抬起头，声音颤抖：

"是我，我是……集体户……赵……赵秀云……"

赵顺喜猜测，这个闺女一定是遇到麻烦事了，他就把赵秀云救了出来，领她到村部的饲养棚里。了解了事情经过后，他关了手电，到大街张望一下，看没啥动静，又返回饲养棚。

"闺女，那个马志荣太不是人了！你不能在这待着，得连夜逃出去，你敢走不？"

"不……不敢……，我……我怕！"赵秀云浑身一个劲儿地哆嗦。

"唉！"赵顺喜叹了口气，"谁让咱们是一家子呢！我套上马车，送你回市里，轻快，傍天亮差不多能赶回来……"

赵秀云扑通一声给赵顺喜跪了下去……

原本一个活泼漂亮的大姑娘经过这次惊吓，变得精神恍惚。她跑回城里的家中，整日把自己关在屋里，跟谁也不说话。

三年后，张志海退伍回家之后听说了此事，眼珠子直冒火。他从灶台上拿起菜刀就要找马志荣拼命，几个弟弟也跟着起哄。张凤池浓眉倒竖，一声怒喝：

"都给我老实点儿！看把你们能的！咱能斗过人家嘛！""当啷"一

声，张志海狠狠地把菜刀扔在地上……

吴芹是六队吴老憨的大女儿，人长得水灵灵的，一掐就能掐出水来。

吴芹的父亲吴老憨有小肠疝气的毛病，一犯病就没命地疼，而且一次比一次厉害。吴老憨不知从哪里淘弄来了大烟籽，偷摸种在屋后的菜园子里，用于止疼。

一天晚饭后，陶秀英肚子疼得受不了，在地上直打滚儿。有人告诉张凤池，吴老憨家有大烟籽，赶紧去要点。张凤池本不想给人添这个麻烦，但看老伴儿疼得实在不行，就急忙跑到他家，要了点儿大烟秆子熬水喝。尽管吴老憨整得挺神秘，队里还是有几个人知道他种大烟这件事儿。乡里乡亲住着，谁求不着谁，再说，你要是不给，万一人家给你揭发了……

这天，马志荣让屯里保媒的孙大喇叭上门提亲，要吴芹嫁给他家的大儿子"马大虎"，吴家一口回绝了。

马志荣第二天就上门了，看着吴家满地横七竖八的一双双破鞋头，他将了将那根毛一本正经地说：

"哎呀，我说吴家两口子，公社现在正在调查你家种大烟的事儿呢，这可是要判刑蹲大狱的，整不好都得判个死刑……"他拿眼瞅了一眼吴家两口子，老吴头像鸡爪子般又细又黑又瘦的手在不住地抖颤，老伴儿像酒桶一样的肥胖身躯也在不停地哆嗦。

"没……没有！我家……哪有……哪有那玩意儿！"

马志荣把手一背，说："几天前，有人肚子疼，找你要大烟籽熬水喝，有这事儿吧？别的我就不多说了，咋回事儿你们自己还不清楚？"顿了片刻，他接着说，"公社来人调查，暂时是让我给压下了，不过，以后还会不会来，我可不敢说！"

一个月后，吴芹成了马志荣的大儿媳妇。一年后生孩子时得了产后风，全身抽搐，口吐白沫。马志荣请来跳大神的，说是冲了五鬼七煞，又说婴儿是小鬼儿投胎。说是有颜色的布会带来血光之灾，让人用白布把前后窗户全都封上，让吴芹和孩子躲一切光。马大虎把炕烧得滚热，除了炕上这娘俩儿，两天之内所有人不得入内。到了第三天，吴芹的妈起大早就来了，她打开门进屋一看，炕上的一大一小早已气绝身亡。老吴太太当时就晕倒在屋里，不省人事。

吴家把女儿的死归罪于张凤池——他家种大烟的事肯定是张凤池向马志荣告的密，马志荣以此要挟吴家，吴家被逼无奈才把女儿嫁给了马家。张凤池一生光明磊落，从无小人之举，但他又不能说出是谁告诉他吴家有烟籽，这个锅只能自己背。

沙沙沙，昨夜下了一场柔润的春雨！小雨淅沥，从晚饭后一直下到第二天凌晨。早晨，天晴了，霞光万丈，照耀着这片刚刚从沉睡中苏醒的大地，照耀着这个宁静的村庄，照耀着田间地头喜上眉梢的庄稼汉。

小队长马志荣共有五个儿子，老大马强，老二马壮，老三马富，老四马正，老五马超。还有五个女儿，老大马霞，老二马珍，老三马杰，老四马艳，老丫马莲。联产承包后，马志荣瞅准了国家的政策方向，在队里种了三亩地的香瓜，养了五头牛，当年下了三个牛犊子，再加上玉米丰收，当年总收入超过一万元，成为建设公社第一个"万元户"。县委书记亲自上门，把一块金光闪闪的"勤劳致富"的牌匾送给马志荣。这时的马志荣，光环不可谓不耀眼。省、市、县领导经常带着电视台和报社记者到老马家参观学习，让马志荣传授致富经验。

张凤池和马志荣的矛盾像系上死扣的绳索，再也打不开了。马志荣是小队长，是整个大队、整个公社、整个县的风云人物，在领导面前说话有分量，日常在小队也处处为难排挤张凤池，加上吴老憨对张家的怨恨，张凤池心灰意冷。恰在此时，远在山东的妹妹来了封电报：母病重，速归。张凤池不敢怠慢，第二天就乘火车返回山东。经过两天一夜的颠簸，于次日天黑前赶回了老家。老母亲看见了儿子，心情大好，病一下子没了。

出于叶落归根也出于尽孝的考虑，张凤池打算回山东，陪母亲安度晚年。在张志龙的幼小心灵里，依稀记得离开吉林的那天早上。天雾蒙蒙的，父亲找了几个人，在村子西北的山坡把爷爷的几块尸骨包在一块白布里，再放入一个不大的木头箱子里，箱子外面裹着一层红布，装在一个布袋子里随身携带回山东。老大张志海、老二张志江都已结婚，便没跟家人回去。一家人洒泪而别。临别前，张凤池千叮咛万嘱咐两个儿子，离马志荣远点儿，

千万别惹着他。

　　时光匆匆，转眼两年过去了。老大张志海思念父母亲人，商量好了妻子，举家搬回山东，和家人生活在一起。老二张志江也想和大哥一起回山东，怎奈老婆死活不同意。她扔给张志江硬邦邦一句话："要回你自己回！"

第十二章

窗外的风几乎一宿未停，张志龙的思绪也一刻未能歇息。他时而从沙发上站起，在房间里轻轻走动，时而蜷缩在沙发里，任思绪飘飞。他觉得无助，不知该何去何从。

第二天，张志龙来到建设镇邮局，给父母发了封电报：

　　　　一切顺利，勿念。

转过天，张志河领志龙到富安六组——二哥张志江家。外债太多，张志河打算把五弟安排给二哥就去黑龙江打工。

拐过富安五组，一条镜子一样的"冰路"出现在张志龙眼前，在灿烂阳光的照耀下发出刺目的光。

张志龙是喝着这条河水长大的，这条河曾给志龙留下太多美好的回忆。河水平时很浅，是雨水汇集成的。窄的地方，搭上几块小石头就可以越过；宽的地方，像一池潭水，晶莹剔透，清澈见底，清冽甘甜，平时玩渴了趴在河边就喝。小河两边，杨柳依依，随风摇曳。每当下完雨，他们就拿着笊篱在河边的树根底下捞鱼。一笊篱下去捞出好几条。有亮闪闪的"白漂子"，有黑乎乎的"泥鳅"，有花里胡哨的"花梨棒子"。拿根针，在火里烧一下用钳子弯个勾，挂上个饭粒就能钓上小鱼来。河套两边水草丰茂，花香四溢。仅仅七八年的光景，这条流着志龙童年欢声笑语的小河如今很窄了。记得当

时，两边的菜地枝叶繁茂。上学的路上，看看四周无人，孩子们以百米冲刺的速度冲进菜地。细长黝黑的茄子，裸露着光滑上身的绿萝卜、胡萝卜……这些东西对他们而言是最好的水果。一次，他们拔出萝卜用袖子擦了擦，刚放进嘴里，忽听不远处有人高喊一声："干什么呢！"几个孩子飞奔着跑出菜地。那一次，张志龙他们跑出了人生最好的成绩。如今，田野里白雪皑皑，一根根整齐的苞米茬子在雪地里露出黄色的"尖刺"。南山北山以及平地里像马架子一样捆成捆立成堆的玉米秸上落满了白亮亮的雪……

快到二哥家了，想起二嫂，志龙打心里有点怵她。从家来的时候，爹娘不止一次跟他说，轻易别给二哥添麻烦，别让二哥从中为难。那是在来东北的前几天的一个阳光午后，在张志龙的狭小房间，爹爹坐在他的床铺上，叼着烟袋，眯着眼睛，给张志龙讲述了二哥张志江的一些陈年旧事……

那是在张志江20岁的那个冬天。寒冷的风从沟外吹来，路边的树木以及电线发出阵阵尖啸，河套冰面上的雪在空中张牙舞爪。

这天，马队长让张志江赶车，给建设供销社主任送几袋黄豆。因为不是重载，张志江只套上一匹枣红马。供销社主任非常高兴，说啥留张志江吃饭。冬天昼短夜长，眼瞅着擦黑儿了，张志江吃完饭后上了车，松开车闸，鞭子轻轻一摇，这匹马拽着车就上路了。走到烧锅岭的时候，张志江也不知道吃了啥东西了，肚子拧劲儿地疼，豆大的汗珠从脸上淌了下来。他疼得实在受不了了，捂着肚子从车上滚了下来，滚到山边满是积雪的壕沟里。枣红马尥起蹶子叫了几声，然后，拽着空车跑回生产队，在院子里"咴儿咴儿"地叫着，四只蹄子不停地挠着地面。生产队的饲养员赵顺喜出来一看是空车，知道情况不妙。这时，马扭转头，拽着空车往外跑。老赵头急忙偏身上了马车。来到烧锅岭，张志江正躺在雪地里，已经疼昏过去了。老赵头急忙下去掐他的人中把他喊醒，从沟里背上来……打这以后，张志江对枣红马更是视若宝贝，轻易不让人碰。每逢过年，他都让老娘捞一盆高粱米饭给这匹马吃。

送完黄豆，张志江寻思，可算让他的这个宝贝有个靠槽的工夫了，自己也喘口气。这天，等他收拾完牲口套，队长马志荣找到他，脸上堆着笑，说："志江啊，今年他妈的秋涝，队里的庄稼收成才是去年的一半儿。除了上缴国库，社员们怕又要吃'返销粮'了。"他将了一下上唇的那根毛，略微停顿一下又说，"这活人总不能让尿憋死，眼见天冷了，快到年根儿底了，干了一年的社员，眼巴巴盼着多分点儿口粮，要是有节余，每个劳力也分点儿年份钱，再难这年也得过啊！"

张志江听了半天没懂队长的意思，但他知道队长哭完穷之后，准有事儿要他去办。

"咱们队啊和辉河县草绳厂订了合同，把队里的300亩地稻草卖给他们，年底买点肉让社员们沾点荤腥。人家年底忙，让咱们自己把稻草送过去。"绕了一大圈张志江听明白了，他这是指望他的马车送稻草。

张志江满心不愿意，但是还不能表现得过于明显：

"队长，就一辆马车送稻草，来回一趟一百多里，一天送一趟，还不得送到猴年马月啊！"

"没事儿，不着急，年底送完就行。"人家社员都"猫冬"，自己还要派车，还是长途。张志江沉吟着没说话。

马志荣看出了他的心思，摸了摸鼻子又将了将那根毛，拍着张志江的肩膀说：

"这么地吧，每天给你补助五毛钱，每个牲口半斤豆饼。等稻草送完，再给你加200个工分……"200个工分相当于一个劳动力一秋的收入。想着要到手的工分和一天五毛钱的补助，张志江心情陡然间好了许多。

这天丑时，张志江早早地来到牲口棚把马喂上。200捆稻草对于他的的马车来说实属轻载。刚出场院，就飘起了小雪。到辉河县，烧锅岭是必经之路。张志江的三匹马摆动着鬃毛，一使劲儿就上了岭。在岭上，张志江停下车，让牲口休息一下。刚出过汗的后脊梁感觉有点凉，一阵冷风，他突然觉得有些害怕，头发根根直立。他从地上站起来，朝地下淬了口唾沫，用脚使劲在地上踩了踩，紧了紧辕马的肚带，又到马车后面看了看，这才向山下走去。等车下到半山腰时，意外发生了——马车的滑杠（刹车）突然失灵，车急速冲下山坡，马嘶叫着拼命地向山下跑，马掌迸出火星。枣红马背负重载跑不快，只听咔嚓一声，车辕断裂，马失前蹄扑倒在地，一车稻草向坡下翻

滚。好好一匹枣红马生生断了前蹄，痛苦地倒伏在坡路上，马肚子急促地一起一伏，嘴里哼哧哼哧地喘着，鼻子里喷着热气。也是张志江命不该绝，他爱惜牲口，夜道从不坐车。他认为坐在车上增加了分量。体恤牲口救了张志江一命。天还未放亮，他坐在半山腰大哭……费了好大劲儿才捎信回队里，队长换了辕马将马车拉回去。

枣红马在春节前两天被杀了！队里每户分了三斤马肉。张志江像失去亲人一样躲在河边的小树林里失声痛哭。对于这次车祸，背后有人议论，说是马队长为了过年让社员们沾点荤腥，故意偷摸弄坏了马车的滑杠。但在张凤池看来，这事儿可远远不这么简单……

转过年春天，张志江要结婚了，媳妇是权安县老刘家的，叫刘淑娟，离富安六队七十多里路。大高个儿，十分苗条。脑后两条粗黑的辫子。面部表情冷峻，让人难以捉摸。这时候时兴的"四大件"比老大结婚时提高了一个档次——"三转一响"：自行车，缝纫机，手表，收音机。虽然家里这两年日子好过多了，但毕竟家底儿太薄，人口又多，所以老二结婚跟大哥一样，这些东西时兴归时兴，实际一样没买。张凤池在大队的木匠铺找了两个木匠，自己家出木料，打了一个炕琴柜。木匠不用给工钱，中午，陶秀英炒了四个菜，张凤池陪着喝顿小酒。做被褥用的布票和棉花票也是从别人家借的，过三过五有了再还。老大张志海两口子把北炕让给二弟，他们在外屋地间壁出一个非常狭小的房间。在东北农村厨房叫外屋地，土地面，黑土墙上挂满了蜘蛛网、油烟子、饭勺子、笊篱。一般家都把炕桌侧着立在水缸上面，此外，碗架子、猪食桶、米缸，做饭用的家伙什，把外屋地摆得满满的。

因路远，当天成婚来不及。在结婚的头一天，张凤池在队里找了两个年轻的车老板儿，把马和车还有鞭子上都系上红绸子，两匹辕马的马脖子下拴上一圈铜铃铛，马车上铺些稻草，上面铺上棉被，都安排好后赶车到新娘家。"车老板儿"特别吃香，这个活儿一般都交给生产队年轻英俊、车把式好的人干。到了新娘家后，出来个人"接鞭杆儿"，给三五块钱赏钱，这是规矩。别小看这三五块钱，队里乡亲们随的最大的礼也不会超过这个数。老二媳妇想要一块手表，说啥不上车。接亲婆把嘴皮子都说破了，她爹妈也一再好言相劝，这才连拉带扯把她按在马车上。

女方给的这个"接鞭杆儿"的钱还有一个说道，意思是让车老板往好道上走，否则，把车"赶横垄地里"新娘子可就遭罪了。车老板儿把新娘和娘家客接上车，傍黑儿走到富安五队——张凤池一家最初逃荒来的地方。在这住了很多年，随便住谁家都大受欢迎。张凤池选的当然是对头亲家，队长赵凌云家。晚饭时分，张凤池安排人把做好的饭菜从六队用挑子挑下来，连房主人一家在内，管饱。农村人称这个是"打下水"。第二天一早，再赶车拉着新娘和娘家客到新郎家。

婚礼前一天，老张家就上人帮忙了。大小伙子们上街下街借桌椅板凳锅碗瓢盆劈木头搭灶台抓猪杀猪灌血肠，妇女们张罗着打土豆皮切酸菜，孩子们屋里屋外追逐打闹，老人们则安详地坐在炕上抽着烟喝着茶水。整个大院里里外外烟雾缭绕香气飘飘……能说会道的田忠林安排第二天谁负责写礼账，谁负责收礼钱，谁负责烧火，谁负责上菜，谁负责刷碗……一切安排得井井有条。结婚当天，大人和孩子们老早就在村口等着。不多时，两挂马车出现在大道上。"丁零零，丁零零"，离老远就听见挂在马脖子下面的铜铃铛清脆悦耳的声响。村里几个小伙子"使坏"，在马车的必经之路事先扔一些石头、砖头。马车的车轱辘被颠起多高，坐在车上的新娘子脸绷得很紧，自始至终阴沉沉的。

    "转呀转，

    车轱辘转，

    家家门口挂红线哪！

    红线透，刘家的姑娘二十六啊！

    穿红袄啊，

    甩大袖，

    一甩甩到门后头。

    门后头啊，

    挂腰刀，

腰刀尖哪，

顶大天哪，

天打雷呀，

狗咬贼呀，

稀里哗啦一大回呀。"

一群孩子围着马车跑，边跑边唱。

张志江穿的是大哥从部队带回来的一套没舍得穿的军装，穿在身上特别精神。车到门口，鞭炮响起，这边也出个人把鞭杆儿接过去，陶秀英满眼含笑给了五块钱。张凤池是队里的会计，自然十分好面子，额外还给了一盒迎春烟。鞭杆儿接过去，把牲口卸了，到牲口棚好草好料喂上。队长孙长喜家有个黄色木框的毛主席像，队里谁家结婚都到他家去借，张凤池同样如此。在屋子中间的八仙桌上铺上毯子，把毛主席像摆在正中央。新郎新娘胸前都别着一朵红花，面对毛主席像三鞠躬。主婚人田忠林又让新郎新娘给父母鞠躬，拜堂成亲就算完成。整个过程新娘子的脸上始终没有一丝笑模样。

婚礼宴席开始。左邻右舍的炕上都摆好了喜桌。进进出出的男女老少上都洋溢着真诚的笑容。第一批菜要先摆上六个小碟凉菜（大碟或小盘均可），有花生米、炸面角、面肠之类，并每碟里点缀食品红，以示喜庆之意；第二批菜是陆续上六盘热菜，荤菜、清炒均可，但四喜丸子、鸡、鱼不能缺，且鱼是六盘热菜中的最后一道，示意年年有余；第三批菜则是陆续上的六碗用不同菜料烩制风味各异的汤，六碗汤中红烧肉块和粉条两个菜不能缺，且粉条汤是最后一道汤菜，示意亲情、友情长存，这就是吃"六碗"的由来。六道凉菜、六道热菜、六个汤，共十八道菜，取意"要发"，是个吉利数，东北民间又称之为"三六席"。人们举杯喝着喜酒，边喝边唠，越喝越投机，越唠越近便，八辈子的老姑亲都能理出头绪。中午喝完，晚上继续。日薄西山，灯光亮起。屋里屋外推杯换盏笑声不断。晚饭结束后，女人们帮着洗刷利索后开始找自家的锅碗瓢盆。剩下的"大烂菜"越热越好吃，谁爱吃陶秀英就给盛一碗……不胜酒力的张凤池眉眼带笑，拉着对头亲家赵大胆的手不放，说：

"亲家，别走，在这住两天，明天咱……接着喝！"

赵凌云走路有些散脚，说话舌头也有点大了，说：

"不了，家里……有猪，有狗……这些张嘴兽，一顿不喂……都不行。哪天……再来！"说完，踩着朦胧月色回家了。

主婚人田忠林喝高了，走路腿都不听使唤了，里倒歪斜直摔跟头，志江费了好大劲儿才把他送回家。田忠林拉着志江的手不让走："大侄，咱爷俩……再……再喝点……"张志江把他扶上炕休息才走。睡到半夜，田忠林觉得胸口火烧火燎，想吐还吐不出来。老婆是赤脚医生，给丈夫打了一针。田忠林穿着衣服躺下接着又睡了。第二天早晨，老婆发现丈夫躺在炕上有些不对劲儿——田忠林死了。忙活完张家的喜事，大家又来忙活田家的丧事。大家猜测，可能是他老婆给打错针了。这件事儿让老张家觉得非常过意不去，毕竟，是在自家喝的酒。料理完田忠林的后事，张志江满脸真诚地对田忠林老婆说：

"婶儿，以后我就是你儿子，有啥活您就找我！"

不久后的一个冬日的傍晚，田忠林家的那两间泥草房房顶浓烟滚滚，张志江听说后，跑着来到现场。田忠林老婆和儿子被突如其来的大火吓"麻爪"了，只是一个劲地哭，小房眼瞅就被烧落架了，旁边围了不少邻居，都束手无策，谁也不敢靠前。张志江脱去棉袄，一个箭步爬上了屋门，从屋门顶一使劲儿跃上了房顶。他让人把房门关上，阻止风从门进去火势变大，又让人把他的破棉袄扔进水桶里，拧了拧扔给他。他跨步来到烟筒边，把沾满水的棉袄塞进烟筒里，火势立刻减弱，他又组织众人浇水灭火。家里的被褥粮食都烧成灰烬，大家把自家的铺盖和本就不够吃的粮食送来……

张凤池家劳力少，原来只在南炕放一张桌，自打老二结婚后，一张桌坐不下了，在北炕又放一张桌子。做一锅大碴子，一人一碗就没了。每次吃饭，老大媳妇赵敏总是给老的少的都盛完自己再盛，剩的往往都是稀汤寡水了。赵敏常回娘家往婆家拿点高粱米小碴子或者土豆白菜。张凤池是个刚强人，多次告诉儿媳妇别再回娘家拿东西，赵敏面上答应，可家里眼瞅揭不开锅的时候，她还得偷摸回家……年根，她又回娘家，跟老妈要了十二块钱，去富安供销社扯回几尺布，给自己唯一的小姑子做了件新衣裳。

东北的冬天十分漫长。西伯利亚寒流撒出冰冷的网，不放过每一个地方。鸟儿不叫了，一口寒风能冻住嗓子。冬天人们称之为猫冬，菜窖里贮藏白菜和土豆，缸中腌满咸菜和酸菜。老人们常说："腊七腊八，冻掉下巴。"坐在烫屁股的土炕上，围着泥火盆说长道短，让人感到温暖。老人拿火筷子，夹一块炭火点烟在盆边磕烟灰。顶着风雪来串门的街坊，被热情地让到炕头，拉过烟笸箩装一袋烟，吧嗒吧嗒地抽，接着是一阵闲唠，满是坑包的地面上横七竖八的卧着数不清的破棉鞋头子。张凤池两口子待人热情，家里总不断人。大家说说唱唱十分热闹。张凤池清清嗓，总会给大伙儿来一段吕剧。来串门的人也不装假，心血来潮唱几段二人转或者拉几声二胡。屋里烟雾弥漫，笑声不断。在火盆边唠嗑，火盆边抽烟，火盆里焖土豆，有时炖上一锅酸菜粉条，再烫一壶酒，一个个喝得面红耳赤笑声不断。等到炭火变成白色的灰烬，热度渐弱，人们才恋恋不舍地回家。

月光下的孩子在冰天雪地里拉爬犁、玩"单腿驴"、打雪仗。棉帽子下冒着热气，笑够了、玩累了才回家。棉鞋湿透了，脱下来放泥火盆上烤。临睡觉前，陶秀英总是坐在炕上，把小哥几个的棉袄棉裤放在膝上，借着灯光挨个抓虱子，抓完虱子把棉袄棉裤都放到炕头的被褥下，然后开始纳鞋底，对着昏黄的灯光穿针走线缝缝补补……志龙早上起来的第一件事就是趴在炕上看玻璃窗上的冰花。有的像树，有的像花，有的像叶子，有的像羽毛，如梦似幻，千姿百态。也常看见父亲和哥哥弓身扫着院子里的雪，看见母亲扎着灰色的头巾挎着装得满满灶坑灰的筐，迈着山东老太太特有的小碎步走到大街，把灶坑灰倒在大街的粪堆边上。这时，小山村里家家户户已然炊烟袅袅……

俗话说，树大分叉，子大分家。转眼，张志江结婚三年多了。老张家是个典型的孩子多劳力少的家庭，去掉吃米烧柴，几乎每年都欠着队里债。张志江媳妇刘淑娟看家里吃闲饭的多，日子过得实在紧巴，在这年元宵节刚过，就张罗分家。张志江老实，向来不言不语，他不同意分家。媳妇闹情绪，成天趴在被窝里，饭也不吃。张凤池老两口一看这样下去最终不是个曲子，只好同意分家。他们跟田忠林老婆商量，看能不能让张志江两口子到她家住，每年给个十块二十块的算作房租。自打田忠林去世，田忠林老婆领着孩子顶门立户实在不容易，张志江经常帮着给劈柴、挑水，干些脏活、累活，田忠林老婆也拿张志江当儿子一样看待。听说张志江两口子分出来到她家住，二话没说：来就行，千万别提钱，提钱就外道了！刘淑娟相中了家里的缝纫机。这天晚上躺在炕上，关灯之后，她对志江嘀咕：

"张志江，咱们这个破家啥也没有，明天分家我想要那台缝纫机！"

志江躺在炕上一声不吭。

"你听着没！"刘淑娟在被窝里使劲踢了他一脚。志江一动不动。"你聋了咋地！"媳妇狠狠地拧了一下他的耳朵。

"要说你去说！"志江翻了下身，把头转向一边。

声音不大但也不小，刘淑娟也是有意让睡在南炕的公公、婆婆听见。

第二天早饭后，张凤池找来了队长孙长喜，娘亲舅大，从权安县找来了刘淑娟的娘家舅，几个人盘腿坐在了炕上。陶秀英从炕琴柜底下拽出烟笸箩，招呼大家抽烟。说是分家，其实家里穷得叮当响，现金没有，还欠着生产队的钱，也没啥分的。无外乎就是碗筷、十斤八斤粮食，还有两个猪羔子。

"老孙大叔，正好你们都在这呢，这么分家我不同意！"刘淑娟沉着脸说。

"为啥啊？"孙长喜吸了一口烟，把烟圈吐出来后，歪着头眯着眼睛问刘淑娟。

"当时就一个炕琴柜就把我娶进来了。"刘淑娟嘴皮子利索，"我嫁给老张家这么多年了，没有功劳也有苦劳。我们俩连窝都没有，这么分家，让俺俩喝西北风去啊！"

陶秀英转过身用袖子擦了擦眼睛。张凤池坐在炕沿上皱着眉头抽着旱烟一言不发。

张志江拽了拽媳妇的胳膊，让她别再说了，刘淑娟一拧身子，甩开了张志江的手：

"我就直说吧，我想要那个缝纫机。"

"二媳妇，"还没等别人说话，老大媳妇赵敏开口了，"那台缝纫机是我结婚时咱家给买的。咱家老的老、小的小，缝纫机我和妈恨不得天天都用，你要是做啥就回家做，要不，你吱一声，大嫂给你做。"

"是啊是啊，要做啥就回来做呗。分出去不还是一家人嘛！"刘淑娟一脸

憨厚的娘家舅这时也开了口，孙长喜也随声附和。

"那不行！"淑娟口气强硬，一点儿也不给大伙儿面子。她转过身对老公公说："爸，大嫂过年还能买件新衣服，我不是你们老张家的人啊。我就稀罕那台缝纫机，别的啥也不要。爸，你就说给不给吧！"

"老二媳妇，我买衣服是回娘家要的钱……"赵敏说。

"娟子，你啥也别说了，不就一台缝纫机吗，给！"张凤池把烟袋锅里的烟灰使劲儿往炕沿上磕了磕，陶秀英掩面走出屋去。

　　　月儿明，风儿静，树叶遮窗棂啊，

　　　蛐蛐儿，叫铮铮，好比那琴弦声。

　　　琴弦儿轻，调儿动听，

　　　摇篮轻摆动啊，

　　　娘的宝宝闭上眼睛，

　　　睡了那个睡在梦中啊……

伴着这首民谣，志龙一天天长高长大。在他的记忆里，母亲的脸上始终写满了忧伤和哀愁。

第十三章

　　富安六组位于一个狭长的东西走向的两山夹一沟的沟膛子里，四十多户人家依北山而建，错落有致。一条仅能并排走两辆牛车满是车辙光滑锃亮的冰路弯曲着通向沟里。路边是家家垛的大小不一但都相对整齐的柴禾垛，柴禾垛边是长势正盛的白杨，白杨边是小河，小河南边是起伏不平的覆盖着雪被的山坡地，在冬日阳光的照耀下泛着炫目的光。山沟里的杨柳都呈灰黑色，只有东山顶和南山顶的一片片黑松林，依然显露出生命的绿色。家家户户的前后窗户早就蒙上了一层厚厚的塑料布。从积雪覆盖的房顶的烟囱里袅袅升起一道道灰色的烟柱，一阵风吹来，烟柱散了，斜着向空中飘去。

　　张志江家的柴禾垛下卧着两头正在倒嚼的牛。张志龙推开二哥家的铁栅栏门进院，趴在篱笆边上的一群母鸡吓得咯咯直叫，满院子乱跑。几只大鹅也抻长了脖子张开膀子扭动着笨拙的身体一边嘎嘎叫一边跑着。

　　张志龙和三哥推门进屋，二嫂的脸上堆着灿烂的笑："来了老五，到这几天了？"见他空着两手，脸上的笑不超过一秒就消失了。张志江的脸色一年四季总是一个模样，在他脸上几乎看不出喜怒哀乐，像挂在墙上的油画。

　　张志河把五弟的情况跟二哥二嫂说了。张志龙坐在炕边始终低着头。

　　二哥二嫂做了四个菜。

　　"二哥，我明天去黑龙江打工，年前不回来了。老五在你这住着吧。"饭桌上，张志河对二哥说，用余光看了一眼二嫂。

　　"在这呗。"二哥皱着眉扬脖喝了一口酒，急忙塞进嘴里一筷头子菜。

尽管爹娘再三嘱咐张志龙，轻易别给二哥添麻烦，可眼下……没几天，二嫂的脸色达到了让张志龙减肥的效果。这个年龄，张志龙一顿能吃三小碗饭，可他只吃一小碗就说"吃饱了"。东北的农村冬天都吃"两顿饭"，一小碗饭犹如一颗枣核掉进一个空布袋子里。坐在炕角，看着那颗粒饱满的大米饭，油汪汪颤巍巍的大豆腐，他舌下生津，不禁轻轻地咽了咽口水。他多希望二哥二嫂或者上小学的两个侄子能拿起他的饭碗，再给他盛一碗，哪怕米饭里泡点儿菜汤呢！

又过几天，二嫂的脸上已是阴云密布了。吃饭了，二嫂把碗使劲儿往桌上一蹾，筷子"哗啦——"从她的手里零散地落在饭桌上。他小心翼翼地咀嚼着饭菜，生怕弄出声响惹二嫂不高兴。吃完一小碗，他就急忙把碗筷放在桌上，退在炕角。

"怎么吃这么点？能吃饱吗？再吃点！"二哥皱着眉头说。

"吃饱了二哥，"张志龙甚至从腹腔挤出一个饱嗝，说，"成天待着，饭量小。在家也就吃一个馒头……"

二嫂低着头一言不发。两个同上小学的侄子有说有笑谈论着学校发生的事。

收拾妥当后，二哥一家围坐在炕上看电视，张志龙独自一人躲在僻静的后面小屋里，拿出从山东带来的高中教科书，不停地做着功课。他幻想有一天能重进校园，圆自己的大学梦！也总是拿出萧桐给他的信、照片以及那张饭票，一遍遍不厌其烦地看着。看着看着，泪水就不自觉地流了出来。

在二哥家待了十多天，张志龙越来越觉得不自在。这天吃完下午饭后，他对二哥说：

"二哥，我回三哥那去。大冷天，房子没人住扔时间长了不行……"

"马上过年了，回去干啥！在这呗。"坐在炕边的张志江皱着眉、抽着烟，偷偷瞄了一眼坐在炕边的媳妇。

刘淑娟使劲儿翻了他一眼，一把拎起炕上趴着的猫，狠狠地摔在地上。猫痛苦地叫了一声纵身跃到屋外。她从炕上拿起毛线和针，往腋下一夹，咣当摔门出去了。

"不了二哥，三哥临走时把钥匙给我了。那房子扔一冬不住人不行……

过几天我再来……"说完，志龙站起身，系上围脖，推开门走了，眼睛里流出两颗不争气的东西。

下雪了。黄昏的雪，斜着打在脸上。天地间浑然一色一片迷蒙，近处尚能看清山峦和房屋的轮廓，远处一片苍茫。猛地，一股疾风带着尖啸迎面而来，地面的雪花被卷起，让人睁不开眼，他不得不缩着脖子侧着身子弓着腰眯着眼睛吃力地前行。风大，雪似乎不是雪，而是细碎的沙子，一把把打在张志龙的脸上。路边有一棵老榆树，张志龙猫腰跑了过去，双手抱头蹲在大树的后面……

　　　风雪萧萧路何方，
　　　游子梦里思故乡。
　　　魂断天涯无归处，
　　　步履蹒跚写沧桑。

半空中，飞舞的雪花中有一只飞鸟扇动着翅膀盘旋几圈后，迎着雪幕向远方飞去。

大约四十分钟，志龙才回到富安三组的三哥家。天已经大黑了。锁头牢牢地冻在门上。三哥果然出门了。前些天，每天天不亮就有好几个人来要钱。张志河再三许诺，年后挣钱一定给，可这几个人堵在屋里就是不走。这些人不乏平时最要好的哥们儿、朋友，还有亲属。这些外债有的是三分利，还有五分利，利滚利，要想还清谈何容易！有个平时关系特别要好的大嫂，进屋直接脱鞋坐在小炕上，不给钱说啥不走。张志河好话说了一箩筐，人家就是不动地方。后来志龙说话了：

"嫂子，人都有落难的时候，你现在就是在这住十天半拉月，三哥也没钱给你。你放心，回家等着，来年我出去打工挣钱，替三哥还你……"大嫂看了看志龙，听他说话不卑不亢有条有理，穿上鞋下地走了。

张志龙打开锁，使劲儿拽开房门，一股冷气迎面袭来，他不禁打了个寒战！门槛子上冻了厚厚的一层冰溜子，屋里像冰窖一样十指不能屈伸。钉着

一层塑料布的窗户、门，还有薄薄的西山墙，都结满了一层厚厚的冰霜。张志龙把引柴放进炉子，点着，用火铲放里几块煤，可是，炉子仿佛也跟他作对似的，煤块刚放进去，浓烟便从炉口和炉盖儿上汹涌地扑满屋子。他蹲在炉子边上，拿来一个盖帘使劲朝炉口扇风，可是，他越扇风浓烟就越大，从炉口和炉盖的缝隙往外冒。他咳嗽着，眯着淌泪的眼睛推门跑出屋，烟顺着房门涌出来。

外面的风像刀子一样刮在脸上，脸似乎被刮开一道道口子，他又急忙猫腰钻进屋里。炉子一点火苗也没了，还是汹涌冒着浓烟。门后有个直径约半米的小水缸，半缸水结了一层厚厚的冰。他找来菜刀一下下地敲打着，老半天，只敲出中间碗大个窟窿。他把饭勺子伸进水缸，一勺一勺地舀着带冰碴儿的水，把只冒烟不着火的炉子浇灭。

张志江随后骑着自行车撵了下来。他捂着嘴进了屋，五弟正蹲在炉子边往炉子里浇水。

"怎么了？浇水干啥？"

"炉子不着，冒烟。"

张志江看看炉子，又上外面看看房顶的烟筒，一点烟也不冒，对志龙说："天冷，可能是烟筒堵了，也可能是烟筒正对着风口，往里窜风。明天我来收拾收拾……"

屋里冰冷，只有棚顶的一只灯泡散发着瑟瑟的光。

张志江知道三弟的屋子冷，特地给五弟带来一个电炉子。他从一个帆布兜子里拿出两块冻豆腐，10多个梆梆硬的黏饽饽后就顶着夜色骑着自行车走了。

电阻丝一点点变亮、变红。炉火映红张志龙的脸，两道浓眉，方方的额头，坚毅的鼻子和嘴，有棱角的下巴。他蹲下身子，对着电炉子不停地搓着手。这时，课本上的那个卖火柴的小女孩出现在他的泪光里……

转过天，张志江早早地骑自行车下来给五弟收拾烟囱。今天的天够冷的，他戴着棉帽子，眉毛和胡子都挂满了白霜。他把自行车支在窗边，从道北供销社借了一个六七米高的梯子，扛着放在屋子的西大山墙。找了一根三米多长的木棍，把一个破塑料袋子卷成团，用铁丝缠在木棍的一端。他踩着梯子上了落满积雪的房顶，把木棍伸到烟囱里来回摩擦，把挂在烟囱里的煤灰捅掉。他试着拿了松树挠放在炉子里点着，可是，还是一点也不见效，还是从炉口往外冒烟。正常的房子都依山而建，大山能遮住来自西北方的风。这个简易房远离大山，孤零零地建在路边，西北风直接灌进烟囱……

"炉子不好烧，屋里没法待，跟我回六队吧！"张志江摘下棉帽子，皱着眉沉着脸劝说五弟。

"二哥，你回去吧。有电炉子，我就在小屋住，不冷。"

张志江沉吟片刻，看五弟实在没有跟他走的意思，就正了正头顶的棉帽子，戴上手闷子（棉手套），沉着脸转过身，推门出屋，骑上自行车无奈地走了。土路被坚硬的满是车辙的积雪覆盖，凹凸不平。他骑着自行车的微驼的背影渐渐消失在亮晶晶的雪路和挂满银霜的两排杨树枝中。

在最严寒的冬日，张志龙迎来他十八岁的生日。整个富安三组还在熟睡中，大街还十分冷清。张志龙早早地起来，穿上棉袄棉裤，使劲推开门，跑到房后河套边的雪地里尿了泡尿，雪地上留下一个胡萝卜样的冒着热气的黄色雪洞。一阵冷风夹着雪从河套的冰面吹来，他一激灵打个冷战，佝偻着腰，一边往回跑一边系着腰带。水缸边有个凳子，上面有个铝盆，里面都是冰碴。他把几根手指伸进去涮了一下便急忙抽回。进了小屋，他忙蹲下身子对着电炉子来回搓着手。手暖和了，他四处找了找，没有挂面，便用电饭锅做了一小碗米的饭。虽然和供销社仅仅一路之隔，可是，他浑身上下也翻不出买挂面的钱，甚至，连买块腐乳臭豆腐的钱都没有……不烧火的炕像冰一样凉，根本没法待。他来到西屋，蜷缩在席梦思上，把厚厚的棉被从头到脚全都盖上。只躺了一会儿，他发觉这不是个好办法——越躺越冷。无奈，他只好穿鞋下地，在狭窄的小屋里来回跑步、来回跺脚。他从冰凉的碗架里拿出碗，两只碗结结实实地粘在了一起。他用力掰没掰下来，索性打开电饭锅盖，把冒着热气的大米饭盛在两个粘在一起的碗里。碗架里有半瓶酱油，他拧开盖子，在雪白的大米饭上浇了几滴黑乎乎的酱油……吃着这特殊的生日早餐，他极力控制着自己不去想家，但是，母亲的身影总是晃在眼前。想起母亲顶着风雪为他送到学校的生日饺子，他如鲠在喉……假如现在在家，老娘一定早早地起来了，一定会给他和面擀面条，面条上面一定会有一个规整

的荷包蛋的……想起离家时老娘给他擀的那碗滴了香油的面条，他的舌头下面不由生出一摊口水……窗外狂风肆虐，使劲撕扯着房顶、门窗，他裹了裹棉袄，低头端起饭碗，大颗大颗的泪珠顺着脸颊滚落到米饭里。米饭在他的喉咙里直打转，他只吃了一口，便放下饭碗，在积雪覆盖的小屋中趴在冰凉的小炕上失声痛哭。

不久，张志龙来东北的第一个年也如期而至。1988年农历三十的这天早晨，张志江骑车下来，让五弟去他家过年。志龙说啥也不去。二哥急了，沉着脸使劲儿拽他。二哥力气大，张志龙两手拽住门把手死活不撒手，门都要拽下来了。看拗不过弟弟，张志江从兜里掏出几张皱巴巴的十元和五元的钞票扔在炕上，有些生气有些无奈地走了。

张志龙到供销社买了一张红纸，一瓶碳素墨汁，一支毛笔。回到家，把红纸裁开，写了副对联贴在门上。无论是在关里还是关外，每到年关，总有村里人来到家里，找张凤池写对联。张凤池总是忙得不可开交，志龙时常帮着打个下手，一来二去耳濡目染，也学会了写对联。房门贴上了对联，现出一丝年的味道。

午夜时分，山村从上到下、由南至北传来一阵阵此起彼伏的爆竹声。如排山倒海，如雷霆万钧，如暴雨倾盆，由远及近压来。双响炮响声震天，一个挨一个震耳欲聋。那一条条"彩蛇"好似受到惊吓一般由地面迅疾地窜向空中，五彩缤纷的烟花如金丝银雨在半空灿然绽放。浓烈的火药味和诱人的香味夹在一起在空中弥漫。村里家家户户的大门上都挂起红红的灯笼。电视、庭院、大街……到处传来人们的欢声笑语……

张志龙在铝锅里添上水，放在电炉子上。不一会儿水就泛起了浪花，他倒里一缕挂面，又倒里一点儿酱油。尽管他不停地搅和着面条，可由于"炉火"太旺，仍有面条糊了，有股黑烟从锅底冒了出来。糊味飘进鼻孔，眼泪噼里啪啦滚落进铝锅中。他把白天买的一斤油炸花生米分出一半倒在盘子里。用刀敲掉菜板上的冰，切了一盘火腿肠。准备就绪，到门口把一挂500响的爆竹点燃。

张志龙把炕桌放在炕上，把他的年夜饭——花生米火腿肠及冒着热气有些煳味的面条一起摆在桌上。望着眼前这顿年夜饭，张志龙几乎流干了这一生的泪水！他多么想念家里的亲人啊！此刻，老娘是不坐在灶坑前，"呼——达，呼——达"一下一下地拉着风箱，嫂子、妹妹是不正在热气腾腾的屋里炒菜、煮饺子，老爹应该烫好一壶酒了吧，大哥和四哥是不已经在灯火通明的院子里摆放好了烟花、爆竹？

寒风恶魔般使劲吹打着窗户，窗上的塑料布哗哗作响。屋里的电炉子散发着微不足道的热量，总不烧火的小炕冰凉冰凉的，张志龙穿着母亲为他亲手缝制的厚厚的棉袄，眼里噙满泪水，两条决口的小溪在脸庞上恣意奔流。他努力控制着哽咽，对着空荡荡冷冰冰的屋子，对着老家的方向，大声地喊着：

"爹——，娘——，老儿子在这里给您拜年了！"

第十四章

在张志龙的热切期盼中，春天来了。尽管房屋背阴的角落还残留着一些蒙着灰尘的冰雪，但在那南山顶的山湾里，在春风柔柔地轻吻下，柳枝已露出涩涩浅浅的芽苞。微微欲裂的唇瓣里，那水晶般细小的雨珠儿，默默地打量着这个世界，打量着这个冬日过后迟迟归来的春潮。

张志龙非常急切地要找一份工作，他要通过自己的努力、自己的奋斗养活自己！

六组有个带工的，叫贾顺，每年农闲时他都领村里人出去打工。这天早上，张志龙吃了一根麻花喝了一杯开水，约莫过了人家的饭口，就从三组一路走到六组贾顺家。贾顺五十多岁，中等个，上唇的胡须浓密而整齐，头上一年四季顶着一个蓝色的帽子。贾顺正闷头坐在炕沿上抽烟，张志龙的到来让他有些意外。他急忙站起来招呼张志龙：

"来老五，里面坐。吃饭了吗？"

"贾叔，我吃过了。"

"你爹你娘他们都挺好的吧？"

"嗯，他们都好。"

"你娘我大嫂可好了，每年下大酱都给俺家送一碗，总是你送，你记得不？"

张志龙笑着摇了摇头。

"你爸那人实诚，就是偏！唉，要不是……算了，不说了。老五，你有事啊？"

"贾叔，"张志龙眼里流露出非常恳切的目光，"我听说您年年这个时候领人出去打工，今年是不又要出去了？把我领着吧！"

可以说，贾顺是看着张志龙长大的，打小他就喜欢懂事又勤快的张志龙。十多年过去了，眼前的张志龙已长成一个大小伙子，但张志龙白净的脸蛋和白皙的手让贾顺心有顾忌。他摇着头叹口气说：

"老五啊，不是你贾叔不领你，出门儿太累、太辛苦，你根本干不了。你啊，天生是读书的料。"

"贾叔，我求您了，您领着我吧！"张志龙近乎哀求。其实，整个富安六组就四十多户人家，上下街住着，谁家咋回事儿都了解。贾顺非常理解张志龙目前的处境，他最终同意张志龙跟着村里的人出去当"小工"——到松江河林场伐木清林。

一行五人中李雪飞年龄最大，二十八岁，从小打仗斗殴、偷鸡摸狗，可以说是监狱里的常客。最后一次是因为抢驻地解放军的棉帽子被"请"进去的。

坐在通往松江河的绿皮火车上，大家怀揣着对美好生活的向往，一个个喜气洋洋，喝着白酒，吃着咸鸭蛋，只有志龙心事重重地打量着车外疾驰而过的田野和村庄，打量着周围形形色色的人们。火车长鸣，"哐当——"一声停了下来，志龙身子不由自主地晃了一下。是途经的温泉车站，站台上有卖油炒蝲蛄的，红通通油汪汪的让人直咽口水。李雪飞跳下车，花了两块钱买一大包，大家你一个我一个，到下车时还没吃完，只好拎着。

八十年代末的松江河镇非常混乱，张志龙一行背着行李很快引起了几个地痞的注意。有个人看见志龙手里的蝲蛄，仰着脖儿问道："嗳，你的蝲蛄在哪买的？"

张志龙看了他一眼并未搭腔。

李雪飞看出对方不怀好意，从志龙手里拿过蝲蛄，举在面前：

"哥们儿，稀罕啊。送你了！"

李雪飞得体的举动和江湖气打消了流氓们继续撩拨的念头，他们吃着蝲

蛄哼着小曲儿转身离开了。

李雪飞是没事都找事的主，哪受过这个。他抬起手高喊一声："打他个狗日的！"同来的几个年轻人也都不是省油的灯，贾顺根本拦不住。几个人扔下手里的行李，一拥而上，把这几个小流氓一顿胖揍，然后，分头飞快地跳上出租的毛驴车，告诉"司机"快跑……坐在缠着海绵的长条凳子上，张志龙的心"怦怦"跳得厉害。他把车门上的花花绿绿的帘子掀起一条缝儿往外张望，生怕那几个流氓追上来。

花了两块钱，小毛驴儿把他们拉到了老板家中。老板姓高，有个弟弟，俩人都膀大腰圆，目露凶光，看起来不像善类。交谈中，他有意无意提到哥俩儿不久前拎着猎枪和派出所叫板的事儿，恐吓和震慑的目的不言而喻。

简单吃了口饭，下午四点钟左右，他们坐运送木材的卡车向山里进发。

这是张志龙人生第一次真正意义上的打工。卡车翻过一座座山一道道岭，张志龙的目光被一片美丽的风景所吸引。只见不远处山峰，重峦叠翠、错落有致，周围烟云缭绕。在清晨阳光的照耀下，在苍松翠柏的掩映下不是仙境胜似仙境。

汽车在山路上疾驰着，张志龙的思绪也随着汽车的疾驶翻飞着。他深深地知道这次的出行就意味着他的人生篇章不得不重新谱写，他的读书生涯不得不画上句号！他是多么的不舍、又多么难舍啊！随着疾驰的汽车前行，公路两旁的美丽风景也随之向后飘飞，他的求学梦初恋梦也随之一点一点地被撕碎！

卡车在一个黑乎乎的东西面前停了下来，老板扯着嗓子大声招呼：

"下车，到了！"

天黑得伸手不见五指，张志龙一行人摸索着走进了那个黑乎乎的建筑——简易的工棚安在一处空地上，西边连着一片沼泽。这东西俗称"饯子"，四根圆木两个叉，上头架一根长圆木做梁，一排细圆木做檩子，四面再搭上一些树枝，外面苫上油毡纸就算房子了。饯子里面用半米多高的松木钉了两排通铺，上面铺着稻草，里面有几个人点着蜡烛在玩牌九，黑乎乎地看不清人脸。这样的房子，不要说挡风遮雨，就是遮阳都很困难。

一个人忽然从大铺上跳了下来，兴奋地大喊一声：

"雪飞!"

李雪飞定睛一看，认出来了，这人叫王金鹏，几年前和他一起蹲过监狱，两人关系十分要好。

饯子里面大约二十人，有当地的老乡，也有自称"华鲜"的朝鲜族人，他们基本不太和当地人掺和，也不在一个作业区作业，只是住在一个饯子里。

这里，寒夜足够漫长。第一天晚上，棉被特别薄，张志龙下意识地一伸腿，脚蹬破了油毡纸，直接伸到房子外面去了。他急忙缩回了脚。

旅途奔波加上斗殴，再加上陌生的环境，张志龙很晚才入睡。第二天一早，张志龙掀开门帘子，走出屋外，一道刺眼的光线透过东边的林木，照在他睡眼惺忪的脸上。漫天皆绿，树海苍翠蔽天。他跟着众人去食堂领了馒头，就着炖白菜吃了早饭，然后装着馒头带着咸菜向作业区走去。这地方离住处很远，所以需要带着午饭。

走在沼泽边缘的草甸子上，脚底会"滋滋"冒出水来。走上三百多米的样子，就能听到山泉流淌的声音。在灌木丛的掩映下，一条清亮的小溪带着寒气从高山上流淌而过，不知所终。

这条小溪也是森林中各种鸟兽饮水的地方，水边经常能看到各种奇怪的足迹，一直蔓延到浓密发黑的原始森林中去。每次工人挑水，都要边走边敲着水桶，惊走可能出现的野兽。

茂密的森林吞噬了鸟儿的鸣叫声，山中寂静得可怕。这里苍蝇异常多，嘤嘤嗡嗡地叫着。

路边有个小山丘，杂草丛生，十分茂盛，粉色的、黄色的小花被午日的太阳照得亮晃晃的。工人每天轮班去挑水，做饭、洗漱。在河边看到最多的是马鹿和野猪的足迹，有时还能看到熊的脚印。这里位于长白山西麓松江河畔，离长白山天池很近，从这里能遥望到长白山的主峰。主要树种有红松、落叶松、椴木、柞木、水曲柳、杨木、色木。据说，铺进人民大会堂的第一块实木复合地板就是从这里走出去的。张志龙对茫茫林海的敬意油然而生。

食堂就两人，老板的老娘和妹妹。吃的东西难以下咽，基本就是白菜、土豆。老板的老娘十分刻薄，谁拿多了馒头吃不了带回来，会被她翻来覆去地骂上半天。后来工人再剩了馒头也不往回带，直接挖个坑埋了，或者直接

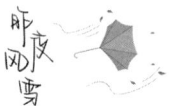

扔到流着泉水的山沟里。

贾顺在早些年和张志龙的父亲张凤池关系特别好，他十分敬重张凤池的为人，所以，也想尽最大能力给予张志龙关照。第一天开工前，他忧心忡忡地看着张志龙：

"上杠试试吧，不行别硬挺，跟同伴儿打个招呼扔下！"张志龙点了点头。

一根原木三百斤到五百斤不等，身体好的两个人在前面抬粗的部分，后面俩人抬细的部分。先用掐钩固定住木头，前后四个人肩膀扛住木杠，领头的负责喊号子，其他的人喊：

"嗨哟——，哈腰滴挂钩！"

"嗨哟！"

"起来你就走吧！"

"嗨哟！"

"往前嘛走走！"

"嗨哟！"

"慢慢滴走唉！"

"嗨哟！"……

张志龙被安排在后面的杠上，号子一响他就开始用力。尽管他在山东有过打工的经历，但这可纯是体力活。脸憋得通红，他觉得这木头得有千斤！腿哆嗦着，勉强走了两步，贾顺一看不行，忙喊：

"不行了，支撑不住了，快点放下，慢慢放下！"张志龙跟着"嗨哟"完了才弓身慢慢放下木头。

"不行呀，这孩子身子骨没长成，别给累坏了，"贾顺看着张志龙也看着众人说道，"你去'开飞机'打打枝丫吧。"

"开飞机"就是打枝丫，一根三百斤左右的原木，前面两人将掐钩固定在原木四分之三的位置，承担了大部分重量，后面一个人抬着木梢，起到摆舵的作用，是整个劳动中最轻松的活。

老板的妹妹叫小翠，人长得俊秀，胸脯鼓鼓的。她的眉毛长而细，弯成一道弧形，睫毛也特别长，高挺小巧的鼻子，丰满红润的嘴。她从不浓妆艳抹，却处处散发着山里女孩天然的青春之美。大家晚上唠嗑时常提起她，然后发出一阵不怀好意的笑。

张志龙每次吃饭都落后，锅里基本没啥了。那天晚饭，张志龙照旧去锅里打菜，小翠急忙走上前，拽了他一把，把一个大茶缸子递给他：

"这是你的，快吃吧。"

张志龙一脸狐疑，打开一看，茶缸子里干乎乎的白菜粉条里还有几片瘦肉。他心怀感激地看了一眼远去的小翠的背影。

打枝丫的活虽然不累，但也需要一定技巧，树木伐倒之后，用斧子将枝叶修理干净。起初张志龙很小心也很认真，一连半个月没出一点差错，他暗自庆幸。因为听老工人讲，大凡刚来的新手或多或少都得吃点亏。果然好景不长，那天刚上山不久，张志龙的一只脚踏住伐倒的树干，在那儿边砍梢边想着心事，一不留神一刀下去树梢没断，他的脚却冒血了。张志龙疼得扔掉砍刀，双手握住脚丫，嘴里疼得哼出了声。贾顺急忙把他扛回了工棚。小翠儿闻声从食堂里跑过来，找来一块布条把张志龙出血的脚包上。

屋里每天都是闹哄哄的，张志龙不习惯这个环境，饭后喜欢一个人在山边散步，或者拿着书在树下的草地上小坐一会儿。一天，小翠走了过来，红着脸问他：

"你……有没有……要洗的衣服……"说着低下了头。

"没……没有……"志龙的脸也红了。

"干了这么长时间，你身上……有老大的汗味了……"小翠的脸似乎更红了。她鼓起勇气对他说，"明天你把要洗的衣服放在食堂门口……"说完，转身跑了。望着她奔跑的背影，张志龙苦笑着摇了摇头。

身上的衣服确实黏糊糊的，有很大一股汗味。但，张志龙怎么会让一个跟他无半点关系的人给洗。

这里山高林密，常有野兽出没，最常见的当属獾子了。成年獾子最多二十斤，长得非常像小狗，所以也被称为狗獾。獾子油大多被民间用来治疗烫伤；皮毛可以制成衣物；肉质也比较鲜美。獾子平时独来独往，到了冬眠的时候，就会寻觅一个山洞群体住下。还有的獾子会因着地势，自己挖出一

个结构复杂的洞穴出来：有客厅，有储藏室，有厕所，有卧室，有入口，有逃生通道，一应俱全。挖洞的时候，年轻的獾子充当掘进手，用爪子将泥土挖下来，这时候早有一只年老的獾子躺在地上，四肢伸展，腹部内敛，做皮碗状。獾子们将泥土放在它的肚子上，然后由两只獾子咬住它的后腿拖出洞外。老獾子一翻身，泥土就被覆盖在洞上。每个洞里都有这么一只背部没毛磨得锃亮的獾子，它的专属名称叫土车子。捉獾子也是一门学问。到秋天时，如果在山崖之下看到大堆的新土，就说明这里入住了獾子，这时候不能动，等到冬天土冻实了，捕獾者先找到隐秘的出口，用大石头堵住，点燃干辣椒，用扇子向洞里面扇风，过三四个小时，挖开洞穴，里面的獾子全部毙命。

一天下午收工后，闲着无事的王金鹏突发奇想并招呼大家付诸实施。几个人满山去找獾子洞，不知不觉走进大山的腹地，还真找到一个洞口。王金鹏捉来一只老鼠，在尾部缠上蘸着煤油的棉花，点燃棉花后，老鼠钻进了獾子洞。獾子的卧室里都铺着干燥的树叶，一时间洞中浓烟滚滚，仿佛开了锅一般沸腾起来。出口入口都已被堵住，獾子们走投无路，只能坐以待毙。獾子是抓到了，可是这时天已大黑。月亮被涌来的黑云遮盖，只从厚厚的云层后面透出一层含混的暗色光晕来。几个人打着手电往回走，却发现，无论怎么转也转不出去，转了半天又回到原地。一阵疾风，几个人身上直冒冷汗，头发都竖起来了，对今晚的行动有些后悔。正当他们不知何去何从时，猛地在草丛里出现一条蛇，抬起头看着众人，小眼睛在手电灯光的照射下熠熠发光，继而转过身在草丛里顺着西北方向爬行而去。张志龙不敢怠慢，朝众人说了句："走，跟着蛇走。"他从工友手里要过手电筒，照着草丛里的蛇，飞步走在前面。大家一路小跑跟在志龙身后大气都不敢出。转了有20分钟，蛇突然不见了，众人定睛细看，已经来到回家的路口……

第十五章

一晃，张志龙他们来到这里已经两个多月了。一个山风肆虐的午夜，大风刮得山林长啸，令人发毛。朦胧中，只听饸子里有人压低声喊了一声：

"不好，有熊瞎子！"

大家几乎同时翻起身，屏住呼吸，静静地听着外面的动静。借着月光，张志龙把窗户帘掀开一条缝儿向外望去，吓得张开嘴屏住了呼吸。月光下，两个体形健硕的黑熊正在院子中四处张望。这是张志龙第一次看见黑熊。听人讲，这家伙凶狠无比，会游泳，会上树，一棵几十米高的大树，它两三分钟就能爬上树顶。遇到这个庞然大物，活命的概率非常小。两个熊瞎子张望了半天，好像闻到什么香味，慢悠悠地向食堂走了过去。食堂离工棚三十多米远，只有小翠和她娘住在那里。贾顺压低的声音里明显充满了恐惧：

"大家都别出声！让这家伙遇上就得没命！"

"雪飞、金鹏、志龙，把洗脚盆、茶缸子找出来……"为防万一，贾顺安排众人，做好准备。

几个人又找来几件衣服，把王金鹏攒下的几瓶獾子油倒在衣服上。窗户上有几根细木棒，大家七手八脚拆了下来，把衣服缠在木棍上。熊瞎子怕响，更怕火。

熊瞎子走到食堂门口就要破门而入了。张志龙压低声音非常焦急非常担心地对贾顺说：

"贾叔，小翠和她娘有危险……"

"少管闲事！保自己的命要紧。"

黑暗中不知谁说了句。贾顺犹豫了一下，说：

"咱不能见死不救！赶紧，使劲敲盆，敲茶缸子，大声喊，看能不能把熊瞎子吓跑。"

霎时工棚里响声震天。听见响声，熊瞎子并不害怕，竟回过头向工棚走来。贾顺一看不好，命令大家：

"快，赶紧把刚才准备好的衣服火把点着！"

待大家把火把点着，贾顺又下达命令：

"大家准着点扔，往熊瞎子身上扔！"

五六个缠着衣服的火棍在月光下"嗖——嗖——"地从工棚里飞了出去，熊瞎子被这突如其来的火光吓跑了。王金鹏攒下的獾子油，救了大家的命。

这天轮到张志龙给食堂挑水。他来到河边，把两只铁桶装满水，刚要担起来走，小翠跑了过来，用命令的口吻说：

"快把衣服脱下来，我现在就给你洗！"

张志龙还在迟疑，小翠不由分说，直接解开了张志龙的上衣衣扣，顺手脱了下来，又脱下张志龙的长袖T恤。张志龙愣愣地站在那里，看着小翠非常麻利地把他的衣服洗好、拧干，非常响亮地甩了几下。

阳光照在张志龙裸露而结实的上身，他感觉浑身暖融融的。

小翠大胆地看着张志龙，语气里柔情似水：

"我看你和那些人不一样，你老实，爱读书……怎么没考大学？"

听到"大学"两个字，张志龙眼泪在眼圈里打转，语气中充满了自责：

"我老家是山东的，我来东北就是准备参加高考的，可是……我把学费弄丢了，我……太笨了！"

深山老林之中，古木参天，遮天蔽日。望着远处起伏的山峦，小翠向张志龙讲起了自己的故事。三年前，在她十六岁那年，父亲由于盗取大量林木犯案，被判入狱。从此，家里的事情全由二哥做主，二哥不让她读书，让她跟着上山给工人做饭，否则，就把她嫁给一个大她十多岁的一个"土财主"……

小翠打心眼里喜欢这个英俊潇洒不乐说话爱好读书总是最后一个打饭

的张志龙。一有机会，她就偷摸地用饭盒装点好吃的，藏在外面的某个树根下，让张志龙假装出去散步、看书的时候再吃。远离父母家人的张志龙深深地感受到这股温暖，但他不会接受她的爱。

世界之大，心海无涯，却只能把一人容下。

森林里光线阴暗，笔直高大的树木遮住了阳光，只有斑驳的光线透过树木的枝叶缝隙照射进来。山里蚊子特别多，更可怕的是草爬子，这玩意儿无声无息防不胜防，它能分泌一种类似麻醉药之类的物质，叮人时不易察觉。一天午夜，张志龙被一只草爬子叮到了腋窝，发现时，腋下已经有一个黄豆粒般大小的红色圆球。

这天又轮到张志龙挑水了。不知为何，张志龙心底忽然对这个差事有点儿期盼。

微风轻轻吹拂，小河缓缓流淌，偶尔传来一两声清脆的鸟鸣。置身于山林间，仿佛听到了大自然的呓语。此时天气刚刚开始热，姹紫嫣红的鲜花竞相开放，树叶子由翠绿变成深绿，风里雨里都带着花、草、树和泥土的清香。

张志龙挑着水桶走向河边，远远的，看见有个穿着花格上衣的女子正在河边洗衣服。这里天高皇帝远，人烟稀少，唯一的两个女性就是老板的母亲和妹妹。不用问，一定是小翠。

"哦，今天又轮到你挑水啊？"小翠蹲在草地上洗着衣服，听见有人走近，她回过头问了一句。张志龙发现，她手里的衣服都快被她洗碎了。

"嗯。你……给谁洗衣服啊？"张志龙的声音里有些醋意，为什么？他自己也说不清楚。

"我哥的，我能给谁洗衣服！"

张志龙放下扁担，坐在青草地上，看着小翠身子一倾一倾地洗着那件衣服。

"又好多天了，把你的衣服也脱下来吧。"

"还……不咋埋汰呢。"

"挺大个老爷们儿，别婆婆妈妈地，快点儿脱了得了。"她眼里露出一丝不容分辩的目光，"咋地，还让我给你脱啊！"

"不用不用。"张志龙连忙摆手，顺手脱下了外衣，又脱下了里面的秋

衣，在抬起胳膊的瞬间，小翠看见了他腋下肿起的那个红包，关切地问：

"怎么整的？是不让草爬子叮的？"

"嗯，没事儿！"

"咱这里没有药，时间长了就麻烦了。来，我给你把毒吸出来。"

张志龙不知道这东西到底有没有毒，但是，小翠的话让他没有准备。

"不不不，不用不用！"

小翠可不管这个，他抬起张志龙的胳膊，张开嘴去吸叮咬处，张志龙只觉一股电流通过腋下迅速传遍全身，他幸福地闭上眼睛。小翠顺势把他推倒，那张芳口由腋下转到张志龙的嘴唇，张志龙感觉天旋地转。小翠紧紧地搂住张志龙，张志龙也伸出双臂使劲搂着小翠，二人在草地上滚在一起。小翠呼吸急促，她喃喃地说：

"志龙哥，今天，我就是你的人了……将来……无论你到哪，我都……跟你到哪……"

正午的阳光透过树叶的缝隙，星星点点洒落在草地上。林中草色翠绿，浓浓的草腥味沁入鼻孔，这草腥味中还夹有一股浓浓的丁香花香。鲜花碧草中的丁香在风中微微摇动，张志龙浑身打了一个激灵，他仿佛看见萧桐正在花丛中看着他，他急忙推开小翠，翻身站起来，担起水匆忙地走了，留下小翠一个人躺在草地上暗自神伤。

突如其来的一场雨雪把张志龙和那些苦难的弟兄们差点埋了。那天晚上不太冷，睡到半夜发觉不对劲，大家都醒了，雪水从棚顶"吧嗒吧嗒"滴落下来。二十多个人挤一个床铺蜷缩了一宿，直到第二天中午才从山外买来了一张很大的塑料纸盖在了铰子上。被子都沉甸甸的，拿到外面用太阳晒了好几天也没干透，晚上盖在身上透着潮气。

高老板从山下拉来几箱罐头和白酒，工人要买什么就记账，到时从工钱中扣除。大家开心地喝酒，聊天。第二天赶上下雨，没法出去干活，大家窝在工棚里，李雪飞和几个人玩牌九，赌注是三毛钱一包的香烟。

高老板兴起，也加入赌博的行列，可他手气不好，输了几盒烟，后来就有点玩赖了，像患了老年痴呆，动作非常迟缓。

吃过晚饭后，赌局继续，高老板继续输，却不肯往外拿烟了。李雪飞很不爽，挤对他说：

"上烟上烟！不上烟就靠墙！"

昏暗的烛光下，高老板的脸色很难看。他老婆带着孩子去长白山玩，回来后也留在山上没走，此时正在旁边看热闹。高老板没好气儿地对老婆说：

"去，给我拿条烟过来！"

老板娘见丈夫情绪不对，不知道他的真实意图，迟疑着没动。只听"砰"的一声，高老板摔了个酒瓶子，跳到地上狂殴老婆。老婆号叫着跑出工棚，众人也跟着出去拉架。老板的母亲听到响动，从食堂里跑出来拦住了儿子，老板娘趁机脱身。

让人目瞪口呆的一幕发生了：老板拉过自己的老娘，几拳把她打得蹲在地上，大家急忙把他拉开，他还挣着上去对着老娘的面部猛踢一脚。

老板的大哥也在山上领工，和自己的弟弟不同，是个老实巴交的农民。他带着哭腔问母亲：

"妈，你咋样了？"

老太太痛苦地说道：

"我眼睛里……啥东西淌出来了！"

小翠戴着围裙从食堂里跑了出来，她扒拉开众人。眼前的一幕把她吓坏了，哭喊着问：

"妈，你没事吧，你别吓唬我！"

老板从狂躁中冷静下来，忙蹲下来扒开母亲的手。在手电筒的照射下，老太太的左眼睛已经瘪了。

"堵车，去矿务局医院！"老板声嘶力竭地喊道。

几个人立刻跑到路上拦截卡车。一辆运送木头的车被拦下来，司机稍微一犹豫，立刻被老板的几个狗腿子揍了一顿。谁也没有注意，贾顺在事情刚发生的时候就进了厨房，摸了把菜刀别在腰间，已经做好了最坏的打算。

老板坐上车带着老娘走了，贾顺立刻召集一起来的五个人，压低嗓门说：

"这地方咱不能再干下去了，老板纯粹就是个王八犊子！没一点儿人性。我听说，几年前从四川来了几个人，给他干了一大年，临了，就给他们

一人拿点路费，不走就让人往死里打！"他咽下一口唾沫，目光十分凶狠十分坚定，"出了这么大乱子，老板肯定不会善罢甘休，咱们得马上离开这里。工钱不要了，要他也不能给。可别为了几个工钱把命搭上……"

其他几人表示赞同，唯独张志龙不太想走，他觉得现在的活儿比较轻松，再说，他，根本无家可归。但是，大家都走了，没个照应，以后也很难立足。稍微犹豫片刻，也点头同意和大家一起走。

第二天早上三点多，贾顺就招呼大家赶紧起床。天黑乎乎的，几个人摸黑悄悄去厨房摸了几个馒头，走到通车的山路上。李雪飞敞着怀站在公路中间，态度坚决地逼停了一辆卡车，让张志龙和他一起先走，另外几个人等着坐下辆车下山。

很不巧，他俩坐的车走了两个多小时后坏在路上，前不着村后不着店。无奈之下，张志龙和李雪飞背着行李徒步进发，遇到车辆挥手拦截人家根本不减速。这里没有目击者，看司机的架势如果不让路真敢撞死他们。一连走了两个多小时，两人遇到一个木材检查站，李雪飞进了检查站，从兜里掏出两根烟递给两个工作人员，非常熟练地用打火机点着，点头哈腰央求工作人员，说：

"两位大哥，我俩在山里打工，老板不给钱，跑了。我俩要回家，没有路费，麻烦您帮给堵辆车……"

"不用我们，你们自己招手就行，肯定都能停。"

果然，借了检查站的光，一个大车司机很给面子，二人重新上了车。等到了松江河火车站，已经是傍晚了。连累带饿，肚子早就向主人提出了抗议。李雪飞和张志龙一共凑了十块钱，走进一家小吃部点了两个菜，要了一瓶酒，饱餐一顿。

火车是零点的，二人已经没了买票的钱，跟着人群混进了站台，上车后钻进车座下面，李雪飞酣然入睡。蜷缩在车座下面的张志龙丝毫没有睡意，他不知道自己的下个站口在哪。

很幸运，一路上没有查票，凌晨六点多他们出了浑江火车站……

此后数十年里，张志龙偶尔还会回忆起小翠给他藏在树下的牛肉包子，回忆起小翠那饱满、丰润的吻……

第十六章

供销社是特殊时期的产物，从20世纪80年代开始，随着改革开放，我国的生产水平也大幅提升，商品的供应也越来越丰富。而且从20世纪80年代开始，我国也逐渐由计划经济时代向市场经济时代过渡，国家鼓励个人以及企业参与到商品供应当中，供销社不再是一家独大。随着市场竞争不断加剧，供销社甚至处于亏损状态，无奈，很多供销社开始实行柜台承包模式。承包人每年向供销社交固定的承包费，上不封顶，下不保底，自负盈亏。富安供销社被供销社职工秦世忠个人收购。秦世忠为人厚道，心眼儿好。他个子不高，喜欢抽烟，抽烟时常皱着眉。张志龙小的时候常到供销社玩，秦世忠特别喜欢他，时不时给块糖块儿。

白云弥漫，山岭逶迤。那条窄窄的清凌凌的小河，犹如银色的纱巾蜿蜒在乡村的河床上。供销社大院和张志龙所住的三哥的房子就隔着一条七八米宽的路。

供销社总是聚集一些人，平时非常热闹。没事的时候张志龙也到供销社营业室大厅，听大家闲聊。一来二去就和秦世忠走得更近了。在一次闲聊中，张志龙跟秦世忠讲述了自己的遭遇，心地善良的秦世忠决定帮张志龙一把。他家住在离供销社不远的富安八组，平时只有他一个人经营供销社，逢年过节忙的时候家里才来帮手。

"老五，你三哥出门打工啥时候回来？"一天，秦世忠问张志龙。

"不知道，估计得年根底下。"

"你三哥三嫂回来，你在那也没法住啊……西屋冷得像冰窖。"秦世忠抽了口烟，皱着眉头说。

张志龙低下头沉默不语。

"干脆，"秦世忠掐灭烟头，把烟屁股扔在地下，说，"你搬我这住吧，我有时候回家，这个大院没人照看不行。忙的时候帮帮我，平时帮我扫个院子啥的……一个月给你点辛苦费……"

张志龙感激地看着秦世忠。有了住的地方，一个月还给辛苦费，上哪找这好事去啊！秦大哥这是同情我……他非常诚恳地对秦大哥说："大哥，我知道您是想帮我，谢谢您！有您这句话老弟非常知足。有啥活能用得上我，您随时吩咐一声，啥钱不钱的……"

秦世忠的弟弟是建设镇教育助理，他把张志龙的遭遇说给了弟弟，让弟弟想法帮张志龙找个工作。张志龙有文化远近皆知，加上这偏僻的农村的确缺老师，没过多久，张志龙就被安排在一个偏远山沟的前湾村小学代课，工资不多，每个月六十块钱，而且得等到年末一起领取。

能有个工作，张志龙自然十分欣喜。秦世忠把自己骑了多年的破旧自行车给了志龙。在仓库里，张志龙推出了满身灰尘的"坐骑"。这辆自行车早已到了退休的年龄，好在收拾收拾还能骑。张志龙端来一盆清水，把车身上上下下擦个遍。脚镫子、链子都浇上润滑油。车胎拆卸下来补上补丁，打足气……

来东北第二个春末的一天早上，张志龙早早地起床，洗漱完毕，和秦大哥打声招呼就要去上班了。从富安三组到前湾小学有两条路，乡路和山路。乡路平坦但得绕很大一个圈子，太远。山路近，从邻村的山上翻过去下山不远就是学校。张志龙选择走山路。

这是一个富有生命力的季节，也是一个美丽、神奇、充满希望的季节。田野里各种绚丽的花朵竞相开放，绚丽夺目。

几场春雨过后，枝头米粒大的榆树钱儿纷纷舒展开来，柔软的新绿开在眼里。在山路的顶端，有几棵壮实的榆树。那绿绿的圆圆的嫩嫩的榆钱儿，在暖阳和春风交相呼应的景致里，显得煞是灵秀和清纯。在一瞬间，志龙的脑海浮现出儿时的画面。母亲去外面采回榆钱后择洗干净，控水后加入盐、花椒面拌匀，然后加入玉米面，放到温暖的地方发酵；等玉米面发好后分成小剂子揉成圆形，再继续发酵到膨大，水开上锅蒸十五分钟左右。面团子好了，趁热咬上一口，榆钱的味儿浓浓的，还带着一股清香。

想到这，张志龙不自觉地咽了咽口水。连累带饿，自行车推到山顶时双腿直打哆嗦，两眼冒金星，满世界都是金子。汗珠顺着脸颊往下直滚，肠胃里翻江倒海，前腔贴后背，如一只空空的公文包。张志龙实在饿得不行了，索性把自行车放倒在地。山路边有一棵高大的榆树，绿叶掩映中的榆树钱儿一片片一枚枚，像手指甲盖大小，让人看了不禁舌下生津。他哆嗦着胳膊去勾一枝最低的，左手抓住枝条，右手由上而下撸下一把榆树钱儿，狼吞虎咽整把地往嘴里塞。榆树钱洁白无瑕，甜甜的。吃了几把，觉得好受多了，四肢不再抖颤，汗也渐渐退了，他这才扶起自行车重新上路。

> 东家妞西家娃，
> 采回了榆钱过家家。
> 一串串一把把，
> 童年时我也采过它。
> 那时采回了榆钱，
> 不是贪图那玩耍，
> 奶奶要做饭，
> 让我去采它，
> 榆钱儿饭榆钱儿饭，
> 尝一口永远不忘它……

张志龙耳边响起歌曲《采榆钱儿》的忧伤曲调！他大口吞咽着榆树钱儿，泪水却止不住地流下来。

张志龙离老远就看见在一个满山松柏的山脚下有一排长长的红砖青瓦房子，院中间的旗杆上有面红旗迎风招展。他猜想，这一定就是他要来工作的小学。他对这里充满了希冀。不能考大学，在这里工作也说得过去。

早晨八点多，还没到上课时间，校园里的孩子们像一群快乐的鸟叽叽喳喳地玩耍着。张志龙进了院，心里有些紧张。他向一个男学生打听办公室的位置，男学生非常高兴地跑在前面给他引路。学校办公室位于一长排教室中间。推门进去，七八个男女老师正说说笑笑。

"请问，哪位是祝校长？"张志龙的声音很低，双腿的裤子竟不自觉地抖了几下。

"你好！我姓祝。你是小张吧？"

"嗯。是我。"张志龙弯腰点了下头。

一个个子不高五十多岁的中年男人走过来，热情地和他握手。

祝校长挨个介绍了这里的老师，张志龙一边说着"你好"一边不停地跟大家点头。

和大家打过招呼，张志龙那颗紧张的心微微有些缓解。他长长地舒出一口气，但随之而来的是他马上面临真正的紧张——祝校长告诉他，四年级班主任今天有事请假了，让他去给四年级的孩子上第一节课，至于上什么课，让他自己做主。

"丁零零——"挂在校舍中间墙上的铃响了，这铃声让张志龙的心怦怦跳得厉害。"已经十八九岁了，要像个男子汉！"他在心里一次次地给自己打气。

他迈着稳健的步子向四年级走去——走向那神圣的三尺讲台。推门走进教室，三十多双黑漆漆的目光一齐集中在他的脸上。张志龙感觉脸红耳热。他在心里嘲笑自己。在山东母校的领奖台，那么多老师和学生注视着他，也没像今天这样紧张啊！这些个孩子有啥可怕的。他提醒自己，千万别在孩子面前失态。他放慢步子，故作镇静地走上讲台，可他的两只裤腿比刚才抖得更厉害了。

"老师好——"

讲台下三十多名学生拉着长音给他问好。

"同学们好！"

孩子们瞪大了眼睛看着他，他也一直看着孩子们。他的大脑一片空白，他不知道他人生的第一堂课究竟该给孩子讲点什么。

"同学们，你们……喜欢上什么课？"片刻，他打破了僵局。

"听故事！"

"老师，你给我们讲故事呗！"

不等老师回答，台下响起一片掌声。

张志龙思考了一下，反正校长让他随便讲，那就讲故事吧。他把山东校园学习和生活的艰辛讲给了孩子们。一开始，他期望学校的铃声早点响，可讲了故事，这一节课竟不知不觉过去了。一堂课下来，他觉得，学生们不一定有多大收获，他的收获却很大……

在那个春季，代课经过的那个山坡的"榆钱儿"是张志龙解决辘辘饥肠的主要食物，直到榆树钱儿渐渐变黄、渐渐枯萎……张志龙从心底感激大自然的宽厚、仁慈。在他饥饿难耐的时候，是大自然给了他温暖和力量。

转眼，夏天来了。太阳像个火盆一样挂在空中，天气燥热，狗趴在窝里伸出个舌头呼呼喘着粗气。

老师都自带饭盒，在办公室的炉子上馏。一到饭口，一个压着一个的饭盒里散发出诱人的香味，这香味让张志龙直流口水。每天中午吃饭都是张志龙最尴尬的时候。身无分文，老师和学生们吃饭的时候他只能躲到学校外面。学校前面是一个挺大的水库，堤坝靠水的斜坡铺着平整的蓝灰色石头，坐在上面暖呼呼的十分舒服。张志龙坐在石头上，看阳光下波光粼粼的水面，听树上鸟儿歌唱。一个月前发生的一件事浮现在脑海。这天，张志河在外地打工回来了，把要紧的饥荒还了一部分，也把老婆从娘家接了回来。秦世忠再次商量张志龙，让他到供销社住。张志龙权衡再三，别无他路，就把行李搬到了供销社。每到吃饭，张志龙还是常到三哥家吃。三嫂个子不高，微胖，脸上的表情和二嫂有相似之处，一天到晚总是晴转多云。张志龙在三哥家待着的时候处处小心翼翼谨小慎微。每天早晨从供销社回到三哥家，总是短摸地干东干西。三哥护着他，常拽着他的胳膊不让他干，示意让他三嫂去干。张志龙是心里有数的人，不管在哪，总待着不干活，吃饭不仗义。

这天是周日，张志河吃完饭去街里办事了，三嫂在屋里给孩子洗尿褯子。志龙看着两岁的侄子在自家房檐下玩耍。侄子刚刚会走，穿个兜兜，白

白的胳膊腿和胖胖的屁股裸露着。天气炎热，一丝风也没有。路边、河边的杨树、柳树像病了似的，叶子挂着尘土在枝上打着卷，枝条一动也不动。那些铁器，被毒辣的太阳一晒，就像一个个烤熟的红薯，让人碰都不敢碰一下。供销社门口的有机玻璃招牌，似乎都要给晒化了。

"雪糕——，冰凉的雪糕——"从大路西边的大山头拐过来一个骑自行车卖雪糕的，脚下蹬着自行车，嘴里不停地喊着。到了近前，志龙急忙招手拦住，在兜里两块多钱中拿出五毛钱给侄子买了一串雪糕。侄子接过雪糕刚放进嘴里，三嫂怒气冲冲地从屋里出来一把从孩子嘴里抢下雪糕重重地摔在地上，照着孩子的屁股狠狠地打了一巴掌，孩子白嫩的屁股上五个红手印清晰可见。孩子"哇——"的一声哭了，她把孩子夹在腋下走进屋，随手把门使劲拽了一下。张志龙觉得那巴掌深深地打在自己的脸上！他愣愣地站在路边，不知该何去何从。

火辣辣的太阳挂在头顶，家家的烟囱里飘出缕缕青烟，大街上弥漫着炒菜的香味。快到晌午了，供销社秦大哥该准备午饭了，张志龙不能在这个时候回到他那，其他再没有熟悉的要好的朋友。在路边迟疑片刻，他惴惴不安地拉开屋门进屋。走进西屋，他拿着电饭锅，用小碗舀了两碗大米倒进锅里。三嫂听见动静，从东屋气冲冲地走了过来，恶狠狠地抢过电饭锅摔在地上，脸沉得吓人：

"该干啥干啥去，哪显着你了！"

电饭锅"咣当"掉在地上，白花花的大米洒落了一地……

张志龙的脸瞬间红了，他跑回供销社宿舍，趴在炕上，强忍着没让泪水溢出眼眶。秦世忠从营业室那面走了过来，看见张志龙双眼发红，不用问，他也能猜出个八九分。他坐在炕沿边，一边皱着眉抽烟，一边安慰着志龙：

"老五，别上火，慢慢都会过去的……"

在农村，人们十分看重八月节。早上，张志河亲自下厨做了几个菜，到供销社找五弟回家吃饭，可志龙说啥也不回去。张志河纳闷："老五，过节了，怎么不回家吃饭？是不你三嫂的事？"张志龙坐在炕边闷头不语，眼泪在眼里打转，后来索性站起来走了出去。张志河从秦世忠那隐约了解到老婆对五弟的事后，勃然大怒。他气冲冲地回到家，抬手照着老婆的脸蛋"啪"地打了下去。小屋里立刻传出女人和孩子夹杂在一起的尖厉的哭声……

　　每天往返于供销社和学校，实在太费时费力。张志龙跟秦大哥商量后，便把行李从供销社搬到了学校，把四张课桌拼在一起当成床铺。夜半时分，雷雨交加，冷冷的风从没有玻璃的窗口吹进，瑟瑟发抖的志龙裹着棉被躲在墙角。此刻，他不由想起在高平县第三中学校外租赁的宿舍……

　　早晨起来，他到水库边坐坐，俯身撩起水库清澈的水洗脸。脸不用擦，在朝阳和微风中不一会儿就干了。待学生陆续来到学校，他才饿着肚子走回教室。

　　午饭时间，张志龙到学校的食杂店买了一根两毛钱的麻花。

　　"就一根儿，能吃饱吗？"食杂店的老板问。

　　"能，一天也不干啥活，一点儿也不饿……"

　　学校有个更夫，姓邵，有些驼背，已经七十多了，颌下一团灰白的胡须。老人气管不好，喉咙里总是"呼哧""呼哧"像拉风箱似的，平时走路总拄着那根磨得锃亮的拐杖。晚上，他总招呼志龙和他一起吃饭。

　　"孩子啊，才这么大点儿就抛家舍业的，不容易啊！别跟大爷外道，赶上啥吃啥。"邵大爷的话实实在在，志龙连说"好——好——"，可实际一次也没去。老人并不富裕，儿女不孝没人管才来学校打更，他怎么好意思吃老人家的东西。

　　又一个秋雨绵绵的夜晚。不能出去散步，张志龙早早地把四张课桌拼好，铺好被褥，躺进被窝。屋里没有电灯，想看书都没法看。冷飕飕的风畅通无阻从窗外肆无忌惮地吹了进来。张志龙把头往被窝里缩了缩，又拽了拽被角。肚子"咕咕咕"再次向他提出了强烈抗议。"床铺"太硬，硌得有点难受，他翻了一下身，侧躺着，以右胳膊和右身接触课桌，裹了裹被角，闭上眼睛想让自己尽快入睡。

　　"孩子啊，睡了吗？"

　　张志龙听得出是邵大爷的声音，忙起身下地，穿着短裤披着上衣打开教室门。借着10多米外邵大爷屋里的灯光，朦胧夜色中只见邵大爷右手拄着拐杖，左手端着碗热气腾腾的面条，上面卧着个荷包蛋。

"大爷，您……"

"快趁热吃了吧，现在正是长身体的时候，饿坏了身子可是一辈子的事儿。"说着话，邵大爷迈进了教室。张志龙急忙接过面条，放在桌上，拽过一个长条凳子，让老人坐下。邵大爷坐了下来，借着窗外透进来的微弱的亮光把屋里打量了一番，说：

"这屋里也太冷了！住下去会生病的，"老人咳嗽了两声，接着说，"要是不嫌弃，明天……你搬我那屋去吧，咱爷俩儿睡一个炕。"

"不用不用，大爷，我……年轻，没事儿！"张志龙不好意思给老人添麻烦。

"快趁热吃吧，一会儿凉了。"老人站起身，拄着拐棍一步一挪地走了，拐杖敲在坚硬的地面发出清脆的"哒哒"声。望着老人拄着拐杖慢慢移动的驼背的背影，张志龙泪水簌簌地落了下来。

若干年后，每当张志龙吃面条的时候，总会想起许多年前的那个夜晚，想起那碗飘着葱花卧着荷包蛋的油汪汪的面条……

祝校长有个老丫头叫祝丽雪，长得苗条，模样也好看，瓜子脸，一双大眼睛黑白分明，一对小虎牙平添几分俏丽。她家就在附近，有事没事总到学校找张志龙聊天、找他下五子棋。

"志龙，你干啥呢？"一天傍晚，学校放学后，张志龙正坐在寂静的教室里看书，祝丽雪走进教室。

"哦，没啥事，看会儿书。"

"一天总看书，不累啊！走，出去给我照几张相。"她晃了晃挂在脖子上的相机，也不管张志龙答应不答应，过来就从张志龙手里把书抢下去扔在课桌上，拽起张志龙的胳膊就往外走。张志龙心有不悦，但又不好意思表现得过于明显，急忙站了起来，先一步走出教室。

祝丽雪领着张志龙沿校园旁边的一条羊肠小路向后山顶走去。夕阳下，天边红霞绚丽灿烂，水库湖面如镜，银光闪闪，光影与水色相互交融，亦诗亦画。在一片金色的霞光中，一抹"渔舟唱晚"的景象呈现在眼前，伴随着那渐渐西下的日光，显得那样祥和那样平静那样美丽。

张志龙不会摆弄相机，祝丽雪抓着他的手教他如何打开相机、如何调焦距、如何按快门儿……在绿树鲜花中，祝丽雪摆出各种姿势让张志龙给她照相。从她大胆的火辣辣的眼神里张志龙读出一种不同寻常的东西。

"来，还有两张胶卷，我给你照两张。"

张志龙急忙推辞："不不不，我长得磕碜，不乐照相。"

"你别找借口，快点，我给你照一张。"说着，祝丽雪举起了手中的相机。张志龙忙抬起胳膊遮挡面部，只听"咔嚓"一声，相机清脆地响了。

"你真烦人！白瞎这张胶卷了！"祝丽雪有些生气了，"你明天得赔我一个胶卷。"

"好，没问题。等学校开资，我给你买一个。"张志龙微笑着赔罪。

"你住在学校吃饭、睡觉多不方便，干脆，明天你搬我家去吧！我爸、我妈肯定同意。我说啥他们都同意。"祝丽雪用充满了期待的眼神直视着张志龙。

"谢谢谢谢！我……习惯了，这样，挺好的。"张志龙连连致谢。

落日余晖渐渐消散在山峦下，远山含黛，晚风送爽。

祝丽雪大胆的火辣辣的眼神在漫漫长夜里闪烁。孤独的夜晚，张志龙又陷入沉思。莫非祝丽雪喜欢我？一定是喜欢我！假如跟她处对象，那他就成了校长的女婿，那就啥都不愁了：可以吃在她家住在她家，将来还极有可能转正成为正式老师……张志龙躺在课桌上骨碌来骨碌去，总觉得那双眼睛过于魅惑过于妖媚过于妖娆，让自己接受不了……

这天，祝校长早早地来到张志龙住的教室，东瞅瞅西看看："小张啊，这里睡觉不行啊，晚上多冷啊！"

张志龙尴尬地笑了笑，说："祝校长，我年轻，火力壮，没觉得冷。"

"我看你最近瘦了，成天糊弄，这样早晚得把身体搞垮。这个周末到我家吧，让你婶儿给你炖个小鸡，补补身子……"

"谢谢校长，谢谢婶儿！这个周末我得回家，取两件换穿的衣服。"

祝校长听出张志龙是有意躲避，表情马上变了，沉着脸，转身走出教室。

第一次登人家门，一个大小伙子总不至于空着手吧。可自己兜里哪有买东西的钱啊。此刻，张志龙头脑非常清醒，他知道校长的好意。他觉得祝丽

雪过于张扬过于妖艳，自己完全驾驭不了。

张志龙是"代课"老师，哪个班级需要就去哪个班。张志龙讲课不墨守成规，山南海北啥都侃，让学生在快乐中掌握知识，因此学生都喜欢张志龙，都喜欢听张志龙的课。其实张志龙也大不了学生几岁，有几个高年级男生私下干脆称他为"哥哥"。这些学生好像都商量好了似的，今天给他带点鸡蛋、饺子，明天给他带点地瓜、馒头……

六年级有个漂亮女生叫高菲，学习挺好，每次听张志龙讲课都目不转睛。一天放学后，她回家又返了回来，给张志龙拿来一盒饭：大米饭和鸡肉。

"老师，快趁热吃！"高菲一双黑漆漆的大眼睛大胆地看着张志龙。

"我吃过了，谢谢你！"张志龙把饭盒推给高菲。

"你骗人！"高菲满脸的不悦。

"我真吃过了。"

"爱吃不吃！"高菲把饭盒赌气似的放在课桌上转身跑了出去。

很多学生只是偶尔送给张志龙东西吃，高菲却非常执着，她不管老师和同学怎么议论，三天两头从家里给张志龙拿各种食物。她看张志龙的眼神让张志龙有些害怕。张志龙非常苦恼，他跟高菲说过很多次，不要再给他送东西，可高菲依然我行我素。这天放学后，张志龙拿着一本小说一个人走到后山顶。一眼望去，天空湛蓝湛蓝的，好像用清水洗过一样。天上飘着几朵雪白雪白的云，好似几块松松软软、香香甜甜的棉花糖。稻谷和玉米在秋风中摇曳成熟，田野一片金灿灿的颜色，淡黄、金黄、深黄布满田野，远远近近，深深浅浅。一阵秋风吹过，稻浪翻滚，此起彼伏，漾起层层叠叠的金色波痕。望着群山环抱的前湾村，望着一家家的烟囱里炊烟袅袅，望着火红的夕阳照在前湾水库的水面上……张志龙心潮起伏。他懒洋洋地坐在地上，背靠一棵大树，折一根草无聊地嚼着。爹妈现在身体好些了吗？萧桐在哪上大学呢？何处是我的栖身之所？我的出路到底在哪里？祝丽雪和高菲的脸庞来回在他眼前晃动。祝丽雪长相甜美，但他不喜欢她张扬的性格，他俩将来肯定不会幸福。高菲个子高挑，身材丰满，看他的眼神根本不像是个六年级的孩子。可她毕竟是个孩子，假如跟她传出一些风言风语，那实在太丢人了！不行，明天我再单独找她唠唠……远处青山上红彤彤的太阳慢慢地沉下去了，张志龙起身下山回到教室。在教室的课桌上有一个饭盒，饭盒下面有一封信，一封没有邮戳的信。他打开信封，抽出信纸，用圆珠笔写的一段稚嫩的文字呈现在张志龙眼前：

敬爱的张老师：

　　你的遭遇让我非常同情，你的才华让我十分欣赏。我给你带来的饭菜爸妈都知道，他们支持我这么做。其实我们之间并没差几岁，我把你当作我的哥哥。我将来一定要嫁一个像你这样的男人！我不是一时心血来潮，请你相信我的诚心！

高菲
1990年9月12日

张志龙确信，是时候离开这里了。他把信撕碎，推开后窗，把纸屑扔向夜色渐浓的风中。

转过天，张志龙老早起来，把行李绑在自行车后座上，在晨风和朝阳中骑着车直接来到校长家，跟校长说，工资太少，不干了。校长挽留了几句，最后说："有时间常回学校看看……"张志龙和祝校长握手告别，骑上自行车走在洒满阳光的弯曲的村路上。

张志龙就这样结束了半年的代课生涯，回到富安供销社秦世忠大哥那住。

这年学校马上放寒假时，张志龙接到镇中心校的通知，要他到学校领代课工资。张志龙怀着无比激动的心，颤抖着在工资单上签字……他非常小心地把这沉甸甸的360元钱揣在裤兜里来到邮局，对工作人员说："同志，给我张汇款单……"给老爹老娘汇去200元。汇款单留言里写道：儿很好，勿念。张志龙的老妹儿今年十五六了，家里为了供志龙高考，老妹儿只读完小学就不念了，跟家人一起风里来雨里去在田间劳作。皮肤晒黑了，手皲裂了。花一般的年纪，看上去却像二三十岁的人。汇完款走出邮局，他脑海里出现这样一个画面：接到这200块钱，老娘给妹妹10块钱，让妹妹去买个胸罩。这么大了，身上里里外外全是自家的老粗布。妹妹摇着头说啥也不要，把10块钱又塞给娘。给老头子10块钱，让他去集上买点肉。家里除了过年，平时是

见不到荤腥的。老娘把剩下的钱叠得板板正正用老粗布手绢包上，塞在炕柜里。老爹满脸带笑，骑着自行车到集市上，非常豪气地在肉摊前对卖肉的老板说："来，给我称二斤肉！"老爹把肉和芹菜挂在车把上，在熙熙攘攘的集市上来回走了好几趟，逢熟人主动打招呼。人们用好奇的目光看着他："哟嗬，家里来客了？怎么称这么多肉？"

老人的眼里流淌着喜悦："木价，俺老小子从关外给寄钱来了……"

第十七章

　　富安村党支部书记高德林年事已高，回家养老。新上任的村支部书记刘广才跟张志龙的父亲有些老交情。他看张志龙年轻有朝气，文笔也不错，便安排张志龙到村里工作，任村团支部书记。

　　大队（村部）有个食堂。打更的老头在部队的时候是炊事班的，厨艺不错，镇里各站办所都愿意到富安村检查工作。

　　这天，建设镇经管站几个工作人员来到富安村，对村里的经济工作例行检查。村书记和村主任都去县里开会，临行前交代张志龙，这次检查非常重要，不能怠慢，一定要吃好、喝好，别怕花钱。

　　张志龙来到村里一个养鸡场，跟人家说："大哥，给我抓个小鸡儿，挑大的抓。"

　　"是你自家用还是大队用？"养鸡户带搭不理。

　　"哦，村里来客人了。"

　　"不卖，村里欠两千多了，到现在不给钱，都多少年了！"

　　"大哥，你放心！今天是我来买这只小鸡，你过后找我要钱，指定差不了你的！……"

　　他又骑自行车来到村里的水库，跟承包水库的王大哥说：

　　"王哥，村里来客人了，给我打几条鱼……啥鱼都行……"

　　"兄弟，实不相瞒，要是你自己吃，大哥二话不说，马上给你打，一分钱不要！村里买，对不起老弟，我不卖！"

"大哥，别这样，给老弟点儿面子！"

"兄弟，你是不知道啊。村里来人去客，逢年过节，总上我这打鱼。一年推一年，欠我五千多块了，一要一梗梗，一要一梗梗，拉倒吧……"

四个经管站干部骑着自行车来到村里，一个个一脸的严肃。当张志龙把烟挨个点着，几位的脸才开始多云转晴。

例行公事检查了一些账目，没一会儿就晌午了。张志龙招呼大家吃了口菜，端起酒杯开始敬酒："各位领导，承蒙厚爱，今天能到我们富安村检查工作，这是对我们的鼓励和支持……书记和主任都去县里开会了，为了表示我的诚意，这头一口酒，我下去了！"说完，张志龙端起酒杯一饮而尽。这是村里酒厂关朋酿的酒，纯、辣，一条火线顺着口腔直达胃部。

纪检干部不喝酒，一点线索也没有；领导干部不喝酒，一个朋友也没有；中层干部不喝酒，一点信息也没有；基层干部不喝酒，一点希望也没有。

两杯酒下肚，个个脸红脖子粗。几个领导频频对张志龙竖大拇指："年轻有为，好样的！"

"对对对！能喝半斤喝八两，这样的干部得培养！"

"能喝八两喝一斤，这样的同志可放心！"

张志龙还真有点儿酒量，把经管站的几位喝得东倒西歪，他竟然没咋地！站长喝多了，没出屋，在外屋对着灶坑就尿上了，还哇哇吐了一锅。把打更的老头鼻子都气歪了，但是敢怒不敢言。

临了，站长拍着张志龙的肩膀头，大着舌头说："老弟，够……够意思！下次……我……还……还来……"

打更的老头把他们吃剩的扔了一地的动物"尸骨"扫完后，扔在队部房后的垃圾堆上。上面很快落满了苍蝇，不一会儿便招来几条狗。为了争一块骨头，有两条狗玩命般掐在一起，脖子血呼啦的，都是一嘴狗毛。最终有条狗败下阵来，瘸着一条腿嗷嗷叫着跑了……

修路是村里一年中最重要的工作，春一茬，秋一茬。镇里按劳动力把修路的任务下派到各村，村里再按人口摊派给各个小组。先修县级路，之后是乡级路、村级路、组路。这时候无疑是各村各镇最热闹的时候。有拿耙子的，有拿扫帚的……拖拉机、三轮车冒着黑烟，把沙子卸在路上，又突突地开走去拉下一趟。牛车、马车也全部上路拉沙子。有的家没有牲口，没有机动车，那就自己想办法，跟别人合伙儿，或者花钱雇车拉沙子。把自家分的路段用沙子垫上，再用铁锹把路边沟修理一下。沙子垫完，拿大扫帚把路面扫平乎的，这才合格。要是不来修或者修得不好，大队就从老百姓的农业税中扣钱。这几天大小队干部起早贪黑头顶烈日都挺辛苦，别看来回溜达不干活，脸晒黑了，腿遛直了，咋也得找个饭店犒劳犒劳。

无论哪个村，在建设镇小街都有各自的"饭点儿"。到乡镇开会或者领村民修乡路，村干部要是不到饭店撮上一顿，不喝得脸红脖子粗会让人笑话！村干部加上小组长整整两桌。饭菜专挑好的点，可劲儿造！饭店老板给大家一一点烟敬酒：

"各位领导，小店不大，欢迎光顾……"

大家推杯换盏喝得十分尽兴，临走，还不忘往兜里揣盒烟。张志龙年龄小，每次吃完饭书记都让他签字。街里的饭店，还有村里的好几个食杂店，一年下来光张志龙经手的欠条就达三万多元！今年如此来年继续，白条子越来越多，以致他们村"照顾"的两个饭店后来都被迫关门了。

这一晚，阴天，天上连颗星星都没有。富安村村干部在街里饭店喝完酒后，骑着自行车各自回家。村主任赵德禄有点喝高了，回家途中迎面过来一辆汽车。这车好像也喝醉了，在不足四米宽的村路上横冲直撞。车速快，灯光耀眼。赵德禄躲闪不及被汽车撞在路边沟里。这可把大家吓坏了，书记招呼大家急忙堵住一辆汽车把他送往辉河县医院。命最终保住了，但双腿截肢，不能继续工作了。镇政府的一个镇长相中张志龙的才华，打算让张志龙担任村主任。镇党委秘书到富安村考察张志龙，和他聊了很长时间，但后来没了下文。村里另外一名村干部有个叔伯哥哥在县里工作，没几天，他成功当上了主任。

第十八章

　　张志龙在富安三组有个要好的哥们儿叫王秀山。他家的两位老人对张志龙特别好。看他一个人饥一顿饱一顿的不容易，就经常留张志龙在他家吃饭，有时晚了就留他在家里过夜。

　　王秀山的老爸都八十多岁了，耳不聋眼不花，成天挂个拐棍儿挨个小队走，颔下的一绺山羊胡子在风中微微摆动。老人人缘极好，整个村甚至邻村走到哪都有人热情地留他吃饭。老人喜欢喝一口，但是不多喝，也就一二两。酒后，老人面色红润，话也多了起来，但思路特别清晰，从来没有不着边际的话。常挂在嘴边的一句话就是：这年月，他妈了个巴子的，交人不如交狗！张志龙对这句话始终理解不透。王大爷喜欢"保媒拉纤"，他帮张志龙在富安村八组物色了一个对象，叫陈霞，不远，离供销社才二里多路，绕过那条小河就到了。

　　老人向张志龙提起陈霞的当晚，张志龙躺在供销社的炕上再次陷入了沉思。两年多过去了，萧桐应该正在上大学呢。按她的长相，现在有了男朋友也十分正常。可自己，连个窝都没有，饭都吃不饱。他迫切希望有个属于自己的窝，不论大小，从此不再寄人篱下，也能给父母一个交代，也只有这样自己才有脸面回归故里……

　　这天早饭后，张志龙和王大爷迎着晨光并肩走着去陈霞家。尽管王大爷身体硬朗，可毕竟八十多了，张志龙一再放慢自己的脚步，二人聊着家常，约莫半个小时就到了陈家。陈家的房子是新盖的，外面还没罩面。陈霞一看就是那种本分女孩儿，大高个儿，一头披肩发，安静、温柔，一笑俩酒窝。张志龙觉得不错，是自己喜欢的类型。陈霞及家人对张志龙也十分中意，就此，两人正式确立恋爱关系。陈霞在建设镇的一个袜子厂上班，每天下班后，小河边、山边的小树林……都留下他们的欢声笑语。一个月过去了，张志龙在村里预支了1000元钱，按习俗给陈家过了彩礼，婚事就算订下了。

盛夏的一个傍晚，夕阳把大地涂抹成一片灿烂的金黄。陈霞下班后，张志龙来到她家，陈霞的母亲非常高兴地做了几道菜。晚饭后，一直聊到很晚。张志龙起身要走，陈霞的母亲说：

"这么晚了，外面黑灯瞎火的，别走了。"说完，她拿了床被褥到后屋。在东北，过了彩礼基本就相当于把婚事定下了，男女同居十分正常。张志龙在前屋和陈霞的爸妈闲聊，陈母看看天色已晚，就打了个哈欠，说："明天你还上班吧？不聊了，过去睡觉吧。"张志龙迟疑着走进后屋。小屋没开灯。前屋后屋隔着一面墙，墙上有个不大的窗户，窗户上挂着一块深颜色的窗帘。借助里屋的灯光，张志龙看见陈霞已侧身躺在被窝里，狭小的炕上就一床被褥。张志龙有些不知所措地坐在炕边。沉默了有五六分钟，陈霞在被窝里回过头轻声说："你不困啊？"张志龙犹豫片刻，慢吞吞地脱鞋、脱衣服上了炕，躺在陈霞的边上。房间里很静，两人谁也不说话。只听前屋电灯的拉绳"吧嗒"响了一下，屋里顿时陷入一片黑暗。一个光滑的身子向张志龙靠来。陈霞抓着张志龙的手按在自己的乳房上，张志龙感觉像按在了"电门"上，一股电流从脚涌到头顶，他感觉一阵窒息般眩晕。陈霞主动环住张志龙的头，把她那极富弹性的舌头伸进张志龙的嘴里。张志龙周身血流加速，浑身燥热，呼吸急促而且浓重，他感觉天地不复存在……在一瞬间，张志龙面前蓦地闪现出山东校园那棵伟岸的白杨，他仿佛看见萧桐正用一双嘲笑的眼睛看着自己。他一下子坐了起来，在黑暗中窸窸窣窣穿上衣服，又摸索着穿上鞋。陈霞压低声音问：

"这么晚了，你干啥去？"

"我……还有事儿，你睡吧，我明天再来。"张志龙在黑暗中摸索着穿上衣服，轻轻推开屋门，借着月光在墙角找到自行车，急匆匆地走了。回到供销社，大门已经上锁了。张志龙拍了拍铁门，拴在院门口的狗狂吠起来。透

过门缝儿，张志龙看见秦世忠大哥打着手电出来了。

富安村八组有个刘德喜，三十多岁，长得高大魁梧，大家习惯称他"大喜子"。刘德喜从小学到初中学习一直不错，而且听话。可在他初中二年级的那个午后一切改变了。一天放学，他骑着自行车回家，在大桥边的一个僻静角落，有四五个初中三年级的学生把他堵住：

"兜里有多少钱，拿出来！"

几个高年级学生伸手跟他要钱。

刘德喜兜里没钱，让这几个人好一顿揍，完了还威胁他：

"明天带50块钱，不拿钱削死你！要是敢告诉老师，有你好果子吃！"

刘德喜家境困难，10块钱都拿不出，上哪整50块钱去。他想，可能这几个人就是想吓唬吓唬他，没啥事，第二天照常上学。放学时他骑车经过那个大桥时，那几个人竟然真在那等着他，当听说"家里没钱"时，这几个小子拳脚相加，把他打个鼻青脸肿。

"你明天要是再拿不来钱，把你腿打折！"说完，骑着自行车吹着口哨扬长而去。

刘德喜回到家，父母看一向懂事的孩子受伤了，急忙关切地问："喜子，咋地了？是不跟同学打仗了？"

"妈，干啥仗。我骑自行车压一块砖头上了，摔地下了……没事儿！"

次日，刘德喜忐忑地到学校上学。午饭后，他走出校门，捡了一根木棍藏在大桥边的玉米地里。放学时，那几个小子果然还在那堵着他。刘德喜扔下自行车，跑向玉米地，捡起木棍回头照这几个小子就打。刘德喜长得健壮，有点力气，再加上有备而来，这几个人被打得落荒而逃，以后再也不敢堵他要钱了。尝到甜头的刘德喜开始偷练武功，练力量，经常和社会人鬼混、打仗，惹是生非。苦劝无果后，在初三时被学校开除。

一个周末，刘德喜在建设镇街里赶集时跟几个社会混混发生冲突，大家一拥而上，把他打倒在地。刘德喜是个滚刀肉，他从地上爬起来，在路边捡起一块砖头就掼了上去。这几个人正有说有笑地走着，刘德喜举起砖头，照着中间个子最高那人的后脑就砸了下去。只听"妈呀"一声，这小子栽倒在地。刘德喜扔了砖头转身就跑。这一砖头可惹了祸，他打的不是别人，是街里最有号的混社会的大哥"霍三子"的弟弟。"霍三子"怎肯善罢甘休，他召集几个弟兄，骑着三辆幸福"125"来到富安八组刘德喜家。刘德喜不在，他们把他家的东西一顿乱砸，告诉刘德喜的爸妈："这事儿不算完，让'大喜子'准备2000元的医药费……"当天晚上，刘德喜趁父母不注意，揣上杀猪刀骑着自行车直奔建设街。霍三子在街里有号，几乎没人不知道他的住处。刘德喜敲霍三子家的门，霍三子以为是哪个小弟来了，做梦也没想到是刘德喜单枪匹马闯入他家，当时就愣了。刘德喜用明晃晃的尖刀指着霍三子的老婆说：

"你赶紧领孩子出去，"他目露凶光，"到派出所报案，让他们来收尸，今天不是我死就是他亡！"说着话把一把一尺多长的杀猪刀竖在手心，杀猪刀在棚顶灯光的照射下闪闪发光。霍三子老婆吓得"妈呀"一声。这突如其来的场面把见过无数大场面的霍三子也造愣了。

"霍三子，今天咱俩一命抵一命！只要我有口气，就跟你没完！除非你今天打死我！"刘德喜面目狰狞，十分可怕。

"别别别，兄弟，误会，都是误会！"霍三子满脸堆笑，"是我兄弟有错在先，以前的事儿咱们一笔勾销，以后咱就是哥们儿！"刘德喜听街里最大的大哥跟他称兄道弟，也就消了气。霍三子的老婆一时缓不过神，在丈夫的示意下赶紧炒菜，哥俩儿端杯畅饮。从此，刘德喜在整个建设镇声名大震，村里修路，根本没人敢给他家摊派任务。

一晃刘德喜三十多岁了，他的婚事让家人头疼。一听说他好勇斗狠，没人愿意嫁给他。一晃陈霞也从一个黄毛丫头出落成大美女了，每次看见她从眼前走过，刘德喜的眼里都流出一丝贪婪的光。两年前，他曾托人上门求亲，可陈霞家人和她本人怎么可能同意！刘德喜四处散布他俩处对象的消息，让别人不敢娶她。还别说，经他这么一搅和，还真没人敢给陈霞提亲，把陈霞的父母急得够呛。

王秀山的老爸二两小酒下肚根本不信邪，要给陈霞保媒，这又把陈霞的父母乐够呛。

张志龙不知内情，就和陈霞花前月下耳鬓厮磨了。

这一天，刘德喜骑着辆"二八"自行车来到村部找张志龙。他并没下

车，左脚踩着地面，右脚耷拉在自行车杠梁上，用威胁的语气问：

"知道我是谁不？"

张志龙看此人目露凶光，知道不是善类，摇了摇头说："不认识。"

"我是八队的，叫'大喜子'。"他紧皱眉头，"我和陈霞处了好几年对象了，以后你别再找她了，否则别怪我不客气！"说完，一甩头发，骑着自行车走了。

仿佛被一盆冷水从头浇到脚，张志龙觉得浑身冰凉。他有一种被欺骗的感觉。他骑着自行车来到袜子厂，把陈霞叫出厂子大门外，气冲冲地质问：

"你和'大喜子'到底是怎么回事儿？他怎么说和你处了好几年了？"

"谁跟他处对象了，别听他胡说。"一丝不安闪过陈霞的眼眸，继而表现出一脸的坚定。张志龙将信将疑地离开袜子厂。回到富安村八组，他向几个村民打听了下情况，村民都说，刘德喜是剃头挑子一头热。他大陈霞很多岁，人品又不好，根本不可能。于是，张志龙继续和陈霞交往。几天后，刘德喜又威胁张志龙，要他退出。哪知道张志龙天生脾气倔强，是个吃软不吃硬的主，这给他惹来了杀身之祸。

夏日的一个晚上，月亮在黑云中时隐时现。张志龙骑着自行车去陈霞家，在她家吃完晚饭后又坐了一会儿才往回走。当张志龙路过刘德喜的门前时，只见一个黑影从院内斜着向他扑来。还没等他反应过来，黑影抬起脚将他重重地踹倒在地，自行车倒在一边，车轮在月光下闪着亮光飞快地转动着。紧接着一块大石头砸向他的头。张志龙急忙打了个滚躲过，他一个鲤鱼打挺非常利索地站了起来。借着月光，他看清了，袭击他的正是刘德喜！张志龙急了，这是想要我命啊！他左拳虚晃一下，挥起右拳狠狠地向刘德喜面部打去。张志龙打小用拳头打树，打碎一块砖都不在话下。喝酒已经喝红眼的刘德喜被张志龙的重拳打得"妈呀"叫了一声栽倒在地。恼羞成怒的刘德喜从地上爬起来拦腰抱住了张志龙。论力气，张志龙肯定吃亏，刘德喜膀大腰圆，几乎能把张志龙整个装进去。张志龙不敢怠慢，抬起头，运足力量，用自己的后脑勺照着刘德喜脑门儿使劲"磕"了过去，又是"妈呀"一声，刘德喜鼻子出血了，他撒开手转身跑回家中。这时，有个乘凉的村民猛推张志龙：

"他喝多了，你赶紧跑！"

张志龙一动没动——他担心半路被他害了没人给做证。说时迟那时快，只见一道寒光砍向张志龙的颈部，张志龙已来不及躲闪，情急之中抬起左臂向"寒光"迎去，只听"啊——"的一声惨叫，张志龙疼得躺在地上。刘德喜不依不饶，继续向张志龙的脸上、身上乱砍。张志龙在地上不停地来回滚动，躲避闪着寒光、滴着鲜血的菜刀。幸亏几位好心的村民及时赶到，将发狂的刘德喜拉住，又把张志龙扶上自行车载着他向建设镇街里骑去，有四五个村民在自行车后面跟着跑——他们担心刘德喜再撵上来。途中有个路过的汽车，村民急忙招呼停住，把张志龙放在车座上，汽车以最快的速度驶向辉河县医院，不一会儿的工夫车座垫子就被血浸成了黑红色。张志龙被扛进医院时，由于流血过多已有些昏迷。大夫给伤口简单消完毒后来不及打麻醉针，就要直接对伤口进行缝合。大夫问张志龙："你能忍住不？"

张志龙咬紧牙关点点头。第一针刺破肉皮，张志龙疼痛难忍，几乎听到针刺破肉皮的微小声音，豆大的汗珠从他额头滚落。他咬紧牙关一声也没吭，一滴眼泪也没落。整整缝了十二针。缝完，他一下子昏倒在病床上。张志龙感觉自己在另外一个世界漫游。他看到了远方的父母，看到了高平县第三中学的丁香花和白杨，看到了萧桐……

清晨，从病房敞开的窗子吹进一阵清新芳香的微风。这芳香复杂，说不出具体是什么香。在这芳香中张志龙苏醒过来，在各种花香中他闻到了久别的丁香花香！在这复杂的花香中还有一股浓重的来苏水味道。他想睁开眼睛，可是，只能微微睁开右眼，右眼的上下眼睫毛像是被胶水牢牢粘住了，他使劲儿睁了好几次才睁开。四周到处都是模糊的白色。白色的墙壁，白色的灯，连床铺都是白的。他摸了摸左眼，已经缠上了纱布，额头也缠上了纱布，现在隐隐作痛。左臂打上了绷带，伤口疼痛难忍。这是哪啊？是医院吗？他不记得左眼是什么时候受的伤，是刘德喜拿着菜刀奔他头部砍来，当他抬起左臂挡刀的时候被刀尖顺势划了一下吗？是什么时候处理的？是在他昏迷后大夫给他用纱布包上的吧？我的眼睛会瞎吗？胳膊折了吗？脸上会落下疤痕吗？我的病号服是谁给换上的？我身上的那件衣服呢……

走廊里传来一阵清晰的脚步声，病房门开了，一个高个子的模糊的"白大褂"向他走来，伸手摸摸他的额头。

"太危险了！要不是你拿胳膊挡着，你的左颈动脉就断了，早就没命了！太吓人了，多大的仇啊？！"

张志龙遍体鳞伤，但属左臂内侧刀口最深、最重。他有气无力地问大夫：

"大夫，我……眼睛……咋样了……我……身上的衣服……在哪？是谁护送我来的？"

大夫长长地出了口气说：

"放心吧，眼睛没事儿，只是皮外伤，可能是刀尖刮了一下。不过，这可太吓人了，多悬伤到眼球！有个老百姓护送你来的，他兜里就100多块钱都留给你了，他说，回家还得给你付车费。他是你什么人？"张志龙摇了摇头，表示不记得是谁了。说话间，大夫弯腰从床下把那件被砍得七零八碎血迹斑斑的衣服拿了出来，"这人出手太狠毒，这衣服，砍个稀碎，绿色的衣服都变成黑色的了。"

这件上衣是张志龙当过兵的四哥给他的，志龙喜欢这种绿色，特意从山东带来的。听说眼睛并无大碍，张志龙一颗悬着的心放了下来。大夫检查了一下伤情转身出去了。张志龙求护士帮忙，给找个方便袋，帮他把那件"血衣"重新装好放到床下——这是证据，他一定要放好。

张志龙觉得口渴难耐，而且嘴里发苦。他试探着想坐起来，然而，来自左臂和额头的剧烈疼痛使他未能如愿。他伸出舌头舔了舔干裂的嘴唇……口渴的同时还有些尿急，他用右臂支撑着床铺，吃力地坐起来，用模糊的右眼寻找地面的鞋，趿拉着鞋扶着床头吃力地站起来，走出病房，扶着墙一步一步小心翼翼地走向走廊尽头的卫生间。进了卫生间，用右手慢慢地解开腰带……

已经二十多个小时没有进食了，好心的护士给他买了袋奶和面包，让他坚持吃点、喝点，可张志龙一点饿的意思也没有。看着头顶一滴一滴打进体内的"滴流"，张志龙想到了远方温馨的家，想到了沧桑的双亲。老爹、老娘，您知道老儿子现在的处境吗？我没告诉您我的真实情况，也没有能力给您寄零花钱，请原谅儿子的不孝！想起萧桐，他的心像被刀剜了似的。萧桐，我的桐，你现在好吗？你在哪里上学呢？是济南还是聊城？抑或外地？我没能参加高考，现在寄人篱下身无分文，家里债墙高筑，我无法兑现当初一定娶你的诺言，原谅我！

三天后，村书记带队，主任、会计、民兵连长、治保主任、妇女主任，还有个别几个小组长鱼贯而入，来医院看他。张志龙像看到了父母一样，眼泪哗哗往下掉。大家你一言我一语安慰着志龙。临走时书记扔下500块钱，说：

"志龙，这是我们大伙儿的一点儿心意。别着急上火，好好养伤，过段时间我们再来看你。"

志龙的二哥、三哥都出门打工了，志龙也不想把这事告诉他们。陈霞每隔个三五天在下班后来医院陪张志龙说会儿话。这让张志龙对她有了看法：在这个亟须得到安慰和照顾的时候，难道你陈霞就不能请几天假护理我几天吗？

十多天过去了，张志龙的身体好多了。大家听说了他的事，对他很是同情。每天都是值班护士给他买来盒饭。在床上躺久了难受，他时常站在病房的窗口向外观看，看人来人往，看花落花开。医院小径两边的花坛开满了各式各样的花，初升的太阳照耀着花枝和花瓣上的露珠。在南边墙内的白杨树上，几只鸟儿叽叽喳喳叫个不停，忽地又一起飞向湛蓝的天空。在墙角处，张志龙蓦地看见一丛丁香树，蓝白色的花朵在风中摇曳。张志龙心中泛起一股难以言说的滋味，不禁又想起了远方的白杨，想起了白杨间的丁香花，想起深爱着他而他坚信更深爱着她的萧桐！泪水在一瞬间淹没了他的眼睛。

夜晚，当城市的灯光次第亮起的时候，狂风裹挟着雨点，"噼里啪啦"地敲击着病房的玻璃窗。右身侧卧在病床上看书的张志龙忙从床上起来，趿拉着鞋走到窗前。马路边不太明亮的路灯幽怨地站在凄风苦雨中，路灯笼罩下的雨簌簌而落，细细的，长长的，泛着亮光。风雨袭击下的那丛丁香树在风中不停地摇曳。看着那飘落满地的丁香花瓣，张志龙心如刀割！

张志龙在医院住了二十三天，村干部给的500块钱早就没了，张志龙只好出院。刘德喜托人想要私了，并说那晚确实喝多了，请张志龙原谅。张志龙没有答应，他确实需要钱，但更需要伸张他的正义。他回到建设镇，第一件

事就是来到派出所，把医院的诊断书连同那件砍得七零八碎的"血衣"交给了警察。

警察到刘德喜家中抓了三次都没抓到。

在一个雨夜，建设镇派出所警察得到线索，潜逃一个多月的刘德喜躲在权安县的一个亲属家。派出所出动七八名警力，开便车来到权安县，悄悄将刘德喜亲属的房前屋后团团围住……

刘德喜以故意伤害罪被判了三年刑。

张志龙对陈霞的爱情动摇了，这跟刘德喜的威胁无关。于是，他向她提出了分手。陈霞父亲找来了媒人，找来了平时和张志龙关系不错的朋友，让大家劝说张志龙，希望他能回心转意。张志龙没答应。陈霞把张志龙拽到另一间屋子，眼睫毛微颤，声音也微颤：

"你对我……一点儿感情也没有了吗？"

"没有了！"张志龙看也不看她，目光冷峻，说话斩钉截铁。

"那……怎么样才能挽回？"

张志龙依旧面无表情："我决定的事情谁也无法改变……！"

陈霞哭着跑出了屋。

就这样，张志龙结束了这段充满美好愿望、充满惊险的恋情。假如当初张志龙做了对不起陈霞的事，陈霞咋样不好说，她的父母是万万不会同意分手的。

第十九章

建设镇的司法助理叫金玉林，五十出头，鹰钩鼻子。由于鼻子过于突出，背后大家都叫他"金大鼻子"。他和陈霞家有点儿偏亲。张志龙和陈霞分手那天他也来了。通过这件事儿他和张志龙结识，他对张志龙印象不错，认为在这件事儿上陈霞及家人做得确实不到位，张志龙提出分手属于正常。在他的见证下，陈家给张志龙退还了1000块钱彩礼。金玉林是个十足的酒魔，背后大家给他编了几句顺口溜：东风吹战鼓敲，金玉林喝酒用水舀；东风吹战鼓擂，金玉林喝酒怕过谁；东风吹战鼓响，金玉林喝酒论斤不论两……

北风吹来，小树在寒风中挣扎着；小草匍匐在地上，好像害怕这突如其来的寒风。

冬日的一天，张志龙正在村里上班，金玉林捎信儿让他到镇政府去一趟。张志龙不知何事，急忙戴上羊剪绒棉帽子，把帽子的两个"耳朵"放下，在下颌处系上，戴上棉手套，骑上自行车，顺着锃亮、坚硬的冰雪路面来到建设镇镇政府，在司法所找到了金玉林。金玉林头上也戴着羊剪绒帽子，帽子上有颗五角星，一身绿军装，很有精神。唠了几句闲话，金玉林说：

"老弟啊，我跟你实话实说吧，我有个连襟，姓刘，他家有个女儿，叫巧玲，这丫头长得带劲！"说话时，金玉林的眉头总是一挑一挑的，"人家想找一个人品好的，家庭穷富无所谓，人家不缺钱。我看你人不错，给你们介绍看看，咋样？"

"哥，我不瞒你，我房无一间，地无一垄，人家能看上我吗！"张志龙还

没完全从陈霞的事件中走出来，语气中充满了不自信。

"我不跟你说了嘛，"金玉林说话非常干脆，"人家就是看人，其他不在乎。这么地吧，你要是没啥意见这个周六我领你去。"

周六到了。东北正时兴蓝色和绿色的"校毕"，张志龙棉袄外面套着一套绿色的"校毕"，头上戴着羊剪绒"雷锋帽"，帽子上也戴个五角星帽徽，脚蹬一双锃亮有棱有角的"军勾"皮鞋，装束有点像金玉林，整个人瞅上去立马精神了许多。打扮好后，张志龙骑自行车来到建设镇，把自行车放在镇政府院里，和金玉林一起乘坐客车前往权安县。

巧玲家住在权安县一个乡镇的农村。金玉林和张志龙二人坐车一个多小时就到了权安县县城，又从权安县打车到了巧玲家，一个很偏远的山沟。老刘家院子收拾得非常干净整洁，积雪都清理到篱笆障子边或墙角，几只鸡鸭在门前的雪地上觅食，雪地上留下乱七八糟的一片"鸡爪子""鸭爪子"。午后阳光透过高出房顶近10米的几棵老树的银枝撒在这红砖青瓦的房舍上，房顶的积雪发出白亮刺眼的光。烟囱冒出缕缕炊烟，几只家雀在空中掠过。

这里比较偏僻，从房顶飘出的青烟可以看出，家家都烧木头。巧玲家西屋里的劈柴柈子码得整整齐齐，有一人多高。金玉林和张志龙进院，一条大黄狗摇着尾巴跑了过来，围前围后，表达着对客人的欢迎。

巧玲的父母看了张志龙后满眼春光，心里十分喜欢，但嘴上不置可否：只要女儿同意就行。巧玲对张志龙一见钟情。巧玲人如其名，长得小巧玲珑，皮肤略黑，但十分俊秀，属于耐看型的，尤其左下巴上的一颗痣，越看越好看，张志龙比较中意。巧玲家在村里开磨米所，算是有钱的。

农村这个季节都是两顿饭，下午两点多钟吃饭，巧玲帮着她妈整了满满一大桌子的菜。小鸡炖蘑菇、猪肉炖粉条、黄瓜片炒鸡蛋……巧玲爸招呼金玉林和志龙脱鞋上炕。张志龙急忙推辞："叔，您和婶、姨夫，你们上炕。我从山东来的，不习惯上炕，我坐外边就行。"大家落座后，巧玲先是给姨夫金玉林倒满一碗酒，又给自己的老爸倒了一碗，然后拿着酒瓶子犹豫着——他不知道张志龙会不会喝酒。

"老姑娘，"巧玲的父亲留着有些杂乱的胡子。他把帽子摘下来，扔在炕里边，露出像瓢一样光亮的头顶，"给志龙倒上。"他示意女儿。

"不不不，叔，您和姨夫慢慢喝，我不会。"张志龙急忙连连摆手。

"嗨，东北人哪有不会喝酒的，来，陪叔喝一口。"巧玲的父亲实心相劝。

"叔，不好意思，我真的不会。"第一次登家门，张志龙留了一手。

巧玲急忙插话道："爸，他说不会，你就别让他喝了！"

"那好吧，多吃菜……以后到这就跟到家似的，别见外！"

虽然是第一次见面，二两酒下肚，巧玲的父亲就把以后的事儿计划好了。他抿了一口酒，吃口菜，放下筷子对志龙说："志龙啊，以后跟巧玲结婚就结到我家，别看我俩儿子，咱有的是房子。"

媳妇推了他一把："二两酒下肚就胡嘞嘞，你就吹吧！"

"吹啥啊，十里八村打听打听，我'刘老三'啥时候吹过！"他夹了口菜，没等送进嘴里接着说，"志龙，结婚后你就学开车。从咱家到县城老不方便了，出一趟门儿那个费劲！咱们从咱家到乡里再到县城开通一辆小客，这个买卖保挣钱！学车、买车都我花钱……"

家里人先吃完下桌了，桌上只剩连襟两个继续喝、继续唠。志龙跟巧玲以及巧玲母亲围在外屋的一张桌前包饺子——放在仓房里冻上，准备第二天早上吃。

金玉林和他连襟都是"酒魔"，二人从下午两点多钟一直喝到晚上八点钟以后。巧玲妈让志龙先睡，不用管他们。志龙刚睡着，金玉林把他从炕上喊醒，说话舌头都不听使唤了："志龙，走！跟我……回家！"张志龙躺在炕上揉了揉眼睛有些丈二和尚摸不着头脑。

"这么晚了，干啥去啊？"

"别问了，跟我……走吧！"

张志龙以为他家出了啥事，不敢怠慢，急忙穿衣下地。巧玲的母亲肩上披着棉袄，拉住张志龙的手对金玉林说："要走你走，志龙不走！两个酒鬼！"

金玉林说啥不同意，大声嚷嚷："你们老刘家……姑娘……俺们娶不起！走！"拗不过这个妹夫，大姨姐只好撒手。

银盘样的月亮挂在西边的天空。借着月光，张志龙和这个叫了两天半的"姨夫"金玉林两人走在返回的山路上，脚下的雪发出"咯吱、咯吱"的

声音。整个田野亮如白昼，光秃秃的四周一片洁白，只有山路两边的树木现出一团团阴森森的黑。金玉林趔趔趄趄地走在前面，张志龙闷闷不乐地跟在后面。金玉林不时停下，弯着腰呕吐，把吃进嘴里咽进肚里还没来得及消化的酒菜全吐出来。那难听的干呕声和呕吐出来的令人作呕的味道让张志龙直恶心。他干呕一声，忙用手捂住鼻子捂住嘴，眼泪止不住地流了下来。金玉林酒气熏天，边走边骂连襟"不是个东西"。猛地脚下打滑，摔了个跟头，四仰八叉地躺在雪地上，帽子掉在一边。张志龙急忙上前，费了九牛二虎之力才把他从冰凉的雪地上拽起，把帽子捡起来给他戴上，替他拍打掉棉大衣上的雪，继续赶路。刚走不远，他又跌倒在地……一个半小时后二人到了车站，志龙找了一辆出租车返回建设镇。

金玉林是个十足的"酒仙"，在外面喝多了回家还跟老婆要酒，老婆根本不理他。他拿个国光苹果也能喝下去半斤60度散白酒。过了几天张志龙才知道，金玉林和连襟俩喝酒刚开始喝得挺痛快，喝着喝着，两个人不知道因为啥吵吵起来了。"刘老三"一气之下不同意女儿和张志龙处了。说起来这个金玉林可真没正事儿，因为一顿酒，竟把张志龙的婚姻大事给搅黄了！事后，张志龙也曾想单独去找巧玲，因为这件事毕竟跟他两人无关，可他担心那个倔强的"刘老三"让他下不来台，最终打消了这个念头……

时光悄悄划过，转眼又是一年的秋天。

总有热心人打听志龙："志龙啊，有对象没？想找个啥样的？"每遇到这样的问题志龙总是苦笑："我能找啥样的，不嫌弃我穷就行。"不久，和张志龙同在村大队部工作的民兵连长杜志伟又把他的小姨子介绍给了张志龙，叫闵丽凤，家也住在权安县县城。在杜志伟家两个人见了面。闵丽凤长得白净、清秀，一看就是那种本分、厚道的人。张志龙毫不隐瞒，如实向她说了自己的家庭情况——父母年龄大了，身体不好；三哥结婚时欠了不少外债；给四哥盖婚房又拉下不少饥荒，现在还没成家……不过，闵丽凤并不在乎这个，他通过自己的姐夫对张志龙早就有所了解。她只看重人品，你有情我有意，两人很快坠入爱河。闵丽凤善解人意，去城里买东西从不让张志龙花钱。几天后，丽凤的母亲来到大姑爷家，来看看这个未来的"老姑爷"。老人对这个姑爷很是满意，不过老太太有个条件："你穷点我们不在乎，对我姑娘好就行。但是有句话咱得说在前头，将来结婚必须在东北生活，你可别把我老丫头领山东去，那我们可舍不得！"

丽凤撒娇地倚在母亲的肩膀上："妈，你放心吧，咱把他娶进咱家，你看行不？"大家哈哈一笑。事情基本就定了，打算第二天就去权安看望老丈人，顺便把婚事定下来。可谁知天有不测风云，也难怪，杜志伟把老丈人给忽略了，老头对此事一无所知。听说此事后火冒三丈——姑娘订婚我都不知道，你们也太不拿我当回事儿了！我的姑娘我做主！于是，老头连夜来到大姑爷家硬把女儿拽走了。第二天早上，还不知此事的张志龙拎了东西来到杜志伟家，打算和丽凤娘俩还有杜志伟一起去权安看望"老丈人"。杜志伟和大姨姐实情相告。两人都说："没办法，老头倔，来了脾气谁也不好使！"张志龙燃烧在心头的火被一盆冷水浇灭。他的爱情再次遭遇暴风雨，他有些心灰意冷了。

树木和野草染上了秋色，被晨霜打蔫了，大地渐渐凉了下来。一天傍晚，张志龙正在供销社给居住的这间屋子生地炉子烧炕。他把松树挠点着后，扔里一些松树塔，燃烧的火苗映红了他白净的脸颊。火势渐旺，他往炉子里倒了一小铲煤块。这时，杜志伟的一个邻居——从建设镇下班路过供销社，推门走进屋找张志龙。秦世忠告诉他志龙在里屋，他推门走了进来，跟正在往炉子里填煤的张志龙打招呼；"志龙，生炉子呢？"

张志龙回身一看，认识，忙说："哥，你咋来了？有事？"

"哦，杜志伟让你上去一趟。早晨我上班走得早，这儿还没开门呢……"

"哦哦，他没说啥事啊？"

"没说。你抽空上去一趟吧……天不早了，我得走了。"

志龙和丽凤的事过去一个多月了，但志龙和杜志伟的关系并没因此受到任何影响。志龙在心里嘀咕，能有啥事呢？嗨，管他呢，既然找，别管咋地，去就得了。志龙跟秦大哥打个招呼，从墙角推出自行车就出了供销社大门。十分钟，就到了杜志伟家。进了屋，张志龙看见闵丽凤来了，在炕里边坐着，志龙朝她点下头：

"啥时候来的？"

"今天刚到。"闵丽凤示意张志龙坐下。丽凤的大姐用带有毛主席像的茶

缸子端来热气腾腾的茶水，脸上挂着难以掩饰的喜悦，说：

"志龙啊，老爹回家跟我们一顿发火，也难怪，这么大事儿也没告诉他，搁谁都得急眼。"她瞅了一眼小凤，接着说："小凤就相中你了，非你不嫁，这么多天我们就做老爷子的工作了。这回他想通了，同意你们的婚事。以前寻思一切简单点儿，这回咱们得像模像样的'会亲'，然后把结婚的事定下来。"大姐喜悦的脸上忽然露出一丝严肃，"志龙，有一样啊，我爹跟我妈的想法一样，将来可不能回山东。"

闵丽凤的父母及众亲属同意这门婚事了，按理说，听到这个消息张志龙应该高兴，可大姐提到的"会亲"让他有些接受不了。他眉头皱了一下。会亲，言外之意就是双方主要亲属聚到一起吃个饭，再按当地习俗给女方两三千块钱彩礼，再花个三头五百买个衣服啥的。志龙在心里琢磨一下，彩礼、衣服、会亲这顿饭钱，全下来少说也得四千块钱，再加上结婚，没有一万块钱根本下不来。上哪整这么多钱啊！跟父母张嘴？那是绝对不可能的。

张志龙犹豫一下打了退堂鼓。

"我……不想处了。"

张志龙的驴脾气又犯了，无论杜志伟两口子怎么掰饽饽说馅张志龙就是不同意。丽凤的大姐劝他："这事不怨小凤，她真心喜欢你，你别那么固执。"说完她拽着杜志伟出去了，只留下张志龙和丽凤在屋里。丽凤坐在炕里，倚着炕柜，鼻翼翕动，梨花带雨，眼神幽怨而悲伤。

"以前的事儿不怨我，我做错什么了？你为什么不同意？"

张志龙看了一眼丽凤倚着的老式炕柜上非常漂亮的玻璃花，低头不语。说心里话，能跟眼前这个真正喜欢他的人牵手，他很知足。可是，自己确实没钱啊！寻思半天，志龙找了个借口："我们还是分手吧，我爹、我娘年纪大了，将来……我得回山东孝敬父母。"说完这句"逃避"的话，志龙觉得脸涨得通红。

当初有言在先，咋都行，丽凤就是不能跟他回山东。张志龙想以此为借口推掉这门亲事，丽凤不可能扔下自己年迈的双亲和兄弟姐妹跟他去人地生疏的遥远的鲁西。可丽凤说的话大出张志龙的意料。她坐在炕上，猛地直起腰，仰起头，目光里透着不容置疑的坚定，语气毫不犹豫斩钉截铁：

"你走哪我跟哪!"

这大大出乎张志龙的意料,他一时语塞。

沉默片刻,张志龙站起身,又找了个借口:"我……有对象了,你……再找一个吧!"在张志龙起身的刹那,他看到闵丽凤已经泪流满面了……

几天后,杜志伟托人把闵丽凤织的毛衣、围脖送给张志龙,但,这依然没能改变张志龙的决定。他在心里对丽凤说:"对不起!"

寒冬过后,冰雪消融。转过年的"五四"青年节,张志龙参加了建设镇举办的全镇演讲大赛。参加人员大多是机关干部、教师……大家从不同的角度讲述自己人生的理想和追求。面对台下黑压压的观众张志龙丝毫没有怯场,他演讲的题目是——《我的未来不是梦》。演讲结束,台下报以极热烈的掌声,最终张志龙获得第一名。

也就在这个时节,张志龙远在山东的四哥张志波结婚了。

小张庄里的光棍儿很多,有十五六个。因为贫困,方圆十里八村的姑娘没人愿意下嫁到这个村庄。一天,家住四川的孙丽霞来小张庄的姨父家串门儿,一眼相中了本村的小伙儿张新海。经姨父出面,二人情投意合。就这样,张新海没花多少钱就把媳妇娶到家。两人结婚花的钱在这个村可以说是最少的。小张庄都是穷光棍儿,孙丽霞老家在四川的一个大山沟,那地方更穷,本村和附近几个村有好几十个待嫁姑娘。孙丽霞灵机一动,做起了保媒拉纤的活儿。两地相隔甚远,男方谁想要保媒,得先给她拿300块钱做路费。这两个小钱儿对那些找不到媳妇发愁的人家来讲实在不算个事儿。于是,孙丽霞在两地来回跑,别说,还真是介绍一对儿成一对儿。随着成功率的提升,孙丽霞在本庄乃至附近几个庄声名大振,前来求保媒的天天络绎不绝,都快把门槛子踢破了。短短两年,本庄加附近的几个庄,经孙丽霞介绍成的有20多对。开始,有些人担心,这些四川媳妇跟他们过不长,过段时间就会拿钱跑路,实践证明,这种担心是多余的。四川大山沟穷得叮当响。而且伙伴儿也越来越多,一两年后又都有了孩子,更断了"跑"的念想。这些外来媳妇吃苦耐劳,孝敬父母,家家都过着比较舒心的日子。在小张庄的历史

上，孙丽霞被誉为当地的"文成公主"，她搭建了川鲁两地的鹊桥、

看到本庄的小伙子们一个个都结了婚，日子过得都不错，张凤池老两口心里十分着急。虽说，给老四的婚房早就盖了起来，奈何，家里太穷。老四张志波和那哥四个比有点另类，初中没毕业就辍学了，整日游手好闲，身边不乏一些社会上的混混。长头发、花格衬衫、蛤蟆镜、喇叭裤。肩上扛着一个借来的录音机，整日在庄子里走来走去，人们在背后议论纷纷：

"这小子跟那哥几个不一样。"

"可不！将来可别学坏了！"

……

张凤池老两口确实担心儿子学坏，在1983年，让四儿子参军了。经过部队这个大熔炉三年的淬炼，回到地方的张志波变化很大，家里的脏活累活抢着干。

"爹，今天我去耙地，您歇着吧！"

"娘，您这两天总闹肚子，在家歇着。地里的棉花我自个去拾（采摘）就行。"

张凤池和陶秀英看在眼里喜在心头。庄里的人对他也开始另眼相看。

这天，张凤池老两口找到孙丽霞，请她帮忙，给老四张志波张罗个媳妇。孙丽霞一拍胸脯："叔——，婶——，这事儿包在俺身上！其实，你家志波当过兵，人长得也周正，再说，您二老的为人，谁个不知，哪个不晓？……我还以为您二老信不着俺哩！"

陶秀英从衣兜里掏出一块老粗布手帕，打开，把500块钱递给孙丽霞。

孙丽霞接过钱，往右手的拇指和食指唾了口吐沫，数了数钱说："婶啊，现在涨价了，这些钱不够！"

张凤池问："涨……涨多少？"

"2000！"

"啊——，涨这么多！"

老两口面面相觑，他们的确被这个数字吓了一跳。

孙丽霞笑得前仰后合："叔啊，婶子哎——，俺跟您开玩笑哩！俺想家了，正打算回去一趟，路费俺一分钱也不要！俺姑家的二妹人长得愣俊，心灵手巧，俺姑早就跟俺说，让给寻个好人家……放心吧，这事儿准能成，您就等着喝喜酒吧！"

孙丽霞对双方都十分了解，所以，这门婚事十分顺利。一个月后，婚期定了下来。张凤池老两口在亲属堆里老辈少辈借个遍，有的本就欠着钱，这种婚姻大事大家还是十分乐意帮忙的。有的手头也不宽绰，就出去多多少少给掂对些。张凤池又卖了些麦子，可还是差了一大截。眼看婚期迫近，张凤池最后把心思放在那头老黄牛身上了。这天，他牵着黄牛慢慢地走向通向集市的路上，黄牛好像知道他的心思，脚步很慢。在集市上，张凤池跟一个屠户商量好价钱把缰绳交到屠户手里转身要走，这时，老黄牛抬起头冲着他"哞哞"叫了两声，眼里流出两行浑浊的泪。张凤池看了一眼跟了他多年的老黄牛，心如刀绞。他犹豫片刻，想从屠户手里要回牛牵回家，可想想儿子的婚事，他一狠心流着泪走了。在寂静的徒骇河大堤，张凤池这个一生坚强的男人，用那双如树枝一般坚硬粗糙的手扶着一棵伤痕累累的杨树"呜呜"地放声大哭……

在一个良辰吉日，老四张志波喜结连理。结婚后，张志波学会了瓦匠活，每天出去盖民房，虽说辛苦，但，日子却越来越红火。

这些，张志龙是在大哥的来信中知道的。大哥已对他目前的处境完全知晓，知道他在东北过得很艰辛，他没敢告诉父母。在信中大哥跟志龙说，在东北混不下去就回山东，将来也"买"一个媳妇，不管长相，不管文凭，只要能实心实意跟他过日子就行。这，张志龙不是没想过。没有考大学的命就实打实种地，像父亲和哥哥一样，日出而作日落而归。但，老人已风烛残年，哪还有能力再给他借钱张罗婚事！

第二十章

富安村三组既是大队部又是供销社所在地，张志龙依然住在供销社，他拿秦世忠当亲哥一样看待，秦世忠也拿他当亲弟弟看。

富安村三组有个叫吕芳的女孩儿，在镇里的刺绣厂上班，是厂工会的一个小干部。她活泼开朗，美丽大方，柳叶眉杏核眼，樱桃小口，说话先笑，露出俩酒窝。毋庸讳言，她的美在十里八村那是相当有名的。家庭条件也不错。她的父亲吕向阳是这个组的小组长，和张志龙关系很不错。张志龙去他家吃过饭，和吕芳也认识。但俩人平时基本没啥联系。

一天傍晚，赤红的晚霞燃烧着辉河淡蓝色的水面，落日的余晖把山村涂抹成一片金黄，供销社营业室偌大的玻璃窗也被照得火一样红。张志龙和秦世忠正在营业室和几个顾客闲聊，吕芳和一个跟她很要好的姐妹推门走了进来。她先是跟秦世忠还有认识的几个人点头打过招呼，然后径直走向张志龙，不提名不道姓，眼睛脉脉含情，脸庞微微泛红，多少有些羞怯地说：

"我们……厂工会要出个板报，你能帮我写几个字不？"这几年，张志龙的毛笔字在建设镇举办的"农民艺术节"书法大赛中屡屡获奖，找他帮忙也属正常。

"哦，行，没问题！"张志龙非常爽快地答应下来。

"明天是周日，我们休，你上我家，我告诉你咋写。"说完，微笑着再次和秦世忠等人打过招呼，转身走出供销社。

第二天，张志龙拿着笔墨如约来到吕芳家。张志龙刚进院，一家人全从屋里迎了出来，吕芳的母亲先张了口：

"你看，还把你麻烦来了！"

"没事儿，我今天啥事儿没有。就怕我的字拿不出手，给吕芳丢磕碜！"张志龙客套地说。

吕向阳是小队长，平时喜欢喝两口。张志龙一个人，又是村干部，吕向阳常把张志龙领到家里坐坐，有时告诉老婆炒几个菜，留志龙喝点酒。张志龙常借故有事推辞，有时惹得吕向阳两口子急眼，使劲儿拽着他说啥也不让走：

"志龙，你是我兄弟不？你要拿我当大哥，就在这吃！"吕向阳面露怒色。

"可不是咋地，"妻子也在一旁搭话，"别外外道道的，也不特意给你做，赶上啥吃啥！"

张志龙一看人家实心实意，也就不好推辞了。

"立夏鹅毛住，小满雀来全，芒种开了铲……"眼下正是铲头遍地的时候，吕向阳两口子跟张志龙聊了几句，吕向阳从炕上站了起来："我和你嫂子去后山小片荒铲地，头些天还挺干净呢，前天下了场雨，水败草、牛筋草全出来了。"他一边说一边从屋里往外走，"你在家等我，一会儿就完事儿，中午咱哥俩好好喝点。"张志龙客气地点点头，但心里却想，抓紧写，写完就走。

吕向阳妻子往塑料壶里装了点水，留着上山口渴时喝，又随手拿起草帽戴上，说：

"志龙啊，跟你说好了，中午别走了啊！小芳昨天特地上街里买的菜，再走大嫂可不高兴了！"

志龙一个劲儿点头："行行行，嫂子，快去忙吧！"

屋里就剩张志龙和吕芳两个人了。"小芳，需要我写点儿什么？"张志龙比吕芳大三四岁，他一直把吕芳当作孩子，所以根本没往别的地方想。

吕芳反倒沉得住气：

"哎呀，赶趟，不着急啊！"吕芳一会儿问问文学，一会唠唠绘画，一会聊聊书法……问及厂子板报的事儿却说："下午再说……"

空中没有一丝云，没有一点风，窗外的树木无精打采懒洋洋地站在那

里。眼瞅晌午了，张志龙是个有分寸的人，他起身要走。

"我中午还有事，先回去，下午我再过来。"

"你干啥啊，我昨天就把菜买回来了，咋地，招待大队干部拿不出手啊！"吕芳满脸的不高兴。

"不是，你说啥呢……"无奈，张志龙只好等着吃午饭。

刚刚十点多点，吕芳的父母就回来了。吕芳妈摘下草帽麻溜地走进厨房，吕芳跟着去忙活。张志龙跟吕向阳东一句、西一句地聊了起来。不一会儿，娘俩就做了一桌丰盛的饭菜，张志龙和吕向阳推杯换盏小酌了二两。

下午，吕芳的父母接着铲地，她和张志龙在家。吕芳把一张大红纸裁成一个个"四方块"，让志龙在上面写字。这对张志龙而言小菜一碟，没用半个小时就写完了。张志龙收拾好笔墨转身要走，可吕芳却红着脸说：

"干啥这么着急啊，相对象去啊？还没写完呢！"她用满含深情的眼睛直直地看着张志龙，倒把张志龙整不好意思了，他觉得自己的脸有些发烫。这也不是一个孩子该说的话啊！吕芳用一种近乎命令的语气说："家里有不少剩菜，你晚上在这帮打扫打扫，要不明天该坏了……"

吕芳让张志龙教她写毛笔字。张志龙弯腰伏在桌子上一笔一画地写着，吕芳弯腰靠在桌子上认真地学着，脸有时有意无意地贴在张志龙的脸上，额前的一绺头发仿佛自带超强的电流，让志龙的脸痒酥酥的。他十分贪婪地嗅着吕芳身上散发出来的香水味和鼻子里散发出的少女特有的气息，这气息和萧桐身上的气息简直一模一样，让张志龙着迷甚至心慌意乱神魂颠倒。他在心里骂自己：你是孩子的叔叔，咋这么不是人！吕芳拿起毛笔学着写了几个，直起身端详一下，毫不犹豫地揉吧揉吧扔进外屋的灶坑里了。

张志龙在吕芳家吃过晚饭看了会儿电视聊了会闲嗑才起身往回走。暮色四合，蛐蛐在看不见的角落里"吱吱"叫着。吕芳送张志龙出大门时说：

"下个周日你还得来，我们工会还有活动，你……还得帮帮我……"

当晚，不敢多想的张志龙禁不住"多想"了——吕芳为什么偏偏找我呢？本来没多少活，为什么偏偏得忙活一大天呢？况且，连下个周末都安排好了，莫非她……张志龙连忙摇头否定了自己。别做梦娶媳妇净想好事了，这根本不现实！多少家境优裕的年轻小伙儿吕芳都没看在眼里，你一个穷光蛋，这根本不可能！

从遥远的北方卷来了夹着沙土的狂风，那高高的蓝蓝的深秋的天，立刻成为灰暗的颜色了。冬天要来了。陡然间，落起大块的雪片来了。风呜呜地吼叫，暴风雪来了。霎时，暗黑的天空同雪海打成了一片。

这是1991年正月初五的早晨。张志龙早早地起床，穿衣戴帽，戴上棉手套。他费了很大的劲才推开被积雪覆盖住的一尺多高的屋门。秦世忠也起床了。天还未亮，山村还在酣睡中。两个人各拿一把扫帚，开始清扫院内的积雪。先扫成堆，随后用独轮车推到门外的河套边。清扫完积雪，志龙走进营业室，把营业室中间铁炉子里的炉灰掏出来，放里点松树挠松树塔点着，待火势旺盛，打开炉口的盖子，放里两铲煤块，一股浓重的煤烟味在屋里蔓延，房顶的烟筒浓烟滚滚，随风飘向山顶。

骤雪初霁，冬日里的太阳显得格外的清晰，格外的耀眼。但阳光的温度却好像被冰雪冷却过似的，怎么也热不起来。

眼下正是走亲访友的日子，供销社每天都顾客盈门，三五个人都忙不过来。张志龙和秦世忠急忙吃了碗面条，开始把散装的蛋糕打包。先把一小块包装纸放在柜台上，再把一块块蛋糕在包装纸上码放整齐，四四方方的，每包一斤，不用秤称，查个数就行。码放整齐后从四面合上包装纸，中间用细绳扎紧，放到柜台里。供销社营业室足有200多平方米，全靠地中央的那个大肚子铁炉子取暖。炉火正旺，铁炉子的上部和炉盖变成了粉红色。进屋的顾客径直走到炉子边上，摘去棉帽子和手套，夹在腋下，在发红的炉子和炉桶边不停地搓着双手。

张志龙正忙着帮着卖货，吕芳浑身裹得溜严，推开供销社营业室的门走了进来。先是在门口跺了跺脚，甩去鞋底上沾着的雪面，然后走到柜台前，微笑着给秦世忠拜年："秦大爷过年好！"

"好！你也过年好！"这几天生意好，秦世忠始终春风满面。

张志龙冲她点了点头，算是打过招呼。

"你忙不？"吕芳脸微微泛红。

"还行，你有事儿啊？"

"我家来客了，我爸串门去了，我妈让我来找你去我家陪客。"

她站在柜台边静静地瞅着张志龙，眼神极其复杂。这让张志龙为难起来，他倒不是心疼花钱，因为这毕竟不同于平时。大过年的非亲非故的陪哪门子客啊，名不正、言不顺啊！张志龙分明看出吕芳眼神里流露出的一种期盼。不去？吕芳和家人还不得笑话自己小气……

"行，你先走吧，我一会儿过去。"

张志龙帮着卖了一会儿货，傍中午时顾客渐渐少了。秦大哥说：

"志龙，行了，现在不忙了，你快去吕芳家吧。人家来客了，去晚了不好，"他吐出一口烟，又说，"我给你拣几样东西拿着，大过年的，别空手……"

秦世忠大哥帮张志龙选了几样串门儿的礼物，张志龙戴着手套一手拎点东西，踩着光亮的冰雪路面向吕芳家走去。

"嫂子过年好！"张志龙进了吕家先拜年。

"哎呀志龙，你这么外道干啥！来就来呗，还拿东西干啥！再这么外道以后别来了！"说着话，吕芳妈从志龙手里接过东西，放在箱子盖上。

"这个你叫李哥吧，"吕芳妈指着客人对张志龙介绍，"小芳的姑父，家在东沟住。咱家你大哥去他舅家串门去了，你来陪着喝点酒……"

不一会儿，吕芳帮着妈就做好了10道菜。张志龙陪吕芳的姑父喝酒，吕芳和妈喝着饮料。吕芳不停筷子地给张志龙往碗里夹菜……酒至半酣，吕芳的姑父好像看出点啥苗头，瞅瞅张志龙，又转向吕芳，面带微笑，有些狐疑地问：

"小芳，你们俩啥关系啊？"

吕芳当时脸"唰"地红了，迟疑了一下说：

"哦，他……他是我张叔。"

吕芳的姑父笑着举起杯，对志龙说："叫啥不重要。来，咱喝酒！"

客人喝得十分尽兴，饭后，张志龙陪客人喝了一壶茶。客人走后，张志龙在吕芳家小坐了一会儿，酒劲儿有点上来了，他急忙起身告辞。

当晚，躺在供销社热乎乎的炕上，张志龙又失眠了，可能由于酒精的作用，心里火辣辣的。吕芳绯红的脸、含情脉脉的眼神……无不让张志龙心旌摇曳。吕芳和远方的萧桐有许多相似的地方，看见吕芳，张志龙似乎看到远方白杨树下的萧桐！这晚，张志龙做了一个甜甜的、甜甜的梦。梦见和萧桐喃喃细语，梦见和萧桐手挽手沐浴着春风走过开满鲜花的青草地。

时间就这样不紧不慢地一天天过去，张志龙和吕芳一直断断续续地联系着。吕芳给张志龙留下很深的印象，在吕芳面前张志龙那颗孤傲的心有些自卑，而这自卑主要源于他的家境。眼下，他急于有个家庭，摆脱寄人篱下的困境，然后回趟老家，见见老迈多病的双亲……昨夜星辰已逝，满眼青山渐远。至于萧桐，虽然他一直深爱着她，但是，他认为，那已是不可能的了。

雪亮的犁铧在肥沃的黑土地上翻起一条条波浪，沉睡一冬的原野转眼间夏草茂盛。辉河像大自然的神奇歌手，唱着清脆悦耳的歌，向远方奔流。

这是端午节的前一天傍晚，吕芳和村里的几个小姐妹儿来到供销社，见到张志龙也不客套了，直奔主题：

"我爸和我妈让你明天早晨早点到俺家，采艾蒿，包饺子……"

还没等张志龙说话，也不管张志龙答应不答应，吕芳撂下这句话转身和几个姐妹儿嘻嘻哈哈、有说有笑地走了。

端午节的早晨，富安三组周边山上采艾蒿的人特别多，在这个山隐约听到那边山上说话的声音。天还未放亮，人们都打着手电采艾蒿。张志龙不认识艾蒿，吕芳告诉他啥样是蒿子，啥样是艾蒿。吕芳拉着张志龙的手走向高高的山冈。在僻静的山林里，花香袭人，花香和吕芳身上散发出的少女特有的香味混杂在一起，张志龙感觉像是喝了醇香的酒，竟然有些醉意。正当他沉溺于花香中时，一个带着香气带着热浪的丰润的唇紧紧贴在他的唇上，他有些眩晕，手电筒"啪"地掉在地上，他伸出有力的臂膀紧紧环住吕芳，两个人一下子跌倒在青青的挂满露珠的草地上……天渐渐亮了，站在山顶极目远眺，漫山遍野不知名的花五颜六色、争奇斗艳，花瓣上的露珠晶莹剔透娇艳欲滴；山下，那条清澈的小河环绕着村庄缓缓地流着；河两岸的白杨满目苍翠，绿油油的水稻和玉米苗在清晨的霞光中正舒展着希望；一家挨一家的烟囱飘起缕缕炊烟；微风中，更有一股特有的浓馥芳香扑入张志龙的鼻孔，令他回味无穷……

　　这段时间，张志龙总是精神恍惚。眼前一会儿是萧桐一会儿是吕芳。从吕芳的眼神里，张志龙不难发现满满的柔情。和她父母向来以哥嫂相称，自己也大她三四岁，这些倒不是不可逾越的鸿沟，可自己的家庭状况和经济条件怎么能配得上人家！想到这里，躺在供销社炕上的张志龙摇摇头，长长地叹了一口气。

第二十一章

好哥们儿王秀山有个大姐，就住在吕芳家旁边，一来二去她好像也看出点苗头。有一天张志龙到王秀山家溜达，和王大娘唠完嗑要往回走，王大娘执意拽着他的胳膊要留他吃午饭："小龙，在大娘这吃了午饭再走！大娘不特意给你做，咱家有啥吃啥！"志龙推说有事，谢过了大娘走出院子。王秀山的大姐在自家院内隔着院墙冲他摆了摆手，示意他近前说话：

"志龙，我看那院小芳对你好像挺有意思，"她用眼神向吕家瞟了瞟，"干脆，明天我给你问问得了！"

"不行不行，咱哪配得上人家。"在家境好长相俊美的吕芳面前张志龙一点也不自信。

"问问能咋地，行就行，不行拉倒呗！"大姐一副满不在乎的神情。

大姐见张志龙低头犹豫，说了句："嗨，你就别管了！"说完转身一溜风似的回屋了。

二十多天过去了，张志龙除了村上有事儿，平时基本就待在供销社。秦大哥忙的时候多少能帮上点儿忙，不忙的时候他还是拿起高三的课程自学，他总是幻想有一天能有机会参加一次高考！萧桐给他的那本辅导资料他从头到尾不知看了多少遍了，而萧桐给他的那封信，信纸已经发黄了，叠痕有许多地方都露出针尖大的窟窿眼了。无数个夜晚，梦中他又回到那个炊烟袅袅鸡鸣狗吠的村庄，爹娘紧紧搂住他的肩头喜极而泣，哥哥嫂子杀鸡割肉，一家人围在饭桌边笑语欢声；无数个夜晚，在梦中他又回到那个宁静的小城，

又看见那个白衣少女颤着马尾辫走过寂静的小巷，凉鞋磕在小巷的青石板上，清脆的脚步声由近及远，那白色的身影渐渐消失在雨巷的尽头……

每逢周日，张志龙通常是帮着家里干活，总是挨到最后一刻才恋恋不舍地离开家返校。可这个周日，早饭后，他告诉爹娘，今天学校有事，得提前返校。

张志龙的自行车车轮飞快地转动着。两天前，萧桐和张志龙相约，周日要去徒骇河大桥和大堤走走……待张志龙到了桥上，萧桐已在桥头等候。脑后依旧是一跑乱颤的马尾辫，唇上施了点口红。

一袭白色裙子，乳白色的凉鞋，一对玉足白里透红，显得粉嫩水润，细腻光滑，连青色的血管都清晰可见。

"来了，早上吃饭了吗？"萧桐右手拎着一个帆布兜子。她侧着涨红的脸微笑着问。

"嗯，吃过了。"张志龙轻轻点点头。在萧桐面前，他一个大男孩儿倒显得有些紧张有些害羞。

"咱俩，往那边走走吧。"萧桐往桥的另一端一指。

张志龙推着自行车，萧桐贴着他，两个人沿着桥边慢慢走着。旁边时有行人、骑自行车的人以及疾驰的车辆擦肩而过。阳光明媚，桥下，河水清澈，不时看见鱼儿在水中的石缝间追逐嬉戏。

这么好的天气，身边有萧桐那特殊的令人舒爽的香味，张志龙希望，时光能永远静止。

200多米长的桥，觉得太短，感觉没几分钟就走到头了。

"你骑车，咱俩往那边走走。"萧桐顺手指了指一眼望不到头的公路，高大挺拔的白杨树像一排士兵似的排列在宽阔笔直的马路两旁。张志龙骑上自行车，萧桐坐在车后座，右胳膊紧紧环在张志龙的腰间。自行车在宽阔平坦的柏油路上飞奔，坐在后座的萧桐情不自禁地唱起了歌儿。

"你累了吧？咱们下来歇会儿。"大约有10里路的时候，萧桐说。

张志龙轻轻扳住车闸，车慢慢降下速度，萧桐先从车上跃下，张志龙一骗腿，也从车上下来。萧桐看张志龙的额头沁出汗珠，急忙从拎着的包里掏出一块粉色带花的手帕给张志龙擦汗。张志龙微闭着眼睛，静静享受着这幸福时刻。

说着笑着，走着看着，不知不觉已到晌午。张志龙有点尴尬——应该找个地方吃午饭了，可是，兜比脸还干净！他早就考虑到这个问题，曾几次想跟父母撒谎说学校要交学杂费，可是，他张不开嘴。他不愿为了这种事去欺骗自己的父母，那样，他的心会不安的。家里什么条件他不是不清楚……

"走，咱俩到那里去。"萧桐往大坝边上的一片杨树林指了指。杨树林里有棵年头较为久远的老杨树，距路边也就二三十米远。

张志龙把自行车支在路边，两个人牵着手向那棵杨树走去。堤坝上，满眼都是黄色的小花。走在开着金黄油菜花的田野里，踩在芳香的泥土上，张志龙有一种似梦似画里的感觉。很久没下雨了，树下的土地干硬，温热。萧桐解开那个帆布兜子，从里面拿出两张报纸垫在地上，把午餐肉罐头、面包、鸡蛋还有一罐头瓶热水，一一摆在报纸上。

"快，坐下吃吧。"萧桐递给张志龙一张报纸，让他垫在地上。

"你先坐。还有报纸吗？"

"有。"萧桐从兜子里又拿出两张报纸，递给张志龙一张。放在地上一张，合并上双腿，侧身坐了下来。

张志龙一看萧桐早有准备，也就不再扭扭捏捏了，坐在垫着报纸的温热的地上。

张志龙启开罐头。萧桐从兜子里拿出一个汤匙递给张志龙："尝尝，看好吃不？"

张志龙说："你先吃。"

"你先吃，快点！"萧桐一脸认真，用命令的口吻说。

在张志龙的印象里，即便过年或是家里来了重要客人，也没买过午餐肉罐头。

"嗯，真香！"他一边吃一边连连点头。

"好吃就多吃点……"萧桐从他手里拿过汤匙，也吃了一口。她拧开另一个罐头瓶，自己先喝了一口，然后递给张志龙：

"这是早上烧的开水，现在不凉不热，正好。"

张志龙接过来，也轻轻喝了一口。这温热的水里含有一种香甜，胜过任何饮料的香甜。

暖暖的阳光照在两张充满朝气的脸上。背靠着杨树向前眺望，一片黄乎乎的平原展现在眼前。微风里，一阵阵芬芳馥郁扑面而来。一望无际的田野金浪迭涌，棉花雪白银亮；堤坝上开满了各色的小花，云雀、麻雀……各种鸟儿的叫声不绝于耳。望着那条玉带般的徒骇河缓缓向远方流去，不知什么原因，张志龙感觉眼窝有些温热，他急忙把头转向另一侧。但这个微妙举动并未逃过萧桐的眼神。

"你咋了？"

"萧桐，俺……怎么感觉……像是在做梦！"

萧桐伸出粉嫩的手，刮了一下他的鼻子："看看，有感觉没？"说着，一下子把头埋在张志龙的怀里……

甜蜜的时光总是短暂。太阳懒洋洋地向西边的天空走去，已是下午三四点钟了。萧桐家住在县城北面。时候不早了，晚上还有晚课。张志龙骑着自行车送萧桐回家。在离萧桐家还有百把米远的地方，萧桐下了车，微笑着跟张志龙摆摆手，然后转身跑了。张志龙目送着萧桐走进那个小巷子，巷子的尽头就是她们家那栋独门独院的小楼房，楼房的东侧，两棵高大的杨树把头探在房顶。萧桐的凉鞋磕在小巷的青石板上，伴着清脆的脚步声，那白色的身影渐渐消失在巷子的那一头。

想起萧桐，张志龙心里总有一种说不出的痛。他在心里默念：萧桐，我的桐，你在哪？

这天，他正在看书，王秀山大姐兴冲冲地来到供销社找张志龙：

"志龙，行了！"

张志龙当时一愣："大姐，啥行了？"

"你跟小芳的事我给你问了。他们家考虑了这么多天，今天早上告诉我，同——意——了——！"大姐的脸上挂着难以掩饰的喜悦。

"真的啊？！"张志龙喜不自胜，可又觉得不太真实。总觉得小芳就是落在枝头的一只俊鸟，随时都有远走高飞的可能。

"你们也不是不认识，平时也总打交道，这回人家也交底儿了，全照你一个人给的……剩下的事我不管了，你自己看着办吧。"说完，大姐想一走了之。

"那怎么行，"张志龙急忙拽住大姐的手，"姐，好事儿你得做到底，你得领我去，我自个儿……咋好意思。"

"瞧你那完蛋样，还大老爷们儿呢，没出息！"大姐照张志龙的脑门使劲戳了一手指头。"这个礼拜天小芳休，我领你去。"

周日在张志龙的热切期待中到来了。

天气清新而又朦胧，湛蓝的天空中飘着大片大片的云朵，偶尔有风吹过，树叶轻轻作响。温暖的阳光下，张志龙的整颗心都沉浸在醉美的时光里。

张志龙先是来到秀山的姐姐家，两个人一起走向吕芳家。平常张志龙经常进出吕家，那扇轻便的院子大门，今天好像沉了许多。张志龙的心怦怦跳得厉害。推开门，和大姐一前一后走进院内。菜园子里各种蔬菜一嘟噜一嘟噜的，篱笆边还有几株芍药，花开正艳。三间大瓦房很是气派，墙上挂着两串干苞米两串红辣椒和两把锄头，月牙形的锄板在阳光的照耀下折射出耀眼的光芒……

张志龙感觉腿脚有些不好使，好像不会迈步了。对象看了好几个了，以前也没这样过啊！

吕家人看见他们进了院子，都开门迎了出来。张志龙称呼吕芳的父母"大哥、大嫂"习惯了，现在得改口了，张志龙的嘴在这个时候不听使唤了，嗫嚅了半天，脸憋得通红，"叔、婶儿"也没叫出口。吕芳母亲看出他的窘迫，急忙打圆场："快进屋坐吧，咱家没那么些规矩。乍一开始不好改口，以后慢慢习惯就好了。"

吕芳这时也红着脸，招呼媒人进屋。进了屋，吕芳急忙给二人一人倒一杯早就沏好的茶水。

"哟，大热天咱可享受不了这玩意儿，你去给我舀瓢凉水吧，那喝着多凉快啊。"大姐对小芳说。

放下水瓢，大姐抹了一把嘴，看着志龙说："人家啥也不图，就是相中你这个人了……有啥话你们自个儿慢慢唠吧，我不管了，我还得铲地去呢。"说完大姐转身要走。吕芳的母亲急忙拽住她的胳膊：

"忙啥啊，急三火四的！等会儿吃完响饭再走，赶趟儿！"着急忙农活的大姐还是走了，张志龙坐在那里显得有些局促，拘谨，一时不知该说些什么。

"俺家知道你困难，就是相中你这个人了。这些天小芳嘴都起泡了。"吕芳妈说话向来直来直去，快言快语。张志龙瞅了一眼小芳，不禁有些心疼。吕芳妈接着说，"她考虑了这么多天，你也知道，想和她处对象的不少……小芳脾气不好，从小娇生惯养，任性，你比她大，以后不管啥事儿多让着她点儿。"

张志龙不住地点头："嗯嗯，放心吧！"

吕向阳坐在炕边抽了口烟："咱家啥说没有，也不图意你啥，以后你俩好好处就行……"

张志龙和吕芳的恋爱关系从这一天起算是正式确定、正式公开了。村里村外知道的人都十分羡慕张志龙，说他"艳福不浅"。一种从未有过的幸福包围着张志龙。

按习俗，两个人一旦确定了恋爱关系，男方得领女方去城里买点衣服之类的东西。又一个周日，俩人相约去辉河县城。临走之前，小芳妈把小芳叫出屋外，压低声音再三叮嘱女儿：

"小芳，咱去县城就是走个过场，别让大伙儿说说刮刮的。咱啥也不缺，志龙一个人，没有钱，千万别乱花。"

类似的话小芳听过多次了，她明显有些不耐烦：

"哎呀，妈！我知道了。"

在辉河集贸商场，在每个服装摊位前吕芳只稍作停留。她关注的不是女人穿的衣服，总是打听男款服装的样式、价格。张志龙以为她是在给父亲挑选，后来直到她在一个服装摊位前让志龙试穿一件衬衫和一条裤子，张志龙才知晓小芳的真正意图。这让张志龙非常不好意思——定亲都是男方给女方买东西，哪有女方给男方买衣服的道理啊！张志龙执意不买，小芳看着挺合身直接就把钱付了。张志龙想给她买件像样的衣服，可她总是摇头：

"这衣服多土啊，我可不要！"

"唉呀妈呀，这衣服像老太太穿的似的……"

这话把摊主气够呛。她气哼哼地把那件白裙子从吕芳手里"抢"回去，重又挂在衣服架上，白了吕芳一眼，说："这衣服穿着多年轻啊，还'像老太太的'，真没眼光！"

转了半天，吕芳一件也没相中，拉着张志龙的手说：

"这个商场没有我喜欢的，咱到别的商场看看。"

县城不大，这个商场是最大的了，别的地方更没有像样的服装。但是，张志龙拗不过吕芳，只好跟她一起下了楼。出了商场门口，她把手里的东西递给张志龙，说：

"你在这等我一会儿，我去趟卫生间。"

不一会儿，吕芳拎着那套张志龙想给买而她说很"土"的那件衣服下了楼。在一家不大的鞋店，好说歹说，她总算同意张志龙给她买了双乳白色的皮凉鞋，而吕芳又给志龙买了条腰带和一双皮鞋，让张志龙觉得非常难为情。

已经中午了，张志龙想领她吃顿饭：

"我饿了，你想吃啥？咱俩去吃点儿东西。"

这太正常不过了！总不至于饿着肚子回家吧。可是吕芳却说：

"我还不饿，一会儿再说。"说罢，吕芳却硬拽着志龙上了回家的大客。她把买的东西一股脑扔给志龙转身下了车，不一会儿拎了些面包、麻花回来，放到志龙腿上，说：

"你不饿了吗，先垫补垫补，回家再吃。"

夏日的午后，太阳像个火球一动不动地高悬在头顶，烧灼着一切，平时最生机勃勃的绿柳和白杨，也好像精疲力尽了似的垂下了枝条。那沸腾的热气将一切生物都赶到有荫凉的地方去了。

小芳的父母都不在家。志龙和小芳都有些疲劳，小芳把东西扔在桌上就躺在自己房间的床上。志龙在外屋坐着，小芳招呼志龙进屋，让志龙躺在她身边休息，她把一条腿搭在志龙的腿上。志龙此刻万分紧张，血流加速……他努力控制着自己。

志龙居住的供销社和吕芳家相隔不远，他每隔三五天在小芳下班后约莫过了饭口就去她家坐会儿，每次都是坐到晚上八九点钟才往回走，吕芳每次都送志龙到大门口。皎洁的月光下，微风拂面，听着稻田里连成片的蛙鸣，他们又说了许多"悄悄话"才恋恋不舍地分开。

这天晚上的月光格外明亮，人的影子在月光下衬托得长长的，格外清晰。山上的树木，托着长长的衣裙，好像美女在月光下翩翩起舞。近处的树木绿影婆娑，投下斑驳的画面，或大或小，或密或稀……吕芳送志龙到大门外，已经把铁栅栏门关上了，志龙跟她摆摆手刚要走，吕芳喊了一声：

"哎——你回来。"

志龙不知何意，回到门前。吕芳并未开门，示意他靠近些，她隔着铁栅栏门轻轻地吻了一下志龙的脸颊，然后，转身翩然跑了。

志龙双手使劲儿击了一下掌，心里像喝了蜜似的。

既然两方面都没意见，下一步该举办个"会亲"仪式，然后商量结婚的事儿。可张志龙却一直有些犹豫，他总觉得自己和吕芳之间的距离有点悬殊，换句话说，总觉得爱情的根基并不牢靠，再加上手头确实没钱，所以一直没张罗"会亲"的事儿，这可能让吕芳及家人对他有了想法。

那是张志龙和吕芳公开相恋三个月后的一天傍晚，张志龙估计吕芳下班了，就又来到她家。虽然相隔不远，虽然"叔、婶儿"叫他没事儿就来家坐坐，可张志龙大约每周只去个一两次——毕竟还只是处于处对象的阶段，不能过于随便。这天晚上，张志龙明显感觉吕芳好像有什么心事。他刚进屋，吕芳连个招呼也没打就走出去了。张志龙心里有些纳闷，坐了一小会儿张志龙就起身离开了吕芳的家。几天后，张志龙又去了吕芳家，吕芳还是一句话也没说，连饭也没吃就出去了，这让张志龙很是尴尬，他的脸瞬间红涨起来。吕芳妈坐在炕上在给丈夫缝补一件衣服，她也看出他们之间的不正常：

"志龙，你们俩怎么回事，是不闹别扭了？"

张志龙摇摇头，一脸无辜地说："没有啊，我也不知道怎么回事。"

"以前我跟你说过，小芳从小娇生惯养，脾气坏。唉，都是俺们惯的！你别跟她一样的，迁就着她点，过几天就好了。"

张志龙苦笑了一下。

放下手里的针线，吕芳妈看着张志龙，非常认真地说："你比她大，想事也比她周到，你千万别跟她一样的。她耍脾气你再来倔的，那不完了吗！"她好像非常了解张志龙的脾气、性格，所以极力好言相劝。张志龙略坐了一会儿，心不在焉地聊了几句就起身告辞了。临了，吕芳妈还是再三叮嘱志龙：

"你是男人，大量些，过几天就会好的。"

张志龙嘴上答应着，可心里却做好了最坏的打算。

思来想去，张志龙觉得，就是因为自己一直没张罗订婚让吕芳多心了、生气了。他想过订婚，可哪有钱啊！要是有钱，早就和闵丽凤订婚了。村里人有嫉妒的，有说他是个真正的穷光蛋的……或许是她听了些风言风语，嫌他确实困难有些后悔了吧！

尽管张志龙对吕芳已经有了感情，可堂堂男子汉，张志龙是十分重视"尊严"二字的！他不会低三下四地去获得爱情。虽然吕芳并没说过分手的话，可从那天离开后，张志龙就再也没迈过吕芳的家门，而吕芳也没再找过张志龙。以前每次在一起，虽有过一些亲热举动，但张志龙从没做"越线"的事儿，这一点，让张志龙觉得非常坦然。张志龙的爱情大厦似乎要再次土崩瓦解，遭遇"滑铁卢"！

> 没说一句简单的"再会"，
> 所有的时光就再也无法找回。
> 只是轻轻地把手一挥，
> 就把我的心整个揉碎，
> 黄昏的街头我的泪随着风儿在飞。
> 如果爱可以重新找回，
> 我要让你知道，
> 在我心中盛开着一朵永不凋谢的玫瑰……

尽管张志龙心里一直惦记萧桐，但他觉得，自己和她已经不可能了！活泼开朗的吕芳已深深地刻在他的心房。这次的分手对他的打击很大，他的心一下子凉透了，恍如这初秋凄冷的风。他把发表过的、将要发表的作品以及

文学书籍付之一炬。他觉得这一切都没有用。他变得无所事事，变得百无聊赖，整日借酒浇愁，在酒中买醉，在酒中寻求快乐、寻求解脱。

蝴蝶花中落，蜻蜓草上飞。

那是夏秋短兵相接的一个中午，内心极度苦闷的张志龙在村里的食杂店买了几根火腿肠，买了一袋一斤装的白酒，一个人走到寂静的南山山顶，倚着一棵榆树坐下。空中湛蓝如洗，有一架飞机拖着长长的白色尾巴向南方飞去。田里的禾苗有些淡淡的黄色，树木绿得深沉。一阵风儿轻轻掠过张志龙的额头，玉米叶子发出沙沙的声响……遥望老家山东的方向，张志龙泪如雨下！他咬一口火腿肠，再咬开白酒袋，仰起头像喝水似的咕咚咕咚，一斤白酒一口喝了下去。他把空空的白酒袋扔向一边，对着老家的方向大声高喊："爹——啊，娘——，您的老儿子没出息，俺不能给您尽孝了！您就当没生我、没养我……"他抡起双拳使劲儿捶击着树干，树干血迹斑斑，可他并没感觉到疼痛。他要用酒精麻醉自己，他希望通过白酒忘掉一切，他甚至想，躺在这广袤的大地沉沉地睡去，永远也别醒。迎面吹来一阵风，张志龙酒劲儿上涌，他"哇哇"地吐了，脏物中有一丝血迹……

张志龙这一次醉得一塌糊涂！他四仰八叉倒在深秋的草地上沉沉地睡去了。

午夜时分，他渐渐有了意识，头疼得厉害。他睁开眼，头顶的树叶在风中凄凉地沙沙响着，粗大树枝黑黑的轮廓印在深蓝色夜空的画布上。圆圆的月亮像个慈祥的父亲，关切地看着他。闪烁在树枝间数不清的星星发出钻石般的光芒，调皮地眨着眼睛。身边的青草沾满了露珠，山下挨着小河的稻田里蛙鼓声声……他揉了揉欲裂的头，试探着慢慢坐起，蓦地，他的手触到一团毛茸茸的东西，把他吓了一跳，手触电般缩了回来。借着明亮的月光定睛细看，原来是供销社的那只大黄狗静静地卧在他的身边。晚上他没回去睡觉，事先又没跟秦大哥打个招呼，一定是秦世忠大哥不放心他，把狗放出来找他。这条狗平时在供销社打更室门口用铁链子拴着。院里来了顾客，它会凭服装、发型以及乘载车辆判断一个人的身份。要是穿得溜光水滑、头发油光锃亮、皮鞋油光锃亮、骑着的自行车油光锃亮，它就在狗窝里老老实实地趴着，伸长脖子，安静地望着顾客进出。要是坐轿车进来的，它也老老实实，一声不吭地匍匐在地，小心翼翼地打量着；顾客要是衣衫不整、穿着露出棉花的破大衣、头发乱得像一蓬草、戴个破帽子、趿拉着鞋、捡破烂收废品或者骑个破烂不堪除了铃铛不响哪都响的自行车，它就会气势汹汹狂吠不止，要挣脱哗哗响的铁链上去撕咬，把"狗眼看人低"这句话诠释得淋漓尽致……此刻，看着躺在身边忠诚地守护着他的狗，张志龙对王大爷常说的那句"交人不如交狗"的话有了较为深刻的理解。

他踉踉跄跄，踩着亮如白昼的月光走下山，那条大黄狗一声不响地摇着尾巴跟在身边。山村在酣睡中，他分不清到底是几点。此时，他感觉嗓子像冒了烟，胃里更是一阵阵难受。走到山下的小河边，圆月在河水里扭动着腰身。他俯下身，双手撩起一捧水，贪婪地喝了下去……

张志龙怀念夏天。怀念夏天灿烂的阳光，怀念夏天槐花的芬芳，还有那枝头鸟儿婉转的歌唱。怀念夏天河水的荡漾，怀念夏天秧苗舒展着臂膀，还有那蓝天中的白云自由地飘荡……

第二十二章

　　时光在浑浑噩噩中流逝。秋日的一天，建设镇邮局的邮递员骑着通身绿色的自行车，车后座上搭着个绿色的邮袋，来到富安村部，招呼张志龙：

　　"张志龙，你家来信了！"

　　邮递员每两天来一次村里，把村里订阅的杂志、报纸还有附近一些村民的不太重要的信件交到村部，一来二去和村部的人都熟悉了。

　　张志龙接过信，说了声"谢谢"，转身走到村部的拐角，看字迹是老家大哥的来信，撕开信封，大意是：父母身体大不如前了，唯一挂心的就是你的婚事，希望在有生之年能看见你成家……

　　我那苦命的、病魔缠身的双亲啊，您可知您的儿子过的是怎样的一种生活吗！您可知您的儿子有多少委屈的话要向您诉说吗！

　　透过大哥的信，张志龙仿佛看到双亲那充满期待的热切的目光。他的心好疼、好痛，他再次喝得酩酊大醉，回"家"的路上跌倒在村路边的沟里，沟边茂盛的成排的杨树静静地看着他。正巧，附近有一个好心的村民路过那，发现沟里躺着一个人，把他吓了一跳。他左右看看并无他人，便走进沟里，伸出手在他的鼻尖处试了试，一看呼吸正常，一颗悬着的心放了下来。他试着推了他几下，喊了他几声，他吧嗒了几下嘴，继续像死猪一样睡着。这个村民家就在附近，他回家推来一辆推车，把他从路边沟底拽了起来，抱着把他放在推车上，推回自己家中……

　　太阳羞怯地露出脸来，供销社大院内的菊花傲然绽放。菊花，它既不娇艳也不华贵。它并没有掩饰傲气，也没有故作姿态，只是凭着自己的铮铮铁骨昂首挺立，骄傲地、坦然地面对人们的目光。我们应该感谢菊花给予我们的厚爱，在百花凋落时，在严寒到来前，带给我们如此强烈的生命的活力，这该是给我们最好的赠品了。

张志龙骑着自行车来到街里的书店，买了几本汪国真和席慕容的诗集、名家散文和小说……在一行行铅字中努力寻找着那个曾经遗失的自我……

村书记刘广才的独生子叫刘生，是建设镇派出所的一个临时工。小伙子长得挺标准。有派出所这个令人羡慕的工作，再加上父亲是村支部书记，家庭环境优越，想和他处对象的大有人在。吕芳和张志龙相处时，有一天，吕芳去辉河逛商场，恰巧在商场遇见了刘生。刘生问她："怎么一个人逛？张志龙呢？"

"嗨，别提了！"吕芳长长地叹了口气。

"怎么了？闹矛盾了？"刘生继续追问。

"他兜里比脸都干净，他拿啥跟我逛街啊！"

"哦——"刘生点了点头。

"嗳，对了，我今天没事，我陪你逛……走，上那边卖女装的看看……"其实，刘广才父子早就看上了这个长相俊美、性格开朗的吕芳了，没想让张志龙抢了先机。

吕芳犹豫了一下，刘生说了句："走吧！随便溜达溜达。"

刘生花了一百多块钱给吕芳买了双鞋，吕芳极力推辞："哎呀，我可不要！"架不住刘生一个劲儿地白话："哎呀，不就一双鞋吗，多大的事啊！你爸在生产队，我爸在大队，都是同事，咱们住得这么近，还有点偏亲，你就留着吧。"未等吕芳说话，刘生拎着鞋兜在前面先走了。出了商场，已是中午，刘生问吕芳："你喜欢吃啥？咱们去吃饭！"

"那得我请你……"

自从这天后，吕芳发生了变化。这些，张志龙都蒙在鼓里。一来二去，刘生和吕芳又吃了两回饭。吕芳的心彻底动摇了。

张志龙主动退出不到一个月，刘广才就找媒人上吕芳家提亲，没过多久二人就张罗起婚事。结婚前两天，刘广才让张志龙给写幅结婚对联。张志龙心有不悦，但又一想，自己的工作是书记安排的，写副对联没啥。人家跟谁结婚是人家的权利，不必这么小气，这么斤斤计较。在供销社的一张长条桌上，他把红纸裁好，想好词，饱蘸墨汁，提笔就写。可能是墨汁太浓了，刚一落笔就模糊一大片。他把红纸扔掉，重又提笔。下笔时，红纸上闪耀的是吕芳的面庞，是他俩的花前月下，是他腮边的吻……他苦笑着一挥而就，用苍劲的行书写下这样一副对联：

柳暗花明春正伴
珠联璧合喜成双
横批：百年好合

村书记儿子的婚礼，场面相当隆重。十多辆轿车把新娘接进家中。刘家大院张灯结彩，热闹非凡。音乐起，穿着漂亮的婚礼主持人闪亮登场：

"各位来宾、各位领导、各位先生、各位女士：
大家好！
阳光明媚，歌声飞扬，欢声笑语，天降吉祥，在这美好的日子里，我们迎来了一对情侣刘生先生和吕芳小姐幸福的结合……"

镇长、镇各站办所负责人，建设镇其他10多个村支部书记，一同前来喝喜酒。张志龙和其他村组干部前一天就来了，里里外外帮着忙活。此刻，新娘的脸上挂着幸福的笑容，而张志龙的心里犹如打翻了五味瓶。他趁人不注意，溜出大门，骑上自行车走了。

可惜好景不长，刘生和吕芳的婚姻还没维持一年，双方的缺点都暴露无遗，谁也看不上谁，整日吵架。无奈，只好协议离婚。没过多久，刘生举办了第二次婚礼。在一个风和日丽的午后，吕芳钻进停在家门口大树下的一辆豪华轿车，绝尘而去，嫁给了权安县的一个比她父亲吕向阳还大两岁的某局副局长……

辉河县属低山丘陵区，连绵起伏的群山把一个个小村庄装在腹中。农村家家离不开烧柴，砍木头烧火的几乎家家都有。听说林场或者林业站的护林员来了，家家怕得要命。

有道是"有心栽花花不开，无意插柳柳成荫"。一天，建设镇林场的护林员到富安村检查林业工作。张志龙是村里的团支部书记兼林业委员，这项工作理应由他负责陪同。可别小瞧这个护林员，他们的权力可不小！农村做个苞米楼子，整个檩条、做个车厢板儿，甚至烧火……跟护林员关系整明白了，这都不是事儿！夏天的小鸡，冬天的大鹅……这些他们都吃够了。他们有时三五个一起下乡检查，有时也"单打独斗"！今年包富安村的护林员叫刘振起，五十多岁，大高个，戴一顶绿色的军帽，一天到晚脸上始终自带笑容。以前张志龙和他并不相识。张志龙陪刘振起从四组到五组，后来二人又骑车来到六组，象征性地走了几家天就晌午了。几年前，马志荣把队长的职务给了三儿子马富，今天的午饭就安排在马富家。马富让老婆抓了一只笨公鸡炖进锅里。铁锅下的干木头火火势正旺，不一会儿，锅里就散发出让人垂涎的鸡肉味。

"干——豆——腐——，干——豆——腐——"，街上传来拉长音调的卖干豆腐的声音。这个"豆腐官儿"姓陈，是邻村的，四十多岁，身材细高，瘦得像个"刀螂"，在富安村卖了10多年干豆腐了。以前是骑着自行车卖，这两年条件好了，每天骑摩托车卖，他的豆腐又薄又筋道，豆腐味十足。富安村没有他不熟悉的。老爷们儿大姑娘小媳妇儿，都乐意跟他开玩笑。有时玩笑有点过头，说他"上大舅嫂炕"他也不急眼，总是"嘿嘿"笑着回你几句。听见声音，马富趿拉着鞋来到前街，先是跟他开了句玩笑：

"孩子他舅，今天咋才来？给我约二斤。"

陈"豆腐官儿"嘴也不软。他把摩托车停在路边，一边打开车座上的豆腐包，一边"回敬"马富：

"三哥，我昨天卖完豆腐回家，看你从下院鬼鬼祟祟慌慌张张地出来，是不又上你小姨子炕了？"

"快点给我约得了……"马富照着他的脖子给了一脖溜子。

约完豆腐，马富回到菜园子里摘几根儿黄瓜、几个尖椒，媳妇又炒了盘油汪汪的鸡蛋。一只刚下蛋的母鸡从窗台上稻草编的鸡窝里走出来，站在窗台上伸直脖子"咯咯哒，咯咯哒"骄傲地炫耀着，随后，从窗台一跃而下，一边在院子里趾高气扬地踱着方步，一边不停地继续叫着。刘振起、张志龙和马富三个人坐在炕上准备享受丰盛的酒菜。刘振起和张志龙脱去衬衫，只穿着跨栏背心。酒盅一端，政策放宽！马富把鸡头给刘振起夹到碗里，随后端起酒碗说："大哥，来，喝！"一口酒下肚，一个个辣得直咧嘴。这酒是村里的酒坊烧的，绝对够劲儿。酒过三巡，队长（组长，大家习惯这么叫）借这个机会总要替一些挨罚的左邻右舍和沾亲带故的求情：

"大哥，四麻子那个就算了，别罚了，就一根镐把，罚500，太多了……东头'奔儿喽头'媳妇儿都吓麻爪了，就整个凳子腿儿，老爷们儿没在家，不容易……你要罚钱，就得我给她拿！"

既然小鸡都吃了，总得给些面子的，但也得意思意思，多少拿点罚款，否则以后的工作没法开展。如此，工作也做了，还给了队长挺大个人情。队长护着百姓是应该的，否则，别说低头不见抬头见，以后小组里的工作也不好开展啊！

正吃饭的工夫，一个女孩儿嘴里哼着歌，由远及近走进屋内。张志龙和她四目相对，感到一股强大的电流在无形中碰出强烈的火花，直抵心房！女孩儿中等个儿，身穿一套洁白的裙子，浑身上下透着一股农家女孩儿特有的青春的美，淳朴的美，奔放的美，野性的美。她皮肤白皙紧致，秀外慧中，清艳脱俗，一双眼睛摄人心魄。不知怎的在她身上，张志龙竟发现了萧桐的影子。具体是哪，长相还是气质？张志龙也说不清楚。

"小莲，你'毛塞'挺长（有口头福之意）啊。炖的鸡肉，一会儿在这吃！"马富媳妇——小莲的嫂子——一边上菜，一边对小姑子说。

"嗯，好啊！好几个月没吃鸡肉了，真有点馋了！"小莲爽快地答应一声，把头转向炕桌，"哥——，家里来客了？"女孩儿脸微微泛红，问坐在炕上陪着吃饭的三哥马富。

"嗯。这个是林场的，你刘大哥！"他指了下正低头咬牙切齿跟一个鸡爪子较劲的刘振起。刘振起一边啃着鸡爪，一边朝女孩儿点了点头，算是打个招呼。汗水像小溪样在额头、喉头上滚动。

马富又向妹妹介绍张志龙："这个是你张哥，他家以前也在咱们队住。那个'大老张'，张会计就是他爸！"

张志龙和女孩儿相互点头致意。

刘振起今天喝得尽兴，三杯白酒外加两瓶啤酒。本来没啥事张志龙也打算多喝点，可看到小莲后，不知怎么，无论马富怎么劝，他只是象征地喝了一点儿，就再也不喝了。酒足饭饱，刘振起拿牙签抠了抠塞在亮闪闪的金牙牙缝里的鸡肉屑，非常客气地对马富的妻子说："弟妹受累了，谢谢啊！"

小坐片刻，张志龙陪刘振起骑上自行车，沿着两旁都是茂盛杨树的村路摇摇晃晃地走了。午后的阳光透过浓密的枝叶，把二人弯腰骑车的黑影投射在滚烫的沙土路上。

小莲跟三嫂一起吃饭，她一边吃一边假装若无其事地问："三嫂，那个张会计家还有这么一个儿子呢？我咋没印象呢？"

"他家搬回关里的时候他小学还没毕业呢，你更小，哪有印象！"

小莲"哦"了一声，沉吟片刻又问："他也在林场上班啊？"

"不是，听你三哥说，他在咱们大队当团支部书记、林业委员……哎呀，小莲，你今天怎么老是问他啊？是不看上他了？"

"三嫂……"，小莲"唰"地红了脸，举手拍了一下三嫂的肩头。

"哎呀！这你可瞒不了我！"三嫂笑着说。"我是过来人……不过，"，三嫂话锋一转，"这事儿可够呛！我听说，咱爹和老张会计之间不合，有矛盾，后来张会计是没法在咱这待下去了才又搬回关里的……你趁早死了这个心吧，咱爹不会同意的！"

"他们之间有矛盾，跟我俩有啥关系！"小莲直来直去。

"哈哈哈，这回露馅了吧？"三嫂朝小莲做个鬼脸，笑得把嘴里的粉条都喷出来了。

"三嫂，你真烦人，我不吃了！"小莲故作生气，把碗筷用力蹾在桌上。

"哎呀，三嫂跟你开玩笑呢！快吃！"说着，三嫂从桌上拿起小莲的碗筷，递给她。

"小莲，你要是真喜欢他，我帮你想办法。"

"啥办法？你快说！"

"瞧把你急的！"

"三嫂，你快点说吧！一会儿我给你刷碗……"

三嫂止住笑，一本正经地说："让你三哥找林场那个刘振起，让刘振起当媒人！"

"拐这么大弯，太麻烦了！他在哪住，我自己去找他！"

"哟哟哟，马大小姐还来能耐了，还'我自己去找他'！"三嫂学着马莲的神态和语气，接着又是一阵大笑。

"不过……"，三嫂皱了下眉头，话锋又转，"也不知道这小子有没有对象。前段时间听说他跟三队的吕芳处过一段时间，后来不道为啥黄了。现在不知道再处没处。"

窗外的菜园子里，蝴蝶在花丛中翩翩起舞，花儿在风中羞涩地低下了头。

马莲有五个哥哥、四个姐姐。生她的时候母亲已五十多岁了，她的大侄子都比她大一周岁。当时怀孕的时候，老马婆子总觉得磕碜，平时很少出屋。生下她的时候，如果来了生人，她急忙用破棉袄裹吧裹吧就把她塞到炕柜下面……这个老丫头打小就"破布缠腿"，无论远近，妈走一步她跟一步。后来上学了，放学回家要是看不见妈，她就放开喉咙使劲儿哭。

"别哭了，你妈上岭东你大姐家去了，一会儿就回来。"马志荣哄着这个老丫头。马莲急忙跑到门前往东山望，等看见妈妈的身影在山路上出现，就飞跑着迎上去……

马莲恋母，二十多了还走哪跟哪呢！晚上睡觉都得让母亲搂着……

马莲二十三四了，而两位老人已经七十多了，一直愁的就是老闺女的婚事。亲戚朋友介绍好几个，有当兵的，有工人，有大队书记的儿子，有万元户……马莲看了直摇头。有的干脆一点儿面子也不给，人家前脚进屋，她这边出去玩去了。有时还有点儿"不上线儿"，谁要说给她介绍对象，立马跟你急眼，把你骂得下不来台。

许是命中注定，马莲对这个书生气很浓，眉宇间又流露出男人的那种阳刚的张志龙一见钟情。在她心中,这就是她期待多年的"白马王子"。这天早上,她早早地起来梳洗打扮,左翻翻右翻翻,最后还是把那套白色的裙子套在身上,把马志荣老两口给造愣了。

"小莲,你这是要干啥去啊?"小莲妈盯着她一脸狐疑。

"我上……街里溜达溜达。"

"今天咋寻思上街了呢?买啥去啊?"

"没啥衣服穿,我想……去买件衣裳……"

马莲急匆匆吃完饭,推出自行车骑着就走了。老娘追出屋在后面喊:"街里人多,小心点啊!"

张志龙住在供销社的事整个村都知道。大家背后经常议论,这个张志龙挺不容易,两个哥哥,谁也帮不上忙……

从六组到供销社,骑自行车用不上20分钟就到了。快到供销社的时候,马莲觉得心"怦怦"跳得厉害,几乎要蹦出来,腿也有些不听使唤了,自行车渐渐放慢了速度。马莲笑话自己,就假装到供销社买东西,干吗这么窝囊!她脸红心热,把自行车停好后推开供销社营业室的门。屋里挺热闹,中间有个长条桌,周边围了一圈人。马莲走上前,看见他熟悉的那张面孔正手拿毛笔笔走龙蛇。马莲文化虽然不高,但是也能看出是结婚的喜联。马莲情不自禁地喊了声:"真好——",看见大家都在看她,瞬间脸就红了。张志龙抬头看见是马莲给他叫好,客气地跟她点了点头。

"这不是马队长的老丫头吗?有对象没?干脆嫁给张志龙吧!"

三组有位40多岁的老百姓跟马志荣家非常熟悉,知道他家的老丫头"不上线儿",一直没对象,就顺口这么说了一句。

张志龙和马莲的脸都在瞬间泛起潮红。二人相视一笑,算是化解了眼前的尴尬。

平时爱说爱唱的马莲最近茶饭不思,老两口很是纳闷,只有马莲的三嫂知道内情。她跟马富提起了这事,马富了解父辈之间的过节直摇头。架不住妻子的一再磨叽,他就跟老妈提起这事。老妈开始也是犹豫,奈何马莲态度坚决,说,今生非他张志龙不嫁!老妈心疼这个老姑娘,再说,上辈子之间的事不怨老张家,更牵扯不上张志龙。于是,一家人开始做老头子的工作。

马志荣乍一听这事，火冒三丈，他一把扯下头顶的蓝帽子摔在炕上："小莲，咱家找啥样的没有！你怎么偏偏看中这么个穷光蛋。这事没门儿，你就死了这个心吧！"唇上的那根毛气得直抖。

"爹，我告诉你，这辈子我非他不嫁！"马莲一转身哭着跑出去了。

马莲整日躺在炕上，也不梳洗打扮，也不起来吃饭，只是上厕所的时候才起来。老妈端着饭，怎么劝说她也不吃。老太太急得眼泪都掉下来了："小莲啊，你快吃点吧！你要把身体饿坏了，还让你妈活不了！"

马莲终日躺在炕上闭着眼一言不发，身体一天天消瘦憔悴下去，把老马太太急得不行，成天抹眼泪。老马头破口大骂："有能耐你死去！就当俺们没生过你这个不听话的丫头片子！"马莲扑棱从炕上坐了起来，从炕上拿起一把剪子，照着自己的左手腕使劲刺了下去，左腕立时鲜血直流。这突如其来的举动可把老两口吓坏了，老太太急忙找来一块手绢，哆嗦着给女儿缠上。老马头也被女儿的举动吓呆了，他赶紧跑到前院招呼三儿子马富。马富踹着摩托车，载着马莲直奔村里的诊所……

一看女儿态度这么坚决，马志荣只得让步了。通过打听，得知张志龙目前还没有对象，细了解，张志龙除了穷，口碑真不错。思来想去，过去是自己做的事缺德，根本不怨那个"大老张"，跟这个张志龙更是风马牛不相及。最终，马志荣勉强同意。他叹了口气，非常认真非常郑重地跟马莲说：

"老丫头，我告诉你，这可是你自己选的，将来受穷你可别埋怨别人！"

马莲态度坚决："爹，嫁鸡随鸡嫁狗随狗。这辈子跟他张志龙吃糠咽菜我认了！"

这天，马富骑自行车来到林场，跟刘振起提起这事，想让他来做个媒。促成一桩姻缘，多活十年。刘振起一听这事，二话不说，第二天就借工作之名，再次来到富安村，让张志龙陪他下到小组检查林业工作。

和煦的风在富安村轻轻地拂过。村路两侧是两排高大的白杨，阳光透过枝叶，在地面洒下片片斑驳。田间一眼望不到边的水稻和玉米绿油油的，在阳光下闪着耀眼的光泽。在村部通向六组的路上路过一条约10米宽的浅浅的小河，虽然浅，但如果不使劲儿蹬容易掉落到河中间，把鞋和裤腿儿弄湿。

在距离河边还有10多米远的时候，两个人一起加力，喊着笑着蹬着自行车过了小河，水里溅起两排水花……

在一个僻静的树荫下，刘振起从自行车上下来，招呼张志龙陪他推车一起走。

"志龙，上次在马队长家吃饭，我问你有对象没，你说没有，是吧？"刘振起脸上泛起微笑。

"哥，真没有！我穷光蛋一个，谁能看上我！"张志龙自嘲地笑了笑。

"我给你保媒，你能信着不？"刘振起面带微笑认真地说。

"哥，我这条件，没人愿意跟我受穷的！"情路坎坷，张志龙有些不自信了。

"跟你说实话吧，马队长的老妹妹马莲看上你了！咱这就是去老马家！"

张志龙心里"咯噔"一下，这太出乎意料了！上次见面，马莲是给他留下了深刻的印象。但是，和马莲处对象的事他是真的不敢想！人家老马家是当地有名的大户人家，怎么可能看上他！从山东来时，老爹曾特地给他讲过过去两家之间的一些矛盾瓜葛，再三叮嘱他，对老马家要敬而远之……

张志龙停住了脚步，双眉紧锁。他左手把着车把，右手挠了挠额头，说："大哥，谢谢您的好意。我这身份攀不上他们马家，算了吧！"

说完，调转自行车要往回走。刘振起一把拽住他的车把：

"嗳，志龙，你怎么能这样呢！咱又不是上赶着跟他家攀亲，是他家相中你了，是马莲相中你了！要死要活的，非你不嫁……昨天马富特地到林场来找的我！"

"大哥，跟您说实话吧。我爹跟她爸以前有些过节。老马头……那人……挺……"张志龙接下来的话没说出口。

"嗨——，那都是些陈芝麻烂谷子的事了，都多少年了，再说了，跟你俩有啥关系！我看马莲那孩子人不错，长得挺好看，还挺大方，你俩成亲保准没错！"

张志龙站在那里一言不发，目光定定地看着不远处微微起伏连绵不断植被繁茂如同着了黛青色的群山。山坡上的玉米，在阳光下闪着绿油油的光泽。

"志龙，听大哥的，别犯傻！上哪找这好事去。赶紧成家，也给你爸妈

一个交代。你还能在供销社待一辈子啊！"刘振起跟张志龙接触时间并不长，今天才是第二次见面。第一次接触，刘振起就对这个长相英俊一脸正气的张志龙有好感。当时他就想，找机会帮帮这个小伙子。现在，马家主动找他帮忙，这可是千载难逢的机会。

刘振起的话戳中了志龙的痛点！想起老爹老娘期盼的目光，张志龙的心里如刀扎一般！是啊，一晃离开爹娘已经四年多了。他心里十分愧疚：都怪自己完蛋，把学费弄丢了，到现在都没有脸回老家……张志龙鼻翼翕动，不觉湿了眼睛。

刘振起说服了张志龙，二人重又骑上自行车，走在去往六组的泛白的滚烫的沙土路上。两个人骑车有说有笑地不一会儿的工夫就到了。由于有过多次爱情经历，加之对这次"相亲"是对方积极主动，所以张志龙反倒没觉得紧张。马志荣家的房子最少得有五六十年了，黄泥稻草墙面，房顶的稻草由于多年没重新苫，已经变成黑色的了。房檐下挂着一串大穗苞米，还有一串红得发紫的辣椒。窗根儿前那个小塔一样的烟囱正冒着青白色的烟。

"来了大兄弟，快，炕上坐！"七十多岁的马志荣头上戴一顶蓝色帽子，挺精神。

老马太太个子不高，头发梳得一丝不苟，没有一丝凌乱，一根根银丝一般的白发在黑发中清晰可见。微微下陷的眼窝里，嵌着一双深褐色的眼眸。脸上条条皱纹，悄悄诉说着岁月的沧桑。说话间，老太太已经把事先沏好的茶水倒在两个二大碗里，放在两人坐着的北炕炕沿上。

两位老人上一眼下一眼左一眼右一眼地看着张志龙，老马头的脸上看不出任何波澜，老太太眼神里流露着满满的欢喜。他们简单打听了下张志龙老家的一些情况。马莲的脸庞泛起红晕。她今天显得有些紧张，给两个人倒水都洒到碗外面了。

小坐片刻，刘振起给张志龙递了个眼色，张志龙心领神会，他问马莲："菜园子里有黄瓜吧？我去摘一根儿吃。"未待马莲回答，他已转身出了屋。

篱笆围起来的菜园子里结满了又嫩又长的豆角，紫得发亮的茄子，青里透红的西红柿，小灯笼似的青椒，胖娃娃般的冬瓜，细长的藤蔓上面缀了鲜绿色的黄瓜，远远就可以闻到诱人的清香！他轻轻地翻开绿叶，挑中了一根粗细均匀的黄瓜，用手掌抹去上面的毛刺，咬一口，一股清香沁人心脾。一只蜜蜂在园子里嗡嗡叫着飞来飞去。

"大兄弟，你跟小张说，"张志龙走出屋后，老太太对刘振起说，"咱家啥也不图，就相中他这个人了。你问问他相中咱老丫头没？"

"行，我去问问，肯定没问题，上哪找这么漂亮的姑娘去！"刘振起心里有底了，起身走出屋，进了菜园子。张志龙正在黄瓜架下吃着黄瓜。

"那面同意了，啥说道没有。你相中人家没？"刘振起的眼里流露出难以掩饰的喜悦。

"嗯——"张志龙一边吃着黄瓜一边点头，顺手从黄瓜架下摘一根顶花带刺的黄瓜递给刘振起。

刘振起吃完黄瓜进屋回复马家了，亲事就这么定下了。

事有凑巧，住在外村的马莲的二哥、二嫂、二姐、二姐夫，在根本不知情的情况下拿着东西回家看望二老来了。二姐目光比较犀利，她上上下下打量着张志龙，问：

"你在大队一年能挣多少钱啊？"

她的目光让张志龙觉得很不自在："哦，没多少，一年一千多块钱。"

"你结婚，你爸你妈能管你不？能给你拿多少钱？"

"他们年龄大了，管也管不了多少。"

张志龙的话里有些不满的味道。不管咋样，两位老人十分高兴，他们吩咐儿女和姑爷抓只芦花大公鸡，款待媒人……

老马家就是照着张志龙一个人定的亲，家庭条件、房屋……全不考虑。相处了一段时间，双方都认可，也就省了"会亲"之类的说道。下一步该考虑结婚了。结婚总得有个落脚的地方，张志龙跟村书记说明此事，刘书记答应把一间闲置的窑洞借给张志龙当新房。快上秋的时候，张志龙把行李从供销社搬到村大队部。买回了生活必需品，把窗框和门框用蓝油漆粉刷一新，小屋布置得井井有条、干干净净。马莲怕凉，张志龙找人特地在窑洞里盘了一铺炕，中间打个间壁，安个玻璃窗和门，外屋搭了一个灶台，这样冬天能暖和不少。

第二十三章

随着一场凌厉的寒风吹过，村庄立刻变得清瘦了。那条小河像一条白色的飘带静静地铺在村边，枝杈此时渐露峥嵘，幽幽的街巷一眼便望到了头。

1992年刚入冬，马家就找人选了结婚的良辰吉日，最终把喜日定在了农历的十月十六。听到这个日子，张志龙浑身一激灵——这是四年前他在学校和萧桐定的那个相见的日子啊！

既然婚期已定，该买的必须买该准备的必须准备。虽然女方就照着张志龙一个人给的，但成家立户必须有的东西是无论如何也不能将就的。张志龙跟好朋友秦世忠、王秀山、杜志伟等人借了3000块钱，又找到二哥，二哥说手里没钱，出去给借了1000块钱。张志龙买了一套深灰色组合家具：炕立柜、角柜，梳妆台。到辉河县买了一台17英寸的"熊猫"彩电，一台"长江"音响。彩电放在角柜上，音响放在梳妆台边上，小屋立刻上了档次。剩下的一些零零碎碎就好说了，缺啥就到供销社去取，没钱就记账。

十月十六，在张志龙的些许期盼些许忐忑些许紧张中到来了。早饭后，两辆轿车载着一个接亲婆和两个伴娘就从三组向六组出发了。为了让志龙节省，老马家偌大个家族就安排四五个人送亲，两个轿车就够了。马莲的几个哥哥姐姐根本没看好这桩婚事，二哥马壮，三哥马富和二姐马珍、三姐马杰作为娘家客代表，参加了这个简单不能再简单的婚礼。一切按马莲说的，能不买的不买，能不浪费的就不浪费，一切从简。两人连个结婚照都没照。窑洞的窗户上贴着一个红红的"囍"字，院内摆好了迎亲的鞭炮。婚车驶入大队部院内，鞭炮响起。张志龙上前一步打开车门，把新娘子接下车。走进房门时，有人递给志龙一个秤杆，志龙把新娘子的盖头挑下来搭在门上。左邻右舍帮着在村部大院搭好了灶台，几块木头桦子在灶台下火势正旺。小院里烟雾缭绕，倒也十分热闹、喜庆。反正都是一个村的，平时早都熟悉，加上张志龙的父母都不在跟前，所以也不分什么娘家客不娘家客了。大队干部、志龙的二哥二嫂，三哥三嫂和几个要好的朋友，一共摆了三桌酒席，大家顶着不大的雪花在院里吃着喜宴，喝着喜酒。张志龙今天特别精神，前一天在街里用发胶做的发型。不管什么东北风西北风，绝对一丝不乱！身着一套笔挺的蓝灰色西装，白衬衫，扎着红色的领带，左胸前别着喜庆的胸花，脚下一双锃亮的棕色皮鞋。马莲也烫了头，头上插着花，红呢子西服式上衣，里面是红色绸缎面棉袄，红呢子裤子，红色的高跟皮鞋，显得精神、喜庆。志龙拿着一瓶喜酒，挨桌给客人敬酒。

如此大的喜事张志龙却没告诉父母——老儿子结婚，爹娘哪怕卖了仅有的一头毛驴，或者仅有的小麦，多少也会给拿些"礼金"的，可这正是张志龙顾虑的！的确，自身生活都难以维系，又拿什么给儿子寄结婚的"贺礼"啊！一间窑洞，一铺炕，两套被，简单得不能再简单。恰巧，正赶上村里电网改造，停电。新婚的晚上，洞房里点着花烛——真正的"洞房花烛夜"！

东北的冬天天短夜长，忙忙活活不知不觉天就黑了。张志龙的两位哥哥、嫂子都在志龙这，借着蜡烛，一家人吃了顿团圆饭。饭后，二嫂三嫂帮着把婚被铺好，随后借着月光各自回家了。马莲把他们送到屋外，志龙一直送他们到路边。

初冬的夜晚来得特别早，路上已经不见一个行人了。路边，有一排高大挺拔的白杨。此刻，圆圆的月亮正挂在树梢上。张志龙轻轻抚摸光滑的树干，对着老家的方向，他心里犹如百爪挠心。微风一吹，酒劲儿上来了，他"哇哇"吐了满地。此刻，他说不清自己心里是什么滋味。思念、喜悦、忧伤，还有一丝新婚的紧张。他使劲儿捶打着树干、捶打着前胸，抓挠着自己的头发。四年前的今日，在高平县第三高中校园那棵白杨树下，紫丁香前，在同样的月光下，他曾和萧桐约定，无论身在何方，无论从事什么工作，在今天，他们都一定要回到母校，来到那棵象征他们神圣爱情的紫丁香前，谁

知命运和张志龙开了个天大的玩笑——他不可能兑现当初那个诺言了！他在心底一次次地默念：萧桐，对不起了！

那轮满月在瞬间变得模糊……

新房里静悄悄的，红红的蜡烛闪闪跳动着。圆圆的月亮像个银盘挂在空中，皎洁的月光从窗口洒满小屋。窗外的月色是这样的柔和，思念却是如此的沉重。淡淡的，静静的，萧桐含笑的面庞以及爽朗的笑声在张志龙脑海、耳畔如洪水般席卷而来。

张志龙心事重重地坐在新房梳妆台边的椅子上。他百感交集。爹娘这时候应该躺下睡觉了吧？也不知道二老的身体最近怎么样。年龄越来越大，本就债务缠身，再给四哥成婚，肯定又欠下不少饥荒……四哥结婚了，那个还没见过面的四嫂不知道对爹娘好不好？张志龙眉头紧锁，烛光下，他白净的脸庞显得有些冷峻。梳妆台上的两根红烛燃烧着，流下滚烫的泪。

"你怎么了？不高兴吗？"妻子坐在婚被上，在烛光下更显楚楚动人。她红着脸羞涩地看着自己心爱的丈夫。

"哦，没事儿，大喜之日我想家了，想……俺爹俺娘了……"

"那就过几天回去一趟，我跟你回去。"

张志龙感激地点了点头。

张志龙在锅里打出半盆热水，从水缸里舀了半水舀子凉水兑里，伸手在水里试试温度，觉得适宜，端进屋放在炕下。炕很矮，马莲坐在炕上脱下袜子把脚伸进水盆里。志龙脱去袜子，也把脚伸进水盆……

时间不早了，妻子摘去头上的发簪，羞红着脸躺进被子里。张志龙脱去衣服，也钻进被窝，以青春的火热狂热地爱抚着妻子。但，他属于"生牤子"，根本不懂男欢女爱之事。他趴在妻子光滑的肚皮上，摸索半天，脊背上已经热汗淋淋，却始终找不到打开那扇幸福之门的钥匙。妻子也是第一次经历，也不懂男女之事。凭直觉，她觉得下身燥热难耐，于是，凭借生理需求自然而然地引导着志龙。就在志龙刚闯入那个神秘禁地的时候，烛光下的妻子脸上现出痛苦的表情。志龙马上停止了动作，心疼地说："怎么了？疼吗？"志龙想从妻子身上下来，妻子的裸露的光滑而丰腴的胳膊从后腰处死死环住

了志龙，并示意他继续。志龙受到了启发，加大了力量，加快了速度，二人
很快达到幸福的巅峰……

破阵子·新婚感怀

并无张灯结彩，
没有月下花前。
洞房一间红烛照，
尺余白雪饰房檐。
相思挂腮边。

尝遍酸甜苦辣，
默默相守无言。
颠沛流离招冷眼，
不离不弃心相连。
携手共百年。

大红灯笼西山挂，相思无限写满天。

转眼，张志龙离开山东离开萧桐已经整整四年了。其间，张志龙也曾多
次想与萧桐联系，可他寄人篱下，连住的窝都没有连饭都吃不饱，怎么好意
思和人家联系！便一次次地打消了这个念头。张志龙常想，萧桐当初说等他
一辈子的承诺，只是不谙世事的年轻女孩儿一时头脑发热一时冲动说出的话
而已，不必当真。时间在变环境在变一切都在变，人心怎么可能不变。人家
在大学肯定得有许多追求者。像她二叔所言，大学毕业到国外留学、生活，
对人家来讲实在是太容易了！人家啊，可能早把你这个穷小子忘到脑后了。

然而，张志龙怎么可能知道，萧桐在聊城师范学院毕业后并未出国，而
是回到母校任教。那棵爱的幼苗，经她四年多的精心呵护精心灌溉，如今早
已长成了参天大树。1992年9月，萧桐如愿回到母校任教。

就在张志龙结婚的前夜，萧桐彻夜未眠！二人分开整整四年了，明天就是两人四年前约定见面的日子。她的心好忐忑、好激动。她躺在床上辗转反侧。她觉得这个夜晚实在太漫长了！她趴在被窝里一次次看表，本以为快天亮了，然而，还没到半夜。她盼着时针一下子转到天亮。她想象着张志龙的模样，黑了还是瘦了？胡子更浓了吧？会穿什么衣服？一定是西装，扎个漂亮的领带！他穿西服一定很帅！几天前，她特地到商场买了一条红色的领带，放在她的小包里——她要把它作为礼物送给心上人。张志龙会给她买礼物吗？能买什么呢？家里困难，千万别买贵重的东西！我啥都不要，我只要你！你就是我今生最好的礼物！

第二天，萧桐早早地起来梳洗打扮。上身是新买的粉红色夹克上衣，下身是一条黑色的笔挺的西裤，足蹬黑色的半高跟皮鞋。立冬时节，已经有些凉意了，萧桐里面套了毛衣毛裤。新洗的头发吹过之后洒上几滴张志龙喜欢的香水，嘴里哼着动听的歌儿。

爸妈不住地上下打量，父亲给老伴儿递了个眼色："小桐今天怎么打扮得这么上心，是不处对象了？"

萧桐急忙扒拉一口饭，就挎上包戴上手套，骑上自行车上班去了。她家就住在县城，离学校也就10多分钟的路程。头顶翠绿的杨树叶子闪着银光在晨风中轻盈地舞蹈，自行车车轮轻快地在清晨洒满阳光的柏油路上转动。

当初二人只定在今天见面，却未定具体时间。她骑车来到校园门口，早有一辆崭新的轿车在门口停着，一个风流倜傥的男人打开车门，手捧鲜花微笑着向她走来，她定睛一看，正是朝思暮想的张志龙！他们幸福地拥抱在一起……这样的场景在萧桐的脑海里不知想象过多少遍。她多么希望这幻想马上就能变成现实啊！可她觉得自己的幻想太幼稚可笑——张志龙的境况她不是不了解，怎么可能有车！但这并不重要，他即便还是骑着当初上学时的那辆破自行车，她也不会笑话他的……她骑车来到校门口，左右看了一眼，并没有她想象的轿车或者自行车，只看见学生们正三三两两地从校外走进校内。张志龙可能不会来这么早，这时候可能正跟家人吃早饭呢。谁像你，这么急！

萧桐把自行车在教师办公室门口的大树下停放好后，径直向学校的西南角走去，她几乎听见心脏怦怦跳动的声音——或许，张志龙先行一步，已经在大墙边的白杨树下、紫丁香前等她。然而，笔直的白杨树下，除了在立冬节气中显得有些枯萎、萧条的丁香花枝外，并无一人。

在焦灼的等待中上课的铃声响了，她心不在焉魂不守舍，这堂课上得稀里糊涂。她根本不知道自己跟学生讲了什么，以至于学生面面相觑。外面有脚步声，她多么希望学校的门卫或者同事来找她，告诉她，萧老师，外面有人找。或许，他一定是订好了饭店，一会儿让人通知她中午到某个饭店见面。但是，阳光已经从正南的窗户射进了教室，学校午饭的铃声已经响起。她又一次失望了。

张志龙啊张志龙，你跟我俩玩什么深沉！等我见到你的，非狠狠地掐你一把不可！

哦，对了。当初分手的时候是晚上月圆之时，张志龙一定是等晚上月亮爬上树梢才来！

萧桐又开始急切地盼望天黑。

月亮升空了，萧桐的心扑腾扑腾跳得厉害，好像要从喉咙里蹦出来。她一次次用手平复这颗滚烫的火热的躁动不安的心。

在无限期待无限煎熬中学生们已经下了晚课，喧闹一天的校园终于沉静了。可萧桐的心却始终不得安宁。那轮皎月已经爬上了树顶，还是不见张志龙的影子。萧桐急得都要哭了：张志龙，你搞什么鬼！难道，你忘了今天是咱俩定好的见面的日子了吗！

萧桐在白杨树下徘徊、伫立了很久，晚风轻抚着她额前的秀发。学校的大门已经关上了。已经很晚了，萧桐确认等不到张志龙了。今晚不回家了，就住在宿舍吧。

其实无论是在家还是宿舍，这个夜晚，注定彻夜难眠。她的眼睛哭肿了，枕巾一次次地被泪水浸湿。她不明白，张志龙到底为什么失约。张志龙坚毅、果敢、诚实，能吃苦耐劳，以她对张志龙的了解，他一定是遇到什么特殊的事儿了，否则，他绝不会辜负她的！是不是火车晚点了？再就是客车坏在半道，耽误了行程？

在焦虑不安中又度过了六天，张志龙仍然音讯皆无，萧桐实在沉不住

气了——她担心张志龙出了什么意外。周日，她打算到张志龙的家看看。高中的时候，她听志龙提起过他住的村子叫小张庄，也知道张志龙父亲的名字，尤为重要的是，也想好了她出现在张家的方式。这天，她早早地骑着自行车，满腹心事地走在那条通向小张庄的路上。路过徒骇河河堤边的那片白杨，萧桐不由得想起了那个下雨的周末，她坐在张志龙的自行车上，那晚，他们同床共枕……她不禁脸红耳热。

站在河堤上四处眺望，一望无际的麦苗在微风中轻轻浮动，广阔的麦田铺上了鲜艳的地毯。

学校距小张庄二十多里，用不上一个小时就到了。村口的那棵粗壮的老槐树，给人一种历经沧桑的感觉。有几个老人坐在从自家带来的小折叠凳子上，倚着墙面对着暖阳聊天。这个节气当然多少有些凉意，否则就是对"立冬"的不尊！但这个时节的风是虚张声势，吹动一下你的衣襟就匆忙跑掉了。萧桐下了自行车，向老人打听张志龙家。因为张志龙生在东北，在关里没待几年，上学住校，放假又几乎不出屋，很少和乡邻接触，这个村又几乎都姓张，所以，提起张志龙，大家你看看我我看看你，都摇头。

"他家哥们儿多，好像……哥五个……"萧桐急忙补充说。

"你说的是张凤池家老五吧？"一位老人对旁边的几位老人说，"她说的肯定是张凤池家的老小子，听说，他好几年前回关外了，这几年一直木回来……"

萧桐火热的心被泼上一盆凉水，说："大爷，那……他家在哪？"

"从那个墙角拐过去，"老人指着前面那面高低不平的土墙，"往右边走，过了学校大门，第一家就是……"

"谢谢您，大爷！"萧桐急忙点头致谢，按老人的指点，顺着破旧的土墙推着自行车走了过去。在破旧的大墙内，几棵梧桐树枝繁叶茂，有几片硕大的枯黄的叶子随风飘落在地上。学校的大门右边墙上，白底红字"小张庄小学"的字迹早已模糊不清。马上就到张志龙的家了，萧桐的心有些忐忑。她把自行车支在大门外，轻轻推开了这扇比较沉重的木板门。院子不大，还算整洁。三间正房，平房，土坯墙外面抹了一层白灰，白灰剥落的地方露出里面的黄土。牛棚里拴着一头老乳牛，一个六十岁上下的高个子男人背对着萧桐正在给水泥槽子里倒精饲料，然后拿起一根木棍在槽子里搅拌。这一定是张志龙的父亲。萧桐猜测。

男人放下木棍，拍掉手上沾着的草末，回身看见进来一个漂亮的大姑娘，当时愣住了。

"大爷，您好！"萧桐急忙点一下头打招呼。

"你是？"

"哦，大爷，您是张凤池吧？我是咱县里民政局的，到咱家里看看。"

站在萧桐面前的是个典型的山东大汉：一米八的个子，身穿有些老旧的青布棉袄棉裤，短短的花白胡子显得特别精神，头上包着一块雪白的毛巾，白毛巾下是棱角分明的一张晒得干黑的脸。那一对深陷的眼睛特别明亮，与他的年龄并不相符。

"民政局的？"老人一脸茫然，"你……有事？"

"是这样的，听说您家……困难，领导让俺下来了解一下情况。"

"哦……快快快，屋里坐……"张凤池连忙把她让到屋里。

跨进门槛，萧桐四下望了一眼。土墙及挂在墙上的笊篱、饭勺，灶台及灶台上的菜板、菜刀……虽然年头有些久，却十分整洁，排列有序。尤其菜板，用一块白色老粗布盖着……

"家里寒酸了点儿。"老人掀起东屋的门帘子，让萧桐进屋，冲着躺在炕上的老伴儿喊，"老蒯，甭躺着了，来客人了！"

炕上躺着的老人急忙起身，揉了揉眼睛。打扮时髦长相漂亮的萧桐让老人有些惊诧。她急忙从炕里挪下地，那双脚在地下有些慌乱有些害羞地探进鞋里。她用疑惑的眼神看着丈夫："这个妮儿……是谁啊？"

萧桐的目光落在炕上的老人身上。这是个看上去六十岁左右的女人，头戴一块有些年头的蓝色老粗布头巾，一绺花白的头发遮住了脸颊，直起腰的瞬间老人顺手向后捋了一把头发。自家出品的老粗布黑色斜襟盘扣棉袄和略显肥大紧腿的黑色免腰棉裤包裹住老人瘦小的身躯……萧桐猜测这一定是张志龙的母亲。她心底莫名升起一股亲切——在她心中，老人已然就是自己未来的婆婆。她急忙上前搀扶老人下地，说：

"大娘，俺是民政局的，俺叫……丁香，到咱家了解下情况。"

老人本来有些呆滞的目光此刻有些诧异，她显然对这个"大干部"的突然造访没适应过来，站在地上双手搓着腰间的围裙手足无措。这时，张凤池已经给"丁香"倒了杯茶水，招呼"丁香"坐下。

萧桐接过茶杯，她把它当作是张志龙用过的，轻轻呷了一口。喝水的同时，眼睛快速地朝房间四处浏览了一下。炕梢处有个老式的炕柜，柜上整齐叠放着几套老粗布被褥。夏天卷起来缠在窗沿上面遮挡窗户的塑料布从窗口上垂落下来。阳光透过塑料布从方格本一样的木条窗射进屋内，在老人苍老憔悴织满蛛网的脸上留下阴影。蓦地，贴在西墙上的一张黄红相间的旧奖状引起萧桐的注意。她睁大眼睛，站起身走近奖状，奖状上的字勾起她无限遐想：

张志龙同学

　　你在全县作文竞赛中荣获第一名，特发此状，以资鼓励。

　　　　　　　　　　　　山东省高平县第三中学（章）

　　　　　　　　　　　　1987年6月22日

"俺家老五作文不孬，全县第一！"张凤池看萧桐关注这张奖状，面露微笑，不无得意地说。

"哦，好厉害啊！"萧桐故作惊讶，"那他现在在哪？"　好不容易抓住"张志龙"这个话题，借着这个话题萧桐连忙问道。

"唉——"提起儿子的现状，张凤池脸上的得意瞬间消失了，"实不相瞒，俺也搞不清！"

"怎么会这样？咋回事哩？"萧桐一脸茫然。

"俺家老五懂事儿。"张凤池叹了口气说，"咱家困难，上高中那会儿，学校要交20块钱的学费，他回家里坐着吃饭就是不吭声。后来俺一问，才知道这个事儿。他哭着跟俺说，不念了……"

"他数学不好，怕考不上大学让人笑话，就去了东北——那面分数线低！唉，真不怕你笑话，为了凑够学费，俺低三下四地求了十多家！刚到东北往家里来封信，说那里挺好……"

"那他……现在怎么样了？干什么呢？结婚了吗？"萧桐有些紧张，一连串地问了好几个问题。

"这个熊孩子，"张凤池的老伴儿站在一旁开了口，语气里满是责备，"前年来封信，说挺好，不让俺们挂（惦记）着。在那边干嘛也木说……"

"结婚……好像木有，信里木说这个事儿。"张凤池补充说。

听到这话，萧桐多少有些放心了。

萧桐怕二位老人疑心，急忙换个话题："哦，是这样，俺们领导听说恁家里困难，让俺来了解一下。"她从包里拿出笔和本，假装民政局工作人员，对老张家的情况进行了解并记录。在了解了张家的一些情况后，她插上钢笔帽儿，合上笔记本，把笔和本一起放进包里，顺手拿出100块钱，"咱家的日子确实挺紧巴……这样，民政局临时救助恁100块钱。俺回去再把恁家的情况跟领导汇报一下，争取每年都给恁家救助……恁家的地址和姓名俺都记好了，以后可能会通过汇款的方式给恁。记着，别跟旁人说，免得别人眼红！"说着，把100块钱递给张凤池。

"妮啊，太谢谢你了！也替俺谢谢恁的领导，真是党的好干部！"张凤池听说是民政局的救助，也就没客气，接过钱递给老伴儿。"孩子，你甭急着走，叫你大娘给你做饭！你大娘烙的饼，在咱庄里是这个！"张凤池竖起大拇指，刚才消失的喜悦重又挂在脸上。

"不了不了，俺回去还有事儿……"萧桐从张家出来，老两口一直送到大门口，看见她骑上自行车走了，才返身回屋。

带着失落、惆怅和迷茫，萧桐骑着自行车慢慢地往回走。来到张志龙的家里，也没搞清张志龙到底在哪，上没上大学，还有最重要的是，结没结婚。不过，有一点她可以肯定，张志龙一定是有什么难言之隐。她多么希望张志龙能马上出现在她面前，哪怕他一无所有，她都会义无反顾地嫁给他，和他一起打拼，共同承担生活的风雨。

第二十四章

结婚刚刚一周的张志龙商量妻子，要领她回山东老家看看。马莲十分通情达理，拿出结婚收的1500块钱礼钱，担心不够，又回娘家跟爸妈要了1000块钱。马志荣让老伴儿给准备了些松树伞蘑菇、木耳，让马莲给老公公张凤池一家带好。

领着媳妇回老家，张志龙同样也没告诉父母——他要给家人一个大大的惊喜。

一搭上归乡的火车，张志龙的心就像出笼的鸟，扑扑棱棱飞到徒骇河的臂弯里，飞到杨柳叠翠的小河畔，飞到小小的院落……经过一天一夜的颠簸，第二天天色微明时，火车驶入齐鲁大地。窗外的平原，一马平川地铺开。这一片高天厚土，没有江南的河湾交错，没有塞北的黄土高坡，没有东北的崇山峻岭茂密森林……然而，这片平原总是默默抚慰张志龙的心灵。他听到了细细的微风卷过枝叶的声音，简单而又动听；他感觉到了大地脉搏跃动的声音，低沉而又浑厚。

在禹城下了火车转乘汽车。张志龙伏在窗口，贪婪地、忘情地阅读着鲁西平原的初冬。十月的苍穹，那样的深邃、空阔、高朗，几只大雁横过蓝空。圆圆的麦秸垛下，三五只母鸡悠闲地刨着……

离家越来越近了，张志龙的心激动得"怦怦"直跳。"咯吱——"当他推开那扇沉重的木板门迈进院时，父亲正拿着筛子筛牛草。仅仅四年，岁月漂白了父亲的头发，催老了他的模样：脸黑了、瘦了、皱纹多了。看见张志龙他们进院，老人顿时愣住了，眯着眼睛仔细端详了一番，当看清是日思夜想的老儿子时，扔下筛子，上前一步一把将老儿子抱在怀里。张凤池老泪纵横："俺的儿啊，这些年过得好不啊？……"此刻，张志龙多想伏在父亲宽厚的肩上，跟父亲说说这么多年生活的不幸和艰辛。那个"哇——"的哭声已到喉咙，被他强行吞咽下去……他松开拥抱的双手，故作高兴地跟父亲说："爹，您看，我挺好的！"陶秀英闻声扶着门框蹒跚着从屋里走了出来。

> 我不知道
> 岁月究竟多么沧桑
> 只知道
> 它一年年地
> 压弯了母亲的脊梁

> 我不知道
> 秋风究竟多么凄凉
> 只知道
> 它一月月地
> 吹皱了母亲的面庞

> 我不知道
> 冬雪究竟多么匆忙
> 只知道
> 它一天天地
> 染白了母亲满头的银霜

> 我不知道
> 思念究竟是一张多大的网
> 只知道
> 母亲的慈祥

一夜夜地

走进孩儿的梦乡

　　四年未见，陶秀英苍老憔悴了许多。老人扶着门框站着，蓬乱的头发像秋日田埂上的荒草。由于思念儿子过度，终日以泪洗面，如今，那双眼睛已看不清人了。老人家擦擦昏花的眼睛，问："他爹，你跟谁拉呱（说话）哩？"老人仰着脸朝院里望着，在傍晚的阳光照射下，眼前模糊一片，根本看不清自己的儿子。张凤池叹了口气，对志龙说："你娘想你想得眼睛都……看不清人了。成天价站在村口望……"张志龙内心极度愧疚，极度悲伤，他赶紧上前一步，一把把瘦小的老娘使劲儿搂在怀里，泣不成声地喊了一声："娘——，我是您的老儿子，志龙！"老娘伸出那双皲裂的手，反复抚摸着儿子的头发、额头、眉毛、眼睛、鼻子、嘴巴……当确信是自己的老儿子时禁不住放声大哭："俺的儿啊，这些年你在哪了？怎么也不来封信啊！……"

　　"娘——，都是儿子不好，这么多年……让您……挂着了！"志龙泣不成声，泪如雨下。

　　"今天是高兴的日子，快都别哭了！"

　　张凤池使劲儿拍了老儿子肩头一下。

　　五弟回来了，老四张志波急忙骑上摩托车去镇上割肉，顺便到小王庄告诉妹妹妹夫——你五哥回来了。不一会儿，大哥大嫂领着几个孩子来了，大哥从鸡架里掏出一只二三斤重的母鸡……

　　大嫂、四嫂、妹妹忙着烧火做饭。晚饭开始了，陶秀英让老四把吊在房梁顶上的一个柳条筐拿下来，接去盖在筐上的老粗布。盘子里的半盘火腿肠、半盘炸鱼都变色了——那是几天前家里来客人吃剩的……一家人聚在一起你一言我一语地一边吃饭打听着东北的一些情况。张志龙眉飞色舞专挑好听地说。马莲把父亲的心意转达给老公公。张凤池特别高兴，端起二钱的酒盅一饮而尽！老娘一个劲儿给老儿媳妇夹菜，一个劲儿地用昏花的眼睛盯着老儿媳妇看，把马莲看得都不好意思吃饭了。

　　阔别四年，张志龙领着媳妇回到老家的事儿，无疑成了小张庄的新闻，成为人们茶余饭后街头巷尾议论的话题。

"凤池家这个老五挺能（厉害）啊！木用家里一分钱就信（寻，娶的意思）个媳妇。"

"咱庄里现在有十二个媳妇，都是从四川花好几千块钱信来的，看看人家！"

"可不是！这个老五打小就仁义！"

……

张凤池老两口乐得合不拢嘴，逢人就夸儿媳妇漂亮，夸自己的儿子"能"。实际上，老儿子在东北这几年的遭遇，他们一点儿也不知道。只知道老儿子现在成了村干部，比当初张凤池这个小队会计还高出一格，他们引以为豪。

张志龙在父亲和两个哥哥的陪同下，第二天就买些火纸（相当于东北的烧纸），拐过前面的破败不堪的校园，向西边的枣林走去，祭拜张家的先人。

随后，张志波驱车，载着张志龙来到了高平县第三中学。恰逢周日，学校十分肃静。四哥和学校门卫说明情况后，门卫老大爷打开铁大门的角门，让他俩进入。入冬的校园显得有些冷清。校园梧桐树下落满了硕大的枯黄的叶子。张志龙快步走到他当年的那个教室。整整四年过去了，教室的窗户和门焕然一新，但还保留着当初的蓝色。张志龙顺着窗户玻璃向里观看，桌子也都换成新的了。他找到了自己的座位、萧桐的座位。他看到了班主任田世玉站在讲台抑扬顿挫地讲课，他听见了萧桐朗朗的笑声……他恋恋不舍地离开教室，转向大墙内的那几棵白杨。白杨依然粗壮，依然保持鲜绿的叶子。微风中那几株丁香树没了鲜花盛开，没了香气扑鼻，稍显落寞。张志龙并不知晓萧桐就在这个学校任教，所以，四处看看后就怀着无比复杂的心情离开了这个带给他无限美好无限希冀的高中校园。

在家人的陪伴下，张志龙和妻子又马不停蹄到姑姑、舅舅等亲戚家串门。一晃，六七天过去了。

马莲长这么大第一次离开老妈这么久而且这么远，有些想家了，于是，一周后，张志龙和妻子就要返回吉林省了。张凤池知道儿子不能住太久，前

一天就让老四张志波套上牛车，从仓房的粮囤子里装了两麻袋小麦，拉到前村的面粉厂，兑换了200块钱现金。

离家的早上，大哥大嫂妹妹妹夫都早早地来到家中。老太太想做点好吃的，张志龙对老娘说："娘——，在东北就馋您熬的白粥，咱就喝白粥吧！"熬白粥，那还不容易。四嫂点着了灶坑，大嫂往锅里添水……锅里冒气了，锅面上漾着晶莹剔透的"汁层"，锅沿边爬着薄如蝉翼的"锅巴"，绵密浓稠，清香。家人围坐在桌前一起吃早饭。在暖暖的白色烟气里，就着清淡爽口的小菜，张志龙"双手捧碗，缩颈啜之"，慢慢悠悠，且带些声响。这热乎乎的一碗白粥，吃进肚里，人也就元气满满，感觉分外踏实，让脾胃得到最温柔的抚慰。

要启程了，陶秀英把手里攥成卷状的两张百元钞票塞给儿媳妇马莲：

"老五媳妇，咱家困难，这俩钱儿甭嫌少，拿着路上买瓶水喝！"

待了数日，马莲对婆家的情况早已了然于胸，她说啥也不拿：

"妈，我不要，您留着买点好吃的，俺们不缺钱！"双方你来我往僵持不下，张凤池急了，阴沉着脸，平生第一次十分严厉地训斥老儿子：

"老五，听话，快点儿拿上！"张凤池把钱硬是塞到老儿子的上衣兜里。每个哥哥结婚，老人东挪西借的确都花了不少钱，志龙结婚，父母何尝不想给最心疼的老儿子拿出两千甚至两万呢！张志龙执拗不过爹娘，当他揣着这沉甸甸的200块钱转过身踏上离乡路时早已是泪流满面——这200元钱是一家人从牙缝里"抠"下来的啊！

天阴沉沉的，空中飘起了零星的雪。在村口的老槐树下，家人们千叮咛万嘱咐，让志龙领着媳妇常回家看看。老娘一边走一边偷偷转身，扯起老粗布围裙擦拭眼泪。志龙控制着内心的波涛骇浪，故作轻松地说："嗨！现在火车方便，今天走，明天就到家了。放心吧，我俩会经常回来的！"张志龙和妻子踏上出租车一溜烟走了。坐在车里，透过车窗回望家人在老槐树下向他频频挥动着手臂，回望老娘满头银发在风雪中乱舞。张志龙压抑着内心的伤悲，但，不听话的泪水却在瞬间吞噬了双眼。

这次回山东老家，马莲对婆家的家境有了全新的了解。其实早在结婚的第二天，小两口躺在热乎乎的炕上，志龙就实话实说告诉马莲，结婚欠下了六七千元的外债，并把自己的遭遇悉数讲给了妻子……马莲毫无怨言，愿意和丈夫一起面对。

北风凛冽，银灰色的云块在天空中奔腾驰骋，寒流滚滚，正酝酿着一场大雪。这大冷的天，烧柴成了摆在小两口面前的一个现实且严峻的问题。别人家都种地，苞米秸子苞米芯子有的是，随便烧。可他俩，志龙虽说利用村里土地小范围调整的机会，利用他在村里工作的便利条件分到一垧地，可连锄把都没摸过，对种地一窍不通，地给二哥种着呢。马莲在家连饭也没做过，可是现在自己有了家了，啥也不能指望别人了。第一次用电饭锅做饭，汤大了，黏乎乎的，好在熟了，可以当作粥饭吃。前些天婚礼剩下的"大烂菜"吃了了，今天是他们自立家庭的真正意义的第一顿饭。早晨，志龙在门口买了块大豆腐，把灶坑里的柴禾点着，马莲刷锅，锅热了之后放油、放葱花，把切好的白菜丝放入锅里翻炒，待菜叶蔫透，放半水舀子水，把大豆腐切成匀称的方块扔进锅中，放上花椒大料精盐酱油，盖上锅盖，不一会儿，小屋就弥漫起豆腐的香味。马莲没做过菜，但是平时总围在妈妈的身边转，这么多年一般的菜看也看会了。还别说，菜做得挺有味道，质地嫩滑，口感细腻。颤巍巍油汪汪的豆腐看着就有食欲，俩人有说有笑都吃出汗了。倏忽间，张志龙不由想起四年前在二哥家吃的那顿大豆腐，不由百感交集……

东北冬天的夜晚来得特别早，两顿饭吃完天就擦黑了。志龙到上院老李家借来一把锯、一把洋镐，戴上棉帽子和手套，踩着没膝的积雪上山了。大寨楼的后山上黑松、落叶松、柞树、榆树比比皆是。志龙找了一根比较直溜，两拳头粗的一棵柞树，估摸这棵树自己能扛动就动手了。他踢干净树根底下的一圈积雪，猫腰从树根处下锯。这可是个力气活，不一会儿头上就开始热气腾腾了。他直了直腰，给头上的棉帽子掀开个缝透透风微微凉快一下就又接着锯了。"呼——，呼——"狂风呼啸，大树在狂风中摇晃，一条条树枝就像一条条狂舞的皮鞭在空中抽打着。风越来越大了，那朵乌云变成了一片白色的浓云，慢慢地压下来，渐渐遮满了天空。陡然间，落起大块的雪片。风呜呜地吼了起来，暴风雪来了。霎时，暗黑的天空同雪海打成一片。山下，本村和邻村每家每户的烟囱里都飘起袅袅炊烟。这烟和乌云和雪花掺

杂在一起，雪变成了烟，烟变成了雪变成了乌云。烟囱里冒着烟，就意味着有温暖，就意味着有美食，就意味着有热乎乎的小火炕……想起自家热乎乎的火炕，想起娇妻在家等着自己，张志龙来了力气。他擦了擦脸上的汗水，把木锯掖在后边的腰带里，把锯倒的木头从细的一端立起来，右肩迎上去，稍微一哈腰，两手用力把一百多斤重的木头稳稳地扛在肩上。前后掂量一下重量，顶着寒风，深一脚浅一脚地下山了，山上留下几行深深的脚印。回到家，马莲打下手，帮志龙把扛回来的柞木截成一尺多长的木段，张志龙用洋镐把木段劈成一块块的木头样子，整整齐齐地码放在窑洞后边，用一块破麻袋苫上。

雪整整下了一夜。第二天早上，志龙轻轻挪开妻子环在他脖颈的手，没开灯，借着窗外微弱的晨光轻轻起身穿衣，戴上帽子和手套，从墙角拿起扫帚推开屋门走到屋外。晨光中，整个世界一片银白，山冷得发抖，河冻得僵硬，空气似乎也凝固了。家家房顶上落的是雪，白皑皑的，又松又软；树上盖的是雪，积雪把树枝压弯了腰。志龙伸伸胳膊踢踢腿，打了一套拳，算是热身，而后弯下腰，扫帚平摊在雪地上，左一下右一下来回清扫着积雪。大队部的窑洞还有三户人家，一个是烧酒的关朋，对他如亲大哥般关爱，另外两个跟他年龄相仿，平时处得都很好。志龙趁大家都没起来，把整个院子都清扫干净。天大亮了，大队部院子里三五个不大不小的雪堆，在太阳的照射下发出耀眼的光芒。

冬天转瞬即逝，转眼刮起了春风飘起了春雨。三月的小雨，淅淅沥沥地下着，带着几分凉意，飘飘洒洒，滋润着大地。那一条条丝线，像是织女的纺线，织出云朵点缀天空。小草在不经意间吐出绿绿的芽。河边柳树垂下柔软如线的枝条，在春风的吹动下轻轻摇摆，远远望去像一团团随风飘动的烟。

在这个万物复苏的季节，马莲的肚子一天比一天鼓胀滚圆了。这些天丈夫跟村里的人去小街打零工了，家里的烧柴不多了，马莲挺着肚子，拿着铁丝耙子到后山顶的黑松林里挠"松针"（俗称松树挠儿）。挠了小半天，够她背的了，她把一根绳子像两根火车车轨样铺在地上，把松针抱在绳子上，使劲儿把绳子勒紧，背靠着松针坐在地上，把两只胳膊伸进绳子里，身子前倾，双手撑地用力站立起来，背着一大背松针小心翼翼缓慢地走下山，身上的衣服早已被汗水湿透……

这天，吃完早饭，马莲骑着自行车回娘家，和老妈闲聊了一会儿：

"小莲啊，你现在怀孕了加点小心！在大队部住着，一天到晚总是人来人往的，也不方便啊。"老妈瞅了瞅她，想看看她的表情变化，接着又说，"在那住着有啥意思，干脆搬到六队住吧，离我近，我还能照看着你点。"

"搬回六队？住哪啊？"怀孕了，张志龙的父母都在山东，根本照顾不上，马莲确实有回来的意思，但是，住哪这的确是个令人犯愁的问题。

"老孙家那个小卖店要往外兑，干脆，你们兑过来得了。"老人叹了口气，脸上挂着愁云，"你说志龙在大队一年就两三千块钱，你俩都没个正经工作，种地还不会，以后靠啥生活啊！"

老妈的话让马莲陷入了沉思。是啊，志龙在村里上班，一天除了随礼就是应酬饭局，一年到头根本也看不见钱啊。

在娘家吃过午饭，马莲就回家了。晚上，躺在炕上，马莲把母亲的想法跟志龙说了，张志龙思索一番觉得有道理。现在妻子还能自己照顾自己，将来呢？生了孩子谁来照看？要是有娘家人照顾那可太好了。

老孙家这个小卖店说是卖店，可是基本没啥货。由于位于大山沟里，连个营业执照都没有。卖店的房子是一个闲置的烟房子改造的，十分简陋。张志龙一打听，卖店里的货物加房子一共800块钱，确实便宜。可眼下，别说800块钱，就是200块钱也拿不出来啊。马莲知道丈夫的难处，就骑着自行车来到岭东的三姐马杰家。

"来了小莲！"马杰见了这个老妹妹，笑容写在脸上。

"嗯。快开始种地了吧？"马莲问。

"嗯，快了。这不，你姐夫去街里修犁杖去了。"

"三姐，我来……有点事儿。"马莲有点不好意思开口。当初家人都不同意她嫁给张志龙，只有三姐马杰支持她。现在还欠三姐1000块钱呢。

"啥事啊？跟三姐说！是不要用钱？用多少？"对这个老妹妹，三姐十分疼爱。

"咱妈让我们搬回六队，老孙家那个小卖店往外兑……"

"哎呀，那太好了！回那我就放心了。要不我还寻思呢，等种完地下去陪着你。"

马杰打小就喜欢这个老妹妹，只要能帮上的，她从不含糊。她打开柜门，从里面拿出1000块钱递给妹妹："是不还得进货？能够吗？要不等你姐夫回来我让你姐夫再出去给你借点！"

"不用不用，够了！俺们……手里还有点……"

张志龙和马莲的食杂店即新家原是一个废弃多年的烟房子。老孙家不是立整人，造得破狼破虎的。搬家前，张志龙的三大舅哥马富和几个连襟帮着把里外收拾了一番，墙上抹了一层白灰，贴了几张画，新搭个小炕。怕以后孩子掉地下摔着，炕搭得特别矮，也就一尺多高。屋子中间砌个隔断。外屋狭小，没地方搭锅台，就搭了个地炉子，用于取暖、做饭。房子的泥草外墙抹了一层水泥灰，看上去还像点样。张志龙骑自行车到街里的批发部批发了几斤花生米几十根麻花，还有面包虾条泡泡糖等小食品，几条廉价的香烟，又去三队关朋的酒坊打了50斤散白酒，倒在食杂店的一口缸里。两块钱一斤的60度散白可是老百姓的最爱。谁家大事小情，都离不开这一口。

数日后的一天，张志龙的食杂店在晨光中开门营业了。张志龙和马莲待人和气，顾客无论有钱没钱都能拿走需要的货物。

马莲从小就特别喜欢吃麻花，家里开食杂店，一根儿麻花进价才五角钱，可是，马莲却一根也不舍得吃。她知道自己嫁给了一个彻头彻尾的"穷光蛋"，但她并不后悔。她要和丈夫一起打拼，改变家庭的经济状况。娘家离她这不远，住在村子的上头。每天早饭后母亲都早早地下来看她，陪她说话。一个幼小的生命在她的腹中孕育，说不清什么原因，怀孕期间她总觉得心里特别委屈，一见到母亲，马莲就止不住流泪，更想扑在母亲的怀里哭！但是脚上的泡是自己走的，所有的苦只能默默承受。她强作欢颜招呼母亲坐在窄小的炕上，然后借上外屋给母亲倒水的机会擦拭眼泪。七十多岁的母亲一切都看在眼里，她劝女儿："莲啊，人这一辈子不容易，尤其女人！老话说，三穷三富过到老，年龄还小，慢慢熬，会好的……"老人眼里泛着泪花，

"现在怀孕了，想吃啥就吃啥，别亏待了肚里的孩子。"在老妈的劝说下，马莲每天才到柜台拿一根儿麻花吃。

1993年夏日的一个夜晚，稻田里蛙声正浓。午夜，张志龙睡得正香，躺在身边的妻子马莲把他捅醒："你醒醒，我腰疼得厉害！可能要生了。"张志龙急忙打开灯，揉着惺忪的睡眼一时手足无措。

"你快去找四姐来。"马莲整个脸疼痛得都扭曲了。

张志龙不敢怠慢急忙穿上衣服来到上街找四姐马艳。四姐和四姐夫艾德才一起连跑带颠赶下来。四姐是过来人，看出妹妹是要生产了，让艾德才和志龙赶紧去岭东找接生婆。二人打着手电借着月光踩着崎岖不平的山路过岭到邻村去请接生婆王大娘。圆月挂在空中，山路看上去倒也清晰。月光像一缕缕银色的细沙，穿过层层叠叠的枝叶，洒落在长满青草的地上。风在高高的树顶摇晃着，发出一阵阵缓慢的细微的沙沙声。月光下的山林显得十分静谧，只有山下的稻田传来青蛙阵阵连绵不绝的清脆叫声。别看王大娘六十多岁了，身体十分硬朗，走起山路脚下生风，两个老爷们也落不下她。三个人连跑带颠，来到志龙家老大娘连汗都顾不上擦急忙脱鞋上炕，用手来回摸马莲的肚子，说："确实要生了，你慢慢起来到地下活动活动。"张志龙架着挺着大肚子的妻子，在狭小的房间内来回慢慢走动，累了就到炕上躺一会儿。来来回回折腾五个多小时，马莲的头发像水洗的似的。

满天红云，红日像一炉沸腾的钢水喷薄而出，金光耀眼。霎时，万道金光透过树梢，给村前的小河染上一层胭脂红。卯时，一声清脆的哭声划破凌晨的沉寂，一个新的生命降临。王大娘绽放着笑脸给张志龙两口子道喜："哎呀，大千金，恭喜恭喜！"志龙事先打听好了接生婆的"市场行情"，从兜里掏出一张绿色五十元面额钞票塞到王大娘的手里："大娘，您辛苦了，谢谢您！"王大娘假意推辞一下，接过钱喜滋滋地走了。当孩子送到志龙手里，一种说不出的庄严和神圣涌遍他的全身，他不禁流下激动和喜悦的泪水。从现在起，他是一个父亲了，他感觉到了一种生命的升华一种生命的传承。妻子从鬼门关走了一遭，从头到脚湿漉漉的，四肢百骸散了架一样瘫软在小炕上……张志龙无比心疼地看着妻子。他发誓，今生一定要让身边这两个最亲最近的女人过上幸福的生活！

第二十五章

　　食杂店总算开起来了，但拿钱进货是整钱，一次都是三千两千的，回来的全是零钱，十块八块三块五块。都是低头不见抬头见的乡邻，赊账的大有人在。往往，顾客总是把东西拿到手后才说："给我记账……"所以，一天到晚钱盒子里基本看不到什么钱。大半年就这么稀里糊涂地过去了，食杂店并没有给这个小家带来一星半点的改变。孩子的出生，使原本就捉襟见肘的生活更显雪上加霜。

　　富安村及周边多个村是种烟集聚地，很多村民以种植烟叶为主要经济来源，周边能见到不少烤烟房。种烟比种玉米强，效益高来钱快。张志龙两口子对种地一窍不通，但是指着卖店和志龙在村里上班那点一脚踢不倒的工资根本无法维持生活。六队的王义是个老"烟把式"，可以说种了一辈子的烟，对种烟烤烟挑烟卖烟都十分在行，奈何年纪越来越大，身边没有别的劳力，今年不打算种烟了。打头年开春他就放出口风，他的一垧好烟地要往外承包，承包他的烟地可以白用他的烟房子。话说凡是能种烟的，大都有地，烟房子更不缺，所以，这个风放出后一直没人搭茬。张志龙刚听说这个消息时也没往心里去。在初春的一个夜晚，张志龙躺在炕上骨碌过来骨碌过去怎么也睡不着。三口之家了，连个像样的住房都没有，还有六七千块钱的外债无力偿还，这日子得啥时候是个头啊！思来想去，他灵光一闪冒出个想法——种烟！

　　第二天他老早起来，家家的烟囱刚冒烟，他就推开王义的家门。王义

226

正跷着腿坐在炕沿抽烟，浓重的烟雾把他整个身子笼罩着。这烟味太浓，太烈，张志龙禁不住捂着鼻子和嘴咳嗽了两下。

"来啦老五，快来，炕里坐，热乎。"王义个子不高，粗而浓的眉毛下闪着一双小眼睛，多年烤烟使他看上去要比别人黑许多。他头上冒着烟，见志龙来了忙站起身让志龙坐下。

"王叔，你这抽的是啥烟，这也太辣了！"张志龙筋着鼻子问。

"这不是跟你吹，我抽的烟，市面上你买不着。这是我自己烤的上等烟……"他说的确实是实话。他话锋一转，问，"志龙，这么早有事啊？"

"王叔，听说你家那一垧烟地要往出承包，咋样，包出去了吗？"

"有几个打听的，本来那个'四猴子'说要种，后来又嫌贵。"王义使劲吐出一口烟，"张生子、老王大军也都想种，他们都有烟房子，一直没定妥。这帮人都观望呢，等着我降价，想捡个便宜。哼，我就是扔那撂荒，也不能让他们捡便宜！这帮王八犊子！"

张志龙心中窃喜，忙说："王叔，你承包给我呗！我种！"

王义一脸的不相信："净扯！你可种不了。你打小就是从这个队出去的，我还不了解你？你哪是种烟的料！"

张志龙并不生气，是啊，人家说的是实话！"王叔，我确实没种过地，种烟就更不用说了。可是没办法啊！"张志龙言辞恳切，"不怕您笑话，我现在有不少饥荒……三口人挤在那个小破房里，啥时候是个头啊！"

王义看张志龙说得实在，便皱着眉沉吟片刻："老五，我打小看着你长大的，跟你爸我们关系特别好。行，这个地我谁也不包了，就让你种！要是挣钱了你就给我地租，要是不挣钱我就当把地撂荒了，不过……"王义话锋一转说，"你得有个思想准备，种烟可太辛苦了，不是谁都能种的。"

"放心吧叔，我这人就不怕吃苦！价钱就按正常价……还有一样，我不会烤烟，您得帮我！我雇您！"张志龙说的是实话，种烟说道太多了，土地再好也不可能自己长出金豆子。

"啥雇不雇的，跟你爸那是老交情。咋说呢？我真有点担心，怕万一烤不好落埋怨！"其实，王义烤了一辈子的烟，对烟有感情，猛不丁不干了浑身上下还真有点不得劲儿。

　　张志龙竖起了大拇指:"叔,您的烤烟技术是这个,十里八村谁不知道!您要烤不好,谁也白费!"如此,王义没让那几个"王八犊子"捡便宜把地租出去了,自己还能继续从事烤烟,算是有个工作。技术方面他绝对会尽力,但赔了挣了跟他无关,他不担任何风险。他跟张凤池有交情这话不假,现在张志龙大小也是个大队干部,为人也确实不错。多方权衡,王义答应把地和他这个人都"承包"给张志龙,可谓是一举多得。

　　烟草的种植有点类似于山东的棉花。育苗、洒水、施肥、打药、移植……一样也不能含糊。

　　附近的乡镇有小煤窑,这个季节,每天都有三轮车、四轮车"突突突"冒着黑烟到各个屯子售卖烤烟煤。烤烟煤都是量尺计算吨数。经过一路的颠簸,车上的煤都颠实了,煤贩子在进村前总是找个僻静的地方把车停下,跳上车拿起锹翻动翻动,把大块的煤摆在明面,使整车煤看上去又多又好。张志龙通过村里的经纪人赊了一车,又简单收拾了一下烟房子,一切准备就绪。

　　这是绿色的海洋。从山坡到平地,烟地连着玉米地、稻田,青山如黛,漫山遍野的绿色在和煦的微风下舒展着。烟叶长高长大了,烟农沉浸在忙碌和紧张的气氛中。张志龙起早贪黑拼了命的忙。早晨天不亮,王义就套上牛车帮张志龙到地里采摘烟叶。一个组有七八家种烟的,不用求人不用雇人,大家互相换工。商量好谁家今天掰烟,谁家明天掰,根据情况合理安排人工。一进烟地,胸口往下就被露水打湿了,全身黑乎乎的,打湿的胶鞋踩在黄土地里粘上一层厚重的泥土,地上留下一个个很深的足坑。掰下的硕大烟叶在怀里或者腋下夹着,等快夹不住要往下掉的时候就放在垄沟里,继续掰前面的烟叶。烟比成人高出很多,眼睛周边全是烟叶子,看不见其他的东西。烟叶上有一层黏物,又油又黏,粘在手上、衣服上、头发上,非常难受。骄阳似火,抵挡不住烟农劳作的热情。空气中弥漫着热浪,这边烟地里,村民们摘烟叶正起劲儿,那边有人将烟叶码到车上往家运。在院子里,又有两三个人忙着往烟绳上串烟,还有人负责将串好的一绳绳烟叶往烟房里挂,整个场面有条不紊。

　　在王义的指挥和亲自操作下,第一房烟烤出来了,说不上好,也说不上坏。第一房烟基本这样，只要能把这房烟的煤钱烤出来就行。

又轮到张志龙家掰烟了。张志龙早早地起床开始忙活。一天时间很快过去了，志龙着手做最后一件事情——把串好的烟叶都装进烤房里去，这个活儿在农村叫"装房"，烟烤完后打开烟房往下卸烟叫"出房"。装烟的时候天已经黑了，烟房中一片漆黑，志龙摸黑往烟房里的横杆上挂着烟叶。眼瞅着快完事的时候，他稍不留神脚底发滑从四五米高的架子上摔了下来。谁知烟房里有一块砖头，不偏不倚，张志龙的肋骨正落到上面。张志龙"啊呀"一声，人当时就疼得晕过去了。妻子马莲吓得手足无措，急忙喊来自己的哥哥和姐夫。大家不敢耽搁，急忙找了辆三轮车，把志龙送往辉河县医院。经过检查，志龙的右肋骨摔断了两根……

孩子刚满周岁，食杂店要卖货，烟地要管，还得抽空去县医院看望丈夫……生活的重担全都压在马莲身上，把她压得几乎喘不过气来。夜深人静，孩子哭闹着要吃奶，又困又累的马莲眼睛都睁不开，闭着眼睛掀起背心给孩子喂奶。

在乡邻的帮助下又出了几房烟。马莲和几个农家妇女坐在五哥家放烟的仓房里，把卸下来的烟叶按品质精挑细选：好的放一起，中等的放一起，差的放一起。

这天，马莲起个大早，把还在熟睡的孩子送到老妈手里，饭也没顾得上吃，坐上四轮子和同村的两个烟农一起去建设镇烟站卖烟。马莲前脚刚走，孩子就醒了，在姥姥的怀里"嗷嗷"叫唤，一边哭一边使劲儿踢蹬姥姥。七十多岁的姥姥掀起外衣，把干瘪得像个死面大饼子般的乳房塞到孩子嘴里。孩子使劲儿咽了几口，没咽到奶水，继续哭、继续踢蹬，嗓子都沙哑了……

卖烟的烟农排成长长的一排。四轮子、三轮子、牛车，偶尔也能见到马车，一溜儿排出去很远，很像山东售棉的场景。太阳热辣辣地炙烤着大地，一丝风也没有。马莲躲在墙根下的阴凉处，用一块四方的白底粉花小手巾不停地擦汗，不停地扇风。好不容易轮到马莲了，同来卖烟的大嫂帮她用类似担架的木板把捆成捆的一把把烟抬到秤上去。近四十岁的验级员上唇留的胡子一看就是精心修理过的，都半厘米高，非常整齐。阴沉的脸上没有一点笑

模样，像谁欠他八万吊似的。他从中间抽出几把烟叶上下看了看，又在烟叶底部抽出一把瞅了瞅，说了句："黄三！"这些烟是一片一片精挑细选出来的，指望能给个"黄二"，没想到竟给个"黄三"，这可差不少钱呢！这些烟得少卖一千多块。马莲苦苦哀求："您再给看看，我的烟色多好啊！我的烟比前面那家还好呢，怎么他家是'黄二'我是'黄三'……"

"卖不卖？不卖抬一边去。下一个！"

"等会儿等会儿，师傅，我丈夫都从烟房掉下来了，现在还在医院住院，等着钱用，您就照顾照顾吧！"马莲近乎哀求。其他烟农一听，纷纷帮忙说好话："老百姓都不容易，您发个慈悲，关照关照！"验级员始终横眉立目："这一天成百上千的，我能照顾过来嘛！我照顾你，谁照顾我！"马莲急哭了，恨不能给验级员跪下，可验级员还是一副"铁面无私"的面孔，根本不为所动。全镇仅此一家烟站，不卖也得卖。

如山的重担压在马莲瘦弱的肩上，几个月下来她黑了瘦了。她家的房后有一口水井，马莲拿着扁担学着去打水。这是她第一次打水，水筲的水满了，可是却和扁担钩脱离，沉到井底了。她去别人家借来专门捞水筲的"井杆子"。细长的落叶松棍子底部有个大钉子，在水井里面慢慢移动木棍，摸索了半天，总算把水筲捞了出来。再打水时，她就把水筲绑在扁担钩上。去医院看望丈夫回来，洗衣做饭卖货奶孩子。这几天她实在太累了，困意袭来，躺在炕上奶孩子的时候就睡着了，以至于孩子掉在地上她也浑然不知。待她猛地醒来，看见孩子在地上一边爬一边哭，她急忙把孩子抱在怀里。她心里有一种说不出的内疚，一种说不出的委屈，也孩子般地大哭起来。哭声吓坏了怀里正在吃奶的女儿，她使劲儿蹬踢着，两只胖乎乎的小手乱挠着，随着母亲一起哇哇地哭了起来。

这天，马莲在屋外烧火做饭，屋里的孩子又从炕上骨碌到地下了，尖厉的哭声吓得马莲顾不上擦手，进屋从地上抱起孩子，掀起衣服露出鼓胀的乳房，把乳头塞进孩子嘴里。孩子的哭声渐弱，下颌和胸脯一抖一抖的，似有不尽的委屈。正在这时，外屋灶坑里的火蹿了出来，连到墙角堆着的柴禾。马莲急忙把孩子扔到炕上，顺势往里面推一下，跑出屋拿起灶台上的水舀子伸进水缸里舀水泼向越着越大的火苗。

一声清脆的婴儿啼哭声，打破了夜的宁静。酣睡中的马莲被哭声惊醒了，打开灯揉揉惺忪的睡眼一看，身边的尿褥子上空空的，孩子又骨碌到地下。上身系个红色小兜兜，下身裸露，正仰脸躺在冰凉的地面上不住地哭着，一双胖乎乎的小腿儿蹬个不停。马莲急忙下地把孩子抱起来，把乳头塞进孩子嘴里，想止住孩子的哭声。可是孩子只吸吮了一口奶水，就撒开嘴继续哭，手脚不停地乱踢乱舞，胖乎乎的脸蛋涨得通红。马莲用脑门贴住孩子的脑门，热得发烫。孩子高烧了，家里没有药，这可急坏了马莲。

马莲找个毯子，里面裹上尿褥子，把哭着的孩子放在上面包裹一下抱在怀里，连门也顾不上锁，匆忙向三里外的村卫生所走去。漆黑的夜，冷冷的风，连月亮都躲了起来。马莲深一脚浅一脚，摸索着往前走。着急加上害怕，不一会儿后背就湿透了。脚下的路根本就看不见，马莲稍不留神一下踩到沟边，身子一下子向前倾了下去。在跌倒的瞬间她忙把身体向右侧转了一下，让自己右侧后背着地，左手始终把孩子紧紧地抱在怀里……到了村卫生所，她轻轻敲着卫生所的门，里面的灯亮了，近七十岁的村卫生所李大夫打开门。马莲走进屋，实在坚持不住了，把孩子放在卫生所的桌子上，擦了一把额头上被汗水打湿的头发，气喘吁吁地说："李叔……孩子……高烧……"说完，一下子歪倒在床上。李大夫有些踮脚，他摸了摸孩子的额头，打开磨得很旧的医药箱，拿出体温计夹在孩子的腋下。片刻取出体温计，戴上老花镜眯着眼睛对着灯泡看："孩子烧得挺厉害！"打开柜子门，拿出几个小玻璃药瓶，非常麻利地打碎瓶口把针头探入，吸好药液。马莲只是在床上喘了口气就急忙坐了起来。她抱过孩子，把孩子白白胖胖的屁股露出来。李大夫用酒精棉擦了擦孩子臀部下针的地方，拿起针头扎了进去，接着就是一声撕心裂肺的哭声。马莲在怀里不停地悠着孩子时才发现，自己的右小腿流血了——一定是刚才在沟边踩空时被刺篱划伤的。

回到家，打了针的孩子很快入睡，疲惫不堪的马莲也沉沉地睡去。不知睡了多久，她感觉浑身滚烫，头痛得像要裂了一样，口渴难耐。她呻吟着想爬起来，身体却像没了骨头一样软绵绵的，根本坐不起来。她紧闭着双眼，朦胧中，只觉得有个像奶嘴样的东西碰到她的嘴唇。马莲以为是在梦中，贪婪地吸吮着……口不那么渴了，她起身打开灯，想找片感冒药，眼前的情

景让她大为震撼——她的宝贝女儿坐在炕上,一双胖乎乎的小手里拿着奶瓶,正用一双黑漆漆的眼睛看着她。马莲明白了一切,使劲儿把孩子搂在怀里……

躺在医院病床上的张志龙心里十分焦急。家里里里外外这一大摊子全扔给娇生惯养从没干过活的妻子,他心里是又着急又上火,奈何肋骨的伤很重,连喘气都疼,偶尔憋不住咳嗽一下疼得额头上的汗水直滚。对于这个医院,对于这个医院的一草一木,以及这个医院里到处弥漫的那股浓浓的消毒水味道,张志龙太熟悉不过了——几年前,他被刘德喜砍伤,在这里住了二十多天的院。在床上躺累了,他就忍着肋骨的疼痛,一步一步移到窗前,看院子里人来人往,看花开听鸟鸣。他自信自己是个坚强的人,可每当独处时,每当想起过去的一些朝朝暮暮,泪水就会悄悄爬出眼眶……什么时候才能还上外债?什么时候才能有属于自己的小家?什么时候才能让老婆孩子不再跟他受穷?妻子马莲每隔一天忙活差不多了就来医院看他,用保温桶给他带来大骨头炖酸菜、牛肉馅饺子……看着妻子黑瘦的脸颊,张志龙心里非常难受,泪水在眼圈里直打转:

"老婆,孩子咋样?我想孩子了!"

"孩子挺好的,一天在炕上可哪都爬。我找根布绳拴她腰上了,绑炕柜上,省得掉地下。"

张志龙的头发又长又干,乱糟糟的,像沟边的一蓬衰草。脸色苍白,眼窝深陷。贴身T恤上沾有一块块泥土和砖末印记。短短几年,完全没有了曾经的青春帅气。他坐在床上,满脸凄苦地对妻子说:

"让我回家吧,在家打针,慢慢养。在这住一个月也是这么回事。"住了六天,他记不清跟妻子提过多少次了,可妻子说啥也不同意。今天志龙再次提出她有些动心了。伤筋动骨一百天,在这住着和在家静养确实没啥太大区别,关键是费用实在有些承担不起了。马莲叫辆出租车,在护士的帮助下搀扶着志龙小心翼翼地上了出租车回家静养。

八月的雨整整一个月没开晴,人们终日站在屋檐下或者坐在炕上,望着窗外的雨心里发焦。这天,张志龙拄着一根木棍,披着塑料布,忍着肋痛来到烟地，眼前的景象让他欲哭无泪：雨哗哗打在枯黄不堪的叶片上，一片片烟叶全都耷拉着。像小溪一样的雨水顺着低垂的烟叶滴落在地里，叶片在微风里瑟瑟发抖……这样的烟烤出来连煤钱都卖不出来。雨水顺着湿漉漉的头发流淌在眼角，鼻翼，又流淌到嘴里，凉凉的、咸咸的……

去掉地租、人工、原材料、烤烟煤、医药费等，忙活一大年的张志龙的"种烟大业"最终以失败画上了句号。

第二十六章

俗话说"有地不愁苗，有苗不愁长"，转眼张志龙的女儿小冰倩已经三岁了。春暖花开冰雪融化，水流从村子上头流过门前的浅水沟，她已经能拿个细细的小木棍儿到那里玩水了，常常把鞋和衣服弄湿、弄脏。闲下来的时候张志龙会教女儿识字、查数、写英语单词。小家伙儿非常聪明，爱说爱唱爱跳，电视里录音机里的歌听几遍就会。孩子的聪明伶俐给这个住在烟房子里的小家带来前所未有的快乐，但更多的时候夫妻俩总是为生计犯愁。几年来，欠下的外债不仅没少，反而越来越多——已经近万元了。

这天是张志龙老丈人马志荣的生日，阳光从窗外射进一半是住房一半是食杂店的狭小的屋子，货架子上的玻璃反射出刺眼的光。阳光里的灰尘在飞舞，它们有自己的节奏和韵律，有些往上有些往下，轻轻吹口气，这节奏和韵律就会变换。已是早饭的时间了，可马莲没有心情做饭。张志龙知道今天老丈人过生日，他实在有些犯愁。马莲用手使劲儿捅了一下躺在炕上一动不动的志龙："我爹过生日，你拿点啥啊？"语气里有一股火药味。张志龙头枕胳膊仰着躺在炕上，望着落满了苍蝇屎的天花板一言不发。

"你倒是说话啊！"马莲又捅了志龙一下，看见孩子坐在旁边睁着水灵灵的眼睛正看着他们，马莲的语气温和下来，"人家都大包小裹的，你总不能空着俩爪子去吧！"

"柜台有两瓶酒，再拿……两包蛋糕……"张志龙动了动压得有些酸胀的胳膊，长长喘了一口粗气。他偷着瞅了一眼妻子，观察妻子的反应。

"那破酒都多少年了，落了老厚一层灰，多掉价啊！"

"酒……年头越久越好……"

志龙起身走到外屋的货架上，把两瓶盒装酒拿下来，用湿抹布仔细擦了擦，又包了两包蛋糕，还行，也能说得过去。马莲抱起孩子："走，倩倩，上你姥家去。"孩子在妈妈的怀里高兴得身子直往外挣，想要自己下来走。老妈昨天特意下来告诉他们："明天你爹过生日，早点过去，帮着忙活忙活。啥也不用拿……"一家人连早饭也没吃，就奔上街去了。

田野一片成熟的金黄。挨着庄稼的山丘层林尽染，黄色的落叶松和墨绿色的樟子松中夹有褐色、红色的柞树、枫树。秋日的山川秀美如画。

位于东山脚下的马家大院热闹非凡。用柞木、松木杆做成的篱笆虽然老旧，但非常整齐。菜园子里的豆角和黄瓜基本落架了，几根老黄瓜横卧在黝黑而潮湿的菜地上。贴着篱笆的数十棵沉甸甸的葵花盘宛如害羞的少女，在微风中低垂着头……

张志龙的几个连襟、大姨姐、大舅哥、侄男外女的陆续都到了。老爷子今天特别高兴，老伴儿特地给换上一件四个兜的灰色中山装，灰色帽子也是从箱底拿出来的，整个人瞅上去特别精神。大家拿来的点心、精装瓶酒、上等茶叶……把箱子盖儿堆得满满的。老太太嗔怪地说：

"拿这些东西干啥！挺老贵的，来热闹热闹就行呗……"说着话打开箱子盖，把东西一样一样非常麻利地放进早就收拾好的箱子里。

马莲把东西放在箱盖上的时候，觉得姊妹几个都在瞅着自己，脸上顿感火辣辣的。

四连襟艾德才眉毛浓重，眼睛突出，脸型细长，鼻子有点塌陷，有点接近山顶洞人。他找块磨石，蹲在院子里，往磨石上轻轻掸上点水，把菜刀放上去来回磨了几下，用大拇指肚轻轻试了试刀刃是否锋利，然后，拎起被逮住的小鸡，把脖子上的软毛摘了摘，拿起闪着亮光的菜刀"唰"的一下，把小鸡脖子下的动脉割断。小鸡使劲扑腾着，他把菜刀扔到地上，两只手掐住小鸡的两个捆起来的翅膀，让血淌进地上的一个二碗里。血淌得差不多了，他把小鸡扔在地上，老母鸡在地上直扑棱，喉咙里发出呻吟声，两个又细又瘦的爪子蹬了几下终于一动不动了……大姐已把一锅水烧得滚开，几个闺女

七手八脚，在一只大洗衣盆里摘着鸡毛，一股腥臭味和着锅里的蒸汽一起从屋门飘向房顶……

中午11点准时开饭。几个连襟、大舅哥频频举杯给老人祝寿，一大家人推杯换盏。

"老妹夫，俺这个老妹子这几年跟你可没少受罪啊！"酒过三巡，长着一对招风耳朵的四大舅哥马正有些醉意，他把酒倒进嘴里，夹起一块排骨，头不抬眼不睁地说。

志龙脸火辣辣的，低着头说："嗯，小莲……这几年……确实跟我受苦了！将来，我会让她幸福的！"

三大舅哥马富不擅酒力，喝了一两就脸红脖子粗了。"行，妹夫，有你这话就行！"

"有啥指望啊！"马正一脸的不屑，"出苦力不行，种地种不明白，就肚里那一瓶子不满半瓶子晃荡的墨水，能顶饭吃还是能顶钱花！"

志龙听了这话有些坐不住了，他心中燃烧起一股怒火。他一仰脖儿，把多半杯酒倒进肚里，然后拿起酒瓶还要继续倒酒。老丈母娘一看不对劲儿，忙过来要把酒拿走："行了，今天的酒都别喝了，多吃菜……"

"妈，没事儿啊，"老四赶紧去抢酒瓶，"和几个哥哥、姐夫……坐一起不容易，俺们……再喝点儿，没事！"听声音，舌头有点儿硬了。志龙一听根本没提到他，站起来要往外走，两个连襟忙把他拽住。几个姐妹早就吃完饭了，在西屋坐着，不时出来从锅里盛点热菜上到桌上的菜碗里。

马莲的大姐马霞声音不高不低："都穷成啥样了，干脆离了得了！这日子，啥时候是个头啊！"

二姐马珍长了一张仿佛天生就不会笑的脸，一年四季始终冷冰冰的。她用犀利的语气数落妹妹马莲："谁道了，也不道哪好……一开始我就不同意，偏说这好那好的，现在咋样，后悔了吧！"

三姐马杰看老妹子脸色难看，急忙打圆场："哎呀，三穷三富过到老，谁也不能穷一辈子！"

四姐马艳瞅瞅几个姐姐，又瞅瞅老妹儿，嘴张了张，想要说啥，但话到嘴边又咽下去了。

马莲忽地从北炕上站起来，脸色煞白："嫁鸡随鸡嫁狗随狗，这辈子吃糠咽菜就是要饭我也跟定他了……好赖我自己带着，不用你们管。"说着，抹着眼泪气呼呼走到外屋，抱起正在玩耍的女儿走了。

马志荣本来兴致挺高，突如其来的场面扰乱了他的心境。他本想说四儿子几句，但是四儿子脾气驴性，喝点酒，天王老子也不服……他沉着脸坐在炕里始终一言不发。

马莲走出屋外，老太太跟着跑了出来，嘴里骂着四儿子："喝了二两猫尿就胡嘞嘞……"，双手在围裙上擦了擦，伸手去拽老丫头，"小莲，别听她们的……听妈的，别走！"马莲强忍着没哭出来，头也不回地走了。

午饭就这样草草地结束了。收拾完碗筷，离家远的儿女张罗着要走。离家近的帮着老太太扫完地唠会嗑也都走了。喧闹大半天的小院，又恢复了平静。

夜幕降临。月光从窗外静静地洒进南炕，蛐蛐在看不见的角落不厌其烦地鸣叫。马志荣躺在炕上已打起了呼噜。老太太从柜上拽下一条褥子轻轻盖在老头子身上，然后推门来到下街。志龙心里难受，一个人坐在寂静的河边想着心事。马莲趴在炕上，双肩不停地耸动。小冰倩坐在妈妈身边，一个人玩着一个破布口袋。老妈走进屋，马莲急忙擦了把眼睛坐了起来，让老妈挨着坐在炕边。老妈抚摸着老闺女的头，目视着外屋空荡荡的货架子，安慰着女儿："孩子，妈还是那句话，人这一辈子不容易，三穷三富过到老……你们还年轻，慢慢熬吧，总有一天会出头的……"

"妈——"马莲侧身躺在妈妈的怀里，用手捂着嘴孩子般失声哭了起来……

马志荣老两口一直和最小的儿子马超住在一起。转过年春忙过后，老儿子嫌住房太老了，张罗要盖新房。老两口对这几间住了一辈子的老房有感情，不同意盖。但儿子儿媳反复劝他们，现在都盖新房了，咱的房子实在太寒酸了，又不是没条件。无奈，老两口只好应允。老两口暂时搬到二儿子马壮家住。老房扒倒的那天，老太太的心脏病突然犯了，躺在炕上喘不上气，满脑门子汗，脸都憋紫了。马莲吓得不行，急忙从抽屉里拿出"速效救心

丸"给母亲喂到嘴里，众人反复揉搓着老太太的前胸，过了片刻，老太太才长出了一口气。

正值春夏之交，雨水丝丝缕缕淅淅沥沥。雨后的景色千般妩媚，万种风情。天空清澈，到处郁郁葱葱。这天晚上，张志龙和马莲把孩子哄睡后也十分困倦，躺在炕上迷迷糊糊刚要睡着，猛听从街上传来一阵扑扑踏踏急促的脚步声，脚步声停在张志龙的食杂店前，有人边敲门边喊：

"志龙啊，快点开门！"

志龙不敢怠慢，趿拉着鞋下地开门，来人是他的四连襟艾德才。

艾德才忙慌地说："志龙，快上去吧，老太太心脏病犯了，恐怕不行了。"

马莲心脏也不好，晚上一有人敲门她的心就"怦怦"直跳，她在里屋听到这个消息当时就昏倒在炕上，志龙急忙进屋掐她人中。女儿冰清在炕上不停地哭闹……志龙抱着孩子，艾德才扶着缓过来的马莲往上街走去。刚走一半，就听上面传来一阵撕心裂肺丧魂落魄的哭声。马莲一下子瘫倒在地……志龙把孩子交到一位听到消息急着赶来的乡邻李大嫂手里，和艾德才一起搀扶着马莲走进二大舅哥马壮家院门。七十六岁的老马太太走完了她辛劳的一生，此刻，已经穿上装老衣服静静地躺在炕上，面容安详。马莲一下子扑在母亲身上，使劲儿摇晃着母亲的胳膊："妈呀——你走了让我咋活啊……我也不活了……"马莲悠长的哭声引沸了众人，哭喊声瞬间响彻夜空……

马家大院拉起了200瓦的灯泡，院中间点燃了一堆木头，火苗蹿起多高，火星四溅，无数只飞蛾围着火堆飞来飞去。本村的邻村的远道的儿子儿媳闺女姑爷孙男外女……不停地涌进这个院落，大家七手八脚把老人抬到外屋临时搭的木板上。村里的王木匠连夜打制棺材，院里传出"吱——吱——"的电锯声。屋里屋外塞满了人。一切安顿好后，"坐夜"的炕上一伙儿打扑克的，地下一伙儿打麻将的，转圈围满了卖呆儿的……

第二天天刚放亮，上好木料的棺材打好了，粉刷了棕色油漆，又找人画了"二十四孝"，然后抬到院内的灵棚。

从外村请来的两个大厨早早到场。两人胸前各戴一个白围裙，脖子上搭着一条黑乎乎的白毛巾。厨师的腕力惊人。左手拿着一块抹布垫在八印铁锅的把手上，使劲用力，锅离开了锅台，随之用力一抖，这个功夫俗称"颠勺"，是饭店厨师的基本功，但这分明不是饭店的"勺"，而是"锅"。铁锅里的"肉俏儿"和青菜在锅里翻滚。厨师右手拿着一把长把炒勺，往锅里填了些作料，长勺在锅里使劲儿煸炒，把锅敲得"啪啪"震天响。

每个屯堡子都有一个能说会道前前后后张罗事儿的，俗称"待客的"。谁家有个大事小情，都要请个这样的人。首要条件得能说会道，说话好使。这个屯子待客的是王大拿。红脸膛，长着一对招风耳，爹妈给了他一个能说会道且十分亮堂的嗓子。他说话嘴皮子利落，不怕得罪人。

马上开席了，院子中摆了近20张桌子，男女老少大人孩子抢着上桌。王大拿站在显眼的位置亮开了嗓门："我说本屯的老少爷们儿，给远道来的客人让个座，到咱这了，人家是客人……"

王大拿在饭桌间来回走动，不时地跟外村人打个招呼。刚吃上不久，就有人从兜里掏出方便袋准备打包。

"我说二老蒯，你说你拿个方便袋站在人家后面，还咋让人吃饭啊！打包也得等人家吃完的啊……啥？回家喂猪？都给你家老爷们儿当下酒菜了，你家老爷们儿是猪啊？……"大伙儿一阵大笑。

王大拿指了指一个正扬脖喝饮料的孩子，提高了嗓门：

"三胖子，你瞅瞅你那儿子！那饮料冰凉的，有啥喝的，左一瓶右一瓶的，你瞅那肚子，鼓得都像个西瓜似的了，还一个劲儿咕咚咕咚地喝呢。就随50块钱，一家人得吃三天！"

……

老人共有10个子女，大家商议，一定要让老太太走得风风光光。喇叭匠、唱戏的……陆续到位。在阴阳先生的指挥下，开始给老太太的遗体入殓。棺底用七枚古铜钱摆上北斗七星，放上三根高粱秆，以示为炕洞，然后放褥子，由长子捧头，次子捧脚，众人帮忙放入棺内，上放被子，枕头两边用棉花掩头，脚踏莲花，两边放金银纸。

咒曰：

离了旧房住新房，祖祖辈辈大吉祥。

傍晚，举行"送行"仪式。阴阳先生像背诵古文一样带着唱腔歇斯底里地喊着：

"……感谢各位亲朋好友在百忙之中参加马老太太的送行仪式……马老太太的一生是勤劳的一生，为这个家付出太多的辛劳，10个子女各个孝顺……人有悲欢离合，月有阴晴圆缺，此事古难全……"他咽了口唾沫接着说，"下面'开光'，所有戴孝的人来到灵前，男的站东边，女的站西边，站成两排。属马的属羊的属蛇的不要靠前，我再说一遍，属马的属羊的属蛇的不要靠前……瞻仰老人的遗容时，谁也不能哭……"

众亲属围着棺材依次瞻仰老人的遗容。阴阳先生口中振振有词：

"开眼光，观明堂。

开鼻光，闻供香。

开嘴光，吃牛羊。

开耳光，听八方。

开心光，亮堂堂。

开手光，抓钱粮。

开脚光，上天堂。"

老太太人好，一生与人为善。院里院外、篱笆墙上摆满了色彩艳丽的花圈。送行时，两人拿着童男童女走在最前面，接着是纸牛、金山银山、冰箱彩电……长长的一趟花圈紧随其后，浩浩荡荡的一大队，在哀乐中缓慢地走向西边小山岗的"小庙"……浓烟滚滚，冲向天空。那些纸活，在瞬间变成灰烬。西边的天空，残阳如血……

如诉如泣的唢呐、让人闻之落泪的哭声，在马家大院一直持续了两天两宿。第三天早晨，低沉哀婉的唢呐吹响，在阴阳先生的指挥下，村里的八个青壮年抬棺起灵，一瞬间，哭声再次响彻云霄。妇女跪在山下，望着长长的人流缓慢地涌向东山顶。马莲再一次哭晕了过去……

上山的这条山路足有千米，而且刚下完雨特别湿滑。村里张罗事的安排了几个壮劳力跟在抬棺的人身边，一旦谁撑不住了，立马接替一下。阴阳先生是个近视眼，戴着足有500度的近视镜。老太太安葬完毕，他哈腰伸手去拿"引魂鸡"，村里的几个年轻后生跟他早就熟了，大家故意调理他，事先把引魂鸡绑着的腿儿给松开了。他伸手去拿的时候小鸡"扑棱"一下飞了两丈多高，落到旁边的草丛里，差点儿没把他的魂儿给"引走"，当时脑门儿的汗就下来了。口中连说："不好不好，有说道。这小鸡我不要了，东家呢？赶紧再给我点儿钱吧！"引魂鸡是葬礼结束后给阴阳先生拿回家吃的，但这回没拿走小鸡，阴阳先生害怕，提出想多要俩钱儿"弥补"。这几个年轻人哈哈大笑，他们一起围住草丛，把几乎不会动的小鸡逮住递给阴阳先生："小样，你成天干这个也害怕啊！'有说道'，有啥说道！"阴阳先生气呼呼地说："你们这帮小子啊，没一个好东西！"说着，接过小鸡，塞进随身携带的草绿色帆布兜子里，骑着他的"建设50"下山了。

料理完老太太的后事，家里人开始算丧葬的花销。这几天张志龙熬得眼睛通红，他对岳父和几个大舅说："爹，妈对我和小莲特别好，别看我们困难，花销算我们一份儿……"马莲怀抱孩子，抹了一把鼻涕说："我妈最心疼我，说啥得让我们花点儿，要不我们心里不得劲儿！"几个大舅哥说啥不同意，最后，几个女儿象征性地拿了些纸活钱。

老太太去世后，马莲大病一场，嗓子哑了，牙疼吃不下去饭，见人反复说着一句话："大娘，我没有妈了！""三嫂，我没有妈了！"

第二十七章

老妈去世后，马莲一直郁郁寡欢，失魂落魄。她抱着孩子坐在食杂店屋里，眼睛总是呆呆地望着窗外……看着看着，两颗泪珠不由自主地滚出眼窝。

在一个朦胧的鸡叫的早晨，一辆破旧的三轮车载着一家三口以及必需的生活用品离开了富安村。张志龙信心满满，要在辉河县城用勤劳和汗水闯出一片天地！

辉河历史悠久，文化底蕴丰厚，是满族发祥地之一，地处吉林省东部长白山区向西部松辽平原的过渡地带，以丘陵为主。

张志龙在县城租了个便宜的小房。他俩卖盒饭、卖水果蔬菜甚至蹬"倒骑驴"拉人、拉货……起早贪黑啥苦都吃了，可就是一分钱也攒不下，不是出点这事儿就是出点那事儿。张志龙在一次蹬"倒骑驴"送货时，为了躲避一个老人，不小心把一个轿车刮了，赔人家不少钱，日子一度陷入窘境……

这是张志龙闯荡县城一年多的一个傍晚。张志龙一家三口吃完晚饭，冰倩坐在炕上玩着一只很旧的布口袋，马莲弯腰在狭小黑暗的外屋灶台刷碗，张志龙枕着胳膊躺在炕上看着天棚想着心事。

"志龙，你来一下。"马莲朝屋里轻声喊了一声。

张志龙从炕上直起腰来到外屋。

马莲压轻声说："没米了，明早做粥还能够吃一顿的。豆油和酱油也没了……"张志龙的心"咯噔"一下，感觉像是放在热锅上煎烤了一下。他一句话也没说，只是轻轻点点头，表示知道了，随即推门走了出去。

夜幕降临，霓虹闪烁。张志龙漫无目的地走在大街上，凄冷的风吹拂着他身上单薄的衣衫，头顶没了水分的杨柳叶子"哗哗"响着……妻子紧锁在眉头的焦虑和忧愁，如一块巨石压在他的心头，让他感到窒息，感到有些喘不过气来。其实，他何尝不知道家里马上就断炊了。但是，妻子的"明早做粥还能够吃一顿的"还是让他有些始料不及。就是说，如果明天上午再不买大米，一家人真的就要挨饿了！家里已经连着喝了好几天的稀粥了，炒勺的锅心已经锈迹斑斑了，能够吃上一顿炒菜对他家而言绝对是件非常奢侈的事。一日三餐，饭桌上除了稀粥就是腐乳、臭豆腐……大人怎么都好说，苦了孩子啊！他真的为自己感到悲哀：一晃从山东来东北已经整整10年了，这眼看着就进入二十一世纪了，你张志龙却还终日为吃饱肚皮犯愁！自己挨饿、怎么受苦遭罪都情有可原，现在你是丈夫、是父亲，却让身边最亲最爱的两个女人跟着你受苦。唉，你真的太窝囊了！

夜色越来越浓，张志龙的呼吸变得凝重。目前的处境，他感觉好像跌入冰冷的万丈深渊，自己根本没有能力再爬上来。这么多年，一直欠着亲朋好友的钱，根本张不开嘴借钱了。赊？去粮店赊点大米豆油？根本没有特别熟悉的，人家不可能赊给你！张志龙自嘲地摇摇头。离家越来越远了，估计得有10多里路了。道路两侧的饭店灯火辉煌，透过明亮的玻璃能清晰看到，有一家三口坐在东边一个饭店临窗的位子有说有笑地喝着、吃着……街上往来的汽车和自行车川流不息。张志龙不知道要去哪，他就想这么一直走下去。走着走着，蓦地，他看见大街东侧有个医院，医院大门中间白底的红"十"字灯箱特别显眼——"辉河县中心血站"几个字映入张志龙的眼帘。他停下脚步，在门口徘徊着。不一会儿，医院的门开了，有个四十多岁的中年男人从里面走了出来。张志龙急忙上前问道："师傅，我跟你打听个事，这里……能卖血不？"这个男人看了他一眼，说："能。你进去打听一下吧。"

张志龙鼓起勇气走进医院。一男一女两个穿白大褂的医生正站在医院走廊里闲聊。

"大夫，咱这里……能卖血不？"张志龙嗫嚅着问。

四道如外面天气一样冰冷的目光齐刷刷地扫视着他的脸。走廊里又白又

亮的灯光照着惨白的墙壁，照着几张苍白的脸。矮个的女医生和男医生说了句："你忙吧。"然后转身扭动着清瘦的腰肢趾高气扬地走了，清脆的高跟鞋声在走廊里"咔咔"回响。男医生上上下下打量了张志龙几眼，说："可以，不过得早晨来。"

张志龙心中暗喜，说声"谢谢"后转身要走，那个医生叮嘱他：

"早晨吃点清淡的，别吃油腻的食物。油腻的食物会造成乳糜血，不合格……"

"卖一次血……多少钱？"张志龙回过身又问。

"单采血浆一次八十，三天可以采一次。采全血200毫升，每次能卖二百，这个一个月就能卖一次。"

张志龙喜悦之情溢于言表，连连点头致谢，麻利地走出了血站。

第二天早上，马莲和孩子还在熟睡中，张志龙便早早地出了家门。

昨晚的两碗稀粥早就消化得差不多了，走在人行路上，张志龙的两条腿无比沉重，眼前直冒金星。他使劲摇摇头，想让自己保持足够的清醒。进了血站，他把头埋得很低。血站里有四五个农民打扮的人，应该和他一样也是来卖血的。有三个人说没吃饭，当时就被淘汰了。有一个头天晚上喝酒喝到半夜，指标不正常，被淘汰了。还有一个说喝了羊汤，也被淘汰了。

医生最后把目光转向张志龙，冷冷地问："你早晨吃没吃饭？"

"吃了。"张志龙撒谎说，同时挺了挺空瘪的肚子。

"吃的啥？"

"小米粥，咸菜。"张志龙继续撒谎，还硬从空空如也的腹腔挤出一个饱嗝。

"好，过去先化验下血。"

化验完血型，开始单采血浆。张志龙伸出左臂，医生用药棉擦了下下针的地方，一个硕大的针头对准了他的血管扎了进去，殷红的血一点点流进针管。在血管里，张志龙看见白花花的大米，黄澄澄的豆油，还有孩子喜欢的虾条、酸奶……原血抽出来后，通过机器分离出血浆，再把剩下的血输回血管。

张志龙的血管细，也可能是因为没吃早饭，只抽到一半就抽不出血了。

"怎么搞的？咋抽不出来了？"大夫用疑惑的眼神看着张志龙。

"可能……第一次有点紧张吧。"张志龙的话音里藏着几分紧张,"那怎么办?还能……给钱不?"

"一半的量,钱也只能给一半。"医生拔下针头板着脸说。

"好好好。"

对张志龙来说,四十块钱也可以维持十天八天了。

张志龙揣在裤兜里的手紧紧攥着四十块钱急匆匆走出血站。他到粮油商店买了5斤大米,2斤豆油,2斤酱油,到超市给孩子买了两块月饼两包虾条几瓶酸奶,又到市场买了2斤鸡骨架,三四个土豆……

张志龙两腿发颤,手里的东西觉得特别沉重,有几次甚至要脱手掉落在地。进了小院,志龙朝屋里喊了声:"马莲——,马莲——"坐在炕上的冰倩听见喊声急忙站起来,两只小手和一张小脸贴在挂满霜花的玻璃窗上向外看,兴奋地喊着:"爸爸回来了!"

马莲推开门迎了出来,看见志龙手里拎这么多东西,用诧异的目光瞅着他,低声问:"你……哪来的钱?"

"我去劳务市场干了点零活……"

说着话,马莲从张志龙手里接过米和油,二人一前一后走进屋。张志龙已经有些虚脱,额头再度滚下豆粒大的汗珠。他颤抖着把月饼酸奶虾条扔在炕上,愧疚地对女儿说:"倩倩,快……来吃。"说着话,他顺势倒在了炕上。

"我……饿了,你们……吃饭没?"张志龙问。

"我们才起来不一会儿,刚给孩子洗完脸……还没吃呢。我马上做。"

马莲拿起电饭锅,犹豫了一下,问丈夫:"做干饭?"

志龙无力地点了点头:"嗯。"

电饭锅插上电后,马莲又到外屋把炒勺拿出来,放在锅台上,用仅剩了半截的"秃头"刷反复擦洗锅心的锈迹,插上电,锅温度渐高,左手拿着锅铲,右手拿着还剩少半瓶油的啤酒瓶子,将油瓶嘴放在锅铲上,稍微倾斜一下油瓶,待流出少许豆油后,迅速回正瓶子,锅底"滋——"的一声响,马莲把几片葱花扔进锅扒拉几下,把洗干净的鸡骨架倒入锅中……不一会儿,小屋里飘出香味……

三天后的早晨,张志龙低着头再次走进了血站……

第二十八章

　　冬天的夜寒冷而漫长。夜已经很深了，张志龙躺在炕上丝毫没有睡意。窗外，明亮的月光透过没有窗帘的窗户照进房内。妻子和女儿已经睡了，头上依旧用枕巾和棉袄遮挡风寒。看着躺在身边的妻子和女儿，张志龙内心隐隐作痛。让最亲最爱的两个女人跟他东跑西颠，受尽苦累，是他作为男人的悲哀！五岁的女儿，每看见别的孩子穿着漂亮的衣服漂亮的鞋子，两眼里弥漫着稚气的渴盼的光泽。这种眼神张志龙捕捉过很多次，这是让他心碎的眼神！孩子应该去幼儿园了。他去附近的几个幼儿园打听过，学费虽然不高，那他也承担不起！他辗转反侧，翻过来掉过去怎么也睡不着。寒冷的夜他并不觉得冷，相反还有点燥热。他裸露肩膀，两只胳膊叠落在枕头上，支撑下颌，瞅着屋地上电炉子几圈红红的电阻丝发呆。电炉子的炉盘时间久了，有两三处烤裂了。黑色电缆线和电阻丝连接的地方，电阻丝三天两头总折，每次都得把接头的地方折断一小段，然后把电阻丝抻长了再接上。现在不能将就了，明天还得再买一根儿。他耳朵里嗡嗡作响，他不知道这声音是来自耳朵外部还是内部。他一会儿向左翻身，一会儿向右翻身，一会儿挠挠头皮，一会儿挠挠胳膊，觉得浑身上下奇痒，怎么也睡不着。这会儿，他头枕胳膊，仰面朝天，嘴巴微张，长长地吸进一口气，再重重地从鼻腔呼出，腹部随着呼吸不停地起伏。他吸进的是苦，呼出的是愁。在寂静的夜里，他的呼吸显得格外沉重，他的心里犹如塞了一团乱麻。

　　小雪节气的一个早上，地面覆盖着薄薄的一层霜。无所事事的张志龙早早起来，走到附近的早市逛逛，看看有什么"商机"。这个季节，黄瓜、豆角之类的农家蔬菜已经很少见了。地摊上摆放最多的是倭瓜、地瓜、土豆……一辆汽车前围了满满一圈人，想挤进去都费劲。卖啥的？咋这么多人？他走近一看，原来是卖大葱的，围着的人几乎都买一捆。上秤、收钱、找钱，葱贩子手忙脚乱。早市渐渐散了，葱贩子开始收摊了。张志龙忙走上前跟他搭讪。通过闲聊得知，大葱上价三毛钱一斤，刨去车费和损耗，一斤大葱纯收入能有一毛钱，按一车一万斤算，一车能挣一千块钱。眼下正是销售旺季，一车大葱三五天就能卖了，年前可以跑好几趟……他跟司机打听了上货的地方和价格，有点动心了，可本钱最起码得3000块钱，上哪去整这3000块钱啊！

张志龙回家跟妻子说起倒弄大葱的事儿："马莲，刚才我去早市溜达一圈，看卖大葱的挺快，老多人买了，我也想去拉大葱……"他观察一下妻子的表情，接着说，"眼下，无论县城还是农村，家家户户都储存大葱，销路肯定不成问题！"

"行倒是行，得不少本钱吧？"妻子问他。

"嗯，咋也得3000块钱。"

"3000块钱，咱上哪整去啊？"

张志龙低头不语。沉默许久，张志龙抬起头，说："要不……你去三姐家问问，她家刚卖头牛，手里……应该有钱。"

"你快拉倒吧，咱还欠人家好几千块钱呢。我可没那个脸！"妻子一口回绝。

张志龙商量妻子："咱做这个买卖明摆着挣钱，三姐能信着咱。要不……咱干啥啊，总不能……这么待下去啊！"

两个人琢磨了一圈，亲属家也就三姐马杰家条件好些，更重要的是，他们两口子对他们一直很好。张志龙说服了妻子回建设镇的三姐家借钱。其实，马莲心里也没底，欠着人家好几千呢，但眼下真的没别的办法，硬着头皮去试试吧！

马莲翻箱倒柜翻出两块钱的钢镚儿——仅够自己买回建设镇的客车票。站在小炕上的冰倩睁着大大的眼睛看妈妈穿上黑色的羽绒服要出门，并没有要带她一起走的意思，就伸出胳膊让妈妈抱她一起走：

"妈妈，你要去三姨家？我也去。"

屋里气温低，孩子的小脸冻得通红，呼气时小鼻孔里飘出两道凉气。马莲的泪水止不住流了下来，她在女儿的脸蛋上使劲儿亲了一口，说：

"宝贝听话，跟爸爸在家。妈妈去三姨家借钱去。你去了，三姨又得出去给你买东西了，咱不要……"

孩子的小嘴瘪瘪着，似有说不出的委屈，眼泪在小脸上流成两条溪流。她把孩子放在床铺上，转过身走了。冰倩回过身跑向炕上的玻璃窗，哭着看着妈妈走出狭小的院落。

张志龙心里有底，三姐家即使手里没有钱，就是出去借也会把钱给老妹妹拿来的。他得去安排拉大葱的货车，可是，孩子咋办啊？把孩子一个人扔家万万不行，不说别的，光电炉子就够让人担心的了。

"走，宝宝，爸爸今天出去办事，我把你送幼儿园去，跟那里的小朋友玩去。"女儿小脸儿红扑扑的，忽闪着一双大眼睛非常听话地点点头。

张志龙抱着孩子走出家门，附近就有一所私立幼儿园，平时总能听到孩子们欢乐的笑声和刚上幼儿园的孩子离开爸妈时撕心裂肺的哭声。每次经过幼儿园，看着里面的孩子穿着漂亮衣服漂亮鞋子在塑胶草坪上唱歌做游戏快乐地玩耍，女儿冰倩总是随着孩子的跑动而移动。从小到大，冰倩身上穿的全是亲戚朋友家孩子穿小的或者不喜欢穿的衣服。张志龙心底升腾起一股难以言说的愧疚。

"爸爸——，你怎么哭了？"在爸爸的怀里，冰倩伸出小手去给爸爸擦眼泪。

"哦，没事儿，风大，爸爸迷眼睛了。"

在离家不远的幼儿园门口，一个三十多岁的女老师热情地接待了张志龙。张志龙像模像样地打听了一下收费情况：

"老师，咱们这怎么收费？"

"一个月三十，一左一右数咱家收费低，老师责任心可强了！"

"三十块钱，不贵。我看咱这环境挺好，这么地，今天我先让孩子在这玩一天，适应一下，行的话明天我把孩子送过来。"

"行行行，没事儿，在我这你就放心吧！"老师始终满面春风，"来，宝宝，让阿姨抱！"说着从张志龙怀里抱过孩子。第一次离开父母，冰倩在老师怀里回过头哭着喊了声："爸爸——"，张志龙心里说不出的难受："宝贝，听阿姨话，爸爸下午就来接你。"说完，转过身头也不回地走了，任泪水在脸上流淌。在他的头顶上，早霜打过的杨树和柳树的叶子在冷风中凄凉地唰唰响着。

在卖饭盒时张志龙认识个货车司机，叫冯路吉，为人特别憨厚实在。张志龙在市场很容易找到了他，跟他谈好了路费，约定好了发车时间。太阳落山的时候，张志龙来到幼儿园，从老师手里接过孩子，老师一个劲儿地夸着孩子："咱家大宝贝可乖了，一点也不哭不闹……中午我给她买了袋方便面，孩子吃得可香了。"

张志龙连声道谢："谢谢老师！看看明天把孩子送过来。"说出这句谎话，张志龙觉得脸上火辣辣的。

第二天早饭后马莲乘坐建设镇到辉河县的第一趟班车赶回了县城。看见妈妈进院，扔了一宿的孩子站在炕上隔着窗户，用小手使劲儿挠着满是霜花的窗户玻璃，委屈地哭喊着："妈——，妈——"妻子哭着跑进屋连外套都没来得及脱，一把把孩子抱在怀里，使劲儿亲吻着孩子。

妻子从三姐马杰家又借了3000块钱。从妻子手里接过钱的时候，张志龙觉得特别沉、特别重。他揣好钱，匆忙跟老婆孩子道别走出家门，按事先约定跟冯路吉驾车上了开原。辉河县距开原市就200多公里，货车三个多小时就到了。冯路吉领张志龙到的那个地方叫业民镇，大葱是当地百姓的主导产业……和葱农谈好价钱开始泡秤、装车、付款。北方的冬天白天特别短，一忙活天就擦黑儿了。两个人到小饭馆简单吃了口饭，启动车辆，要连夜返回辉河——第二天早市这个机会可不能错过。张志龙心里盘算着，让妻子负责收钱、找钱，让司机帮着卖葱，挣钱了多给人家点儿。这只是第一次，合作愉快的话还有第二次、第三次呢……

这条路途中有六七个岭，最出名的岭叫桃花岭，单坡岭长5000多米，除了100多米陡坡外其余较为平坦宽阔。说话间，汽车已驶上了桃花岭，过了这个岭张志龙就可以迷糊一会儿了。汽车喷着黑烟以较慢的速度行驶上桃花岭。冯路吉的这辆车刚买不久，是借钱买的二手车。可能坡度太长，冯路吉

对汽车载重估计不足，有些超载，一直以二挡行驶。在爬那个100多米长的陡坡时，汽车竟然没爬上去，出现"溜坡"现象。这时再挂一挡已来不及了，汽车往后溜坡越来越快。这条路都是弯路，两边都是六七米深的壕沟……冯路吉第一次经历这种场面，额头的汗立马下来了，他大喊一声："兄弟，不好！跳车！"张志龙更没见过这场面，他不敢怠慢，打开副驾驶车门从车里跳了下去，右肩正撞在路边的一棵大树上。旁边一米外的下面，就是深沟。冯路吉打开车门从另一侧也跳了下来，两个人眼瞅着汽车摇摇晃晃地倒退着驶下山路，车尾向右一拐折两个个儿翻入右侧的沟底，雪白的两道灯柱在沟底斜着照射出去。张志龙的心脏仿佛从躯体中剥离出来，连同沟底乱蓬蓬的蒿草和刺槐一起在寒风中瑟瑟发抖。

完了，全完了！张志龙脑袋"嗡"的一声一片空白！他从沟边缓慢地站起来。司机也傻眼了，他蹲在地上哆嗦着手，"呲——"地划着一根火柴，一个橙黄色的小光圈一闪一闪的，叼在嘴里的烟不停地抖动，好不容易才把烟点着。他蹲在地上大口大口地吸着，烟头在夜色中闪着豆粒大的红光……

夜晚的山里，温度很低，时不时地传来一两声野兽的号叫和猫头鹰的哀嚎声。这里前不着村后不着店，站在山上四处观望，四周是黑乎乎阴森森的树林，遥远的地方仿佛有微弱的灯光闪烁。两个人算了一下，这些大葱砸烂了不少，而且折腾一下本身就很掉秤，如果从挺远的地方找人从沟底整上来，除了人工、车费，基本就是白忙活，弄不好还得赔钱。拉倒吧，不能要了。至于汽车，明天天亮再说吧。

按理说，张志龙付了车费，一切损失应该由车主负责。冯路吉家三个孩子，老婆卧病在床，全靠他出租养家。车的损失就够他受的了……

大葱没了，钱也没了。张志龙堵了一辆回辉河的大货车回到了县城。此时的张志龙真的是叫天天不应，叫地地不灵！他现在连家都不敢回了。他怎么去面对妻子和女儿那充满期待充满渴望的眼神！

夜幕下的辉河站前广场，在灯火映照和雪花飞舞中，张志龙裹着那件遍体鳞伤失去本色露出棉絮的浅黄色军大衣，脚上的那双破旧的旅游鞋已无法御寒。他缩着脖子，像个流浪汉似的在广场周围游荡，边走边使劲儿跺着脚。站前广场对张志龙而言印象简直太深了！他不禁想起了十年前他从山东来东北求学的那个冬天，也是在这里。他在雪地里像个傻子似的站了很久很久……如今，依旧是风雪交加，依旧是3000块钱打了水漂，依旧有家不能回。张志龙禁不住仰天长叹：苍天啊，你为什么处处跟我作对啊！

雪花更密了，夜色凝重。街灯的亮度在雪地里显得那么乏力、无助。张志龙漫无目标跌跌撞撞像个醉汉似的走在那条飘雪的路上，路边的几株杨树、柳树摇着枯枝，发出悲鸣。他踉踉跄跄地走在凄冷的雪地里，不小心摔了一个跟头。他并没有马上起身——他甚至希望那些来往的车辆从他的身上辗轧过去！此时大概是晚上九点多钟的样子，路上行人稀少，往来的出租车的灯光在雪花飞舞中格外刺眼。张志龙裹着破旧大衣从车站旁的一条小巷走过，从一家挨着一家的泡脚房里散发出粉色的、红色的朦胧灯光，屋门口打扮妖艳的女人透过门玻璃向外张望。大冷天，有个穿着性感的"小姐"看见张志龙从小巷子走过来，打开门往屋里拽张志龙，一对饱满的乳房暴露无遗："大哥，进来玩会儿！"张志龙一把把她推开……肚子又"咕咕"叫了，他看见路边的"狗食棚子"的灯还亮着，就掏出一块钱走了进去，买了碗馄饨。他在桌下偷偷数了数兜里买大葱剩下的钱，仅剩十多块了。

有家不能回，旅店住不起。漫漫寒夜，何处栖身！

张志龙无意间看见一家录像厅的灯箱牌匾闪着灯光，便裹紧破大衣走过去：

"老板，看录像多少钱？"

坐在门口的老板五十多岁，戴着眼镜。老板正在低头看书。他连瞅都没瞅张志龙，随口说了句："一块。"

"能看多长时间？"

"你要是不困，看一宿都行。"这时，老板抬头看了他一眼。

整宿，这让张志龙大喜过望。他正愁没地方睡觉呢！他进了录像厅找个最靠后的位置坐下。里面烟雾缭绕，从十四五岁到六七十岁，哪个年龄段的人都有。有几对看上去像刚处对象的——勾肩搭背依靠在一起。武打片、枪战片，观众觉得不过瘾，都喊叫着："换一个，换一个。"老板知道何意，急忙换个"刺激"的。录像厅顿时肃静了许多，大家屏住呼吸瞪大眼睛，看着电视屏幕那些勾人魂魄的裸体画面……录像厅老板皱着眉抽烟，一根接一根地抽。桌子上有一本很旧的书——《巴黎圣母院》。张志龙听说过这本书，

但是没看过。他站起身来到老板身边："老板，这本书我能看看吗？"老板抬头瞟了他一眼，随手从桌上拿起书递给他。张志龙侧身躺在长条椅子上，借着屋里时明时暗的微弱灯光如饥似渴地看起书来。快天亮时，他有了困意，裹上棉大衣呼呼睡去。此后的几天，他分不清白天黑夜，肚子饿得实在难受，就到旁边的"狗食棚子"随便买点廉价的食物，有时看桌上有别人吃剩的半根儿油条他也不嫌弃……他找到了世上最便宜的旅店。每天晚上，他都交一块钱到录像厅"看录像"。老板也是个文学爱好者，在这里，张志龙阅读了《简·爱》《悲惨世界》《红与黑》等世界名著。书中人物的命运吸引着他，常常使他泪水横流……一晃四天过去了。夜半时分，录像厅的人基本走散了。张志龙放下书，摸着下颌、两腮浓密的胡子，又开始胡思乱想了……他怎么可能睡着！下一步该怎么办？如何把眼下这个坎迈过去？可千万不能让老婆孩子知道车翻了，她们实在承受不住这沉重的打击！他脑海里把所有亲属和朋友过滤了一遍。他首先想到的是最亲最近的两个哥哥。三哥对他还行，可是，比他强不了多少，也是一屁股外债！二哥手里应该有点钱，可是，二哥说了不算，二嫂……还是算了吧，别找那二皮脸了！还有五个大舅哥，四个连襟，唉，有的本来就瞧不起你，再就是原本就欠人家的，没法再张嘴了。

四天后，张志龙连一块钱看录像的钱也拿不出来了。冬日的阳光像个吝啬的财主，只从浓云中散发出一丝微不足道的光。录像厅的老板对张志龙的脸色跟天空的乌云一样。张志龙裹着破旧的大衣沿着一条偏僻的小路走向郊区荒凉的原野。月亮挂在空中，散发出柔和的清辉，仿佛父亲母亲慈爱关切的目光。眼泪不知不觉淌在他清瘦的脸上。离县城越来越远了，远处的屯子里有几盏灯光，稍近一点的地方黑乎乎的，像是一片树林。风在高高的树顶摇晃着，发出一阵沙沙声，衬托着静谧的夜。他向着不知是什么村或是什么地方的灯光走去。走着走着，天空竟飘起了雪，冷风飕飕，让他有些抵挡不住。在寂寥的旷野，张志龙仰望苍天，吼出无比苍凉的声音：

"老天爷啊——，求求你放过我吧——！"

声音伴随着疾风在空旷的田野中消失，连一星半点的回音也没有。

他忽然看见路边的地里有个矮房子，便急忙走了过去。垄沟里的积雪灌进了鞋里，脚底冰凉。到近前一看，原来是个瓜棚，简易的木头门，他轻轻一拽就把门拽开走了进去。借着外面微弱的亮光可以看清，里面有个简易的用四根木头支起来的木板床，令他惊喜的是，床铺上竟然有条又破又旧的露着棉花的棉被——那一定是看瓜人留下的。他回身拽上漏着风的木门，在狭小的"房间"里来回跑动、跺脚。走了很长时间了，他确实有些累了。他把鞋脱下来，把鞋壳里的雪往外倒了倒，鞋底的雪已经踩化了。他穿着大衣蜷缩在床上，扯过那条冰凉的棉被连头带脚全都盖上。他想把自己的生命交给苍天，交给大地，交给寒风冷雪，交给这个不遮风雪的小屋……他的眼前闪现出老爹老娘妻子和女儿那一双双充满期待的目光……躺了一会儿觉得越来越冷，他不得不起身下地来回走动，来回跺脚。就在一瞬间，富安供销社那个待他如亲兄弟一般的秦世忠微笑的面孔出现在他的眼前，他马上有了主意。对，就找他吧，大哥一定会帮他渡过这个难关的！他甩下棉被，走出瓜棚。迎面的风让他打了个寒战，他返回小屋，从床上扯起那床破旧的棉被裹在破旧的大衣外面，横穿田地里的一行行垄沟向不远处来回有车辆驶过的大路走去。

两个半小时后，连跑带颠的张志龙已经站在富安供销社门口了。应该接近十点了，供销社的大铁门早就上锁了，院里一片寂静，秦大哥居住的房间里透出一丝昏黄的光。秦大哥可能趴在被窝里看电视呢，张志龙想。张志龙举起手拍响了那扇沉重的锈迹斑斑的铁门。拴在门口的狗"汪汪"叫了起来。不一会儿，屋里的门开了，昏黄的灯光从门内泄了出来，一个男人拿着手电站在门口问了句："谁啊？"

张志龙急忙答了一声："大哥，我是志龙，张老五——"

秦世忠上身披着棉袄，下身穿着一条灰色衬裤，拿着手电从里面走了出来，手电的光柱像根闪光的金箍棒，随着他的走动忽上忽下。来到门前，他在铁门缝里往外照了一下，这一照，把秦世忠吓了一跳，手里拿的一串钥匙掉在地下："你——是谁？"此刻的张志龙披着破棉被，蓬头垢面，已经多日没刮胡子了……。别说秦世忠，现在就是站在父母面前，也不一定认出他来。

"大哥，是我，老五，志龙！"

秦世忠的手电停留在张志龙的脸上，张志龙闪烁着晶莹的泪珠。他仔细端详了一下，确认是张志龙后，才从地下捡起钥匙打开门。铁门只拉开半米宽，待张志龙进来，随手又关上铁门锁上。

两人一前一后走向秦世忠睡觉的房间，在门口，那只多年不见的大黄嗅出张志龙的气息，直往张志龙身上扑，拴着的铁链子在冰雪地面"哗哗"直响。志龙把它抱在怀里，亲切地摸了摸它的头。进了屋，看见一脸关切的秦大哥，张志龙竟像见到自己的父亲一样有无尽的酸楚和委屈，禁不住失声痛哭！头顶的雪花融化成水，秦世忠忙从晾衣绳上扯下一条毛巾反复擦拭张志龙的头顶。他料想志龙肯定遇到了难处，一边擦拭着张志龙的头发一边安抚着：

"老五，别哭。有啥事跟大哥说！"

说着，帮志龙脱去那件棉被，又脱去那件棉大衣，放在凳子上。三四分钟后，张志龙控制住自己的情绪，擦了把眼泪，跟秦世忠大哥诉说了自己的不幸遭遇。秦大哥一边皱着眉抽烟，一边安慰他：

"老五啊，别着急，别上火，赶上啥事儿办啥事！"

秦世忠打开营业室的门，拿出一个午餐肉罐头，一个鱼罐头，还有一袋花生米，两根火腿肠：四个菜上桌了。张志龙这时饿得有些受不了了，他恨不得一口把桌上的食物全都吞进肚里。

"哥，有面包没？我……饿了。"张志龙饿得浑身颤抖。

"有，我给你拿去。"

秦世忠进营业室拿出一个油汪汪的面包递给志龙，看见面包，张志龙恨不能一口整个吞进肚里。他哆嗦着接过面包一口咬掉一大块。

"别着急，有点凉，慢点。"秦世忠回身给张志龙倒了一杯开水放在桌上。

张志龙倒不出嘴说话，一个劲儿地咀嚼着。额头沁出细密的汗珠——这是严重饥饿身体发虚所致。

秦世忠坐在炕边抽着烟，烟雾笼罩下的眼睛被张志龙狼吞虎咽的吃相润湿了。

也就在三分钟内，张志龙结束了他的"面包之战"。秦世忠招呼他洗脸、刮胡子，又烫上一壶酒，哥俩儿坐在炕上开始小酌。窗外寒风刺骨，屋内暖意融融。

　　第二天早上，秦世忠递给志龙3000块钱："老五，这钱你拿着花吧，要是不够我去银行取。不用着急还。"

　　志龙非常感激地说："哥，够了够了……哥，你拿笔和本，我给大哥打个欠条。"

　　秦大哥生气地说："老五，咱哥俩儿扯这个干啥。我信着你了，咱哥俩儿要是打欠条的关系，我还不一定借给你呢！"秦世忠言辞恳切，张志龙感动得泪水夺眶而出。

　　整整四天没回家了，一直也没和家人联系，妻子一定非常着急。张志龙把那床破棉被扔了，坐着由富安通向县城的第一趟客车回到辉河。下了车，他到市场买了一只小鸡、5斤豆油、10斤大米，又给孩子买了一箱酸奶，特地让老板给换些五块十块二十块的零钱，皱皱巴巴地放在装钱的腰包里。张志龙两手拎满了东西，做出非常高兴的样子走进家门。

　　"你咋才回来啊？急死我了！"妻子上下打量着他，希望从他的脸上或者眼神里看出什么。

　　妻子的眼神让志龙有些心虚，他怕妻子看出破绽，低头把小鸡放在地上，把酸奶放在炕床上，招呼女儿："宝宝，快来喝酸奶！"说罢脱掉大衣扔在屋中央破旧的椅子上，以编剧主角和导演的多重身份开始他的表演，"农村可好卖了！早晨赶集，散集了下屯子，可把我和冯哥忙坏了。"志龙从炕上一把抱过女儿，在孩子的脸蛋上左一口右一口使劲儿亲着。

　　"爸爸，你的脸好凉！"女儿扬起小手给爸爸焐着脸，又焐了会儿耳朵。志龙的眼睛瞬间模糊了，他强忍着没让自己哭出来。

　　"咋不给家打个电话啊？"妻子边做菜边问。

　　"农村，哪有……电话啊！"志龙的喉咙有些哽咽。

　　"一车全卖了了？"

　　"嗯，卖了了！"志龙摘下腰包，把零钱整钱一下子倒在炕上，孩子高兴地用那双胖乎乎的小手按图案把钱分成一个个小堆儿。

　　"在六道村老王大哥帮我赊出去一些，老百姓苞米没卖，手里没钱。没

事儿，都准成，等卖了苞米过去取钱。"当初在三姐家借了3000块钱，现在手里还不到3000块钱，挣的钱哪去了？志龙担心妻子起疑心，所以，按事先想好的继续眉飞色舞地表演。

"那还去不去拉了？"妻子一看这个买卖来钱确实快，有意让丈夫再去开原拉一车回来。

"不去了，该买的都买差不多了。再弄回来就不一定好卖了。这玩意儿掉秤掉得邪乎！"

张志龙继续编织着善意的谎言。

那个既用于取暖又用于做菜的电炉子散发出温热，可此刻，张志龙却感到浑身发冷。他没有一丝胃口，饭也不想吃就想躺在床上沉沉地睡去，但是不行。他在心里对自己高喊："张志龙，你是个男人，你必须给我挺住！"小铁锅里飘出鸡肉的香味，孩子在炕上的床垫子上欢快地蹦着跳着唱着。

这段时间，家里常吃的就是酸菜。半块大豆腐炖点黄豆芽多添些水能吃好几顿。一日三餐腐乳臭豆腐不离桌 ……马莲今天手脚特别麻利，一边放桌子一边哼唱着二人转。饭菜上桌了，张志龙故作高兴倒了二两酒。给女儿夹了一个鸡大腿儿，女儿用胖乎乎的小手把鸡腿儿送到嘴里，吃得津津有味，嘴边淌油。张志龙看得心里十分难受。这么大了，孩子只去了一天幼儿园，中午还是老师给买的方便面……他一仰脖儿，使劲儿喝了一大口酒，吃了口菜，把一瓣蒜扔进嘴里。泪珠实在控制不住，夺眶而出。他咧着嘴伸出舌头，说："这大蒜，太辣了！"

这天，马莲的三哥马富到辉河县城办事儿，想顺路到老妹妹家看看。他辗转找到了妹妹的"家"。狭窄的小院，破旧的掉了蓝漆的房门钉了一层塑料布。他使劲拽了下门，上面开了挺大的一个缝儿，下面却和门槛子结结实实冻在了一起。他又用力拽了几下才把门拽开。门槛上用钉子钉着用破布裹着的用于挡风的一把稻草被拽出了几根。马富掀开挂在门上同样用于遮风的破褥子走进屋，屋里和外面温度差不多，光线很暗，外屋的墙面像刷了一层黑油漆。他推开里屋门，里屋地中间有一个破电炉子散发出微不足道的热量，一个黑乎乎露出棉花的破被挂在窗户上，地中央椅子上的一盆水冻了一层薄薄的冰，冰倩坐在炕里小脸蛋冻得通红，从鼻孔呼出的两个细小的"烟柱"在冷空气中慢慢扩散……

马富的突然造访，让张志龙和马莲有些措手不及，显得十分窘迫。打马莲还很小的时候，三哥就特别疼爱这个老妹妹。他没成想，妹妹现在竟然过得如此寒酸如此狼狈如此破败！在妹夫一家三口面前，他像个孩子似的哭了，以不容反驳的语气说：

"你俩……马上把东西……收拾收拾。我去找个车，跟我……回家……"

马富转身出去，不一会儿，找来一辆三轮车停在院子门口。这个家太好搬了，米面油都见底了，几双破旧的碗筷，两床被褥，再就是结婚时买的那部彩电，除此，一无所有。张志龙到后院跟房东说一声，就急忙跑上三轮车。

雪后的关东大地，山川、河流、房屋……全都覆盖了一层厚厚的雪被。马莲和孩子坐在三轮车的驾驶室里，马富和志龙坐在后车厢的草垫子上，身上盖着军大衣。三轮车吐着黑烟，"突突突"在公路上奔驰。路旁挺拔的杨树不时落下几团硕大的雪球。辉河县标志性建筑仙来峰上高高的古塔在阳光的照耀下熠熠生辉，大放光华。古塔越来越远也越来越模糊了。张志龙心头涌起一阵酸楚。啊，辉河，我曾经那么狂热地扑到你的怀抱，三年来，我洒下太多辛酸、太多汗水，可今天，你回报我的却是遍体鳞伤头破血流……

别了，辉河！

别了，仙来峰！

第二十九章

　　三哥三嫂一直对马莲特别宠爱。逢年过节或是老人过生日，除了给老人买吃的喝的，总是不忘给这个最小的妹妹买点儿食品或者头绫子之类的东西。三嫂在每年年前，总要给这个小姑子扯几尺布，做件像样的衣裳。马莲结婚后，他们也一直惦记她，只不过两人年龄越来越大，供两个孩子上学，过得并不宽裕，所以照顾得相对少了些。每次家人聚到一起马莲总是轻描淡写地说："不用惦记我，我们挺好的。"要不是这次到县城办事儿顺便到了妹妹家，马富无论如何也想不到他的老妹妹竟过着如此寒酸的生活。

　　三哥三嫂把西边的那个房间收拾出来，外屋的灶坑架上木头桦子，熊熊的火苗从灶坑里直往外窜。这个屋平时不住人，三嫂担心屋里冷、炕凉，又把屋里的炕洞子点着，推里一筐苞米芯。不一会儿，屋里就热乎了。在舅舅家的热乎炕上，冰倩又高兴得蹦蹦跳跳了。

　　纷纷扬扬的瑞雪把岁月带进1998年的腊月。冬闲的人们成天成宿打麻将、打扑克。马莲的三哥三嫂一再告诉妹夫和妹妹，来年开春看看能干啥干点啥，现在啥也不用想，就老实在家待着。

　　虽然离春节还有十多天，可建设镇小街却早已川流不息热闹非凡。男人头上都戴着厚厚的颜色比较单一的棉帽子，女人头上围着厚厚的五颜六色的围巾，把本来就不宽敞的街道堵个水泄不通。来往的汽车、蛤蟆车司机使劲儿按着喇叭，行人可不管那个，像没听见似的，该咋走还咋走。有时候车碰到屁股了才回头瞅一眼，然后稍微往边上挪一挪。路边没有盖子的铁皮箱子里的鲤鱼、胖头鱼在有冰碴的水里直摆尾巴，而腿被捆绑得死死的公鸡卧在地上却寸步难移。卖对联和年画的摊主戴个露着手指尖的手套，不停地弯腰、直起，把从地面上捡起的对联和年画卷成桶状，用皮筋套在一起交给顾客……

张志龙和马莲在街上花30块钱买了一袋白面，又买了点儿花生瓜子糖块。回到家，三哥三嫂非常生气，把他俩好顿数落："这就是自个家，外道啥！以后再不许往家买东西了，等你们过好了买啥都行！"

冰倩不知道发生了什么事，咬着手指，仰着脸有些害怕地看看舅舅、舅妈，又看看爸爸、妈妈。

1999年的春节如期而至。不管咋说，在大舅哥家过的这个年，张志龙一家还是非常开心快乐的。大舅哥家就两个女儿，才十六七岁，家里一下子又添了三口人，她们也觉得特别热闹、喜庆。过年，别看就是年夜的一顿饭，这顿饭与平时可大不相同。如果没有极特殊的情况，谁能在别人家过年，哪怕是亲哥哥亲姐姐家。张志龙无处落脚，虽然大舅哥大舅嫂实心实意挽留，但作为一个男人，作为一家之主，混到在别人家过年这个地步，心里咋说也过意不去。每到吃饭，两个侄女总是把白酒啤酒香槟饮料摆满桌子。马富喝不了几口酒，但每到饭口总是张罗喝点，张志龙每天都喝得晕的乎的。有时看电视看到小半夜，马富也让老婆去热几个菜，和妹夫再喝几口。

不知不觉过了正月十五。一天，张志龙的三哥张志河到建设镇小街找到他，叹了口气，心事重重地说：

"老五，我和你三嫂要去黑龙江打工。你不能总在大舅哥家住，搬我那住吧……"他皱着眉头抽了口烟，"我那两垧多地，今年你们种，明年看看啥情况再说。"

去年夏天的一场大雨把张志河挨着河套边的简易房房基冲毁了，房墙扭裂了，岌岌可危。正好，三组屯子里有一家搬走了，他家的旧房房况还行，价钱也便宜，位于村部附近，于是，张志河把这个三间老房买到手，把那个"二四"墙的简易房扒倒——把那些可用的木头和砖头拉回家盖了个仓房。

张志龙在村里工作的时候，赶上村里土地小范围调整，张志龙在富安六组分到一垧地，只是一直没种，这么多年一直给二哥张志江种着。如今，张志龙的生活实在维持不下去了，赶巧三哥的地让他种，还能住在三哥家，眼下对他而言绝对是最好的安排了。

张志河出门打工走了，志龙找了辆"黑豹车"（小三轮），把彩电和两床被褥从大舅哥家搬到富安三组的张志河家。安顿好后，张志龙到供销社简单买了点儿东西，骑着自行车，把孩子放在前梁上，让妻子坐在后座上，到二哥家串门儿。

二哥张志江和二嫂准备了午饭，二哥陪志龙喝酒。马莲一直用眼神示意志龙，志龙心领神会，对二哥二嫂说："二哥、二嫂，我在外面实在混不下去了……今年打算回家种地。"二哥二嫂支支吾吾没说出个里表，但脸上明显露出不悦。

张志龙每天早出晚归在街里打零工。几天后，二嫂刘淑娟骑自行车下来，沉着脸告诉马莲："老五媳妇，你家的地没了，让大伙给分了……"光天化日，朗朗乾坤，地说分就给分了？这不简直胡说八道呢嘛！马莲跟二嫂吵了一架。她一气之下找到村部，大队周会计从柜里翻出六组的土地台账，非常气愤地说："别听你二嫂胡说！这有台账，地都在你二哥二嫂那呢，你就找他们要！"

为了要回自家的地，马莲骑着自行车来到二哥家。进了屋，她也不再客气开门见山地说：

"二哥二嫂，我去大队问了，周会计把台账拿给我看了，说地都在你们那了。"

二哥坐在炕边只顾闷头抽烟，一句话不说。二嫂和马莲掰扯起来，陈芝麻烂谷子，八百年前的事儿都提起来了。这些陈年旧账跟马莲一点不沾边，她见二嫂蛮不讲理所以她说话一点儿也没客气：

"二嫂，你别跟我说这些没用的，那时候我还不认识张志龙呢，你提这些事跟我有啥关系啊！"马莲性格泼辣，但说话在理。

"马莲啊，你先回去吧。"张志江看老婆和兄弟媳妇吵起来了，想缓和一下气氛。

"张志江，你个完蛋玩意儿，嫁给你这么多年一天福没享到！"二嫂指着张志江的鼻子骂。

张志江在哥五个当中可以说最憨厚老实，平日言语也少，眼珠子就像缺了润滑油的珠子般不乐转动。村里人都知道，张志江有点儿"气管炎"。

几天后，张志江骑着自行车到街里的修理铺修理农具，他顺路到五弟家，告诉马莲："马莲，你的地给你。你二嫂就那样，别跟她一样的。"

张志江把地还给了张志龙，马莲和二嫂却从此落下了隔阂。

春风漫过辽阔的低山丘陵，一场春风，一场春雨。辉河的天地亮堂了起来。

春风过后，在辉河蛰伏了一冬的人们活泛了起来。经过整整一个冬天的休整，他们的脸色红润了，浑身铆足了劲。套上牲口，唤上妻儿，在田间地头，用锃亮的犁铧翻整着一寸又一寸的希望。

张志河的地加上张志龙自己的地，总共有三垧多，都在六组。志龙住在三组，离六组七八里地的样子。张志龙两口子在家都是"老疙瘩"，没种过地，根本不懂该种什么品种。在亲朋好友的金钱和技术方面的资助、参谋下，总算完成了播种。只需一场透雨，几个昼夜，便齐刷刷地长出绿苗。五月节前后，要拔掉多余的苗，锄去苗间的草。很快，玉米一人高了，你能听见玉米苗"咔咔"拔节的声音。这时，该给玉米补充营养——施加化肥了。

阳光下一片连着一片的玉米生机盎然，碧绿修长的叶片在微风中舒展，玉米茎秆粗壮，叶色浓绿。张志龙在镇里打工，马莲找哥哥马富在镇里的生产资料赊了二十多袋化肥。又骑着自行车顶着毒辣辣的太阳跑到岭东的三姐家，让姐夫在本队求了几副犁杖。第二天早晨，几头老牛挪着慢腾腾的步子拖着"当当"直响的犁铧走了一个半小时来到富安六组。马莲和帮忙的亲属在前面弓着腰把化肥撒在苞米的根部，后面的几个牛犁杖从垄沟翻土覆盖上去。到了地头回弯的时候尽管牛把式十分小心，犁杖和犁套总会刮断几棵苞米，那个"咔咔"折断的声音听了让人心疼。老黄牛慢悠悠地走着，宽嘴巴和黑鼻孔上挂着白沫和黏液。老牛一边走一边反刍，鼻子"呼哧""呼哧"地喘着粗气。常言道"人老奸马老滑"，牛也不例外。就一个来回，脚下的步子明显慢了。随着主人的一声吆喝，牛猛地抻直水袋一样宽阔的脖子，一拱

脊梁，身上、屁股上的肉左右扭动，一眨眼，连人带牛都淹没在绿海之中。

晌午时分，马莲招呼大家坐在地头的大树荫凉下，把从家带来的面包和麻花发给大家作为午餐……

慢慢的，玉米顶端开出了长长的花穗，风过处，穗上的花絮扑啦啦飘落，被玉米上一缕缕紫红色的胡须接住，完成了授粉，孕育出健壮的籽粒。风儿吹着，日头晒着，那籽粒渐渐变得饱满坚实。等风有了些许寒意，收玉米的日子就不远了。

整个富安村还在酣睡中，张志龙在夜色朦胧中骑着自行车来到六组。节气已是寒露，早晚凉气袭人。几声犬吠，引来全屯狗的响应。张志龙把自行车放在二哥家门口，拿着镰刀走上山顶，开始收割庄稼。清风为他做伴儿，镰刀为他唱歌儿，天空中月亮和满天繁星为他照亮。鸡鸣时分，月亮和星星隐退了，张志龙脸上晶莹的汗珠里折射着东方第一缕霞光。他直起腰，向四下望去。此时的山野无疑是最美的。薄薄的雾气弥漫了群山，萧瑟的秋风吹得树叶和田间的玉米叶"唰唰"作响。枫叶被秋风染成了红色，和满山金色的黄花松夹在绿色山林中，好似一幅美丽的油画。这时马莲带着女儿冰倩也来到了山上。张志龙割地，马莲戴着风帽捂着纱巾坐在苞米铺子上开始扒苞米。懂事的冰倩也时不时帮着扒几个，然后在田间采野花野草，听着空中的飞鸟唱着欢快的歌。山下炊烟袅袅，微风送来饭菜的香味。张志龙抱着孩子，马莲拿着饭盒，来到地边长满蒿草和灌木的避风的壕沟里，找一个相对平坦的地方席地而坐，喝着凉开水，吃着从家里带来的冷饭冷菜。此刻，对他们来说，这山沟是最好的床铺，这蒿草是最好的被褥，要是躺在上面舒舒服服地睡上一觉该有多美！

这天中午，张志龙一家三口正在壕沟里背着风吃饭，村里七十多岁满头银发的杨大娘气喘吁吁地走上山来，在山沟上跟志龙说话：

"老五啊，我听俺家……你哥说，你们天天……在壕沟里吃凉饭。天这么凉，不行啊！"老人喘口气，用手捋一下额前被风吹动的银丝接着说，"我一天没啥事，就给孩子做个饭，明天你们就到……俺家吃，咱们都谁跟谁啊，别外道！"

早些年，张志龙的父母在这个屯子时，跟大家关系都挺好，跟杨大嫂家更是多年的老邻居，一直处得非常好，平时谁家有个大事小情互相都有个帮衬。当年，刚满周岁的小志龙得了荨麻疹，生命垂危，张凤池找个鸡窝篓要把志龙扔掉，就是这个杨大嫂苦苦阻拦，后来送到县里的医院，这才救了小志龙一命。志龙长大后，听家人说过这件事，听说过"杨大嫂"这个人，对老人一直感恩于心，只是没有机会没有能力报答……老人的话让志龙两口子很受感动，但他们怎么好意思给老人家添麻烦，再说，又不是三天两天就能干完。

张志龙在沟底仰着头对大娘说："大娘，谢谢您！没事，饭还不咋凉，用毛巾焐的，温的乎的。"

大娘猜到张志龙两口子不好意思去她家吃饭，就说："要不赶明儿你把饭送到俺家，我做饭的时候顺便熘一下，完事，我再给你送上来。"

"不不不大娘！您这么大岁数了，那可不行。"

"老五，你要这样大娘就生气了！咱们是多年的老邻居，你爸、你妈，那时对俺们可好了！"

"要不这样，麻烦您给熘饭，中午让孩子去取。"张志龙一看老人实心实意，就提出个折中的办法。

杨大娘瞅了瞅正在吃着地瓜的冰倩，说："那也行，告诉孩子上山下山小心着点，瞅着点车，瞅着点牛犊子，满山跑，别给碰着……"

"嗯，您放心吧！"

此后，每天张志龙上来的时候就把饭盒送到杨大娘家。中午，六岁的冰倩下山到杨奶奶家，用一个布兜把熘热的饭拿到山上。遇到上山下山的车以及跟在车后乱跑乱蹦的牛犊子她都躲得远远的。

一棵棵地割，一穗穗地扒，一束束地捆，一棒棒地装。雇来的拖拉机在地里"突突突"不熄火，张志龙和马莲片刻不敢松懈，蹲在地上往车里扔苞米，累了，索性就坐在或者跪在潮湿的地里装车。懂事儿的冰倩也站在车旁一棒一棒地蹲下站起，帮着往车里扔……装满一车，张志龙喘口气，护送司机下山。这条山路是个偏坡，凹凸不平。老百姓把路边都种上了苞米。拖拉机下山过横垄地，后车厢被垄台或者一小块石子颠起的瞬间，很容易顺劲

儿折扣到路边10多米深的壕沟里，造成车翻人伤的事故。张志龙不敢大意，双脚死死地蹬在后车厢右侧，双手死死地拽住车沿，整个身子悬离地面，弓成一个弧形，尽力下沉，使拖拉机尽量保持平衡。每过一个垄沟张志龙的身体都跟着上下颠簸，他的心更是跟着起伏不定。拖拉机到了山底经过那条小河，水泡子里洗澡的几只大鹅惊得"嘎嘎"直叫，四散而逃。司机换挡踩油门，四轮子的排气管冒出一团团黑色的浓烟。望着四轮车驶入大道，志龙才缓了口气往山上走。

火红的落日早就沉到远山的那一端了，山下人家的窗户已经散发出昏黄柔和的灯光。已经看不见苞米棒子了，张志龙才和妻子、孩子下山，骑上自行车回家。简单吃口饭，志龙把门口的灯打着，两口子把卸在地上的苞米全都装到苞米楼子里，每晚都忙到小半夜。感觉刚睡着，天就蒙蒙亮了。张志龙和妻子又得急忙起床。马莲从炕边慢慢挪着双腿下地，脚刚碰到地面，就"哎哟"一声。她缓了缓，用手轻轻捶打几下大腿，揉揉后腰，再试着扶着炕沿慢慢站起。

东山顶是一块很陡的坡地，别说拖拉机啊，牛车也进不去。张志龙只能把装在塑料袋子里的苞米一袋袋扛到上面再装进车里。张志龙和马莲的手指肚磨得像塑料薄膜，干活时那种钻心的疼犹如被针扎了一般。

夕阳温柔地抚摸着田野，抚摸着南山北山秋收的人们，抚摸着缓慢前进的三轮车四轮车以及牛车马车，抚摸着山林，抚摸着张志龙一家三口布满灰尘的脸。

"老五，今年苞米真好，这回行了！"

"这块地种的啥品种？这棒真大！"

……

看见张志龙收获满满，大家都替他高兴。这天晚上，张志龙心情大好有些贪杯，睡得特别香甜。他做了一个甜美的梦，梦见自己把所有的饥荒全还上了，还盖了新房，领着妻子、女儿回到山东，爷爷奶奶看见孙女高兴得不得了……

第三十章

二十四节气中的大寒是一年中最冷的日子了，虽偶有晴天暖阳，但凛凛寒风依然占据主场。这时节，人们忙着除旧布新，腌制年肴，准备年货。"大寒小寒，杀猪过年"的民谚再贴切不过，大寒一到也就快过年了。

观望了一段时间，短期内玉米价格没有上涨的可能了，张志龙急于把家里的玉米出手。不缺钱的人家期望卖个好价，往往过了年再卖，可他张志龙等不起。事有凑巧，这天，正好屯子里来了个收玉米的，叫马天，张志龙认识。马天四十岁出头，红脸膛，左脸有一道伤疤，在建设镇开个批发部，为人豪爽、仗义，向来说到做到。他在农村有很多朋友，送货到谁家赶上饭口他都不客气，上桌就吃，完了从送货车上把大米、白面、豆油……直接给你拿到厨房。你跟他撕吧他就跟你急眼。本村、邻村的有很多家把玉米卖给他了。他已经收了十多天了，每天有十多辆大卡车在附近冰雪覆盖的村路上来往奔驰。大伙都说他讲究，不计较。张志龙开食杂店的时候总去他家进货，有时候没钱，货照样让你拿走。张志龙听见前院打苞米，就主动来到前院，让马天到他家看看苞米。

"马哥，这一天老忙了吧？你上我那看看我的苞米怎么样。"

马天来到张志龙家，围着苞米楼子转了转，掏出一棒苞米用手从中间折断，说："志龙，你今年的苞米真好！比他们的都强。"

"那啥时候有时间？把我的先拉走，我着急用钱。"

马天皱着眉盘算了一会儿，说："那明天就把你的拉走吧。等我有时间早

着呢！老多人等着呢！"

走出院门，马天又折回来，趴在张志龙的耳边轻轻说：

"给你两毛五一斤，他们都是两毛三。咱是哥们儿，我不能挣你钱……"

腊月中旬，天寒地冻。早上，张志龙在本队找了10多个人帮他打玉米。脱粒机轰鸣，大家忙着脱粒、灌袋、上秤、装车……脱粒机在院子里整整响了一天，过了两顿饭的饭口才慢慢停下来。装车的时候忽然下雪了，而且越下越大，并伴有强劲的西北风，刮得人睁不开眼。堆满院子的玉米芯不一会儿就盖了一床厚厚的雪被。又忙活了一个多小时，总算装完车了，加长141满满的一车。马天穿着厚厚的军大衣，站在雪地里从大衣兜里拿出一个计算器，当着志龙的面算完账后大方地对志龙说：

"兄弟，一共一万四千六百一十六，这么地吧，就照一万五千块钱给你。"

说着从大衣里面兜里掏了一把，零钱整钱还不到1000块钱，迟疑了两秒对志龙说："兄弟，今天钱不够了，这么地吧，明天我上来收赵德海的苞米，顺便把钱给你送来。定钱我都给他了。"

张志龙想都没想，说："行！咱哥们儿有啥说的！"

马天用红联单据飞快地写下苞米的斤数价格欠款总额和日期交给张志龙，说："老弟，上街还有两家，你跟我去一趟，我跟他们不熟，要不是你说话，我不能照这个价收他们的苞米。"

今天上午，本屯的李广林和魏德刚看张志龙把苞米卖给马天，价格比别人高二分钱，也找张志龙把苞米卖给马天，他们和志龙几乎同一时间打完苞米装车。张志龙领马天先后来到李广林和魏德刚家。马天重复着刚才和张志龙说的话，两个人都有些犹豫，但已经装上车了，便让张志龙给做担保。张志龙也没多想，爽快地在欠条上签了担保人：张志龙。

转过天，张志龙左等不见马天右等不见马天，他有些沉不住气了，穿上破旧的黄不黄绿不绿的大衣来到上街赵德海家，问：

"大哥，马天今天来没来？"

"马天昨天来看了下苞米，说我的苞米挺干，他答应要，怕我卖给别人还留了1000块钱定钱。都这时候了，咋还没来呢？"赵德海站在院子里向远方的路口张望，白亮亮的雪路上根本没有大车的影子。

张志龙转身回家了，他多少放心了点。一天这么多车辆，加油啥的，再说，可能是到别的村收了，一会儿兴许就能过来送钱。正当张志龙胡思乱想的时候，邻居左大哥骑自行车从街里回来，直接进了张志龙的院子。进院的时候拐得急，下车的时候险些跌倒。他把自行车扔在院内的玉米芯堆上，急匆匆地开门进了张志龙家。摘下"呼呼"冒着热气的棉帽子，面带惊慌，对张志龙说："老五，不好了，马天跑了！"

这消息对张志龙和妻子来说不啻晴天霹雳！张志龙脑袋"嗡"的一声，仿佛被高压电击中。妻子马莲手里的洗脸盆"啪"地掉在地上，水洒了满地，一下子瘫倒在地不省人事。左大哥和志龙连忙掐马莲的人中。冰倩吓得"哇、哇"直哭，光着脚丫跳下炕一边"妈——，妈——"地哭喊着，一边使劲儿拽着妈妈的胳膊……

马莲睁开眼睛，左大哥和志龙急忙扶她上炕。她躺在炕上有气无力地对志龙说："你快去街里看看，看他家的批发部……还有啥值钱的……东西没。"

冰倩坐在妈妈的身边，脸上挂着晶莹的泪滴。张志龙的手脚几乎不听使唤了，他努力控制着自己的情绪，挺住，一定要挺住！他哆嗦着戴上棉帽子蹬上棉鞋戴上棉手套，跟老婆孩子摆摆手向外面走去。在房子的东墙根儿底下推出自行车，左脚踩着脚蹬子，待车子有了前行的惯性，抬起右腿要跨上去，可是，车把一晃，他并没有完成这个简单的动作，差点摔倒。等拐出院子自行车上了大路，他才摇摇晃晃地骑了上去。自行车轱辘在亮得像镜面一样的冰雪路上转动着，张志龙的大脑也转动着，他多么希望这只是一个恶作剧！公路两旁落光了叶子的杨柳树上，挂满了毛茸茸亮晶晶的银条儿；松树和柏树上堆满了蓬松松沉甸甸的雪塔。到了马天的批发部，已经有20多个人站在门里门外，外围有上百人看热闹，有男有女，从头到脚都捂得十分严实。无论是棉帽子还是棉线帽子，挨着额头位置都挂着一层白霜。从他们的嘴里和鼻孔里飘出的一道道气体在冷空气中飘散，如吞云吐雾。

围观的人们议论纷纷："平时看那小子挺仁义啊，没承想做出这么缺德的事！"

"仁义？我早就看他不是什么好鸟！哼，想跟我借钱，没门！"

有个推自行车的五十岁上下的农民，向人们炫耀着自己的高明："前两天他也找我了，说倒弄苞米，钱不够用，要借2万，给5分利。俺家那老娘们都同意了，我一琢磨，不太准成。说啥没借给他！"

"他啊，早就没安好下水！前些天挺准成，那是下的鱼食，他是放长线钓大鱼……"

幸灾乐祸的也大有人在："你说富安那个大老魏，平时百精百灵的……"

"哎哎哎，你看，那不是富安村的张志龙吗？穷得都拿不成个了，也让他骗了。这下彻底完犊子了！"

一个知情者面露惋惜和同情："这里啊数他被骗得惨！别人可能就几千斤，最多不超过一万斤苞米，他那是三垧多地的苞米，五六万斤，一个粒都不剩。惨啊！"

"啧啧啧，这一家三口可咋活啊！"

"马天这小子缺了八辈子德了！"

……

批发部的门敞开着，张志龙从人群里挤了进去，眼睛飞速地打量了一圈。里面除了几捆包装纸、卫生纸啥都没有了，偌大的房间人去屋空。张志龙感觉眼前发黑，天旋地转，仿佛有座无形的山压在他的头顶，让他喘不上气让他窒息让他几乎瘫软在地。

张志龙来到建设派出所报案，派出所门口已聚满了富安村、外村同样受骗的20多农户。大家希望派出所赶紧把这个人逮住。派出所大门紧闭，一个民警隔着铁栅栏大门对外面的人群喊：

"大家都静一静，大家都静一静。你们听我说，你们这么吵吵能解决啥问题啊！这么地吧，你们进来一个人，跟我们所长说说情况，其他人都回去，有什么情况我们会及时通知大家的！"

大家你瞅我我瞅你，谁也不靠前。张志龙从人群中走了出来，跟民警说："走吧，我跟你去。"

在所长室，张志龙连着三个"问号"：

"温所长，请问马天是哪里人？他是否办理了暂住证？他真名是叫马天吗？"

温所长一问三不知，搪塞道：

"我们正在办案，你们回去等着吧，有消息会及时通知你们的。"

张志龙非常气愤："作为派出所，连他老家在哪不知道，真名叫啥不知道，没有暂住证竟然在这开了好几年的批发部，你们不觉得失职吗！"

温所长无言以对："你赶紧把那些人领走，否则，我告你聚众闹事，拘留你！"

"来吧，我正愁没地方吃饭呢。"张志龙伸出双手。

这时，派出所教导员走了进来，张志龙在村里当团支部书记时他们就认识，他好言相劝："志龙，你先回去吧。全镇好几个村好几十家受骗，我们一定会把这个案子当作大案来办的。你在这吵吵能解决啥问题啊，回去吧，有啥动静我第一个通知你……"

李广林和魏德刚听说这个消息也非常吃惊，在确认马天确实拿着粮款跑路后找到张志龙。白纸黑字，你给担的保，现在马天跑了，这个钱得你还。

傍晚，冷风习习，张志龙独坐在村外空旷的雪地里。他呆呆地坐着，心凉透了，神经也麻木了……不知何时下雪了，刮风了，那纷纷扬扬的雪花像数不清的受伤的蝴蝶，扑打着翅膀，落在他的头发上、身上，钻进他的脖颈，然而他却并未感觉到寒冷。此刻，他想哭，痛痛快快地哭，却一滴眼泪也没有。他觉得好累，真的好累，他真想化作一片云，飘向空中，看看天堂到底有多大；他真想躺在这洁白的雪地上沉沉地睡去，睡上一千年、一万年，看看地狱到底是什么样子……

张志龙的脑海里忽然冒出一个人物——杨宏坤。当年在生产队面对游街、批斗，杨宏坤依然满脸笑容。他曾对志龙说，"很多事儿，如果当作游戏看，就能拿得起、放得下、想得开、活得长。"张志龙现在才对这句话有了较为深刻的理解——这一切，也许是命运跟他做的一次游戏吧！

人生百态，世事无常，人在走投无路时往往会觉得活不起了，可是，你更死不起！他想到了躺在炕上输液的妻，想到了妻身旁"哇哇"啼哭的女儿。"任何一个傻瓜在任何时候都能结束自己！这是最怯弱也是最容易的出

路。"这是他在高中就阅读过的《钢铁是怎样炼成的》里的一句话，他非常喜欢这句话。他晃了晃脑袋，似乎这样才能让头脑保持清醒。随后，他扑棱从雪地上站起来，俯身抓起一把雪，把雪面放在冰凉的面部反复揉搓。他在暗黑的雪地里狂奔，一边跑一边喊："张——志——龙——，你是个爷们儿，你是个爷们儿！"凄厉的风，把他的声音刮得无影无踪。

马天以高出别人二分钱的价格收购玉米，他并不在当地卖，而是拉到近200里地的关山市，以每斤赔二分钱的价格卖给当地的一家粮库，为的就是往手里套钱。这个情况其他人一概不知。10多辆车的司机就挣路费，装卸工都是按日工挣钱，别的人家也无需过问。他家超市的货物也都是从辉河县大批发部赊来的，毕竟合作多年大家也都信任他。收玉米头几天，他都是给的现钱，差一不二还多给点，在周边留下不错的口碑。后期，他以资金周转不开为名，开始打白条。他用这样的方法仅在几天之内就套现100多万，然后在一夜之间逃之夭夭。

新年越来越近，人们都以极大的热情迎接着新世纪的到来，人人的脸上都洋溢着节日的微笑。无论大街还是小巷，到处热热闹闹，家家户户开始一样一样地置办年货了。

马莲已经整整三天没吃任何东西了，嘴上起满了血泡。张志龙给她冲碗鸡蛋水，招呼她坐起来喝一口，她还是紧闭双眼，躺在炕上有气无力地摇摇头。村里的大夫每天到家给打两次吊瓶，即便这时，她也是双目紧闭。屋里气温较低，马莲的身上盖着一床旧棉被，女儿冰倩蜷缩在炕角，脚伸在被子里面。她的眼睛如两泓深潭，写着与她的年龄极不相称的悲哀；她苍白的小脸儿也挂着不属于她这种年龄的忧伤。孩子虽然小，但她清楚地知道家中发生的这一切。她鼻翼翕动，嘴唇也随之急促地颤动，她努力控制自己没哭出声来——她一定怕爸爸妈妈会因为她的哭声而更加上火难过！望着女儿，张志龙的鼻子酸酸的。

东院七十多岁的李大娘弓着腰给端来满满一盆白面，西院左大嫂给捧来几捧瓜子、糖果、几瓶香槟……他们一边安慰着张志龙和马莲，一边实心实意地说：

"啥也别买了，上俺家过年吧！"

"破财免灾，别上火！摊上啥事办啥事……今年咱们一起过年，热闹！"

东西不多，话语虽少，却让张志龙实实在在地感受到了淳朴民风中的那份温情，令他感动，令他过去多少年回忆起来仍泪流不止……

这天，张志龙起个大早，把灶坑火点着，怕火窜出来，把苞米芯往灶坑里塞了又塞。他煮了一碗面条，吃完后趴在老婆耳边轻轻说："我去县城办点事儿，不用惦记。"然后趁着微明的曙光骑着自行车去了辉河县城。在县城，他批了一箱子冻梨绑在自行车后座上，在回返的路上走乡串屯高声叫卖着："冻梨啦——，嘎嘎甜的冻梨啦——"西北风、冒烟雪，扑面而来的顶风让他不得不下来推着自行车走。今天的风真硬，仿佛从前额吹开一个洞直接贯穿整个大脑。他身上破旧的大衣此刻像夹克衫一样单薄，手和脚冻得僵硬。实在忍受不了了，他把车子支在路旁，摘去并不保暖的手套，把冰凉冰凉的手凑在嘴前使劲哈气。皮鞋像一块铁一样又凉又硬，脚像猫咬的似的，他使劲来回跺着双脚……肚子咕咕叫了，路过小街，他捏出一枚硬币，想要换两个热乎乎的包子，可想想正在输液的妻，想想女儿被泪水笼罩着的眼睛，他把硬币又放回兜里。

一天很快过去，夜色降临。天空不知何时又飘起了雪花，它们飞舞着、旋转着落在张志龙的身上。屯子里零星散发出温暖、柔和的灯光。张志龙卖完冻梨，走在回家的路上……

张志龙心中有太多感慨！广厦千万，哪一间是属于他的避风港湾？万家灯火，哪一盏是为他点亮？

临年根，张志龙的冻货卖得挺快。他嫌自行车带的货太少，就借了辆"倒骑驴"，去县城批了300斤冻梨，200斤青鱼。一天卖不了可以接着卖，省得总往县城跑。回来时经过一个坡路，他试了一下，实在蹬不上去。破旧的大衣后背冒着热气，贴身的挂出好几个线头的蓝色毛衣几乎能拧出水来。他停住倒骑驴，搬了几箱冻货放在路边，脱去大衣扔在车上，双脚死死蹬住冰滑的路面，一小步一小步地往坡上挪。到了坡顶停好车子，跑到坡下一趟一趟往坡顶搬刚卸在地下的冻货。待他把货都搬到车上拿起那件破旧的大衣想

穿上时，大衣已冻成粗粗的一根"冰棍儿"。

几天后，张志龙挣了200多块钱。他来到邮局，给爹娘汇去100元。在留言栏里写道：儿很好，勿念。写完这几个字的时候，泪水湿了眼窝。他又在集市上给女儿挑选了一套比较廉价但很漂亮的粉色连衣裙。

"宝贝，看爸爸给你买什么了？"回到家，张志龙把衣服递给女儿，满以为女儿会兴高采烈，然而女儿竟没伸手。她睁着水灵灵的大眼睛，毫无表情地看了一眼新衣服，摇了摇头，语气坚定地说："爸，我不要！"

张志龙以为她不喜欢这个款式或颜色，便说："不喜欢这个啊？明天爸爸给你换别的！我跟卖货的说好了，不喜欢可以回去换。"

然而他和妻子却怎么也没想到女儿说：

"爸，我不要衣服，你拿回去给妈妈换双新鞋吧！"

这是还不到七岁的女儿说的话吗！妻子马莲一把把孩子抱在怀里，一家人相拥在一起。

腊月的风呼呼地刮着，像柳条抽在脸上，火辣辣的。

年底理发店总是熙熙攘攘。张志龙便在腊月二十九那天起个大早，给女儿戴上棉线帽子，又围上围脖，把孩子抱在自行车前大梁上去街里理发。大街烟雾飘飘，商店和街边修鞋棚子的铁皮拐脖烟筒里飘出缕缕煤烟，满街充溢着一股浓重的煤烟味。人还不算多，摊主正忙着往街道两侧摆放货物。理完发，张志龙领着女儿走到一家早餐部，打算领孩子去吃她平时喜欢吃的一块钱一碗的冷面。他支好自行车，拽开小吃部的门，一股热气从屋里冒了出来。可女儿冰倩死活不肯进屋，任凭张志龙怎么拉也拉不住，后来索性扔下他一个人往回家的方向跑了。

左大嫂帮着把灶坑里填了些苞米芯，屋里的温度还算温热。掉了油漆的蓝色窗框下边结了很厚的冰，窗台上好几条抹布吸着融化的水。

"来了，大嫂。"邻居左大嫂正陪着马莲说话，志龙进屋跟她打了个招呼。

"嗯。外面老冷了吧？你哥也上街了，办点年货。看见他没？"左大嫂问志龙。

"嫂子，外面老冷了！没看见我哥。这街里的人，太多了。得挤着走。"

张志龙看了一眼躺在炕上的妻子，脸色不再那么苍白了。他摘下棉帽子和棉手套，扔在炕梢。棉手套贴指肚那面的棉毡子磨破了，手指冻得奇痒，几乎拿不住东西了。他斯斯哈哈地急忙把手伸进褥子下面……

冰倩已脱鞋上炕，把两只小脚塞进被子里，依偎在妈妈身边。她用胖乎乎冻得通红的小手从裤兜里掏出两颗糖块，递给左大娘一块："大娘，给你吃。"

"宝贝，你吃吧，大娘牙疼，不吃。"

冰倩把一块糖块剥下外皮，塞进妈妈嘴里。

"咱家冰倩太气人了！"张志龙弯着腰在褥子下面暖着手，用非常复杂的眼神看着女儿。

左大嫂和马莲不知何意。

"咋地了？"马莲看了一眼女儿，又看着丈夫，嘴里含着糖块咕哝着问。

"剪完头发，我寻思领她去吃碗冷面，说啥也不吃！自己往家跑……"

左大嫂一把把孩子抱在怀里，眼里闪着泪花，问：

"倩倩，跟大娘说，咋不跟爸爸去吃冷面呢？"

冰倩忽闪着一双黑漆漆的大眼睛，说：

"大娘，俺家让人骗了，没有钱。"

"这孩子，这么懂事干啥！"左大嫂使劲儿亲了口孩子冻得通红的脸蛋，随即，用袖头擦了把眼睛……

第三十一章

张志龙卖冻货挣的几百块钱还不够塞牙缝儿的，还了一些实在不能再拖欠的饥荒又身无分文了！明天就大年三十了，年夜饭还没着落呢！他在大脑里过筛子一样，把亲属、朋友整个再次过滤一遍，唉，有的本来就欠人家的，已经好几年了，答应卖苞米还钱，可现在……思前想后，他决定到平时觉得比较要好的朋友姜东生家试试。傍晚，他犹犹豫豫地推开姜东生家的小角门走进院子。院子收拾得相当干净，下的雪都推出去了。一群小鸡、大鹅、鸭子在菜园子里优哉游哉地刨食。他推开屋门，大锅里的水翻滚着浪花，一股热气扑面而来，面对面都看不清人。姜东生正坐在炕上和老婆吃饭。看见张志龙进屋，姜东生的表情在瞬间凝固。老婆看了一眼张志龙，又忙把目光转向丈夫，眼神里有些许慌乱。

"来了五哥，吃饭没？没吃在这吃！"姜东生在炕边欠了下屁股问。

"哦，吃了。你吃你的。"张志龙在屋子靠墙的地方找把椅子坐下。

"五哥，有事吧？"姜东生手里的碗和筷子都停在胸前。他一边嚼着饭菜一边问。

"生子，不怕你笑话，这个年过不去了。大人还好说，关键有孩子。我寻思来看看……家里……有钱没，借我点。"

姜东生把饭碗往桌里一推，转向张志龙，划着火柴点着一根烟，眉头紧锁。时针仿佛静止，谁也没说话。姜东生手里的烟越来越短，烟屁股都快烧到手指头了，他还是一言不发。张志龙有些尴尬，站起身说：

"没有算了，我到别人家看看。"

看张志龙要走，姜东生急忙叫住张志龙，回头对老婆说：

"小梅，你给五哥拿100块钱。"

老婆打开炕柜门，背对着张志龙从柜底抽出一张100元面额的钞票递给张志龙：

"五哥，过年了，俺家也啥也没买呢，别嫌少啊！"姜东生接过话说："五哥，这100块钱你拿着吧，给孩子买点过年的东西……不用还了。"

张志龙迟疑了一下，还是接了过来。

大年三十的早晨，天黑咕隆咚的，万籁俱寂。张志龙早早地起来，把灶坑火点着，添上水，淘了半碗大米扔进锅里，把昨晚剩的半碗冻豆腐炖白菜和几个黏火勺放在铝盖帘上，盖上锅盖，自己顶着风骑着自行车匆忙来到街里。集市上早早地上人了，他买了一条一斤半左右的鲤鱼，一只猪手，二斤干豆腐，一斤花生米，又买了用来包饺子的二斤青椒二斤芹菜……

邻居左大哥、左大嫂比张志龙两口子大十五六岁，心善，从来不多言多语的。三十这天下午，张志龙一家三口正忙着简单的年夜饭时，左大哥左大嫂推门走了进来：

"志龙，马莲，我和你哥来好几次，寻思让你们到俺家过年，你说你们，就是不去，气人劲儿的！远亲不如近邻，外道啥啊……"左大嫂脸上挂着嗔怪，"我们也没啥送给你们的，给你们拿个小笨鸡，都秃噜好了……过年了，大人咋都好说，不能苦了孩子……"

左大哥进了里屋，把一张50元的钞票硬塞在炕上的孩子手里。冰倩急得直喊："大爷，我不要！"

张志龙和马莲闻声进屋。

左大哥眼睛瞪得溜圆，脸上挂着不容反驳的严肃："志龙，过年了，给孩子50块钱，别嫌少……别跟我撕吧，再撕吧我跟你急眼了！"

阳光照耀大地，雪野茫茫。通向山沟里和建设街的曲曲弯弯的冰雪路面像镜片一样发出眩目的光。满街的欢声满街的笑语，鞭炮声从早到晚不绝

于耳。这声音对张志龙而言，简直就是噪音，让他心烦意乱的噪音。这天早上，张志龙一家三口刚吃完早饭，三哥张志河捎信来说，今年不出去打工了，回家种地，过几天就回来。三哥的住房非常狭小，西屋虽然也有炕，但是一年四季不烧火，里面堆满了乱七八糟的东西，冷得跟冰柜似的根本没法住人。

三哥三嫂回来，得给人家腾地方，这一家三口又无处安身了！张志龙心底像着了火，嗓子一下子就被塞满了，几乎说不出话来。妻子和孩子眼中又流露出他熟悉的那种焦虑那种无奈。他忙从妻子女儿身上收回目光，眼神变得黯然失色，眸底多了一缕忧伤。要不，再回到结婚时的那间窑洞？可是听说已经做了村里的活动室。租一个？也没听说谁家有闲置的房子啊，再说，这都什么年代了，在农村住根本没有借房或租房子的啊！思前想后，他的脑海忽然冒出一个人，他决定去试一试。他骑着自行车径直来到住在富安一组新上任不久的村书记谷全家。张志龙也不拐弯抹角，他直来直去地说：

"谷书记，我不一直在三哥家住着呢吗，三哥三嫂马上要回来了，"张志龙的脸上现出一种实在走投无路的愁苦和迫切，"我现在……没有住的地方了。我的情况你也了解，看看能不能帮想想办法……"

谷书记三十多岁，年轻有为，头脑灵活，他那双不停转动的眼睛里嵌着两个猫一样的眼珠，时刻闪烁着警惕的幽光。他对张志龙的情况了解，他欣赏他也同情他。他低头琢磨着，猛地一拍大腿，说：

"干脆你上学校住去吧，学校打更那个老姜头快七十了，不能再用他了……要是有个三长两短死在学校，那可就麻烦了！"

"哎呀，那可太好了！太谢谢你了！"张志龙大喜过望，仿佛久雨的天气看见一缕灿烂的阳光。

"这样，"谷书记抽了口烟，"你先回去听信儿，我跟学校校长于占川商量一下。"

谷书记办事还真是雷厉风行。第二天他就找到张志龙，告诉他，富安小学的更夫年届七十，正好儿子不想让他干了。于占川校长同意张志龙去学校住，但有个条件，负责学校生炉子馏饭盒夏天扫院子冬天扫雪及安全工作，这些都是义务劳动，没有工资。有利条件是，房子随便住提供水电费柴火及冬季取暖煤。张志龙丝毫没犹豫，一个字：行！

清晨，天灰蒙蒙的，还没大亮，当整个山村都还在睡梦中，张志龙和妻子就早早地起来了。张志龙先把两床被褥放到一个推车上，接着是"熊猫"彩电、"长江"音响、见底的油壶、六七斤大米、几双旧碗筷儿，再就是他爱不释手的10多本文学书。冰倩睡得正香，即使妈妈把她抱起来也没醒，只是微微睁了一下眼就又睡着了，马莲只好把孩子用被子裹严实抱在怀里坐上推车。张志龙关了屋里的灯，锁好门，迎着飘飘洒洒的雪花推着他所有家当来到学校。雪地上留下两行弯曲的车印和足印。

富安小学位于三组最西边的山根底下，比邻富安供销社。前面是小河，后面是群山，整个学校占地面积有2000多平方米。校园内有成年的松树、杨树和柳树，高高的砖墙把学校包围着。当年，张志龙就是从这里读完的小学三年级，然后随家人搬回了山东。打更房和长长的教室毗连，位于教室的东边，是挺大的一间房，中间有个隔断，把前后两个屋隔开。后屋有个专门给学生馏饭盒的大深锅；住人的前屋不足10平方米，有一铺炕，过道要是同时两个人进出需侧着身子。张志龙和马莲对这个并不属于他们的新家相当知足。进了屋马莲把冰倩放在炕上时冰倩醒了，看见雪白的墙，通亮的灯泡，她的眼里流露出一丝久违的欣喜。

总算有个安逸的小屋了。昨天晚上老姜头临走之前把炕烧得挺热，屋里非常暖和，小炕睡上去别提有多舒服了。多年来，张志龙养成一个习惯——晚上睡觉，在枕下压一本书，一个笔记本和一支笔。夜晚的校园十分静谧，妻子和女儿都安详地睡了——张志龙从没见过的那种安详。张志龙心头掠过一丝欣慰。在这样的环境里读书对他是莫大的享受。他时而读书，时而笔耕。困乏了，他拉了下墙边的灯绳，把灯关了……不知睡了多久，或许是半睡半醒，他突然来了灵感，急忙翻身，在被窝里打开手电，拿起笔在笔记本上"唰唰"地写着……

张志龙一家有了栖身之地，此后不必再为住所犯愁了。但，别的愁事接踵而至。

正月已近尾声，西北风不再那么冷那么硬了。阳坡地里的雪已经大部分融化，裸露出土地本来的颜色。猫了一冬的人们陆续把种子化肥买回

来了。这天，李广林和魏德刚推开学校的角门，俩人并肩嘀咕着向张志龙"家"走来。

李广林本名叫"李英伟"，只是并不英伟且长了一脸麻子，所以大家给他起了个"李广林"的雅号——广林者，麻也。而他和老婆却并不在意，说："人无外号不发家。"就这样叫来叫去，大家都快忘了他的真实姓名了。尤其外人，以为他真就叫"李广林"呢。他长得瘦高，脸上无肉且坑包不平，鹰钩鼻子。他往那一站，就是对"尖嘴猴腮"这个成语的最好解释。魏德刚矮胖，长了一双大眼皮，肿眼泡，鬼点子多，平时走路总是低着头像想着事。俩人站在一起有点像说相声的。

"来了魏哥、李哥，快，炕上坐。"二人的每次造访，都让张志龙和马莲心里"咯噔"一下。

"志龙，咱也别拐弯抹角了，你看那钱咋整？"

当初卖玉米是张志龙给马天做的担保人，现在，人家是"打酒冲提瓶子的要钱"。你张志龙给做的担保，他跑了，就得找你要！

对于这个担保，张志龙一直承认："李哥，魏哥，你们放心，马天跑了，白纸黑字我做的担保，这个钱我一定还，但是现在确实没有……这个账到啥时候我都认！"

马莲和孩子坐在炕里，孩子瞪着水灵灵的大眼睛一会儿看看李广林一会儿看看魏德刚一会儿看看爸爸一会儿看看妈妈。

张志龙两口子好话说了一箩筐，两个人气呼呼地走了。李广林知道张志龙的处境，这钱啊，张志龙猴年马月也还不上！他和魏德刚一起走出学校，等魏德刚走远后自己又返了回来。进了屋一屁股坐在炕上，摘下棉帽子扔在炕上对志龙说：

"老弟啊，不是大哥信不着你，眼瞅种地了，我家的苞米种子还没买呢！俺家那败家娘们儿跟我急眼了。今天我要是拿不回钱去，她就要和我离婚。"

"李哥，我说了多少遍了，我不是不还，我现在真的是求借无门……"

李广林眼窝深陷，两道浓眉紧锁着。他的眼睛落在张志龙的彩电和音响上了。他从炕上站起来，直来直去地说：

"这么地吧，把你的彩电和音响给我吧，多少就那么地吧，我回家也有个交代。"

这台彩电和音响是张志龙结婚时买的，张志龙和妻子怎会舍得。但，李广林不依不饶，不给的话就坐在炕上不走了。

"行，你拿走吧……你把我担保的欠条给我。"

实在无奈，张志龙只好同意让他拿走。他把电视和音响的插座拔下来，和李广林一人抱一个装到外面的推车上。李广林刚一出门，马莲再也抑制不住心中的那份愁苦，趴在炕上放声大哭。紧接着，小屋又多出一个孩子稚嫩却更揪心的哭声。

窗外呼啸的寒风疯狂地拍打着门窗，塑料布封着的房门呼啦一下被刮开了，强劲的冷风使张志龙不禁打了个寒战。

第三十二章

漫长的寒冬终于过去，冰雪消融，土地解冻，大地焕发出勃勃生机。

尽情玩乐的寒假结束了，孩子们开学了，沉寂一冬的校园又开始热闹起来。过了这个没有一丝快乐的年，张志龙的女儿张冰倩已经七岁了。张志龙和学校的校长、老师商量孩子上学的事，大家说，先让孩子在学前班待一学期，等下学期才能上一年级。家庭的多次变故给冰倩让原本爱说爱笑爱唱爱跳的冰倩变得沉默寡言，总是心事重重的样子。张志龙和马莲都很内疚：他们欠孩子一个回不去的美好童年！

刚一开春，张志龙就去了建设镇里的一处建筑工地打工。绑钢筋、拌混凝土、推砖、扔砖……站在高高的脚手架上，汗水湿透了衣裳，看孩子们一个个背着书包唱着歌儿欢快地走进校园，听教室里传出的书声琅琅，他常暗自神伤。一幢幢高楼拔地而起，张志龙的脸上和手上也刻下岁月的痕迹。这是个小型的建筑工地，干活的大多是附近农闲的农民，年龄从二十到六七十岁不等。午休时，有的人去附近的饭店喝酒，有的人躺在荫凉的树下呼呼大睡。张志龙的午餐很简单，基本是两个馒头，偶尔也买一碗面条找个凉快的地方，坐在石头或者砖头上，用安全帽当碗，把塑料袋装着的面条放到里面吃。饭后，他从随身携带的书包里拿出他的书，随一行行铅字进入作家虚构的世界中。困了，就倚着墙或者躺在地上、砖头上睡一会儿……大街上的音响传来让人落泪的歌曲，张志龙听着歌回忆着过去思念着亲人和朋友禁不住泪水潜然。

离开父母和朋友，

眼含热泪挥挥手，

风吹雨打不呀不停留，

长长路上我默默地走。

多少冬夏与春秋，

面对车流和高楼，

茫茫人海，

去呀去寻找，

想要的幸福真难求。

三月三呐九月九，

汗滴泪水满身流。

烈日晒呀寒风透，

亲人的笑容，

只在梦里头……

张志龙白天不管多累，晚上回家总要写点东西。渐渐地，一个农民工的名字竟也偶尔出现在报端。

酷热难当，下课的铃声一响，富安小学的孩子们像开闸的洪水一样涌到校门口，把卖雪糕、冰棍儿的阿姨团团围住。冰倩穿着已经顶脚的鞋跑回家（学校就是家），拿水舀子在水缸里舀了半下，咕咚咕咚喝个不停。马莲翻出一毛钱递给孩子："倩倩，去买根儿冰棍吃。"

倩倩看着钱稍微犹豫了一下，摇着头说："妈，我不吃，凉，我怕坏肚子……"说完擦把嘴，转身跑出去了。

这是周末的一天早晨，马莲在抱柴禾时腰椎间盘突出的病又犯了，张志龙要领妻子去县医院拍片子做个检查，可马莲不想让他耽误工，她让昨晚住在她家的侄女小梅陪她去。

张志龙把妻子送上客车后，骑着自行车领着女儿来到工地，把女儿交

给看管库房的一位大爷，让他帮着照看一下，等妻子从县城回来就把女儿接走。上午大约10点钟，志龙正站在高高的脚手架上干活儿，一辆警车从外面驶进了建筑工地。车停稳后从车里下来两个人，跟地面的工头打听着什么，工头抬头朝脚手架上的张志龙喊："张志龙，找你的，下来一趟！"张志龙顺着20多米高的脚手架一点点爬了下来，他心里嘀咕："警察找我干啥啊？莫非是马天抓到了？"

"你是张志龙不？"来人问。

"是。"不做亏心事，不怕鬼叫门，张志龙并没觉得紧张。

"你跟我们走一趟！"

"找我啥事儿啊？"

"到了你就知道了。"两个人一脸严肃。

张志龙跟警察要求去库房和女儿说一声。库房的门开着，刚才的一切管理员和女儿冰倩都看到了。志龙俯下身子对女儿说：

"倩倩，爸爸跟他们去办点事儿，可能一会儿就回来，要是回不来，等妈妈来接你……"

"爸，你别走，我怕！"她带着哭腔使劲儿拽着爸爸的衣襟不松手。

"宝贝听话……"志龙轻轻掰开女儿肉乎乎的小手走向警车。警车开走了，冰倩哭喊着在后面追赶着，管理员急忙跑过来把孩子抱了起来……

两人把张志龙领到建设镇法庭。

"你认识魏德刚吧？"

"嗯，认识。"

"这里有你担保的证据，他跟你要了很多次钱了，你一直没给他，他把你起诉到法庭，你看怎么办吧？现在能还这个钱不？"说着，这人把手里的那张欠条递给张志龙。

这下张志龙明白了：

"这笔账我承认，但是现在没有钱，还不上。我有了一定给！"

"还不上？那对不起了……"

二十分钟后，张志龙被建设镇法庭的两名工作人员送到辉河县看守所。厚重的大铁门打开，警车开了进去。法庭工作人员把张志龙的手铐打开让他下车。看到四面高高的墙和电网，以及高高的岗楼上面那个像雕塑一样端枪站立的警察，张志龙感觉从头凉到了脚。呵呵，没承想，我张志龙竟有今天！张志龙不知道他的双脚是怎么迈进铁门来到管教面前的。张志龙做了登记按了手印。在上交物品时管教都乐了："你这兜里比脸都干净！"张志龙窘迫地笑了笑。一切手续结束后，张志龙跟随一位挺瘦的警官向里面走去，走廊很长、很静、很暗。直到这时，张志龙心里才有一种说不出的紧张。可能是听见脚步声了，里面传出噼里嘭啷的响动，有人喊着："坐好！都他妈坐好！"

在走廊尽头左侧的一个房间，警察从腰间拽出一长串哗哗作响的钥匙，打开门对张志龙说："进去！"语气像是在往圈里赶一头牲口。门一开，一张似猪皮的脸笑着迎过来："李管，又来一个！"

"别乱来啊！"

"放心吧李管，没人动他。"

随着咣的一声响，张志龙彻底和外面的世界隔绝了。监舍是个长筒子，有三米宽七八米长的样子，狭长的过道左侧通铺，搭在不足半米高的水泥台子上，十多个人坐在上面，都盘着腿。张志龙原以为进来的人都剃光头，可眼前这些人都是正常发型。原来，进这里的都没啥大事，大都三五天甚至更短时间就出去了，不用剃光头。

张志龙站在门口，有些不知所措。

"把衣服脱了，站厕所里！"

"猪皮脸"对张志龙说话，努了一下嘴。在门的左侧，通铺的外头有个半米高的水泥墙，里面有个一米多见方的厕所，骚臭味扑鼻。

"痛快点！"张志龙听见有人高喊了一声，急忙脱去衣服——长这么大第一次当着这么多人的面脱光。

张志龙站在厕所里还没回过神，有个年龄不大的小屁孩儿拿起一塑料桶水从头顶浇了下来，张志龙浑身一激灵打个冷战。

"你过来。"

刚才跟李管教搭言的那个"猪皮脸"一边往里走，一边用后脑勺儿说着。看张志龙还在愣神，坐在最边上的那个小屁孩儿用手一指靠边的地方："赶紧过去，老大叫你呢。"

张志龙正不安地打量着监舍环境，屁股上突然挨了一下，遭袭于未防，身子一下趴到冷硬的铺板上，身后一个豹子似的声音吼着：

"你个怪懒子，磨蹭什么？痛快点！"张志龙恼怒地翻起身子，看见一个铁塔似的壮汉正恶狠狠瞪着他。

"看什么看？不服咋的？再眨巴一下眼削死你！"壮汉抬起手做出一个"削"的动作。

张志龙冷冷地看他一眼，没接茬。那小子嘴还不闲着：

"X，眼神儿够狠，不服是吧？"

"猪皮脸"在那边说：

"军哥，先审了他再说。"

这个铁塔绰号叫"二军"，他踢了张志龙小腿一下："你他妈痛快过去！"

张志龙光脚走到"老大"面前，老大在上铺坐着，悠闲地拿着一副破旧的扑克摆起卦来。铁塔吆喝道："蹲下！"张志龙犹豫一下蹲了下去，抬起头叫了声："大哥。"

这是一张铁青脸，眼窝深陷，胖胖的身躯，跨栏背心勉勉强强罩住他的肚子，左小臂有个"蛇盘剑"的文身。他头不抬眼不睁继续摆着扑克，"啥事进来的？"

"欠别人钱，没还。"

"上老娘们炕，让人讹上了吧？"

旁边几个人一阵淫笑。

老大问张志龙："叫什么？"

"张志龙。"

"张志龙？你看我这把剑，就是收拾你的！"他抬起左臂，让张志龙看看他那个"蛇盘剑"的文身，又是一阵哄笑。

"家是哪的？"老大闭着眼继续问。

"建设的，富安村。"

"建设的赵四是我小弟，听说过吧？"他停下手里的扑克，抬眼看着张志龙。

"听说过。"张志龙确实经常听人提起过这个人。

铁塔告诉张志龙："叫峰哥，这是咱老大。"

"峰哥！"张志龙的声音不卑不亢。

峰哥撩一下眼皮："哎，新来的，擦地。"

张志龙向厕所那边看去，黄毛立刻说："里边有床单子，擦干净点！"

二军给张志龙安排了个位置，让他正对着墙上的一个宣传栏，上面贴着一张《辉河县看守所在押人员行为规范》五要十不准。《规范》下面，还贴着一溜信笺，是几份检查和决心书、保证书，铁塔非常严厉地告诉张志龙："明天检查，背不下来别怪我不客气！"

"为了维护看守所的正常管理秩序，所有在押人员必须遵守以下规定：一，要认真学习、严格遵守规范，服从管教干部的管理……"

这时，张志龙的肚子咕咕叫起来，从中午到现在，一直没见着吃物儿呢。

阳光从头顶的铁网子漏进来，照在大家身上。张志龙想老婆孩子了，也不知道老婆的腰椎间盘好些没？被带上警车的场面被女儿冰倩看到了，希望不会给孩子留下阴影。

太阳从高高的岗楼边渐渐落下去了，终于等到了第一顿晚餐。大伙拥向门口。

张志龙光杆连饭盆也没有，迷惘地排在最后一个。旁边一个人回头说："先跟我一个盆儿吃吧。"张志龙感激地点了点头。

临窗的桌子上码了一片黄灿灿的窝头，旁边的大塑料盆里冒着半死不活的热气，估计是菜吧。"黄毛"正给大家分饭。峰哥和二军坐在铺上，吃着快餐盒里的米饭炒菜，有一股淡淡的油腥味飘过来。

"哎，接着！""黄毛"抓起桌上最后两个窝头扔过来，张志龙下意识抓住了一个，另一个落空了，在地上滚着。一愣神的工夫，已有人把窝头捡起来，直接塞进嘴里。

张志龙蹲在墙边，看一眼他的饭盆，几片白菜叶子飘在半盆清汤里。他把目光转到手里的窝头，那窝头像个石雕的桃子。张志龙运了口气，勇敢地咬下去，没有看上去那么坚硬。

旁边的人安慰张志龙："吃几天就习惯了，饿急了就好吃了。"说着把菜盆

递过来："拿汤往下顺顺吧。"

张志龙感激地接过来，喝了口汤，险些又吐出来："怎么一点咸味没有？"

二军回头骂道："你哪那么多臭毛病？不吃给我！"说话间，张志龙手里的窝头已经被他劈手夺去，张口就咬，还一边得意地望着张志龙，目光充满不屑和挑战。

张志龙把菜盆往地下一放，狠狠瞪着他，眼里喷射着愤怒的火苗："你有点过分了！"话没说完，二军的饭盆就冲张志龙头上砸来，被张志龙抬手拦飞。张志龙站起来的工夫，"猪皮脸"和另两个家伙也蹦了起来："烩了这小子！"

说话间，张志龙脸上先挨了"猪皮脸"一拳，牙床子都麻木了，几乎同时，二军等几个人也蹦到近前，上来就打，他们用雨点般的拳头向张志龙解释了成语"劈头盖脸"。张志龙血往上撞，本想还手，可想想家里的老婆孩子，他忍住了。

"拉倒吧！都停了吧！"峰哥发出命令，大家这才意犹未尽地停下手脚。

监舍就像一个没有终点站的长途客车，每天都有人上车、下车。每天都有家人前来"会见"，到内部饭店做一桌好吃的，打包拿回监舍。好吃的先孝敬给峰哥和军哥，剩下的大家一起吃。有几个酒魔偷摸把袋装白酒藏在西瓜里带进监舍，你一口我一口大家偷着喝。好几天过去了，张志龙一个会见的也没有，兜里更是分文皆无。

张志龙进拘留所第五天的下午，监舍又进来一个人，是个六十多岁的农民，胡子拉碴，骨瘦如柴，咳嗽不断，一双眼睛里充满了恐惧。

"老家伙，啥案子？"小屁孩儿问道。

"我和书记家……地挨着，他家每年都占我半根垄，我俩打起来了，我根本打不过他，派出所却把我抓进来了……"

"老家伙，过来，这是老大，叫峰哥。"

老人胆怯地走了过来，边走边咳嗽，来到老大面前，声音里颤抖："峰……峰哥！"

"你他妈磕巴咋地！"说着话，二军一脚把老人踢倒在炕沿上，老人闭着眼睛露出极为疼痛的表情。

"这都快赶上你爹你爷爷的岁数了，你们太过分了！"张志龙从床铺站起来，怒目圆睁。

"哎呀，你小子到底是不服哈，今天给你梳梳皮子！""猪皮脸"上来就是一拳。张志龙躲都没躲，一把攥住"猪皮脸"的拳头，单手用力，只听"咔吧"一声，"猪皮脸"发出杀猪般的嚎叫。几个家伙一看"猪皮脸"吃亏了，一拥而上，张志龙并不慌张，左一个右一个，拳脚并用，把他们通通摞倒。

"哎呀，小瞧你了！"二军跑过来伸手撄住张志龙的头发使劲往下按，要按倒张志龙。这家伙比张志龙高出一头，张志龙双手掰开他的手掌，原地跳起，抬起右膝照他的小腹就是猛烈一击，二军"妈呀"一声倒在铺上。此刻，压在张志龙心头多年的怒火终于爆发。他快速压了上去，左手从身后撄住二军的头发，左臂和身体用力死死压住他，右手握紧拳头照着他的腮帮和两肋就是几拳："你们不是想比拳头吗，给你们惯的，老人你们也不放过！"

眼前的景象让峰哥吃惊不小，峰哥名叫周峰，他是替别人打抱不平进来的。这几天，张志龙受了那么多欺辱，怎么打怎么骂他都默默忍受，像个呆子。今天，竟然为一个老人引发了冲突。周峰从床铺上站起来，抬起手高喊一声："都住手！"

张志龙停下拳头，回头对铺头说："老大，今天张志龙不是不给你面子，这几个人实在欺人太甚！老弟甘愿受罚，愿杀愿剐悉听尊便。"张志龙正气凛然，"不过有句话我得说在前面，我张志龙老哥一个，没有家，连个吃饭的地方都没有，待在这里挺好的。要是大家愿意在这里陪我待一辈子，我奉陪！"张志龙的话不卑不亢，大家面面相觑。

"都拉倒吧，二军后天就出去了，最多的也就十天八天……不打不相识，出去之后咱们就是哥们儿，就是朋友！"

这时，管教的脚步声由远而近，来到监舍打开门："怎么回事？皮子紧了是不！"管教看着张志龙背心上的血问张志龙："说，怎么回事！"

"报告管教！刚才，是我不小心，摔倒了，磕炕沿上了。不不不，是我的鼻子碰炕沿上了！"

"明天就过节了，我告诉你们啊，都给我老实点！"管教检查一下没发现

啥大问题就走了。

今天受伤最重的是二军，但是他不可能声张，他嫌丢人。

通过这一仗，周峰打心底喜欢上这个一身正气的张志龙了。接下来的几天里每顿饭峰哥都招呼张志龙跟他一起吃。在闲谈中，峰哥了解了张志龙粮食被骗的经历，他一边嚼着馒头一边说："老弟，你这人不错，这辈子我交定你了！等我出去帮你趸摸趸摸，要是逮着骗你粮食那家伙我饶不了他！"

八月节到了，看守所改善伙食，大家吃得津津有味。夜晚，隔着铁窗，望着空中的圆月，张志龙不由想起了远方的父母，想起了家里的老婆孩子，心里真是五味杂陈。

在这里基本没人待满十五天，找找人意思意思就出去了。张志龙没钱更没人，待满十五天后才被放出来。十五天没刮胡子、没理发，张志龙像个乞丐走在从辉河到建设镇的大街上。在路上，他几次挥手想堵个车回建设镇，可没一个司机停下车载他。他步行三个多小时到了建设镇，来到一家理发店。他一进屋，把理发店的老板娘吓了一跳，以为遇到了逃犯……

后来张志龙才知道，魏德刚有个亲戚是建设法庭的庭长，他想通过法庭施压，让张志龙把钱还上。

第三十三章

　　马莲已经多日没吃东西了，且夜不能寐，嘴角又起满了水泡。志龙进拘留所的时候，她不是不想去拘留所给丈夫送点钱，送几件衣服。可是，实在是求借无门了！四姐马艳下来陪她住了几天，再次劝她离婚，这日子实在没个盼头。离婚，马莲也不是没考虑过，但是，志龙没有对不起她的地方，况且，孩子是她的心头肉，这是她无论如何也不能割舍的！眼下的日子真的一点缝儿也没有，欠别人的钱一年压一年，每到元旦前后，来要账的都推不开门。今天打发走这个，明天那个又来了。马莲抱着孩子问：

　　"倩倩，妈妈和爸爸离婚，你跟谁过？"

　　冰倩歪着头，眨着一双水灵灵的大眼睛，不假思索地回答：

　　"跟妈过！跟爸过！"冰倩虽然还小，但是她心里多少懂得点离婚的含义。

　　马莲接着问："只能选一个，是跟妈过，还是跟爸过？"

　　冰倩依然毫不犹豫："跟爸过，跟妈过！"

　　经过几天几夜的前思后想，马莲决定外出打工。志龙从拘留所回来后她把想法告诉了志龙，志龙沉默了。作为男人，家里的顶梁柱，让老婆出去打工，他觉得十分惭愧！他出去打工，让娘俩住在这么偏僻的校园，他放不下心。马莲和孩子也根本不敢住啊！眼下，他也不能做出判断，妻子外出打工是为了这个家，还是另有考虑。大姨姐再次劝她离婚的事他听说了。十里八村的大姑娘小媳妇儿，每年有不少外出打工的，还有很多人选择留在了外地。就拿村头二东媳妇来说吧，女儿三岁时出去打工，现在孩子六岁了，据

同去打工的人回来说，她傍上了一个有钱人……

灰黑色的天空闪烁着寥落的晨星。志龙早早地起来，点着火，把锅烧热，把啤酒瓶子里所剩不多的豆油倒进锅底，放里几片葱花，再倒进一舀子水。水泛花了，把一绺挂面扔进锅里。孩子听到声音一骨碌从炕上爬起，两只小手遮挡着刺眼的灯光。

马莲在屋子一角的脸盆里洗着脸，她一把一把地把水撩向眼睛……

张志龙把被子往炕里推了推，把炕桌放上，给老婆、孩子先各盛了一碗面条。他把女儿的那碗面条用筷子挑起来，用嘴吹了吹递给女儿，然后故作轻松地对妻子说：

"这面条闻着挺香，快吃吧！"

妻子坐在炕边一直沉默着。她端起碗，碗刚碰到嘴边，便放下碗跑了出去。

"爸——，妈妈今天怎么了？"孩子歪着头问。

"宝贝，妈妈……要外出打工了，挣钱，过年给你买好吃的、买新衣服……"

孩子听说妈要外出打工，从炕上扑腾一声跳到炕下撵了出去，"哇——"地哭叫起来："妈——，你别走，我不要好吃的，不要新衣服！"孩子连鞋都没来得及穿光着脚就往外跑。外屋的门槛子有点高，门口天天来回走学生，沙土地面坚硬如铁，孩子被门槛子绊倒了，黑暗的校园传出撕心裂肺的哭声。马莲捂着嘴强忍着没哭出声来跑到东大墙边的一棵一人多粗的大柳树下，听到女儿摔倒时的哭声她的心都碎了。她躲在大树的后面，丈夫和女儿的一举一动她看得清清楚楚，她本想跑过去抱住孩子，待孩子情绪稳定后再走，但是，孩子是不会撒开手让她走的，那时只能给一家人都徒增悲伤和痛苦……过了片刻，丈夫抱着孩子在门口房子东边的柴垛边的空地找了找，当确信妻子已经走了，才抱着哭喊的女儿回屋。孩子的哭声一直很高，过了许久才渐渐弱下来。孩子的哭声，每一声都似尖刀扎在马莲的心上。长痛不如短痛，马莲下了狠心，干脆直接走吧。昨晚趁孩子熟睡收拾好的几件衣服也不带了。她在心里对女儿说："宝贝，别怪妈心狠，咱家没钱，连大米都买不起了，别人都瞧不起咱们！妈妈出去挣钱，将来供你上大学……"

霜降时节。风，依旧肆无忌惮地吹着，片片黄叶从树上跌落下来，路边的牛筋草早已变得枯黄，在风中瑟瑟发抖。蝉声渐远，荒草离离。空气里，到处氤氲着落叶的味道。不知不觉空中飘起了雨，时而淅淅沥沥，时而滴滴答答，一如马莲眼中的泪珠。满怀着对丈夫和女儿的无限眷恋与不舍，马莲拖着沉重的脚步离开了"家"。

第一次出远门，当她的双脚踏上汽车的一刹那，心突然惴惴不安起来。一会儿，担心着女儿会哭闹着要找她；一会儿，又忧心女儿摔得重不重，鼻孔和嘴磕出血没；一会儿又担心到了大连后，能不能找到满意的工作……经过十多个小时客车转火车的颠簸，傍晚时分，马莲终于到了大连湾的一个码头。墨绿色的海水飘着股浓重的腥臭味儿，还夹有柴油的味道，跟想象中的海相差甚远。码头并没有什么海鸟之类的景物，一只斑驳的小船孤独破败地停在那里，像一片飘进水中的落叶。

一天没吃饭，腿有些发软。她找了一个小吃部要了两个包子，狼吞虎咽地吃着。饭店服务员上下打量了她几眼，问她："你是从哪来的呀？"

马莲看了她一眼，不像是坏人，就实话实说："吉林的。"

"是啊？我也是吉林的。是来找活的吧？找着了吗？"

"刚下车，还……没有。"

"那你想找啥活干？"

"啥都行，只要有活干就行。"听她口音也是家乡味儿，马莲倍感亲切。

"哦——"

这次出门，马莲听说本村很多人在大连打工就来了，她根本没有目标。马莲用充满期待的眼神瞅着服务员。

服务员用手指着窗外拐向南边的一条路，说：

"从这出去，往左拐那条马路，往前走就能看见一个水产公司，他们常年招工，具体干啥活不知道，你自己去问吧……"

马莲连连点头致谢。

马莲从小吃部出来顺着路向左拐，走了大约10分钟，看见一个双开的黑漆大门，门楣上挂着醒目的"广发渔业公司"的金字大牌匾。旁边的广告墙

上贴着：本公司常年招工，具体事宜面谈。

门口的传达室里，一个老头戴着花镜正低头看报纸。马莲犹豫了一下，忐忑地举手轻轻敲了两下窗子。老头拉开一扇小窗，用气管炎特有的上气不接下气问了一声：

"你找谁？"

马莲小心翼翼地问："大爷，咱这儿……还招工吗？"

他"哦"了一声，顺手把窗子拉上站起身走出来，手指左前方："往前走左数第三个门就是招工办，你到那去问问……"

"谢谢大爷！"

大院里空荡荡的，墙根下枯败的野草随风飘摆不定。马莲顺着老头所指的方向走过去，在写有"招工办公室"的门口站下，同样小心翼翼地敲了一下门，里面有个女生拉着长音说："进——"马莲心跳加速，头重脚轻地走了进去，一男一女正一边嗑着瓜子一边看电视。他们上下打量了一下马莲，那个女的问：

"打工啊？"

"嗯。"

马莲心里一丝忐忑。那个男的吐了一口瓜子皮，说：

只有剖割车间还缺人，能干吗？"

马莲不知道剖割车间是啥活，心想有活干就行，她已经做好了吃苦的打算：

"行、行，啥活都行！"

男人对那女人说："你把她送老高那车间去，具体事儿让老高和她说。"

剖割车间的老高，左眼睛有玻璃花，用另一只像剜人的眼眼看了马莲一眼，一脸公事公办的表情说：

"听明白了，咱这都是计件工资，多干多得，按劳取酬……从早六点到晚七点。中间一小时吃饭时间。住宿和劳动保护押金一共一百。吃饭有食堂，自己买饭票……"之后他叫了一个操着辽宁口音的大姐，把马莲领进工人宿舍。所谓的工人宿舍，其实就是个大厂房，从中间砌上墙，安上两个门。东边住女工，西边住男工。走进去空空的，长长的一趟板床，半空中又架起一趟。各色的被褥，乱七八糟的。辽宁大姐走到最里面的床位说：

"你住这吧，我先去干活，一会儿吃完饭就回来。对了，你吃饭了吗？"

"大姐，我才吃过，你快去忙吧。"

马莲找了块抹布，把自己的床铺上上下下擦了一遍，把被褥铺好。有些累了，鞋也没脱就躺了上去。窗外越来越黑，三三两两的女工陆续回来，室内的空气中，廉价的肥皂香皂味混杂着海腥味。几根白炽灯管，有气无力地吊在半空。天棚上，灯管上，数不尽的苍蝇屎点缀其间。女工们毫无表情地看着马莲，一个个东倒西歪，无精打采地倒在自己的床铺上。倒是辽宁大姐快言快语，她冲着挨着门的那个三十多岁满脸雀斑的女工喊了一声：

"王小丽，这小媳妇也是吉林的，你们老乡，快来认识一下！"

"哦！是啊？"她"哦"的时候回头看了马莲一眼，说："看你这细皮嫩肉的，能干了这活吗！搁家干点啥不好，偏跑这遭罪！"

辽宁大姐白了她一眼，说：

"这话说的，谁愿意撇家舍业把老公和孩子扔家出来打工，不是没办法吗！"说到家和孩子，马莲把脸冲向墙角，咬着嘴唇把眼泪逼了回去。辽宁大姐拍了一下马莲的后背说：

"老妹呀，饿不？不饿就躺下歇着吧，明天还得起早干活呢！"

马莲连衣服也没脱蒙着被躺在又硬又冷的铺上。一阵叽叽喳喳后，灯关了，不一会儿，宿舍里响起一阵比一阵密集的呼噜声。马莲在泪水湿透枕巾后，也沉沉地睡去。

感觉刚睡着，就觉得床铺像地震了似的弹跳起来——女工们已急急忙忙地起床了。一道耀眼的阳光从窗口射了进来。急匆匆吃口早饭，辽宁大姐把马莲带到车间，帮她穿上工作服——跟医院的大夫一样，除了靴子是黑色的，帽子、上衣、裤子都是白色的，连胸前挂着的胶皮围布兜也是刺眼的白色。在消毒间浑身上下消毒后，在案板上马莲操起银光闪闪的刀具。一条条被扒过皮的鱼从流水线上下来，马莲这个组负责摸刺，挑丝，抛光，冷冻，压缩……站在哗哗流水的地上，潮湿，阴冷，腿一天一天地膨胀起来，一天比一天沉。

"哎呀，你看你这腿，咋整的啊？"一天，车间主任老高从马莲身边走

过，冷不丁地摸了一下马莲的大腿，马莲很不舒服，忙往后一闪。

马莲每顿只吃五角钱的白菜汤，五角钱的花卷馒头。偶尔有人家打剩下的炒菜给上几筷头算是改善伙食。晚上住在冰凉的板铺上，只要有人翻身，大家全都跟着颤悠。这一切，马莲都可以忍，她只盼着多挣钱供孩子上学，给孩子买身像样的衣服，买她喜欢吃的食品。

小丽喜欢打扮，每天下班回来都照着镜子梳洗打扮一番，就急忙跑出去了。辽宁大姐说，她最近有相好的了，听说挺有钱，估计在这干不长。晚上，大概都过了12点了，小丽轻轻打开宿舍的门，带着一身酒气回来。

一天，小丽把马莲拉到厂区的偏僻地方，对马莲说："你长得这么好看，别在这里干这个破活了！"

"那干啥去？"马莲不解。

"咱们是老乡，我就跟你实说吧，明天我就走了，去当……那个。"她看马莲一脸疑惑，就实话实说，"就是'小姐'，一天下来能挣好几千块！凭你这模样，保准能挣大钱，一把一把的。现在是'笑贫不笑娼'，过几年挣了钱回家盖楼，哼，都得眼气！"说着话，小丽的眼里仿佛出现了一栋别墅。

"老妹儿，跟你实话实说，我不是那人，就是一天给我十万我也不干！我劝你也……"

"哟哟哟，一天给十万也不干，哼，受你的穷去吧！"

没等马莲说完，小丽扭着屁股走了。第二天果然离开了厂子。

小丽走后的第三天，厂子门口突然来了辆警车，有警察前来调查小丽。有人看见小丽跟马莲有过交谈，就找到马莲了解情况。

"王小丽跟你谈些什么？"警察问马莲。

"她说不想在这干了，要去当……当'小姐'，让我也跟她去，我没同意。她……怎么了？"

"她死了。"

"啊！"马莲非常惊讶。

警察走后的第二天就侦破了此案，并通报了案情。

两天前的一个中午，某部边防战士在大连湾港二区码头执勤发现海面上出现一具浮尸。经法医初步检验，女尸年龄在20～25岁间，从其头部、颈部及身体未发现有致命损伤。警方在其随身遗物中发现了一部手机、一个开发区某大厦306房间的门卡钥匙、一张欠条，欠条上写着："我和王小丽已经在一起3年了，我骗了她，现在我同意在今年11月底以前赔偿她人民币四万元，我要不给她，王小丽就去我家告诉我全家我们的事情。欠款人：王中海。"

当天下午，刑警在大连开发区某大厦物业公司获悉，租住大厦306房间的人叫王小丽，26岁，长春市人，在306房间发现王小丽的照片。警方调看大厦的监控发现，王小丽被害前曾与一名中年男子乘电梯下楼，她有推搡男子并踹其一脚的动作，此后不知去向。刑警截取了其通话记录，得知死者死前与一个叫"老头"的人先后6次通话，之后再没有通话记录。电话中的"老头"肯定与王小丽之死有密切联系。刑警拨通了"老头"的电话：

"我们是警察，在大连湾码头捡到了一部手机，你贵姓？"

老头回答："我姓王，叫王中海。"

"你是否认识手机的持有人王小丽？"

"我认识王小丽。"

"你们是什么关系？"

"我岁数大，她岁数小。他称呼我'老头'，我们是情人关系。"

"她现在在哪里？"

"不知道。"

刑警让王中海到公安机关来协助调查，对方爽快地答应了。

当天下午3时许，王中海如约而至。在讯问下，王中海闪烁其词地讲述了她与王小丽在同一家工厂相识并发展成情人的经过。后来两人感情出现问题，于当日下午发生争吵后再没见面，只字不提欠条和6个通话记录的事情。刑警问："为什么你给她写了欠条，而且在失踪当天，她对你进行打踹？"王中海浑身颤抖，看到无法隐瞒，从椅子上站了起来说："我杀人了，我杀人了。"

三年前，年仅20岁的王小丽从长春农村到大连湾开发区一家工厂打工。担任车间主任的王中海生活上对她嘘寒问暖，让王小丽觉得很幸福。她虽然知道王中海有妻儿，但两人越走越近，终于坠入情网。不料事情被厂里知道，王小丽被辞退，她在水产公司另找了工作，并在某大厦租房。不久，王中海也跳槽。刚开始，王中海还隔三差五地到大厦与王小丽小聚，每月按时

给她点生活费。

年初，王中海父亲得了重病，钱要给老人治病，没能每月给她一定的生活费。并且，王中海每星期都要回家，让她不能容忍，整天跟他吵闹。王中海因工伤，厂里准备给他补偿7万元，他准备给她2万作为补偿，但王小丽嫌少。当日上午，两人在房间再次发生争吵。王小丽大骂王中海："你他妈的骗了我，你不得好死！"王小丽完全没了往日的温柔，"你他妈地欺骗了我的感情，赔我青春损失费！"她逼着王中海写下4万元的欠条，这还不算完："哼，我要把咱俩的事告诉你老婆，告诉你妈！你等着瞧吧！"当天下午3点，两人出门，王小丽又对王中海拳脚相加，无奈中王中海逃跑。王小丽先后给打了10多个电话，让王中海带她去他家。

当晚9时许，王中海把王小丽领到大连湾跨海大桥上，两人在桥上边走边谈。王小丽不管王中海怎么劝说，仍执意要到王中海家去闹，双方僵持到次日凌晨1点。王小丽站在桥栏杆旁，一直不依不饶。起了杀心的王中海从背后抱住王小丽的双腿，王小丽仍不当回事地说："你还想把我掀海里不成？"王中海恶狠狠地说："对了，我向你求情你不听，今晚你不死，我就得遭殃，你下去吧。"王小丽瞬间被扔到水里，她挣扎着喊了几声救命，便沉入水底消失了。

数月后，大连市中级人民法院以故意杀人罪对王中海判处死刑，缓期两年执行。

一个活蹦乱跳的大活人说没就没了，马莲想想就觉得害怕，这两天干活总是心不在焉，女儿的哭声总是响在她的耳旁，那无比委屈的带着泪水的小脸也总是在她眼前晃动。挑出来的鱼不是肉上带刺了，就是刺上带肉了，再不就肉上血丝太多，为这没少挨老高的训。这天，老高偷偷对马莲说："这个活太脏，你干不好，明天干脆给你换个活吧？"

"啥活啊？"马莲问。

"哦，肯定是好活。明天早晨六点你到我办公室！"说完，老高背着手走了。

马莲满腹狐疑，她偷着把这事跟辽宁大姐说了，辽宁大姐说："这个老瘪犊子一肚子坏水，他准没安好心！"

"那咋办？我不去了！"

"不行，你不去他以后得总找你毛病。"

"大姐，我也看他不像好人，我怕！"

"这么地吧，"辽宁大姐想了一下说，"明早我陪你去！"

人地生疏，非亲非故，马莲对这个心直口快的大姐有一种说不出的感激。

第二天早上，大家都忙着洗漱的时候，辽宁大姐陪着马莲来到高主任的办公室。敲门进去后，高主任看见辽宁大姐跟在身旁，那只玻璃花眼仿佛气炸了，恶狠狠地说："赶紧回去干活！"

回到车间，辽宁大姐跟大家绘声绘色地描述了高主任刚才的表情和说话的腔调，"赶紧回去干活"，把大家逗得哈哈大笑。

这天，大家正在食堂吃晚饭，高主任在食堂门口喊："马莲，你老公来电话了！"

马莲撂下饭碗就跑了出来。她刚到厂子上班时，曾给屯子里唯一有座机电话的秦世忠打过电话，让他告诉张志龙和女儿，不用惦记她，这边挺好。并让他转告老公，有啥急事就往厂子里打这个座机电话。她跟着高主任来到他的办公室，进门后高主任就把门插上了，马莲觉得不妙，惊恐地问："你要干啥？"高主任露出了一丝淫笑："宝贝，这些天你让我吃不下饭，天天想着你，今天你就从了我吧，以后让你天天吃香喝辣的！"

"你做梦！"马莲瞪大了愤怒的眼睛，开门要走。高主任从身后一把拦腰把马莲抱住，往里面的床上拖。马莲挣脱不开，低头照着高主任的左手臂狠狠地咬了下去。高主任"妈呀"一声松开手，马莲乘机拉开门上的插销打开门跑了出去。她不敢回食堂和宿舍，直接跑出了厂子大门。夜色吞噬了码头，马莲不敢往灯火通明的地方走。刚才咬老高那一口挺重，老高绝不会善罢甘休，没准正四处找她呢。得想法躲过今夜，明天再说。夜里有些冷，马莲有些瑟瑟发抖可背后却又冒着汗。来了还不到一个月，举目无亲，她不知去哪里躲。蓦地，她想起刚来到码头时吃包子的那个小吃部。瞅着那个服务员挺面善，而且家也是吉林的……她战战兢兢地走了二十多分钟，找到了那

个小吃部推门进屋。那个服务员以为是吃饭的客人，热情地上前迎接，此时的马莲却像见到了亲人一样哭出了声，泪水横流。服务员有些愣了，她一下想起二十多天前马莲来她这吃包子的情景了，关切地问："嗳，你不是从吉林来打工的吗？怎么了，哭啥啊？"

旁边桌上有几个人正开怀畅饮，马莲没敢说出实情。服务员把她叫到外面，马莲简单地跟她讲述了刚才发生的事，求她帮忙躲过今晚，明天想法回家。服务员急忙跟老板请了假，领马莲来到她的出租房。

"这是我的住处，不用害怕，这里安全……对了，你家是吉林啥地方的？"服务员四十多岁，她问马莲。

"我家是辉河的。"

"辉河的？辉河啥地方的？"服务员对辉河表现出非常浓厚的兴趣。

马莲多了个心眼儿，没说出居住的具体地方，毕竟还不十分熟悉，只说住在县城郊区。

服务员"哦"了一声没再说啥，停了一会儿告诉马莲："我家也是辉河的，去年来这里打工，供孩子上大学……"。服务员告诉马莲，她叫尤小慧，外出打工不容易，她打算明年夏天回辉河。

第二天早上，天还黑蒙蒙的。马莲头上蒙着纱巾，只露出一双眼睛，在尤小慧的护送下踏上离开码头的船……

第三十四章

马上期末了，张志龙赖以栖身的富安小学英语教师提前一个月生产，这可急坏了学校的于占川校长。他跟中心校领导商量，看看能不能临时给安排一个教师，然而无功而返——让他自己想办法。于校长在校园里转了好几圈，这时，恰巧张志龙骑着破自行车从外面回来。于校长猛地想起，张志龙曾经当过代课老师，而且平时经常看见他拿着一本英语辅导书看。按他的水平，教这帮小学生一定绰绰有余。他立马有了主意。

"志龙，你来一下！"于校长向张志龙招了招手。张志龙把自行车支起来，走到校长跟前，说："于哥，啥事儿？"

"你这几天忙啥呢？"

"哦，没忙啥，现在没啥活。"

"我求你帮个忙。能行不？"

"哥，有啥事儿您尽管吩咐。只要我能做的，肯定没问题！"

"是这么回事儿，咱校教英语的李老师提前一个月生产了，这马上就期末了，我寻思让你给代课，就一个月。你看行不？"于校长看张志龙有些犹豫，马上补充说，"不让你白教，给你代课费。"

"哦，于哥，我没别的意思，就是担心我教不好，耽误了孩子。"张志龙言辞恳切。

"你别考虑这么多了，我相信你。就算帮哥一个忙！"于校长拍了拍张志龙的肩膀。

张志龙临危受命，成了这个小学的临时英语教师。他以极其认真负责的态度对待这项工作。每天早晨都给那些提前来到学校的孩子"吃小灶"，久而久之，学校的学生都提前走进校门。

期末考试后的一天，于校长面带笑容走进张志龙的"家门"，眼睛里流淌着难以掩饰的喜悦。他照着志龙的前胸来了一拳，兴奋地说：

"志龙，你真行！咱们学校这学期英语排名全镇第一！"

张志龙咧着嘴揉着肩头，心里也非常高兴，表面却十分淡定："是吗？恭喜哥哥！"

"我才从中心校回来，校长表扬咱们了……今天晚上我请你喝酒！"

孩子们非常喜欢张志龙的上课风格，一到英语课的时候就吵吵着找张老师，家长也来到学校，向校长反映，让张志龙继续代课。由于张志龙没有编制，这件事根本无法实现。

年底，张志龙把今年的玉米卖给了在大寨楼烧酒的好大哥，关朋。关朋手头没有现钱，说晚几天再给。这个无所谓，酒厂经营很多年了，知根知底，一百个放心。张志龙结婚的时候，二哥张志江曾给志龙借了1000块钱，二哥种了他多年的地，张志龙寻思就用地租钱顶这个账。哪承想二嫂听说志龙把玉米卖给关朋了，起个大早步行到酒厂找到关朋，说：

"老关大哥，听说俺家志龙把苞米卖给你了？他欠我1000块钱，当时他结婚我们上别人家三分利给抬的。这都好几年了，年年是我们给他拿利钱。谁让是亲哥们了，利钱就这么地，把本钱给我就行，我好还别人。"

关朋，说话向来竹筒倒豆子直来直去：

"老二媳妇，咱们上下队住着，谁不知道谁！"关朋一脸怒气，"还出去抬钱，你家有没有钱谁不知道，骗谁呢！老五现在这么困难，有别人挤兑的还有你们挤兑的啊！你们当哥嫂的应该帮帮老五两口子，他们多不容易啊！"二嫂没要到钱，倒挨了一顿训，心里别提多窝火了！

冰倩班级有个学生叫魏长城，家住富安七组。他家条件好，母亲常年在外为男同胞"提供"服务。家里住着小洋楼，他平时吃的穿的用的都比别的同学高出一等。魏长城不听话，校长都不敢惹他。一天下午，他把前座的女生的头发用打火机给燎了，这名女生哭着到办公室找班主任。班主任是个小伙子，刚参加工作不到一年。他走进教室，用拳头顶了一下魏长城，魏长城破口大骂："你等着，看我咋收拾你！"说完，转身走出教室离开学校。第二天，他爸找到了中心校，后来又找到县教育局……教育局对这名教师给予通报批评、记过处分、并调离教学岗位，富安小学校长于占川被责令做出深刻书面检讨，给予降职处理。

于占川被调到一个偏远的小学当了老师。临走那天，张志龙帮着他把一些办公用品收拾好，送他到学校门口。于占川对张志龙说："志龙，我看出来了，你有水平，有素质，只是命苦点。慢慢干，将来你肯定行……有机会到哥家，咱俩喝酒。"张志龙也想说点什么，可是一时不知说什么好。

不知什么时候落起了春雨，轻轻的，听不见淅沥的响声，像一种湿漉漉的烟雾，轻柔地滋润着大地。2002年的春天，张志龙又要离开家和村里的两个人外出打工了。张志龙跟附近的几个"刺头"关系很好，而且女儿也渐渐长大，所以，外出打工心里挺放心。早上，妻子马莲老早起来给丈夫做饭，特地给他做了喜欢吃的白菜炖豆腐。孩子也早早地起来了，默默地注视着爸爸洗漱、吃饭、收拾衣物。几年的光景，冰倩已10岁了。孩子继承了张志龙和马莲的优点：白净的瓜子脸，弯弯的眉毛，一双大眼睛干净、清纯。她身上穿的是读初中的表姐给的一套蓝白相间显得有些肥大的校服。孩子比以前更懂事了，啥活都争抢着替爸妈干，啥事都替爸妈考虑……

看着爸爸即将离家出门打工，她长长的睫毛上滚动着晶莹闪亮的泪珠，眼睛是那样的空洞和忧郁。

看着逐渐长高的女儿，看着女儿身上明显肥大的校服以及有些挤脚的白色球鞋，张志龙心里说不出有多难受。他强忍住泪水，故作轻松地对女儿说："倩，你快上初中了，爸出去打工，挣钱给你买辆自行车！"

"爸——，我不要自行车！三姨家有，三姨说等我上初中了就给我。"眼泪在孩子的眼里即将泛滥，她急忙转身躲出去了。

张志龙除了行李，随身的帆布包里就几件换穿的内外衣裤、牙具，还有几本书和笔、本。他强忍不舍，拎起行李迈着沉重的步伐向校门外走去。待

他快到大门口时，背后传来女儿的喊声："爸——"，待他回过身，女儿冰倩从家门口向他跑来。女儿递给他一封信，"爸，我给你写了封信。现在不许看，到车上再看！"

"好！"志龙接过信，拉开帆布包的拉锁，把信放进去。他不再回头，径直上了在门口等他的三轮车后车厢。马莲和冰倩一起跑出大门外，冰倩把双手当作喇叭，朝上了车的爸爸喊："爸——，早点回来！"

大地蒙上了金色的朝霞。张志龙朝妻子、女儿挥挥手，在模糊的泪眼中，妻子脖子上的粉色丝巾在风中扑扑抖动，女儿额前的刘海也被风吹起多高……

在通向湾沟的长途客车上，张志龙打开女儿给他的信，里面有一张作业纸和一张50元钞票。纸上字体工整：

> 爸爸，这是三姨过年给我的压岁钱，你买点好吃的，注意身体，早点回家！

张志龙的两只手掌紧紧捂住了嘴巴……

湾沟不是一个大地方，但也绝不是一个不起眼的小地方。从通化往上找，过白山、江源，再大一点的地方就是湾沟。

湾沟的历史不算短，伪满洲国时期，在东边道这一带很有名，当时叫湾沟屯，后来改名为昭康屯，归蒙江县管辖。住户中有伐木的木把，挖煤的矿工，挖参的山民。湾沟最繁华时期是五十年代。人们常说的"三百里矿区、十七万英雄儿女"就是指的那个时期。湾沟地势高，属高寒山区，但地势平坦，不像有的矿挤在两山夹一沟的地方。

从矿务局机关所在地的八道江到湾沟煤矿是54公里，坐火车或汽车很快就到了。不管怎么走，都得过险峻的枫叶岭，枫叶岭是一座分水岭，汽车得在岭上转几圈才能到山下。

湾沟煤矿是一座大型煤矿，年产原煤最多时达一百多万吨，还有一座年入洗能力在百万吨的洗煤厂，几千名矿工在那里工作。车水马龙，机械轰鸣，晚上也是灯火通明，上下班的人川流不息。

站在矸石山上四处观望，招待所左边是职工住宅区，从山脚到山上，一栋栋瓦房依次排列，整齐划一，统一的长短高低。偌大一片住宅区，有一个令人费解的名字叫"五千四"。后来张志龙才知道，这个名字指的是这片住宅区建设时的面积是五千四百平方米。

站在招待所院内，就能看见对面的矸石山，有的地方还冒着缕缕青烟，与远山顶上的悠悠白云连接在一起，几乎分不清哪片是烟哪片是云。湾沟的矸石山被雨水冲出一道道沟，赶上初春再下上一点雪，有点像日本的富士山。湾沟的矸石山不同，形如一个庞大的倒扣着的盆，对面是几座山头，把几座山头连在一起，填充了山与山之间的沟岔峁坎，上面则成了一个巨大的黑色平原。

四月末的湾沟天气还很冷，给人一种春天还没有来的感觉。站在半山坡，抬头远望，群山层叠，满目大山和森林，把整个湾沟镇环抱在群山之中。

张志龙和本村同来的两个人在这里当装卸工。高的大车都是铲车装，人工装那种十轮卡带挂车，装车的都叫它"红十轮"。一字排开需八个人。开始装时，也就一米五六高，越装越高越费力气，要合上车帮，再在车帮以上垒上一二尺，那就有四五米高，铲一铁锨煤少则十几斤，多则二十来斤，要用出全身力气扔出四五米高，对于壮劳力也算是很出力的活儿了。

四月，乍暖还寒，干起活儿倒不觉冷。只干一天，双手虎口就裂开许多口子，殷红的血顺着口子渗了出来。张志龙跟同在这里干活的人要了块医用胶布，把裂口粘上。第二天干了不一会儿，胶布就磨开了。张志龙急忙到宿舍找了根针把胶布一针一针缝上。虎口的老肉皮裂开了，他索性把老肉皮连同胶布缝在一起。干这种活儿，煤尘是少不了的，脸上手上常是黑的，那套不下身的工作服更是只有一个颜色。

一天，张志龙他们装了两辆车送到山下再返回时天就黑了，他们洗洗脸和脚，简单吃了东西就钻进被窝，准备安安稳稳地睡一觉。谁知刚刚入睡竟有人敲门，有辆外地车辆要装煤，几个人赶紧点灯起来赶到煤场，打开车帮装了起来。买煤的司机这瞅瞅那儿看看，发现装的这车煤质量不太好，担心卖不上价赔钱，不想要了。这时车已经装了十几吨，司机师傅就和煤场卖煤

的老板发生了口角，吵着吵着冲装车的说：

"别装了，别装了，这煤不好，我不要了，给我卸车！"

装车的都是些老实巴交的人，几个人你看我，我看你，谁也不言语，不装也不卸。平时装完车过完地磅，煤钱加装车费一并由买煤的付给煤场老板，再由煤场老板分发给每个装车工。这装了半截又卸车，装卸费谁给？眼看活儿要白干了。张志龙走近司机，表情冷峻：

"师傅，您贵姓？"

"我姓赵。"

"赵师傅，你拉煤挣的是运费加辛苦钱，煤场老板开煤场挣的是买煤卖煤的差价，我们装卸工挣的是苦力钱。"煤场的灯光照在张志龙的脸上，他那英气上扬的剑眉下，有着一双亮如寒星的眼睛。在他那外形俊朗、线条分明的脸庞上，闪烁着坚定的光芒。"你们的买卖不成了，不关我们的事，装车卸车你们说了算，但不能让我们白干活儿吧！你让我们卸车可以，事已至此开车去过磅，装车费卸车费一并付清，我们马上给你卸，付不了这个钱先付装车费十五吨，我们去睡觉，你们谈你们的买卖，我们谁也别坑谁！"他冷眼瞧着司机，毫不掩饰心中的愤怒。这种淡漠而无情的目光，令人不寒而栗。

经张志龙这么一说，其他几个装卸工也纷纷嚷着：

"过磅去。"

"先算这半车的装车费。"

司机处于被动局面。装了半车，卸了就得干赔装卸费，没人给他卸他又不可能自己卸。买卖双方在煤场的小屋里商谈了一会儿，煤场老板在价格上稍微让了点，司机同意继续装车。

末伏夏尽，秋风乍起。凋谢的叶子随着风漫天飞舞时张志龙回了家，不承想等待他的是晴天霹雳——老娘疾病突发在一个月前病逝，因联系不上他，只有二哥和三哥回了老家奔丧……"娘——"张志龙大喊一声跑出屋外，跑出校园，跑过那条小河，向南山顶跑去。一阵疾风过后，豆大的雨点噼里啪啦从天而降。跑到山顶的张志龙在一棵榆树下遥望西南老家的方向扑通一声跪下，"咚、咚、咚"磕了三个响头，殷红的血从前额流淌下来。他声泪俱下："娘——，儿子不孝啊！儿子还没来得及尽一天孝您怎么说走就走了啊！您答应过我，今年要来看您的还没见过面的孙女的，怎么就食言了啊！"张志龙号啕大哭，雨水、泪水夹杂着额头的血水，顺着脸颊流淌。

第二天，张志龙简单带了随身用品，一个人回山东祭奠母亲。他归心似箭，转过天中午，双脚已经踏上故乡的那片热土。

> 往昔，
>
> 乡愁是故乡村头老槐树下那个伛偻的身影挥动着的手臂，
>
> 那团如雪的银丝飘舞在漫天的洁白里，
>
> 以及沧桑的面颊滚动着的泪滴。
>
> 如今那棵老槐树依旧在风中伫立，
>
> 那团如雪的银丝啊，
>
> 却再也不会被风儿吹起！

张志龙一夜未眠，眼睛布满血丝。推门进院，看见那所熟悉的老宅，张志龙再也控制不住自己，扯开喉咙哭了起来。父亲闻声最先出来，又悲又喜。四哥、四嫂出来一边不停地安抚弟弟一边擦拭着眼泪。走进屋，相框里的母亲正安详地看着他。张志龙喊了声："娘——，儿子还没来得及尽孝您怎么就走了啊！"扑通一声跪了下去，以头叩地，嚎啕大哭。

与东北不同的是，当地下午也可以上坟。住在本村不远的大哥一家和嫁到外村的妹妹一家都来了。吃过午饭，张志龙到旁边的商店，买了鞭炮和几墩冥纸。他跪在水泥地上，一边擦着泪水，一边一下一下地用纸凿子打着冥纸，把一个个"铜钱"整齐地印在冥纸上。四哥看他累了，要替换他一下，他不说话，用手推开四哥，顺势擦了把鼻子，继续打着冥纸。

衰草风中摇，寒蝉悲切鸣。噼啪的鞭炮声响彻云霄，冥纸燃烧的火苗炙烤着家人们的脸。跪在母亲的坟前，张志龙肝肠寸断，话还未出口，泪已成千行："娘——，不孝的儿子回来看您来了！"张志龙照着坟墓前用于烧纸的几块烧得发黑的砖头上使劲儿磕头，胸中所有的委屈、悔恨、思念，都付与

泪珠一串串地滚落在地，鲜血更是染红了砖头。他的哭声引燃了家人，碧绿的麦地里哭声一片。张志龙悲痛过度一口气没上来，竟昏倒在地里。大哥急忙掐他的人中，家人一起把他从坟前拽了起来，拖着他往回走……

从茔地回来，大嫂打开老娘的那个老旧的柜门，从里面拿出一个包裹。她打开包裹，里面是三条不同颜色的棉裤。大嫂抹了把鼻涕说："老五啊，咱妈在去年就开始给你、你媳妇、冰倩做棉裤，说东北冷，啥也赶不上咱自家棉花做的……咱妈眼神不好，起早贪黑地，可费了劲了！我和你四嫂要给做，她说啥也不干，犟得很！"

张志龙眼前现出老娘给他们一家三口做棉裤的情景。晚饭后，老人左手拿针，右手拿线，用嘴抿了一下线头，对着昏黄的煤油灯，眯着眼，把线从针眼里穿过去。可眼神不好，反反复复重复了多次才把这个最基本的工作完成。老人飞针走线，不时习惯性地把针在头发上擦拭一下。一缕银发垂下，遮住了老人苍老的脸颊。针脚那么细密、均匀、结实。仿佛把对儿子、儿媳、孙女所有的牵挂和爱都融入这一针一线中。

大嫂擦了把眼泪，拿起那条较小的棉裤，"这条是给冰倩做的，孩子10岁了吧？再大一两岁也能穿……本来寻思着今年入冬，让你大哥领着咱妈回东北，看看你们，看看孩子，顺便把棉裤带过去……"

"娘——"

张志龙把棉裤紧紧抱在胸前……

富安村小学。深夜，阴云密布。突然，一道闪电腾空而起，直冲云霄，闪电稍纵即逝，天地转眼间又一片黑暗。紧接着，从房顶传来一阵天崩地裂般的雷声。正在睡眠中的冰倩"妈呀"一声，一下扑到妈妈的怀里。马莲紧紧搂着女儿，一边轻轻抚摸着女儿的头发和耳朵，一边反复不停地念叨着："摸摸毛吓不着，摸摸耳儿吓一会儿。摸摸毛吓不着，摸摸耳儿吓一会儿……"炸雷一个接着一个，风，使劲地吹着，房前屋后的树枝被风吹得咔咔作响，顷刻，倾盆大雨使劲儿敲打着房顶、地面和窗户，整个天地都处在风雨雷电之中……

第三十五章

陶秀英是患肠结核去世的。

老人有多年偏头痛的毛病，每次犯病总是吃点止疼药对付。最近大便总是不正常，吃完就排，而且便中带血。每次大便后她都用灶坑灰盖上，所以，家人并不知情。这一天实在挺不住了，躺在炕上直打滚。早些年在东北的时候，陶秀英就犯过病。张凤池不敢怠慢，他把架子车铺上被子，抱起老伴儿就要走。老伴儿指着柜门示意他打开。张凤池打开柜门，从柜底拿出一块老粗布毛巾裹着的一个小包，里面有总共不到3000块钱……老大老四都在天津打工，老大媳妇赵敏听说后拿出家里仅有的1000块钱匆忙赶来。张凤池把老伴儿抱上架子车，把车襻绳套在肩头，健步赶往高平县医院。六十多岁的张凤池身体还算硬朗，大儿媳跟在车后面一路小跑。

老大和老四闻讯从天津回来了，让老爸回家照看家里，他们几人在医院轮流伺候老人。三天过去了，病情不见好转，在征得家属同意同时又瞒着老太太的情况下给做了手术。手术前张志海给主治医师、麻醉师等人一一发了红包，手术进行得非常顺利。两天后护士通知说，事先存进的三万块钱花光了，不续费就得停药。这可愁坏了老大和老四两口子，他们想通知东北的哥几个，大家一起想想办法，可老太太有言在先，宁可病不治，也不让他们知道信。

赵敏让丈夫张志海赶紧回家卖掉那头怀了崽的母牛，又急忙联系了在外地打工的两个孩子：你奶病重，手里有多少钱赶紧汇过来……两个孩子打小

一直在奶奶身边，对奶奶都有特别深的感情。每次出门打工回来总是先到爷爷家，给爷爷奶奶买些好吃的东西，再给点零花钱……赵敏还不到五十岁，可看上去比实际年龄老许多，脸上过早地罩上一层蛛网，头发早就花白了。自打跟张志海搬到山东，只是在父母病危期间回过东北。结婚几十年来，她待公公、婆婆如亲生父母，孩子孝敬她的东西自己舍不得吃，总是送给二位老人……老人被病魔折磨了十多天，前后扔进去六七万块钱，陶秀英并不知情，家人只告诉她，就花了3000多块。这天，老大和老四都回家张罗钱去了。病床前，老人用黑瘦如鸡爪的手握着大儿媳的手有气无力地说："大媳妇啊，早些年……在东北……有一年……过年……你跟俺要……要十块钱，说是……买件衣裳，我……木给你……"说到这，老人的泪下来了，"俺知道……你是……想着……想着给……咱家老丫……买衣裳，要是……要是让二媳妇……知道了……又得……又得闹。你扔下父母……跑山东来……受苦……委屈了你了……"

"妈，您快别说了……"赵敏掏出手帕转过身擦把眼睛擦把鼻涕。

"东北……那哥几个……都挺难，我最惦记老五……他打小……孝顺，日子……过得紧，别让他们……知道。老五家……那个妮儿……今年……10岁了吧？俺早就挂着回去看看……这些年……身体不中用……"说着话，老人浑浊的眼里流出两行浑浊的泪，如两条小溪流淌在干涸皲裂的河床之上。

"妈，您别急，等病好了，我陪您一起回去。听说，咱老五家的冰倩可懂事哩！"

顿了会儿，老人接着说："大媳妇，我……跟你说个事。咱家穷，嘛也木有。老五……日子过得最苦。听侯斌说，现在……连个住处……也木有，住在学校里。你爸身体也……总闹病，将来有一天……要是俺……和你爹都走了，想着告诉老五，咱家那个……破房……给他留着，要是……他……在东北……混不下去了，回来，你和老大、老四……帮着给……拾掇拾掇……"

"妈，咱不说这个。这个病嘛事木有。过几天好了咱就出院了！"泪水泛滥，赵敏已无法控制得住了。

患病的陶秀英颈骨突出，肩胛高耸。牙齿早就掉了很多颗，嘴看上去有些瘘。说话间，老人铁青的脸上忽然露出极度痛苦的表情，她央求儿媳妇："快别让他们……给俺打针了，你看俺的手……都成了……鞋底子了，不顶用！怎么越来越……难受呢……"老人枯瘦的手背，扎满了针眼。两个手，几乎再没有下针的地方了……这时，一个护士手里拿着一把单子跑过来催家属："3号病床，钱不够了，赶紧存钱，否则停药了。"赵敏急忙说："嗯，知道了！"

肠结核，本不算什么疑难杂症，当初大夫说好治，陶秀英包括家人谁也没往多想，以为大不了花几个钱就能治好，可现在……大儿子和大儿媳对老妈说一共就花了3000多块钱，她不相信。虽然老人没住过院，但听庄里人说，前街的秀川大爷、后街的连正家婶子……在医院都花了二三十万，结果，命还是没保住……这天晚上，老人躺在病床上假装睡着了，半夜，她趁大儿媳熟睡之际慢慢从床上起身，脱去身上的病号服，偷偷下床，把一双脚探进那双黑布鞋里，忍着腹部的疼痛，在医院雪白灯光的照射下，趿拉着鞋慢慢下楼，缓缓走出医院。她本想步行回家——15年前，她曾步行到学校给老儿子送饺子。可眼下是半夜，腹部的刀口每走一步都剧痛无比，前额及身上的汗水早就淌下来了。时值仲秋，天空挂着一轮圆月。老人忍着疼痛走向客运站，走一步歇一步，豆大的汗珠噼里啪啦落下来。每天早上，从县城有一班通向乡下的客车路过小张庄，老人打算等到天亮乘坐客车回家。路灯下，一个长长的黑影在马路上非常缓慢地移动。从医院到客运站，有四五百米远，老人走了一个多小时。客运站的门锁着。借着路灯，老人看到客运站东边的小广场有几个长条椅子，便缓步移了过去。老人捂着腹部在长椅上坐了一会儿，待疼痛稍微减轻和衣而卧。

夜风袭人，昏黄的路灯下树影婆娑。几辆闪着灯光的出租车从地面上摇晃的斑驳树影上疾驰而过。

此刻，张凤池正端坐在家中的小炕上一筹莫展。已是午夜，可老人没有丝毫睡意。连日的劳累、担心、惦记，他已经好多天没睡个好觉了。刚才已经躺下了，可是翻来覆去睡不着，索性坐了起来。挂在房梁中间的十五瓦灯泡发出昏黄而微弱的光。曾经庄里有名的壮汉如今满脸沧桑，头发几乎全都

白了。

马路边同样昏黄的灯光照在陶秀英憔悴的脸上，照在老人瘦小的身躯上。微风袭来，湿透的衣服冰凉冰凉的，老人不禁打了个寒战，头发随风飘动。她侧身蜷缩在椅子上，伸出枯瘦的如鸡爪的手拽了拽衣角，然后把手当作枕头，把头垫在上面。此刻，老人最放心不下的就是她的老儿子。她知道老儿子过得十分清苦，更清楚，她马上就要离开这个世界了，她已经没有能力走到家了，更见不到东北的几个儿子了。而那个懂事的孙女——张冰倩——这辈子也无缘相见了。老人的眼角流下两行清泪……

由于连日劳累，当晚，赵敏坐在一个小马扎上身上盖了件上衣倚靠在医院走廊的一面墙睡着了。白天热闹的医院在此时稍微安静一些。走廊和大厅躺满了、坐满了入睡或昏昏欲睡的患者家属……傍天亮，赵敏睁开眼直直腰走进病房，往病床一看，不禁大吃一惊——床上空空如也！莫非老人去上厕所了？她急忙到楼上的卫生间去找，没有。打听大厅的患者家属，有人告诉她，半夜的时候看见一个老人下楼出去了。正在这时，本屯没出五服的栓柱满头汗水地跑进医院，在一楼看见正急得满头大汗四处寻找婆婆的赵敏，他上气不接下气地说："大嫂，俺婶子……老了（死了）。在客运站边的……小广场上。早上，有人看见……那里躺着一个人，木了呼吸，就报案了。警察来后，找到俺婶子的身份证，把电话打到……咱庄书记家……"

小张庄的书记接到警察电话后，急忙跑到张凤池家。得知噩耗，张凤池眼里闪过一丝惊诧，但随即就消失了。书记正安排车，要把老人接回家。张凤池摆摆手，表情十分凝重。唇上半黑半黄的胡须有些凌乱，像春天原野中刚被火漫过的枯萎的野草。噩耗传来，他放在膝盖上粗壮的左手手指不易觉察地抖动一下。喉结像吞咽一块窝头似的上下滚动。他略微弯腰，左右手先后把踩在脚下的沾有黄色泥土的黑色老粗布布鞋穿在脚上，从炕沿边站起来，声音沉稳，像说给众人，又像是自言自语："恁婶子说过，甭管病好不好，回来时……还让俺用架子车把她接回来。她说，坐俺的车舒服……"张凤池一生耿直、倔强，说话向来说一不二。老人把车衿绳套在肩上，拉着架子车出了门。张志海在家料理其他事，张志波和村里的两个后生跟在老人后面，步行前往县城。在晨光的照耀下，他的目光十分坚定、深邃。架子车在坚硬的沙土路上呻吟。老伴儿跟他走南闯北几十年，拉扯大五个儿子一个女儿，受的苦三天三夜都说不完，一天福也没享到，就这样带着痛苦走了，他的心有如被利剑刺透。眼下，即便砸锅卖铁，甚至卖血，甚至挨家挨户磕头借，也要给老伴儿买口像样的寿材……老人忽然闪了下脚，几个后生忙着抢过车把，老人固执地摆了摆手……与此同时，小张庄所有的人家，正在把家里仅有的几十、几百块钱毫无保留地捐献出来——为了让陶秀英走得尽量体面一些——给老人买一副体面的寿材。张志海泪流满面，跪在地上给大家一再叩首致谢。

客运站边上的小广场聚集了四五十人，有两个警察在维持现场。张凤池额头渗着汗珠，在阳光下闪闪发亮。看见老人拉着架子车来到这儿，众人自发地让开一条道。张志波来到母亲的遗体前扑通跪了下去，号啕大哭："娘——"

张凤池脸上的肌肉抽搐了几下，他俯下身，轻轻说："老伴儿，我接你来了。走，咱回家。"说着，从冰凉的长条椅子上抱起老伴儿冰凉的遗体，轻轻放在地排车上……

田野里的花大多谢了，枯黑的枣树枝在风中瑟瑟发抖。这一刻，荒凉的田野更显荒凉。

陶秀英就这样撒手人寰，生命定格在七十岁。手术前，大夫说，这个手术好做，没什么危险，所以，也就没通知东北的哥几个。出现这个结果是大家始料不及的……事发突然，众乡亲帮忙找来车，把老人的遗体拉回家……

张志海忙给东北有座机的富安供销社的秦世忠打电话，告诉老母病逝，让他帮忙通知东北的那哥几个。村里有座机的人家寥寥无几，老二张志江在供销社干过，和秦世忠曾经是同事，关系要好。老三和老五跟秦世忠的关系也像亲哥们儿似的，他们把秦世忠的座机电话早就给了山东的家人，告诉家人如有啥事儿就给秦世忠打电话。秦世忠第一时间找到老三张志河，把老母病逝的消息告诉他……老三找到二哥张志江后，哥俩一起来到学校找五弟志龙。弟媳妇马莲说，志龙到湾沟打工，他没有手机，也没给家打过电话，联系不上。张志江和张志河哥俩只好买了连夜的火车票，匆忙回老家奔丧……

在山东待了一周，张志龙怀着极度悲伤的心情回到东北。

母亲去世一年后，老爸张凤池从山东来到东北，给马志荣带来山东的大枣等特产。

两个昔日的冤家对头今天竟成了对头亲家！二人相见，马志荣羞愧难当："大兄弟，当年大哥不是人！你给我两巴掌！"

"大哥，快甭这么说！那时候咱们都年轻，我也不懂事……"

两位老人像久别重逢的老朋友，紧紧地抱在一起。

张凤池在哥三个家各住了几天。虽然父亲并没说此行的目的，哥几个猜测，父亲有可能打算在这边长住下去。可老人看到这哥几个过得都不富裕，就没心思留在这边了。尤其老儿子家——住在学校的打更房里，屋里还不足10平方米，一家三口都有些挤，再多一个人根本没法住！张凤池在老伴去世后身体状况急转直下，患上了轻度脑血栓，行动有些不便，目光有些呆滞。在志龙家一共待了三天两宿。马莲每晚都温一锅热水，倒在洗衣盆里，兑些凉水，试试水温正好，拿个小板凳让老公公坐在旁边，她和志龙拿条毛巾在温水里酘两遍，从头到脚给老人擦身子。冰倩也抢着给爷爷擦身子、洗脚……年龄大了，老人身上有股浓重的异味。马莲一点也不嫌弃，在老人身上一遍一遍打上香皂，再一遍一遍擦洗。在东北一共待了不到10天，老人就张罗着回山东。临行的前一天，张志龙想了好半天也不知道去谁那借点儿钱给父亲作路费，急得直跺脚。无奈之下再次骑自行车去了三连襟家。

老人临行的前一天晚上，马莲一边给老人擦身子一边说："爸，作为老儿子，俺们本应该留您在这养老，俺家现在的情况您也看到了……您先回山东，等过两年日子好过了俺们再接您过来。"

受病症影响，张凤池说话已不像往常那么利索了。"老儿子、儿……媳妇儿，我们……老了，啥也……没……没帮衬上你……你们……"一旁的志龙早就泪流满面了。曾经的老爸身体多么结实多么健壮，五十岁时出门挖河一点不服输，连庄里的大小伙子都直竖大拇指。如今一向刚强的老父亲那挺直的脊梁已被无情的岁月彻底压弯了！张志龙走到外屋擦干眼泪返回屋内："爹，咱不说这些了，等您老儿子日子过好了一定把您接来！"张志龙把从三连襟那借来的300块钱塞到老人的内衣兜，留点零钱放在老人的外衣兜里备用。第二天，张志龙和二哥、三哥打了辆出租车把老父亲送到辉河火车站。站在火车站站前广场，老人的思绪一下子回到四十二年前偕家人闯关东的那一幕，不禁老泪纵横！

哥几个买完票给老人带了一盒盒饭，把山东老家的详细地址还有联系电话号写在一张纸条上，放在父亲的衣兜，以防意外……就这样，张凤池带着无奈、带着失落一个人返回了山东。

一步一个榔头，生活的惊涛骇浪几乎要把张志龙吞没。别人的日子都是越过越好，可他张志龙，那真是"老太太过年——一年不如一年"。家里眼瞅又揭不开锅了，一日三餐除了酸菜就是酸菜，放在后屋屋角的满满一大缸已经吃了三分之二了。

天蒙蒙亮，屯子里"周大豆腐"的"豆——腐——，豆——腐——"的长音从上街传到下街。张志龙焦躁不安。他想出去赊一块，可是不好意思张嘴。欠人家的豆腐账都好几年了，万一让人家劈头盖脸地损一通，脸往哪搁！可是，女儿正是长身体的时候，总这么糊弄，他怎么忍得下心！就在前天早晨，他打开碗架拿碗筷时，看见黑乎乎的碗架里面有一个用半张报纸包着的东西，他拿出来打开一看，是穿着厚厚的灰色"毛衣"的半根干硬的麻花。他记得，10多天前曾给女儿买了一根麻花。一定是孩子不舍得吃只吃了一半，把剩下的半根麻花用报纸包好放在一摞碗的后面，后来忘了。张志龙的心说不出来的难受……迟疑片刻，他决定出去试一试。他从锅台上拿起一个铝盆，趿拉着鞋跑出校门。周大豆腐正在给别人捡豆腐，支起来的自行车后车架子上一边一个水筲，一边装着豆腐脑，一边装着大豆腐。看见张志龙，周大豆腐热情地打着招呼："来了老五。"

"嗯。"张志龙心里没底，自己都觉得脸红得发烫，"周叔，我想……来半块豆腐。"

"周大豆腐"五十四五岁，长年戴一顶蓝帽子，大眼睛，一张铁青脸一天到晚从没有笑模样。他的眉毛浓密，宽且黑，像墨汁染了似的。

"嗨——，半块豆腐够谁吃的，都不够塞牙缝的！来，拿一块，我给你记着。"说着，用泡胀得有些发白的手从豆腐桶里捞出一块冒着热气的颤巍巍

的豆腐，轻轻放到张志龙的小铝盆里，"以后想吃就出来，别想别的，啥时候有钱啥时候给。说句话你别不爱听，要是给不上，就当你大叔我扶贫了……孩子小，一年年的不见个荤腥，豆腐再不吃，那能行吗！记着我今天说的话，老天爷饿不死瞎家雀……"这番话竟让张志龙的泪水在眼里直打转。

"对了，你爹现在身体咋样？那是个大好人啊！"

"我爹还行，这两年身体好些了。谢谢周叔惦记！"

一块大豆腐添了满满一舀子水，又加了两三个土豆。菜上桌了，马莲先给女儿夹一块颤巍巍的大豆腐，冰倩不声不响地吃着。可接下来，她却一个劲儿地夹土豆块，嘴里发出的声音不亚于吃肉："妈，你今天做的土豆真好吃！"

夜已很深了，月亮静静地挂在空中，发出皎洁的光，把小屋照亮。

张志龙枕着胳膊躺在炕上始终没有睡意。米袋子里的大米没了，豆油也见底了。别人家的锅一年四季油汪的锃亮，他家的锅心一年四季不见肉，油也少得可怜，总是锈迹斑斑，每次刷锅都得刷好几遍。眼下，又没有吃的了，去谁家赊点儿大米呢？去谁家借钱买点儿豆油呢？旁边供销社秦大哥那，他实在不好意思再去赊账了！妻子看女儿已经睡了，拿脚轻轻踢了志龙一下，压低声音说："大米没有了。"

"嗯，知道。"

第二天早上，张志龙早早地起来，骑自行车来到上街平时关系还算不错的于洪海家。于洪海正在院子里收拾破东乱西。看见志龙，当时一愣：

"咋这么早啊兄弟？"

"哦，哥，是这么回事，家里大米吃了了，我寻思看看你家有没有……"

"哦，这几天忙，没倒出空磨米。牛这两天不吃草，可能来病了，一会儿我得去县里给牛买药。"他的一双小眼睛比正常人转速快，"要不这样，你先去别人家借点，等过几天磨完米我替你还……"

"哦，那好……你忙着哥……"

第三十六章

飘飘洒洒的大雪把日子带进了2004年的冬月，新的一年马上到了。

太阳像个大红灯笼挂在西边山顶的树丛中。红霞满天，宛如仙女拖着一件火红的长裙。放学后，喧闹一天的校园安静下来，只有几只家雀从这个枝头飞向那个枝头，叽叽喳喳叫个不停。

一晃冰倩已经12岁了，她非常听话、懂事，是班里学习委员。从上二年级开始，她养成一个习惯。每到学校放学，待老师和学生都走后，她拎着一个塑料袋子，在各个教室、走廊不时地哈腰直起，哈腰直起，捡拾学生丢弃的废纸本、纸盒、饮料瓶、雪糕棍儿(用来烧火）。火红的夕阳透过教室的大玻璃窗照在她汗涔涔、红扑扑的小脸蛋上。全部捡完，她把塑料袋子拖拽到后屋馏饭盒的屋子。别看她年龄小，干起活来有模有样。为了节省空间，她把纸盒子叠得整整齐齐地放在纸盒箱子里，把饮料瓶放在地下，咬着牙，嘴里发出"嗨——"的声音，抬起小脚一下一下地把饮料瓶踩扁。第一个月，卖了三块五毛钱，把冰倩乐得手舞足蹈……

这天晚上，张冰倩做完功课后，张志龙打开电视看辉河新闻。彩电被人抱走后，他去街里的家电修理铺花10块钱买了一台十四英寸的黑白电视机，去后山锯一根细长的落叶松，去掉枝杈，把一个废旧自行车车圈钉在落叶松杆顶端当作天线立在房角。这里正是山根底下，信号微弱，连中央台和省台节目都收不到。调频的开关"咔咔"拧了一圈又一圈，还是只能收到当地县电视台的节目，而且有雪花点。端庄秀丽的辉河电视台女主持人方晓正在播

报一条广告。张志龙隐隐约约地听到，辉河电视台招聘新闻记者。他不禁为之一振，急忙趿拉着鞋下地来到外面，轻轻转动天线杆。

"行了吗？"志龙隔着窗户朝屋里喊。

"不行，往左边点……过头了，再往右边点……"冰倩在屋里指挥着爸爸。

志龙慢慢向左又慢慢向右转动，六七分钟后，冰倩趴在窗台隔着玻璃喊了一声："爸爸，行了！"

画面略微清晰了，可等志龙进屋，广告结束了。不过没关系，一会儿肯定重播。一家人聚精会神地盯着那台又旧又小的电视。志龙让女儿准备好笔和本，一会儿重播广告时记录联系电话和地址。果然，不一会儿，那位漂亮的女主持人方晓又出现在狭小的黑白电视屏幕中。这回听清了，辉河电视台因业务需要，面向社会招聘一名新闻记者，25周岁以下，有大学以上文凭……冰倩把联系电话和地址记下后，志龙却泄气了。他都36岁了，文凭，他连高中毕业证都没有。

躺在热乎乎的炕上，志龙久久不能入睡。这些年来，他一步一个坎，经历了太多的风风雨雨，但他始终没有放弃读书和写作。他不停地写，也不断地投稿，那本《黄河文艺》以及盖着黑色邮戳的80元稿费，让学校的所有老师肃然起敬——哎呀，咱们学校的更夫这么厉害啊！张志龙暗下决心，一定要走出富安小学！眼下，机会来了，可自己各方面的条件都不符合。再说，就要一个，有头有脸的人有的是，谁认识你张志龙这个大老粗啊！他躺在炕上翻来覆去久久不能入睡。他轻轻碰了碰正在熟睡的妻子马莲，告诉她自己想去电视台试试。马莲睡意正浓，眼睛也没睁开，说："行，你去吧，反正也不搭啥，就当上县城溜达溜达。"现在还了大部分饥荒，一家人轻松了许多。

这天正好是冬至。冬至节，春之先声也。诗云：西北风袭百草衰，几番寒起一阳来。白天最是时光短，却见金梅竞艳开。虽是寒冬，但春天，已越来越近了。

张志龙早早地起来了。外面的雪还在下，只是小了许多。冬日的旷野，白雪皑皑。志龙拿来一把大笤帚，开始清扫家门口到校门口这段路，又从学校大门扫到教室的正门。这并不是他分内的工作，但这个没啥，他从不在乎出力。经他扫过的地方露出黄土的颜色。接着他把各个班级和办公室的炉子一一生着。不一会儿，一排整齐的灰黑色的烟便从房顶飘向后面苍松挺立郁郁葱葱的山顶。

志龙翻出那双前脚尖已经磨白磨亮了的棉皮鞋，蹲在地上拿出落满灰的半管鞋油挤在鞋上反复擦着，擦完鞋站起来对着镜子把胡子剃得干干净净。冰倩一双水灵灵的大眼睛看着他，问："爸，你今天要干啥去啊？"

志龙笑着回答："爸爸去趟县城，回来给你买好吃的！"

"嗯——我不要！"孩子紧绷着脸，鼻腔里的这个"嗯"使劲儿转了个弯，拖个长音。

辉河县县城不大，但十分整洁。男男女女在小雪中裹得十分严实，大车小车往来穿梭，车速较慢，轿车的前后挡风玻璃和车牌照几乎被雪遮盖住了……县城主干道两侧的白杨让志龙眼前一亮！那一株株、一排排傲然挺拔的白杨像忠诚的卫士一样迎朔风，战严寒，昂首挺胸耸立在路旁。面对这些雄壮高大不屈不挠的白杨，张志龙油然而生一种仰慕之情。他欣赏白杨伟岸正直，坚韧挺拔，奋发向上的品格。

张志龙接连打听两个行人，最后来到地处县城的中心地带的一个黄色的六层小楼前，外墙上黑底黄字"辉河县广播电视管理局"赫然入目。他觉得心跳得厉害，在大门口平复一下心境，跺去脚上的雪泥，在纷纷扬扬的雪花中，有些忐忑地迈进了大门。接待张志龙的是素未谋面的高英杰总编，他看了张志龙在全国各地发表的一些作品后直接把他推荐给了杨宏德局长和尹文凯副局长。两位领导浏览了一下张志龙的文章后不置可否，把张志龙的电话号留下后就让他回家了。不久前，张志龙拥有了他人生的第一部手机——花30块钱在手机店买了一部跟他的皮鞋一样失去本色的诺基亚手机。

几天过去了，正当张志龙对这次应聘已经不抱有任何幻想的时候，辉河县广播电视局主管宣传的副局长尹文凯给张志龙打来电话，要他马上到电视台报到。张志龙的心怦怦直跳。他不敢怠慢，急忙堵了一辆通向街里的车……

在电视台三楼副局长办公室门前，张志龙用手捋了一下头发，长长地呼

出一口气，轻轻敲门。随着一声"请进"，张志龙推门进去，四十多岁的副局长尹文凯站了起来和他握手，示意他在沙发上坐。这时张志龙才注意到，那个他在电视里经常看到的美女主持人方晓正毫无表情地坐在那里。尹文凯对张志龙说："咱们电视台专题部亟需一个撰稿人，我们看了你的作品，水平可以，也去富安村走访了村干部和一些百姓，大家对你的为人非常认可……你现在算是实习，工资每个月400元，你看怎么样？"工资不多，但张志龙急需一个走出富安小学的平台，所以，他不假思索地说："行！"

"来，认识一下，这是你的主任，方晓。"尹文凯指着面无表情的方晓向张志龙介绍。方晓的屁股不太情愿地从沙发上抬起，礼节象征性地伸出右手，和张志龙的手擦指而过，两腿还没站直又满脸愁容地坐了下去。尹文凯让张志龙到四楼的专题部，他刚一出屋，屋里就传出方晓劈头盖脸的嚷嚷："大哥，说好的大学生呢？说好的二十五岁以下呢？跟你有亲戚还是跟哪位大神有亲戚！你瞅他那样，能会啥啊！我不要！……"她的嗓门很高，张志龙感觉脸涨得通红。在他们面前，张志龙确实是个"土包子"。头发已经多日没理了，长且蓬乱；脸上刻满了岁月的沧桑；上身着一件土里土气的厚厚的羽绒服，几根耐不住寂寞的羽毛从衣服缝儿钻出来了；下身是条肥腿的裤子；脚上那双皮鞋经过雪地的"洗礼"又露出了本来面目……张志龙极力控制着内心的情绪，低着头走过走廊，沿楼梯走到四楼，找到挂着"专题部"牌子的办公室，轻轻推门走了进去。专题部办公室非常狭小，有三张办公桌，一个布艺沙发。张志龙特别留意了这个沙发：晚上打开可以当床用。张志龙连电脑开机都不会，这更让方晓大失所望。

电视台离家80多里路，可是没有直达车。得先从村里坐车到镇里，再由镇里转到辉河县城。

第二天早上，张志龙带了一套被褥来到电视台。

他得尽快学会电脑打字。他没黑没白地伏在电脑桌前，一个字母一个字母地敲，一个按键一个按键地找。饿了，嚼几口干硬的方便面；困了，就和衣躺在办公室的沙发上。

是骡子是马得拉出来遛遛，别看报到了，用不用你还两说呢，要是没本事，立马抬屁股走人。张志龙以前写的都是诗歌、散文、小说类的文学作品，跟新闻两码事。他翻看了以前工作人员写的新闻和专题片稿件。2004年，是辉河县大手笔书写辉河历史的一年；是高起点塑造辉河形象的一年；是以财政增收为核心的一年；是以项目建设为重点的一年……这一年，辉河大地锣鼓声声、凯歌阵阵；这一年，辉河河畔硕果累累、捷报频传。这一切将成为辉河史册中厚重的一页！家乡的新变化让张志龙欣喜。他激情澎湃，夜不能寐。几天后，张志龙用了一宿的时间完成了5000多字的专题片解说词——《辉河放歌》。

经过后期的播音制作，张志龙撰稿的第一个专题片《辉河放歌》在2005年春节正式与全县广大电视观众见面。专题片全面反映了一年来辉河县各行各业所取得的非凡业绩。县里的各级领导、电视台领导都非常满意，张志龙被正式留用，身份是临时工。方晓对这个"土包子"刮目相看。

一天早上，方晓来到办公室面带微笑，露出经过处理的洁白而整齐的牙齿对张志龙说："中午别在食堂吃了，我请咱们专题部的人去饭店吃饭……"

风赶着乌云，由北向南狂奔。

大暑时节，辉河县普降暴雨，多地还伴有大风及鸡蛋大小的冰雹，庄稼损毁无数。连日暴雨，富安小学房后的山坡泥沙俱下，把学校后面本就不深的排水沟淤满，已经和后窗台持平甚至有超。雨水顺着后窗台破漏的玻璃窗涌进教室，走廊里全是积水。这几天，老师和学生到校的第一件事就是清理走廊和教室的积水和泥沙。

一天，建设镇中心小学凤校长和教导主任等人来富安小学实地查看，恰巧遇见了张志龙。不久前，张志龙曾给建设镇中心小学做过新闻采访，张志龙自此和凤校长结识，彼此成了朋友。凤校长在学校前前后后转了转后，沉思片刻，对同行人员说："这几天天气不错，为防止再次下雨给学校带来安全隐患，咱们得马上把淤沟清理好。挨着山体这边得砌石头墙护坡，雨水顺着河沟排到西边校墙边的深水沟里，这样就没事了……"

张志龙觉得这是个千载难逢的机会，连忙自告奋勇，说：

"凤校长，跟您说实话，我从高中就开始打工，啥活咱都会干。这个小

活您就交给我干呗，我以人格向您保证，质量保准杠杠的……

一个普通的乡村小学，清沟护坡这样的小工程交给谁干基本上就是领导一句话的事儿！

凤校长看了一眼张志龙，又看了看随行人员，说："张记者家就在这住，干啥也都比别人方便，我看行……你们啥意见？"

"张记者为人好，质量肯定差不了！"

"谁干都是干，价钱都按照工程核算的正常价。张记者不是外人，何必把钱让外人挣呢。行！"

大家一致赞同把清沟护坡工程交给张志龙干。

学校最后把工程款定在28000元，张志龙包工包料。张志龙二话没说。

"行！成交！"

一个周末，富安小学清沟护坡工程正式启动。张志龙安排两个大工两个小工，他们一家三口自然都成了工人，全家上阵，能干啥就干啥。张志龙和灰，马莲挑水，十多岁的冰倩手里拿把锹，从沟里挖一锹沙土，两手端着倒在独轮车里。三个人脸上都淌着汗，但从他们的眼睛可以看出一种希望一种喜悦一种幸福。不管大工还是小工，大家都了解张志龙的为人和遭遇，谁也不糊弄，不磨洋工，都像干自己家活似的……半个月后，工程顺利完工。一个两米宽的非常平整的水沟和一个三米高150米长的石头墙呈现在众人面前，墙里还安放了20多个排水管。中心校领导安排人员前来检查验收，对工程质量直竖大拇指。

去掉人工、用料等费用，张志龙在这个工程中一下子挣了15000！

从拘留所回来后，魏德刚两口子三天两头来要钱。志龙还是那句话，只要有钱肯定给。张志龙不敢耽搁，顶着朦胧夜色来到魏德刚家。

"来，里面坐。最近整啥呢？"

"哦，也没忙啥。"说话时，张志龙从上衣兜里掏出一沓崭新的钞票，"哥，嫂子，我把担保那个苞米钱给你，一晃都好几年了。以前确实没有，这不在学校干点小活儿……"

两个人的黄色眼珠瞬间亮了，乐得嘴都合不上了。

"马天那个王八羔子可把人坑苦了……以后有事吱声，咱们谁跟谁啊……"

张志龙在还了本金后，又掏出500："这500算是利息，银行利，别嫌少！"

这大大出乎了两口子的意料。

"哎呀，给啥利息啊，快拉倒吧！"

嘴里说着，眼睛却死死盯着张志龙手里的钱。

张志龙把钱放在炕上，说："大哥，大嫂，对不住了，欠了你们这么多年……利息不多，你们就收着吧！"

张志龙两口子兴奋得几乎一夜未眠。深沉的夜，孩子嘴角挂着一丝甜甜的笑走进甜美的梦乡。马莲关了灯，用脚趾挠了挠张志龙的脚，张志龙心领神会，钻进妻子的被窝。窗外明亮的月光透过没遮严实的窗帘，照在一团运动的雪白上……

肩上扛着录像机，张志龙成为"无冕之王"的消息无疑在富安村成了爆炸新闻。以前见到他打老远就躲的现在跟他满脸堆笑，主动套近乎。饥荒还得差不多了，再加上丈夫成了电视台记者，马莲现在说话也有了底气。一天，建设镇的镇长、民政助理在村书记的陪同下到富安小学走访慰问。镇长笑容可掬地对马莲说："你家粮食被骗的事我们早就知道，这些年对你们关心得不够……现在有啥困难没？"

马莲说话向来是直来直去，从不披着藏着。她对镇长说："镇长，我们在这打更，是不多少应该给点报酬啊？就是谁干也不能白干吧？"

镇长瞅了一眼村书记谷全，问："谷书记，怎么回事？怎么还有这事？"

谷书记愣了一下，脸"唰"地红了："这是我们工作的失职，一会儿我们就召开村班子会议，研究一下张记者家人在学校打更的事儿……这么大个学校，生炉子扫雪馏饭盒，不容易！村里再困难，也不能亏了人家。已经干了四五年了，我们全都给补上……"随后，谷书记向镇长介绍了张志龙的坎坷经历，对他的为人和才华大加赞赏，并表示要做张志龙的入党介绍人。镇民政助理从兜里拿出一个信封递给马莲："这是我们建设镇的一点心意……以后有啥困难，你直接找我……"随行人员从车上拿下几桶豆油、几袋大米、几袋白面，放在张志龙狭小的屋中。马莲连连道谢，一直把镇长等人送到校门口。

学校紧把富安三组的边缘，虽然和供销社紧挨着，但是隔着一道墙，中间有10多米长的空地。晚上大门都关上，两边有多大动静互相都很难听见。冰倩放学回家后，马莲就把学校大门锁上，回屋后再赶忙把插销划上。为了安全，后窗户也用木板钉死了，大白天后屋都黑咕隆咚的。

漫漫长夜，冷风呼啸，房后山坡上的树木怒吼着。马莲和冰倩躺在炕上常常整宿睡不着。外面要是有个风吹草动，娘俩儿急忙坐起来，马莲把菜刀拿在手里。冰倩紧张地蜷缩在妈妈的怀里，吓得大气都不敢出。好在，张志龙平时为人讲究，跟村里几个"人物"关系都不错。所以，根本没人来捣乱。

第三十七章

过了严寒的冬季，春天终于来了。那高山之巅的冰雪已经融化。举目远望，辉河仍是一大片白茫茫的冰场，沉静安然，近处却是一浪柔若绸缎的春波，正在风中为春天翩然起舞。冰层断裂，冰块融化的"咔嚓"声传来；没一会儿，这些冰块，片片解散。在春天的阳光里，那冰块化作一池碎银，闪烁着晶莹耀眼的光芒。

2006年4月，辉河电视台参加了中国电视艺术家协会主办的新农村新农民中国农村小康故事电视作品评奖活动，由张志龙主创的专题片《爱你一生》被评为优秀作品。一个县级电视台的作品能获得国家级奖项，对辉河电视台来讲是前所未有。电视台副台长尹文凯领着三名"主创人员"乘坐飞机进京。尹文凯皮鞋锃亮、头发锃亮，风光地走上领奖台，面对数十台摄像机、照相机频频点头微笑……几个人游览了故宫、天坛、颐和园、万里长城，数日后归来。尹文凯把张志龙叫到他的办公室，脸上挂着喜悦说："志龙，这篇稿件写得不错，镜头语言也十分感人……以后继续努力！"说完，把一张获奖证书的复印件递给张志龙。张志龙接过来一看，在五名主创人员中"张志龙"三个字排在最后。最可笑的是，有个人他不认识，也不是本台的。他的眉毛拧成了弯，胸腔里燃烧着一团怒火。他想要说点什么，犹豫片刻又咽了下去，把那张证书扔在尹文凯的桌子上，转身离去。

这张证书来得太及时了，凭借"国家奖"这个硬性指标，尹文凯顺利通过"正高"职称评定。

张志龙总是把镜头对准基层百姓，倾听大众声音，为大众发声。尤其令张志龙欣慰的是，县城居民杜大哥11岁的儿子患了白血病，生命垂危。张志龙得知消息做了采访。节目播出后，省、市电视台及媒体纷纷介入，大家纷纷伸出援手，短短数日筹得善款近三十万元，及时挽救了这个儿童的生命。家人把锦旗送到电视台，又给张志龙礼物表示感谢，被张志龙婉言谢绝。

下乡采访，难免遇到一些特困户，张志龙总拿出一百或者二百。一来二去，他在农村交了许多朋友。这些淳朴善良的农民朋友常让他感激不已。

"孩子，这是咱家自家菜地里的豆角、茄子，没上化肥，你拿着，别跟大娘客气！"一个驼背的老大娘拄着拐棍，站在路边等着张志龙。满头银发上挂着一片豆角叶子，脸上的汗水折射着午后的阳光。

"咱农村没啥好玩意儿，这是你嫂子上山采的山菜，老弟别嫌乎……"一大哥把几把新鲜山菜硬塞在张志龙的手里。

落日即将隐退在西边的山林，余晖把山峦均匀地涂抹上一层橘红。流经城内的辉河，这处是红，那处是绿，倒映着河岸那成排的柳树。

然而，在河水的一处不明显的地方，正有股黑红色的暗流悄无声息地涌进河内。市民王大爷非常气愤地对张志龙说："这水是从上面那家化工厂流出来的，我们已经向相关部门多次反映，始终没人管。"王大爷从河里捞出一条死鱼，"你看，这里的水以前清澈见底，一眼能看到水底的石块。现在你看看，鱼都死了，你让我们怎么饮用这里的水！"

"附近多少居民饮用这里的水？"张志龙问。

"原先我们这一共有100多户居民喝这里的水。但是现在都不敢喝了。我们得买水喝……我们找过很多地方，也没人管啊！"

王大爷反映的事情张志龙早就耳闻，但没想到如此严重。他回到单位，连夜整理稿件，打算在电视台播出。晚上八点多，一个自称是化工厂的副厂长通过广电局副局长尹文凯联系到了张志龙。他走进张志龙的办公室，关上门开门见山递给张志龙一个信封："老弟，污水问题我们一定会重视的……这张卡里有2万块钱……咱们交个朋友！"说完，扔下信封转身就走。张志龙急忙把他拦住："嗳嗳嗳，你干啥！赶紧把卡拿走！"张志龙态度坚决地把卡塞进他的兜里。副厂长只好悻悻地转身离去，把办公室的门"啪"地使劲一摔。

没一会儿，张志龙的电话响个不停。台领导接着要他暂时放一放，不要播出。接着，他又接到一个恐吓电话……

马莲起床后一开门，看见有一只鸽子，再一细看，一把匕首牢牢地扎在鸽子的颈部。她吓得心惊肉跳，哆嗦着把匕首从门上拔下来。急忙敲开供销社的角门，用秦世忠的座机给丈夫打了电话：

"志龙啊，你赶紧……回来吧！"

"咋地啦？"张志龙心里一怔，隔着电话都能感受到妻子声音的颤抖。

"早上……我起来……看见咱家门上……扎着一把匕首，上面扎着……一个鸽子。"

张志龙的心扑腾扑腾的。显然他的工作让家人受到了威胁，这是他无论如何也不能接受的！他打算请假，先回家看看，然后再说。

一上班，还没等张志龙去找领导，尹副台长打来电话，要他到他的办公室。张志龙敲开他的办公室，尹文凯坐在沙发里，跷着二郎腿正吞云吐雾。他烟瘾特别大，一盒烟不到中午就抽没了，右手的食指和中指夹烟的地方呈深深的黄色。他猛吸一口烟，把烟圈重重吐了出来，右手食指像发报员发宝似的有节奏地敲击着桌面："志龙啊，咱们别去招惹那些人，咱们惹不起！"

张志龙紧皱眉头沉思片刻，说："我打算把素材传到省台……"

尹文凯勃然大怒："别给你脸不要脸。你一个臭临时工，咋地，管不了你了！"

张志龙最讨厌他这种语气，"临时工"几个字让他内心受到了极大伤害。他愤然说道："临时工怎么的？哪块工作比别人少干了！"

"少干，少干行吗！你要注意你的身份！你都三十六七了，连个高中毕业证都没有，当初让你进来，我是顶了很大压力的。我能让你进来，也随时能让你走人！"

杨台长即将退休，台里的一切事都由尹文凯说了算。

张志龙的内心燃烧着一股怒火，但他控制着自己的情绪，转身出了副局长办公室。

志龙的心情很乱，跟专题部主任请了假。他只字未提家人被恐吓的事。

电视台的工作来之不易，马莲劝丈夫："这是你喜爱的工作，好好干吧！平时跟领导好好处，别太倔了……你不用惦记我，明天晚上我让三姐来陪我住……"

张志龙在县城上班，妻子和孩子住在学校，他始终放不下心。这年夏天，他在县城租了个平房，告别了住了近7年的富安小学。女儿张冰倩在建设中学住校，每个周末回家。

天气燥热，晚饭后，张志龙一个人漫步在辉河河畔。清风轻柔拂过脸颊，穿过张志龙凌乱的头发。柳枝在夜色里漫无目的地摇摆，水间灯光倒影，随水波闪烁，似梦幻般。不远处宁静的田野，蛙鼓奏响夏夜的乐曲，那些不知名的和声清唱着浅浅的记忆。

张志龙不知不觉走到县城最繁华的商贸一条街，两旁一家挨着一家的店铺闪烁出耀眼的灯光。蓦地，张志龙看见有个店铺的卷帘门上贴着一大块显眼的红纸。张志龙近前一看，上写：饭店无人打理，出兑。下面留着联系电话。

多年的打工经历让志龙见多识广。这个位置如此繁华，饭店生意肯定错不了！他随即掏出手机打了联系电话，联系人家就在附近，不一会儿就到了。他打开卷帘门上的锁，推开门，伸手在墙壁上按了下电灯的开关，漆黑的房间霎时亮堂起来。张志龙环顾了一下，八成新的桌椅、雪白的墙壁……二楼是厨房和几个大包房。经过一番讨价还价，对方最终把出兑价格定在四万。

张志龙像捡到宝贝一样乐颠颠地回到家。马莲在靠着南窗户的墙边凳子上放着一个暗红色的洗衣盆，在不太明亮的灯光下正弯着腰身子一倾一倾地用洗衣板搓洗衣服，一绺头发从鬓角垂下。她直起身，往洗衣盆里甩了甩手上的肥皂沫子，问："啥事啊，这么高兴？"张志龙眉开眼笑地对妻子说："咱不用给别人打工了，还得看他们的眼色，干脆，咱自己干吧？"马莲一脸茫然，问："自己干？干啥？"张志龙微笑着不语，慢慢地喝口茶水。马莲性子急，催问："你别卖关子，到底干啥啊？""开——饭——店！刚才我出去溜达，在商贸城那看见一家饭店出兑，屋里老亮堂了，"他又喝口茶说，"那里是县城最繁华地带，生意肯定错不了！"一听是开饭店，马莲立刻表示反对，头摇得像拨浪鼓："不行，坚决不行，咱家没那么多本钱，好容易有点积蓄，可别再打了水漂！"

张志龙是铁了心要搏一次，经他苦口婆心地劝说，马莲总算同意了。

亲戚朋友听说张志龙要开饭店，都愿意借钱给他，加上自己的一点积蓄，四万块钱，一天就到位了。

在阳光明媚的一天，张志龙的"山东大盘菜"正式开业，县日杂公司的老总开车送来近万元的礼花和鞭炮，市政维护处的吊车把鞭炮高高挂起，一排排花篮和大麦在门口两侧排出去很远。

张志龙高薪聘请了一个大厨。每天上午，张志龙总会接到许多单位办公室主任或相关负责人的订餐电话："把里面那个1号包房留给我……""还有包间没，要个20多人的包房！"

饭店楼上楼下热火朝天。

"服务员，我的菜好没好？"顾客不高兴是常有的事。"抓紧给我上菜啊，都几点了！"

张志龙赔着笑脸："哥们儿，实在不好意思，稍等。一会儿给您加个肘子。"

"不好意思，让您久等了。一会儿我陪您喝一杯！"

饭店生意足够火了，可张志龙不知足。这个位置早晨商贩人来人往。他抓住这个有利条件，要增设早餐。

早晨三点，手机闹铃准时响起，他和马莲揉揉眼睛，穿上衣服，把夹克棉衣的帽子翻上来裹住头，再轻轻地开门、关门。住处离饭店有点距离，整个县城还在酣睡，张志龙和妻子踩着"咯吱咯吱"的积雪，在困倦的昏黄路灯的照射下来到饭店，和面、蒸包子、蒸馒头、熬粥、拌咸菜……张志龙看环卫工人起早贪黑在风雪里清扫路面十分辛苦，志龙就在饭店门上挂了个牌：环卫工人免费喝豆浆。附近的环卫工人忙活完后就到他这坐一会儿，喝

碗豆浆，客人多的时候他们就不好意思进屋了。张志龙买了塑料杯和封口机，每天装三四十个放进保温箱，把保温箱放在门口的凳子上，便于环卫工人自己领取……饭店的口碑与营业额与日俱增。

夏日的一个傍晚，一个大眼睛的十二三岁的女孩儿推门走进一个冷面馆。

"来点什么？"老板娘问。

女孩儿嗫嚅着，脸涨得绯红，目光中有一丝胆怯："阿姨，您……用钟点工不？"

"不用。我们这客人不多，自己忙得过来。"老板娘显得有些不耐烦。

"阿姨，我不要工钱……我天天这个时间来干活，您……给我一碗冷面就行。"

老板娘诧异地看着这个女孩儿。红白相间的夹克上衣，蓝裤子，衣服显得有些肥大。马尾辫，面庞洁净白皙，细黑的眉毛下嵌着一双黑宝石似的大眼睛。

"小同学，你家在哪啊？怎么要出来干活？"老板娘的语气明显好多了。

"我家在富安村。我住校。爸妈都在外地打工……他们……太辛苦了……"孩子的眼窝竟有些湿润了，"阿姨，洗碗，扫地，擦玻璃，我啥活都会干！

这时，老板走了过来。老板娘向丈夫说了孩子的情况。

"那你晚上不上课吗？"老板关切地问。

女孩儿点了点头。

通过简短的交谈，老板了解了孩子的家庭情况。善良的老板生意并不好，也只是勉强维持，但他愿意帮助这个孩子。

"你到这来帮忙，不会影响学习吧？"

"学校离这很近，我忙完再回学校，不会耽误晚课的。"女孩儿黑黑的大眼睛充满了迫切的期待。

老板对女孩儿说：

"一看你就是个懂事的孩子。这样吧，从今天开始，你每天傍晚到我这帮忙，就帮捡捡桌上的碗筷就行，别的不用你干。每天在我这吃，吃完就回去上晚自习。一天给你10块钱。你看行不？"

"叔叔，您不用给我钱。给我一碗冷面就行……我最喜欢吃冷面了……"

"那不行！别看我们店小，但是，生意还可以，不差你这10块钱！"说着，老板抬起手，用手指轻轻刮了一下女孩儿的鼻子。

就这样，懂事的张冰倩瞒着父母，在三年的初中生活中，每天下午上完课，她就骑着自行车来到这家冷面馆帮忙……

2007年农历六月初六，这是张志龙终生难忘的一天——经过和妻子马莲二十多年的风吹雨打、艰苦奋斗，他们终于在县城有了自己的楼房！

清晨，东方出现了一片红霞，蔚蓝的天空像被雨水冲洗过一样一尘不染；清新怡人的空气把残存的丝丝睡意完全驱走；晨风扑面，张志龙觉得神清气爽精神抖擞。马莲昨天就把一块一寸宽六寸长的红布系在了门把手上，意为将新房子中不好的东西驱赶出去，还能防止搬家时候不好的东西进来，更寓意着红红火火的生活。张志龙把自己写的对联贴在门上：

　　祥光当户春色美
　　瑞彩盈庭家事和
　　横批：安居乐业

贴上对联的新房显得特别喜庆。

张志龙的二哥二嫂、三哥三嫂，马莲的五个哥哥五个嫂子，四个姐姐四个姐夫悉数到场。

院内摆好了烟花礼炮。从不吸烟的张志龙用火机点燃一根香烟，使劲儿吸了一口，烟头由暗变红，他俯下身，把烟头对准鞭炮的引线。

爆竹"噼啪"响起的瞬间，张志龙的眼睛湿热了。

张志龙手里捧着一个炒锅，锅内有一把用红布包着的斧子，代表"有福"；几棵葱，代表"郁郁葱葱"；五谷杂粮，寓意"五谷丰登"。马莲手捧电饭锅，里面放着两条鲜活的鲤鱼，寓意"富富有余"。

电梯在11楼停下。下了电梯，打开房门，张志龙先把包着红布的斧子扔进屋，马莲把锅里的五谷杂粮洒向房间的角角落落。张志龙把炒锅放在液化气炉具上，把火点着，这叫"燎锅底"，意思是"开火"了，可以做饭了。寓

意红火、兴旺。

豪华家具、豪华吊灯、豪华家电、豪华厨具……让马莲的哥哥姐姐们羡慕不已，仿佛进了大观园。大家满脸带笑，都夸马莲："老妹子，咱们姊妹十个，现在就你住楼了。还是你行，有远见，有眼光！"

在东北，乔迁之日主人要请亲戚朋友一起吃顿饭，叫"燎灶"。来的亲戚朋友也会根据情况随些"份子钱"。在走完了乔迁各项流程之后，志龙把大家领到了自己的饭店，嘱咐大师傅，好好整几个硬菜，他要陪大家好好喝几杯！

张志龙找了一个能容纳30多人的最大包房，自动旋转的餐桌上摆满了饭店的特色菜。张志龙把客人让到里面落座，招呼大家吃菜。随后，他端起一杯酒，站了起来："哥哥嫂子，姐姐姐夫，各位亲朋好友，感谢大家这么多年对我们的关心照顾。可以说，没有大家这么多年的帮助，就没有我们的今天。大家的好，我们一家永远记在心里……"二嫂三嫂还有马莲的二姐脸有些红涨，她们低着头。"来，我敬大家一杯……"说着，张志龙端起酒杯，二两酒一饮而尽。

马莲的四哥马正端起酒杯，说："妹夫，老妹儿，四哥以前做得不对，没帮你们啥忙……喝了这杯酒，算四哥给你们赔不是。"说罢，举起酒杯仰起脖子，二两酒也是"一口闷"。

"四哥，别这么说，谁的哥哥、姐姐不心疼自己的妹妹！"张志龙看了大家一眼，说，"今天没有外人，咱们敞开了喝，能喝多少喝多少，别喝多就行……晚上都到我家住……实在不行咱们打地铺……"

张志龙的二嫂刘淑娟今天也十分高兴，破例喝了二两酒，诚恳地说："今年元旦我家杀猪，一点儿饲料没喂。到时候大家都去，咱们热闹热闹……"

大家频频举杯，向张志龙一家祝福。不多时，张志龙便微微有些醉意了……

张志龙的新家位于美丽的仙来峰脚下，辉河河畔。前面是辉河一中，巧的是，学校院墙内也有一排白杨，虽然没有高平县中学的白杨高大，但也算得上挺拔。张志龙每天清晨起床的第一件事儿就是拉开窗帘静静地看着那排白杨。无风的时候，从树干到树枝到树叶像个哨兵一样一动不动；微风轻拂树枝轻摇，满枝的叶子像无数只蝴蝶忽闪着翅膀展翅欲飞；风雨时，叶落满地，张志龙的心绪也随之飘飞……

一转眼，张志龙离开高平三中学已近三十年了。无情的岁月使他的鬓角过早地有了白发，皱纹也早已爬上他的额头和眼角。自从他的大学梦破碎，他就确信今生和萧桐再也不可能走到一起了。而萧桐许下的那个"永远等你回来"的诺言，张志龙也把它看作是青春的冲动！虽然萧桐仍然会不经意间闯进他的思绪，但他没有勇气和萧桐联系，何况也根本不知道萧桐身在何处。即便当了电视台的记者，看似光环在身，实际也只是一个月400元的临时工而已。几年前，张志龙也回过老家看望家人，但他害怕见熟人，尤其是老同学。

张志龙的新楼三室一厅：他和妻子一个房间，女儿冰倩一个房间，剩下的那个留给老爹。张冰倩是建设镇初中三年级一班的文艺委员，学习成绩排在全年组前三名。搬家后张志龙就给大哥和四哥打电话，看看他们谁有时间把老爹送到吉林来。大哥闲着没事，也很多年没回东北了，便把老爹送到了东北。张志龙领老爹到医院做了全面检查，除了有点脑血栓症状外，其他都挺好。张志龙买了三个疗程的药，马莲像女儿一样伺候公公，让张凤池非常知足。

这天，张志龙开车回富安——老爹在县城没有熟人，他要把老丈人接到县城住一段时间，陪陪爹。行驶中，手机响了，他一看，正是老丈人的手机号，他急忙接听："爸，我开车呢。什么事您说！"

"志龙，你爹来了吧？把他送我这玩几天。"

"爸，我爹来了好几天了，这些天我领着去医院检查下身体，没来得及找您。爹说想您了，我现在就回富安接您，您在家等着吧……"

马志荣在老姑爷家陪张凤池住了几天，又让老姑爷送他们一起回富安村。富安六组的老少爷们儿听说张凤池回来了，都到老马家看他：

"大叔还行，身体还挺好的！"

"你家老五现在行了，大叔，你就在他那养老吧……"

"大叔，今晚到我家吃，我回家杀小鸡去。"

"人家我先跟大叔说的，今晚上俺家吃。再说，四哥还没排上呢。你

啊，等着吧。"

......

大家的热情让张凤池激动不已。他眼含热泪抱拳向大家致谢："谢谢大家，谢谢大家！"

自从回到东北看到志龙，张凤池清楚，这个苦命的老儿子苦尽甘来，他无比的高兴。他在心底对老伴儿说：老蒯啊，咱们的老儿子出息了，你别惦记了！

张凤池在富安六组天天都有人请吃饭，有时两三家都扯膀子拽上了。老人实在不想给大家添麻烦，便给老儿子打电话："志龙，乡亲们太客气了，你快来把我接走吧……"一天晚饭后，老人坐上老儿子的车，乘着月色偷偷地跑了。

第三十八章

悠悠的辉河不分昼夜欢畅地奔向大海。

一晃，张冰倩已出落成十八九岁的大姑娘了。她肤色如雪，一双黑漆漆的大眼睛，周身透着青春的气息。2012年夏，张冰倩以优异的成绩考取东北师范大学。从上大学开始，她就决定自己解决生活问题。开学没多久，张冰倩看到了食堂前的招聘启事，于是前去应聘。简单地面试后，张冰倩获得了这个勤工俭学的岗位。这是她的第一份勤工俭学的工作，比想象的要顺利许多。一个月挣点零花钱，还可以享受免费的伙食。打工都在课余进行，生活学习两不误。张冰倩的上班时间也是学生的就餐时间。在食堂，张冰倩穿梭在同学们中间，端盘子、清扫地面、收拾碗筷。每天中午，张冰倩总是第一个冲出教室，一路小跑到食堂，投入到工作中。下午5点到7点，也是张冰倩工作的时间，雷打不动。在食堂端盘子，碰到同学，张冰倩会自然地打招呼，尽管牺牲了很多的休息时间，但是，张冰倩收获了一份收入外，还有一份快乐。晚上7点，随着就餐学生的陆续离开，食堂师傅们开始收拾碗筷，张冰倩和食堂阿姨一起麻利地清扫地面。所有工作完成后，才和食堂的师傅、阿姨挥手说"再见"，大家都夸她是个好孩子。

每到周六，从早上7点出校门到晚上回宿舍，张冰倩用超市促销员和家教等兼职工作填满忙碌的一天。周日的三份工作全是家教。其中两份家教地点离她所在的大学有20多公里路。餐厅洗碗、帮人发传单、做家教……每年暑假，张冰倩选择留校打工，只在寒假回家过年。即使是寒假回到家，也在县

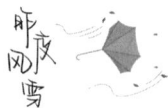

城的一家校外教育培训机构当辅导老师，一直到年根……她课外时间到处打零工，学业却没有耽误，成绩总是数一数二。2014年，张冰倩获得中国大学生自强之星入围奖，吉林省大学生励志成才标兵。

时光飞逝，转眼四年过去了。张冰倩以应届毕业生的身份参加了2015年的公务员考试，以笔试、面试双第一的成绩被辉河县委组织部录取……

富安村党支部书记谷全的儿子大学毕业后留在海南工作，谷全一家也搬了过去。村里的党员老的老少的少，青黄不接，无人胜任村党支部书记这个职务，村工作陷入瘫痪状态。建设镇党委、政府一班人来到富安村，召开村民代表大会，让大家推荐书记的人选。80多岁的老党员——曾经的村党支部书记刘广才哆嗦着从内衣兜里掏出一棵烟点燃，叼在嘴上。老书记的烟龄足足有60年，双手的食指、中指包括指甲都熏黄了，像涂了一层硫黄。他抽烟有个绝活，烟在嘴里叼着，不影响和别人交流。那烟像被磁铁吸住了一样牢牢地粘在唇上。他吐出一口烟，凝眉沉思片刻，忽然一拍大腿，说："我想起个人，准行！"

"谁？"

大家一起把目光对准了他。

"张志龙！"

"哦——"

几个老党员不约而同地点点头。

"我是看着张志龙长大的，这小子打小就好，以前在村里当过团支部书记……他的户口和组织关系都在富安村，又跟县里的上上下下十分熟悉，工作起来有很大的便利。暂时接替，待换届选举时再走选举程序……"

老书记的建议得到全体村民代表的一致赞同。

经建设镇党委政府和县委组织部以及电视台沟通，鉴于富安村现状，大家一致同意让张志龙回村就任临时村支部书记。

接到这个消息，张志龙并未马上表态。当晚，他陷入了沉思。

党的十八大后，饭费条子已不允许出现在单位的账目里，张志龙的"山东大盘菜"迅速转型——他重新兑了一家以包桌为主的大饭店，3层楼，可接纳1000人同时就餐。饭店装饰华丽，金黄色的吊灯光华四射，散发出温暖的光芒。每个大厅都配备了豪华音响，楼上楼下即便几家同时举行婚庆喜宴也毫无干扰。他经营有方，仅半年"山东大盘菜"已成为辉河餐饮业的一张亮丽名片。

那个在大连一家包子铺打工的尤小慧在年前回到老家辉河，在参加一个亲属的新婚喜宴时与马莲不期而遇。马莲在大连的一家渔业公司打工时，为躲避那个高主任的纠缠，逃离大连时曾在尤小慧那住了一晚……回首往事二人相拥而泣。尤小慧正闲着无事，马莲聘她为饭店大堂经理，帮助打理饭店业务。

张志龙在富安村当过村干部，熟悉村里的情况。富安村外债累累，是个远近皆知的苦难村，妻子劝他别去操那个心。

晚上，张志龙又失眠了。凭他目前的经济条件完全没必要趟这个浑水。可想想组织部以及建设镇党委领导那一双双期待的眼神，他的心又活了起来！当他在襁褓中"出疹"时、在他得胃溃疡时、在谈恋爱被人追砍时，是那些善良淳朴可亲可敬的乡亲们一次次地把他从鬼门关拉回来……经过两天的反复思考，他终于下定决心，回富安村，带领村民共同致富。

2015年3月，迷人的春天散布着芳香的气息。一缕缕金色的阳光撒向刚披上新装的草地，草地上的露珠儿晶莹透亮。在建设镇党委工作人员的陪同下，张志龙驾车疾驰在通向富安村的柏油路上——今天，他将就任建设镇富安村临时党支部书记。富安村的村干部以及村民代表早就在村部等他。进了村部大院，张志龙下车和大家一一握手……

在二楼宽敞的村部会议室，面对着一张张笑脸，面对着一双双充满期待的眼神，张志龙内心仿佛燃烧着一团火。他平复了一下激动的心，从主席台上站起来，阳光透过硕大的窗户照在张志龙的脸上。人世浮沉，经历了那么多的风雨，如今的张志龙无论举止还是言谈抑或表情，都透着成熟稳健。他的声音低沉浑厚富有磁性，更重要的是还有发自内心的真诚：

"各位领导、父老乡亲们，根据组织安排，今天，我有幸回到这里就任临时村党支部书记，感谢建设镇党委、政府的对我的信任……我是喝着辉河水长大的，是富安村的父老乡亲给了我第二次、第三次、第四次生命……在这里我向大家庄严承诺：富安村就是我的家，我将和大家同甘共苦，带领大家共同致富，把富安村打造成富足安乐的新农村……"

雷鸣般的掌声在会议室回响。一群喜鹊"突——"的一声从房檐处飞向远方……

摆在张志龙面前的第一个棘手问题就是村部——屋顶破漏，外面下大雨屋里下小雨，外面不下雨屋里还滴答。张志龙积极协调相关部门，在八月份完成村部的整体装修。他向全村百姓有奖征集过去的老照片、老物件，建成富安村民俗博物馆、荣誉室，再现40年前富安村风采。步入村荣誉室，四个醒目的大字"集体荣誉"映入眼帘。荣誉墙上挂满集体获奖荣誉，张贴着对优秀党员干部、有突出贡献老党员、示范大户等个人的表彰；荣誉墙下的荣誉台上面，摆放着荣誉证书和奖牌、奖杯。荣誉台旁有一台大屏幕电视，滚动播放该村村情简介、历史沿革、重大产业发展等村史村情，村级各种规章制度也被收录其中。

在辉河县司法局的大力支持下，张志龙率先在富安村创建全县首家公共法律服务超市，打造辉河样板。超市配备了法治智能终端机，集人民调解、法律宣传、法律咨询于一体。村民可通过"点餐"式在智能一体机获得初级法律服务。定期滚动播放以《宪法》《道路交通安全法》《治安处罚法》等法律法规为主要内容的法治宣传片，百姓通过点播来满足法律需求。利用村集体活动开展普法宣传。村里的协调委会成员、村法律顾问对参加活动的群众进行普法宣传。设有法律图书专柜。与百姓生活息息相关的各类法律书籍多达1万多册，方便群众随时借阅，了解法律常识。作为村级公共法律平台的一种补充，村级公共法律服务驿站的建立，实现了村民与公共法律的有效衔接与互动，延伸了公共法律服务平台的触角。有效化解矛盾纠纷，解决了法律服务最后一公里问题。

张志龙通过招商引资，兴建了"富安村休闲谷"旅游景点，由原来的水库承包人王自来具体负责。清晨，水面雾气缭绕，山村笼罩在轻纱般的薄雾中，时隐时现。晨光里，一叶小舟从湖面划过，摇起一片金波。不一会儿，一轮红日冲破云雾，把水面染得一片鲜红。红瓦白墙、碧树青山，湛蓝的天空飘浮着朵朵白云，倒映在如镜的富安水库上。

为了尽快带领乡亲们走上富裕路，张志龙广泛发动自己的人脉资源，多方寻求支持。

2016年，张志龙为富安村争取到县人民武装部扶贫项目资金20万元用于路灯建设。过去，每到晚上，村里村外漆黑一片，没啥事老百姓一般不出门，生怕不小心掉进路边的深沟。张志龙把村里夜间照明当作头等任务来抓。他的想法得到其他村干部的一致赞同。张志龙远赴辽宁省沈阳市路灯厂实地考察并签订了购买路灯合同，为全村购买安装760盏路灯，彻底告别了村民夜晚不敢出门的历史。

在原有农机具、光伏发电项目的基础上，通过张志龙的协调争取，辉河县人民武装部为富安村投入资金31万元，落实富安村榛子园种植扶贫项目，全村共种植榛子苗3.6万株，种植面积32垧。

众多村民劳务输出后，村里闲置了很多土地。于是，张志龙想方设法把村里的土地集中流转，和村班子成员带领村民一起搞种植、搞养殖。他多次到外地学习先进的稻田立体综合种养理念及技术，在原有种植水稻的基础上，利用稻田同时养起了螃蟹，蟹稻共生，向有限的土地寻求更大的经济效益，并动员村民以工、以技术、以土地等方式入股，带动村民共同致富。

金秋时节，在辉河县建设镇富安村，二十万亩稻田一片金黄，一片丰收的景象。水稻收割机在田间来回穿梭，饱满的稻穗不断滚入机器。看着金灿灿的稻谷在收割机尾部的传输口飞泻而下，丰收的喜悦洋溢在农民的脸上。

张志龙和几个种粮大户成立了合作社，通过"集中服务、统购、统销"的经营模式组织生产。按照粮食正常收购价格多给农户一到两毛钱，农户的收益达到一公顷多收2000元。此外还发展了蟹稻共生的种植方式，在有机稻田里养殖螃蟹，每公顷收获螃蟹四五百斤。通过种植水稻，已经带动几十户村民脱贫致富。合作社有绿色稻米种植基地35000亩，有机稻米种植基地5000亩，从育苗、种植、田间管理、收割全程采用一体化封闭管理，真正实现了从田间到餐桌的产业链条延伸。公司拥有两条世界一流的稻米加工生产线，

能够最大限度地保障米的营养、口感和食味值。生产车间，全程自动化的稻米加工生产线正在作业：烘干、清理、糙米加工、精米加工、分装……一道道工序全程采用自动化控制体系。他们的稻米远销哈萨克斯坦、俄罗斯等地。富安村成了全县的首富村、全省的社会主义新农村示范村。

"过去的大米，两三块钱一斤。如今，我们的生态米，能卖到15到18块钱一斤，甚至能卖到20块钱。"张志龙高兴地向记者介绍。

走进富安村，一行行苹果梨、水曲柳、云杉、文冠果正绽出新的枝叶。松青梨白、草幽花香；鸟叫虫鸣，蛙唱鱼嬉，一泓清泉潺潺流淌。富安村在2017年荣获了"中国最美乡村""全国乡村振兴示范村"等称号。

记忆中的乡村，乡愁中的田园、环境靓美的村寨，正在经辉河县干部群众的巧手，打造成美丽幸福的家园。

早在半年前——2017年仲夏。

这天，张志龙刚到村部就接到电话——一个陌生号码。他不知何人，急忙接听。手机里传出一个陌生中年男子的声音："喂，您好，请问您是张志龙吗？"

"是的，我是张志龙，请问您是……？"

"我是关东人民出版社的编辑。你的那部长篇小说《在远方》我们看了，写得非常好，有生活、有真情……你什么时候有时间来趟省城，咱们洽谈一下出版事宜……"

张志龙愣住了，这声音仿佛来自遥远的天际，或者虚幻的梦里。片刻，待他回过神，激动得简直不知所措："我随时都有时间，太谢谢你们了……"

张志龙不敢怠慢，急忙驱车赶往省城。在关东人民出版社就出版事宜达成协议。

半年后，张志龙以自己生活经历为主线创作的30万字的长篇小说《在远方》由关东人民出版社出版。一经出版，销售火爆，成为现象级畅销书。省作协就此书专门召开了作品研讨会。大家一致认为，此书是一部苦难史、奋斗史、心灵史、成功史。张志龙先后接受省电视台，新浪、网易、腾讯三大网站等全国多家媒体的采访，成为辉河县2017年度新闻人物，在东北三省巡回演讲，签名售书。

　　《在远方》的出版、热销，极大地提升了辉河的知名度。鉴于张志龙的写作才华，辉河县文化广播电视和新闻出版局破格聘用张志龙为创作员，就这样，张志龙离开了工作10多年的电视台。

　　2017年冬，《在远方》被山东华夏影视有限公司买断改编权。

　　张凤池一辈子就是操劳的命。早在张志龙乔迁新居时来东北只住了一年多，享了一年多的清福就有点茶饭不思浑身难受了。日升日落，他常穿着睡衣站在客厅的玻璃窗前，暗自神伤。他思念鲁西那片高天厚土，思念那里的老亲少友，思念他的孙子、孙女，还有长眠在地下的老伴儿，便嚷嚷着回山东。张志龙理解老爹的心情，老爷子身体硬朗，近几年交通也便利多了，坐高铁五六个小时就能到家。于是，老爷子不断地往返于鲁西和东北之间⋯⋯

第三十九章

2018年的大年初三，张志龙开车由县城出发载着妻子孩子到富安村六组给二哥二嫂、三哥三嫂拜年。汽车飞快地奔驰着，村路两旁灰色的树木被甩在身后。稍远处群山起伏，浅黄的落叶松、灰黑色的柞树榆树没有了秋夏时节的生机，只有墨绿色的樟子松依然生机勃发。山边不规则的田野被白雪覆盖，在阳光下光彩熠熠。家家的大门上贴着红艳艳的对联，墙上贴着好几个大大的福字，大门和屋檐下挂着火红的灯笼，院子里的苞米楼子塞满了黄澄澄的玉米……

张志江正猫腰清扫着院里成片的爆竹纸屑。二嫂刘淑娟和侄子、孙子听见轿车驶进院内，都从屋里跑了出来。

志龙和马莲给二嫂问好："二嫂过年好！"冰倩给二娘问好："二娘过年好！"

二嫂刘淑娟笑容满面："好。你们也过年好！"随后说了句流行于东北的大实话，"来就来呗，还拿东西干啥！"

二哥一家、三哥一家，张志龙一家共17口人在二哥家聚餐。二嫂刘淑娟是今天的主角，在几个妯娌和儿媳妇的帮助下准备了丰盛的午餐。八个炒菜四个凉菜，外加小鸡炖蘑菇。一家人第一次这么全聚在一起吃着新年团圆饭，炕上一桌地下一桌，大人们啤酒白酒开怀畅饮，孩子们饮料随便喝。正在兴头中，张志龙放下酒杯，对两个哥哥说："二哥三哥，我有点想家了，想回老家看看。"

未等老二张志江说话，老三张志河先行表态："我今年去了趟关里，变化太大了！别看我刚回来，要是回去的话，我还回去！"

二哥瞅了眼坐在炕上吃饭的老婆，没作声。

"咱们这边老老少少一共17个人，都回去也用不上多少钱……来回车费都算我的……"

一听要回老家，几个没去过山东的孙子、孙女高兴得跳了起来。

眼下正是农闲时节。张志龙和"东北一家人"要一起回山东了。张志龙此行除了实现关里和关外大团圆外还有四个目的：一是与山东华夏影视有限公司签订《小说改编权授权合同》；二是与山东高平县某集团有限公司签署加工营养米粉项目；三是回母校赠送《在远方》；四是争取和萧桐取得联系。

冬去春来，杨柳吐绿。张志龙的饭店早已走上正轨，他安排好人员打理饭店，在二月二"龙抬头"这天，"东北一家人"乘坐上开往山东的高铁。

阳光照耀大地。火车风驰电掣由东北驶入齐鲁大地。窗外的平原，一马平川地铺开。这一片高天厚土，没有江南的河湾交错，没有塞北的黄土高坡，没有东北的崇山峻岭茂密森林……他听到了细细的微风卷过枝叶的声音，简单而又动听；他感觉到了大地脉搏跳动的声音，低沉而又浑厚。他思想的翅膀在徒骇河飘扬，用生命去抚摸一条河，去叩问那永恒的旋律。

火车在当日下午2点多准时到达德州火车站，张志波开着一辆中型客车，两个侄子各开着轿车前来迎接。

初春时节的鲁西平原暖意融融。山东的道路可以说闻名全国，宽敞整洁。路边的梅花花开正艳，梅花的色，艳丽而不妖。梅花的香，清幽而淡雅。梅花的姿，苍古而清秀。晴朗的天空，黄乎乎的大地，路旁地里冬小麦的片片绿色若隐若现，给这片广袤的大地点缀了一丝生机。

"近乡情更怯，不敢问来人。"透过车窗，已经看到他高中骑自行车常走的那条路了。只是，当初的土路已变成柏油路。张志龙感到自己的心脏强有力地跳动，周身的血液流速加快。窗外，近处的树木飞一般向后闪去。在夕阳的余晖中，田野中一幢幢熟悉而又陌生的房舍、成片的绿毯一样的麦苗……都热情地欢迎他的回来。

近20口人涌进了张志波的大院，院子里立刻沸腾了。关东和关里的40多

人在今天实现了大团圆。把80多岁的张凤池乐得嘴都合不上了。大家抱在一起，不停地说着、唠着。说着说着，提起谁或者想起什么，就情不自禁地哭着，继而，又是一阵开怀的笑声……

家乡的变化让张志龙欣喜万分！

自2010年初次入选"全国百强县"以来，高平位次不断前移，到2018年进位至第67。

高平县始终坚持把乡村振兴作为新时代"三农"工作的主抓手，加快推进乡村全面振兴。高质量完成脱贫攻坚任务，获评全省"打好精准脱贫攻坚战专项评价先进县"。累计建成高标准农田80余万亩，粮食生产实现"十九连丰"，成功代表山东迎接全国高标准农田建设现场观摩。信发现代农业产业园成为产业振兴新亮点，全区"三品一标"产品达到205个、比2011年翻了三番，"一乡一业、一村一品"产业格局加速构建。

家家有了汽车、空调、现代化电器。屋里有了暖气，冬天，屋里再也不像从前那样几乎和外面一个温度了。种地、收麦、收玉米也都实现了机械化。有了联合收割机，以前的收麦场面再也看不见了，以前二十多天的活现在几个小时就完成了，麦粒直接进仓。

随着家庭生活水平的提高，老大张志海享受着儿孙绕膝的晚年生活。年轻时，他曾有过三年的当兵经历，现在每月都能从民政局领到1000多元的养老补助，每年还能到济南等地免费疗养……老四张志波新盖了两层小楼。几年前，他承包了二亩地种植金针菇。在他的带动下，全镇有金针菇生产加工业户100余家。胡屯镇逐步形成以小张庄为中心的金针菇生产基地，集生产、加工、销售为一体，金针菇种植面积达500万平方米，年生产10000吨，年生产、加工能力100万箱。胡屯镇金针菇经山东省无公害农产品认定委员会评审，认定为山东省无公害农产品，经农业农村部农产品质量安全中心认证，该产品符合无公害农产品标准要求，并获得"绿康源"牌无公害生产标志，产品销往内蒙、河北、东北以及日本、韩国等地。

一个穷小子成了知名作家的消息在这个名不见经传的小张庄炸开了锅。

平日不走动的亲属来看他来了，总也不登门的街坊邻居看他来了……口吻非常一致："打小就看你愣懂事儿，将来孬（错）不了！"

志龙早有准备，把从东北带回来的辉河产的袜子一一送给了客人。

"这次回来甭急着走，到我那坐坐……"大家真诚地邀请志龙。

张志龙的老娘在弥留之际，告诉大儿媳妇，把家里的老宅留给老儿子张志龙，所以，这个老房作为张家沉甸甸的记忆一直保留着……

张志龙从四哥手里要来钥匙，插进锈迹斑斑的锁孔。他左右反反复复拧了好几次，"吧嗒，"摘下锁头推开那扇沉重老旧的木板门的瞬间，眼泪一下子盈满了眼眶。他迈着无比沉重的步伐走进院内，院里杂草丛生，一人多高的蒿草几乎遮住了房门。眼前的景象让他的心绪无比低落、无比苍凉。

残门锈锁久不开，

灰砖小径覆干苔。

无名枯草侵满院，

一股辛酸入喉来。

忽忆当年高堂在，

也曾灶头烧锅台。

恍觉如今形影只，

家中无人诉情怀……

老宅依旧在，只是尽尘埃！房墙泛白泥土剥落，几株杂灌木在墙角疯长着。人去屋空，低矮黑旧的房间挂满了蛛网，棚顶瓦缝中钻出的青草和黄色的野花在晴远的蓝天下飘摇着。挨着西墙边的那棵老杏树上开满了花，艳态娇姿，繁花丽色，胭脂万点，占尽春光。老娘不在了，当年来树下偷杏子的孩子也不知去了哪里……在那个和他家只有一墙之隔的校园内，张志龙仿佛又听到了儿时的朗朗书声。在院门口那棵历经百年沧桑的老槐树下，他仿佛又看到母亲系着蓝头巾向远行的儿子摆手，北风吹乱了额角的银丝。在那个落满灰尘的风箱旁，他又看见母亲劳碌的身影。

那是他三十年前离开老家远赴吉林参加高考的那个早晨。黎明时分，淡

灰色的星空闪烁着寥落的晨星。张志龙听见老娘趿拉着鞋下地，来到屋外的厨房。"嗤——"地一声，划着火柴，将挂在墙上的煤油灯点亮，从面袋子里往饭盆里盛面，水舀子在水缸里轻轻舀水……张志龙轻轻起床，走到外屋门口，默默看着老娘为自己准备离家的早饭。

老娘把饧好的面揉成团，在桌子上一遍遍反复揉着，黑大的身影被煤油灯映在斑驳的墙上。本来是面向着志龙，不经意间却忽然转过身去，将后背对向儿子，做出擦汗的样子，扯起老粗布围裙，擦擦脸颊，捎带擦擦眼睛……张志龙似乎能清晰地听见那一颗颗滚烫的泪珠顺着母亲布满皱纹的脸颊滴落在面团里，被母亲那双瘦小枯干粗糙干裂的手揉了又揉。岁月的风霜染白了母亲的鬓发，六个子女一个个长高长大，母亲的腰背却一寸寸地弯下去、矮下去。月缺月圆，几十年过去了，母亲把自己活成空中那轮月牙的模样！

泪水从张志龙眼中簌簌而落。

待面团饧发光滑，母亲开始用擀面杖擀面。面饼一遍遍摊开、缠起，擀到厚薄适中的时候，就一层层地叠起来切。菜刀与案板便发出匀称的咯噔咯噔声，那一叠薄如粗布的面片被她切成均等的面条，只见她用手一抓一抖，那一叠面片就变成了那又细又匀的面条。整个过程娴熟、细致。她把对儿子的万般期望、万般惦念擀成了那一根根细丝，一头牵着儿子，一头拴在她的心头！

母亲在锅里添了些水，盖上锅盖，拽过小板凳坐在灶门口，抓一把麦秸填进灶坑，点着火，右手一下一下吃力地拉着那笨重的风箱。志龙要去替母亲拉风箱，母亲却挥挥手执意不允。灶膛的火苗映红她老树皮般苍老的脸。

"这两天倒风，总冒烟。"说着话，坐在板凳上的老娘抬起手臂用衣袖擦了把眼睛。

不一会儿，老娘把一碗热气腾腾的面条端在地桌上，面条上面卧着一个规规整整的荷包蛋，还有细细的黄瓜丝、香菜末和芝麻酱。老娘从碗柜里拿来香油瓶，拧开盖子，往面条里滴几滴香油，扑鼻的香味阵阵袭来。面条又筋道又顺滑，吃在嘴里那么清香，他的心里却是酸酸的。泪水顺着脸颊流进嘴里、碗里，涩涩的，咸咸的……

冬季的脚步在小雪节气后已经日渐明显。庄子里的一只公鸡在并不遥远的看不见的角落抻直脖子发出悠长的啼鸣。香蕉般的月牙挂在天幕，路边花草上的露珠滴滴滚落，田野里枣树的枯叶在晨风中挣扎着、摇晃着，终于被风吹落，不情愿地飘向远方。

家人你一言我一语，千叮咛万嘱咐。张志龙恋恋不舍地坐上地排车，老四张志波摇一下手中的鞭子，毛驴儿在清晨的村路弹奏出有节律的乐音。村东村西南村北村，传来此起彼伏的公鸡的啼叫声、犬吠声。走出不远，张志龙回头望了一眼，家人都站在村口的老槐树下向他挥手。初冬、鸡鸣、犬吠、小路、挂着霜冻的麦苗、田间落光叶子的枣树和路边的杨树、母亲头上那块老粗布蓝头巾以及额角在风雪中舞蹈的凌乱的银发……这一切像一段电影片段，永久地留在他的记忆里。泪雨滂沱中，四哥的后背、跑动的毛驴、脚下的村路、路两旁的树木……在一瞬间，全都模糊了。

此生，他再也吃不到母亲的面条了。老房子里的一切，在张志龙眼里模糊了！

张志龙怀着极为伤感的心情走出老宅。四哥重又把门锁上。回到四哥家，家人坐在客厅里聊过去的一些事儿。张凤池忽然间想起什么，站起身，从一张桌子的抽屉里拿出一摞纸片，递给志龙，说："这么多年有个叫'丁香'的人一直给咱家汇钱，她说她是县民政局的。我让你四哥去打听过，根本没这个人……"张志龙接过这些纸片一看，上面的字迹让他一愣，他急忙把那摞纸片拿出来，原来是一张张汇款单，收款人是父亲的名字，落款是山东省高平县民政局，寄款人：丁香。他数了一下，一共26张，全是一个笔体。这字体整齐、清秀，大小匀称，张志龙对这些字太熟悉了——萧桐写给他的信，他不知看了多少遍。这些汇款单最开始每年是200元，后来慢慢涨到300元。张志龙非常诧异地问爹爹："爹，这是怎么回事？"

张凤池摩挲一把脸，跟他讲起1992年初冬"丁香"到家了解情况的往事。

"现在家里不缺钱了，咱不能再领国家的救济款了。去年，我让你四哥到民政局去看，跟人家说，把这个钱留给别人。可一打听，民政局说根本没发过这个钱，也根本没有'丁香'这个人，你说奇怪不！"老爹也一脸狐疑。

一股热流涌遍全身，一定是萧桐。张志龙深感内疚、悔恨、遗憾、痛苦……他要当面真诚地向她致谢、致歉！

第四十章

"往事依稀浑似梦，都随风雨到心头。"许多往事，永远定格在张志龙心底。

张志龙迫不及待地要回母校看看。四哥通过朋友帮他查到了高平县第三中学现任校长的电话，张志龙和校长取得了联系，简单介绍了自己，并向陈校长表达赠书意愿。陈校长非常高兴，二人约定，第二天到学校见面。

第二天早饭后，张志龙一家三口坐着四哥的车来到高平县第三中学。随车还有300本《在远方》。

张志龙特地提早出来，让四哥领着他到徒骇河高平大桥看看，到三十年前他在校外租的房子看看。

车在桥头停下，张志龙下了车四下观望。三月的鲁西大地，在暖暖的晨风中醒来。一缕缕金黄色的阳光撒向刚披上新装的草地，露珠儿晶莹透亮。徒骇河更宽更绿了，碧波荡漾，唱着那支恒久不变的歌儿奔向远方；高速公路大立交，汽车如流。林立的高楼倒映水中，白云在水中游走。近几年，山东水利工程项目治理取得了巨大的突破。河水清澈碧绿，鱼儿虾儿畅游其中，偶尔有几只高歌的鹅游过，水面上便浮着几羽鹅毛，像几片洁白的小帆，风吹悠悠飘动。河滩上青草肥美，有不知名的小花点缀其中，在风中摇曳。河堤斜斜的护坡上长满了茂密的刺槐，河堤上是一排排粗壮高大的杨树。

张志河不无自豪地对志龙说："将来徒骇河有可能通航，到那时，我种的大蒜和莱阳茌梨就能走水路运到全国各地去了！"他的脸上挂着美好的憧憬和向往。

张志龙想要寻找的租房已经无影无踪了，高楼大厦拔地而起，厂房成片。张志龙努力回忆着那个房子的大概位置，思绪把他带回到三十年前离校的那个晚上。

转学手续办妥后，已是农历的十月了。这天晚课后，长得瘦高颧骨突出的班长刘玉河、身材矮小性格爽朗长得较黑的刘世佳、不善言谈满脸青春痘的李晓明、有些顽皮的陈放走进张志龙租住的院落，进了院们就喊："志龙，干吗呢？木睡吧？"张志龙正躺在床上望着黑乎乎的四周想着心事。听见院里有人，急忙从床上起来，趿拉着鞋下地。借着月光，凭着声音，张志龙知道是同学来了。在冷飕飕的风中穿着跨栏背心和衬裤，弓着腰打开屋门，四个同学鱼贯而入。张志龙摸索着在八仙桌上找到火柴，"嗤——"的一下，把桌上的煤油灯点着。

"志龙，你要走了，下次还说不定嘛时候见面，今晚咱哥几个喝两口！"班长刘玉河说着话，从裤兜里掏出一包红艳艳还夹有鲜绿的脆枣。刘玉河手里的网兜兜着一瓶牛肉罐头，陈放从裤兜里掏出一包纸包的炒花生，刘世佳从裤兜里掏出纸包的炒黄豆，李晓明把两瓶白酒放在桌上……陈放用牙咬开瓶盖，四处看了一下，张志龙忙把他喝水的茶缸子拿了过来："没有杯，咱就用这个喝吧。"大家齐声说好。陈放把一瓶酒倒在一个瓷缸子里。刘玉河忽然想起什么似的，从座位上站起走到屋外，借着月光，在院子里靠墙那棵枣树上挑尽可能细和直的树枝折下两根拿进屋，中间再折断，把外皮去掉，一双筷子就有了。张志龙只有一个破旧的凳子，有两个同学坐在床上，另外两个同学干脆坐到桌子上。一茶缸子酒在大家手里互相传递，你一口，我一口。一双筷子大家轮。一瓶酒下肚，话题提到张志龙马上就要离开学校远赴东北，几个十八九岁的大小伙子抱在一起失声痛哭，擦把眼泪，继续喝酒。煤油灯火苗跳动，映照在几张年轻的脸上，西墙上留下一个个凌乱的投影。大家相约，不管将来走向何处，不管从事什么工作，都要珍惜这份友谊。喝完酒已是半夜，五个人衣服也没脱，侧身挤在张志龙的小床上，三个人头朝里，两个人头朝外……

如今的高平县第三中学早已面貌一新。宽阔的大门面向东边，在晨光下，电动门旁边墙上黄底黑字的气势遒劲的"高平县第三中学"格外耀眼。张志龙下车和门卫说明情况，门卫拿起电话和领导沟通后，打开电动门。志龙顺着宽阔的校园主道把车开了进去，停在大门右侧的停车场。一家三口步行走在校园的林荫路上，张志龙边走边向妻子和女儿介绍三十年前的母校。

"这里原来是敞开式体育场，现在都用围墙围上了，原来大门在那。"他顺手指了下体育场中部的南侧，"以前除了四个破旧的篮球架啥也没有，现在足球场、篮球场、网球场……全是塑胶的，现在的学生真幸福！"

说话间，一个戴着宽边眼镜的中年男人向张志龙走来。来到近前，他伸出手和张志龙热情相握："你好，我是陈守志，你是张志龙吧？"

张志龙忙上前一步，紧紧地握住陈校长的手："您好陈校长，我是张志龙。"

"你是我们学校的名人，我早就听说过你。我来到这个学校十多年了，你创刊的《春笋》校刊我们一直办到现在，有很多学生在这里放飞梦想，考上理想的院校。作为创刊人，你的名字已经载入我们高平县第三中学的史册。"

陈校长非常健谈，他邀请张志龙一家到楼上办公室喝茶。

"陈校长，我离开这个学校三十年了，对这所校园充满了感情，想随便走一走看一看。"

"好，我陪你。"

张志龙一行向校园的西南方向走去。挨着南边院墙的就是那排他日思夜想的白杨。走近白杨树，一只受惊的鸟扑棱着飞走了。张志龙轻轻抚摸着树干，白杨像一个沧桑的老人——树身遍布疤痕，沟壑纵横，看上去有几分悲怆。枝干上摇曳着的树叶孕育着新绿。和三十年前比，多了一份成熟、一份稳重。往日的画面一幕幕在眼前呈现，那么真实，又那么遥远！

让张志龙有些遗憾的是，当初的教室已不见了踪影，崭新的教学楼矗立在他面前。他努力回忆着当年教室的模样，回忆教室里的那抹芬芳。

张志龙向他打听当年的班主任吉世玉以及其他印象较深的几位老师的情况。陈校长说，吉世玉和其他几个年龄大的老师均已作古，当初的几个年轻的老师有的已经不再从事教师工作，具体在哪，干什么，不得而知。几经周折，张志龙要到了昔日非常要好的几名同学的电话，他怀着无比激动的心情一一拨了过去。有的在外地打工，有一个去了国外，有一个竟然得了病去世……

昔日不善言谈显得比较深沉的李晓明现在成了网红主播，日进斗金，住豪宅、开豪车，在当地可以说大名鼎鼎。当张志龙拨通他的电话，他想了很久才想起"张志龙"这个名字，在电话里说："……哦哦，想起来了。这两天实在太忙，等有空了和你联系……"还未等张志龙说什么，那边已经撂了电话。

一别经年，分手既永别。他眼前呈现出那些青春可爱的笑脸，耳畔响起那些爽朗的话语。然而，一切早已物是人非。

张志龙一阵失落，有个女教师款款向他们走来。她步履稳健，上身穿一件白色短款棉夹克，里面是一件纯黑色的紧身毛衫，下身一条黑色体型裤，足下一双黑色的半高跟皮鞋，整个人端庄、淡雅、自信。来到近前，张志龙不禁一愣——竟然是萧桐！他熟悉的那头马尾辫不见了，取而代之的是极具轻盈感的短发，呈现出女人的灵动美，更显干练。又细又弯又黑的眉毛，又细又弯又黑的眼睫毛。随着岁月的变迁，眼角多了几条细细的鱼尾纹……

"陈校长，您找我？"她显然没注意校长身边人。

"哦，是这么回事儿，我给你介绍一下。这个是张志龙，他1988年从咱们学校上东北的。我记得那个时候你应该也正在这上学，想介绍你们认识一下。"

萧桐这才注意到张志龙以及志龙的家人。看到张志龙，她的眼睛里写着大大的惊叹号，嘴巴也张得大大的！腋下夹的一本书"啪"地掉在地上，萧桐呆愣片刻，认出了站在她眼前的就是她思念了整整三十年的张志龙！她迟疑地伸出手说："你……你好！"

"你好！"张志龙的声音有些颤抖。

"张志龙真是好样的，他以自身的经历写了一部长篇小说《在远方》，现在正在筹划拍摄电视剧。今天到学校来给母校赠书……"陈校长转过身介

绍说，"这是他的爱人和女儿……"

"校长，我还有事，你们……慢聊。"她弯腰捡起掉在地上的书，红着眼睛迅速跑开了。张志龙清晰地看到，她眼里的泪水已经夺眶而出了。

"嗳，怎么回事？"陈校长有些纳闷儿，他怎么可能知道两个人之间的那段刻骨铭心的往事。

"这个萧桐啊，"初春的阳光射在陈校长的镜片上，他叹了口气接着说，她1989年考入聊城师范学院，毕业后回母校任教，业务非常优秀，是山东省师德标兵，模范学科带头人。多年来，为学校培养了一大批优秀人才。人，没的说，就是一样，谁给介绍对象都相不中。都快50岁了，还木成家哩！"

张志龙不禁大吃一惊！看着萧桐远去的背影，他的心感到从未有过的痛！

第四十一章

一场罕见的暴风雪拉开北方漫长冬季的序幕。

2019年年底，天寒地冻，狂风呼啸，辉河县城街路两旁的大树在狂风中摇晃，发出尖厉刺耳的呼啸。辉河县文化广播电视和新闻出版局楼顶的红旗在寒风中猎猎作响。

张志龙正坐在办公室写作，意外接到一个显示为西藏某地的邮件——一个沉甸甸的纸盒箱子。他有些纳闷。

他把纸盒箱子放在桌子上，打开箱子，先是看到一个文件袋，下面是花花绿绿的一些日记本。他打开日记本，熟悉的字体使他禁不住瞪大了眼睛。这些日记按年份排列成上下四摞，从1988年开始直到2019年结束。他又急忙打开那个文件袋。里面有一支他熟悉的钢笔——那是当年他离开母校时赠给萧桐的，此外还有一封长达10多页的信件。他在一张椅子上坐下，平复一下心情，轻展信笺。

志龙：

思忖良久，决定给你写封信。这么多年的等待与守候，也许只有用这种古老而浪漫的方式才得以描述一二吧——我喜欢笔尖划过纸面上的那种感觉。

去年春天，你到学校赠书，当看到你们一家出现在面前的时候，恍惚中，我听到了破碎的声音。其实，我何尝没想到，三十年过去了，

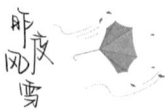

你早就该结婚生子，有了和我不再相关的人生。可是，我仍然死守着一个不曾深许的承诺，死守着那个"永远等你"的承诺，等待着一个遥不可及的男子。我承认我哭了。这些年积攒的苦水太多，总是要倾泻一下的。我跑到校园外的徒骇河边，合着滔滔的流水痛哭失声。

岸边的白杨树唰唰作响，我听不出它是在嘲笑我还是在安慰我。河边的花草，河边湿润的土地，以其博大的胸怀接纳了我滔滔不绝的泪水。我想纵身跳进滚滚北去的河水中，彻底结束这无法形容的痛苦。稳定下来后，我坐在岸边沉思了良久。假如生活给我一个重新选择的机会，我依然心甘情愿等你三十年！真的！

三天三夜，我是流着眼泪看完你的那本30万字的《在远方》的！读你，懂你！我心疼你的遭遇。我的心在疼痛，在流血！我多么希望我能在你的身边，替你分担生活的风风雨雨。

在我面前，你觉得自己是丑小鸭。是，我曾经有个当县委书记的父亲，有个不错的家庭环境，可这并不影响我俩的感情。当初我看中的就是你的质朴、真诚、勤劳以及果敢。当地痞流氓冲进教室寻衅滋事，同学们都胆怯地低下头的时候，是你勇敢地站了出来。你知道吗？从那晚你躺在医院的病床上，我的心就完全属于你了。这么勇敢的你，为什么在神圣的爱情面前就退却了呢！我觉得，这不是你的性格。那个雨后的周末，我们被雨淋湿了。高烧使我浑身冷战连连，你的拥抱让我感到从未有过的温暖，我多么希望时间能够静止，让我永远躺在你的怀里。志龙，那晚，我不仅把自己的心完完全全交给了你，更把自己的身体完完全全交给了你——尽管我们并没有做任何越界的事，但这更让我看清了你的人品。跟这样的人生活一辈子，再苦再累我也心甘！

大学期间，有很多同学追我，他们家庭优越，长相英俊。但在我心里，你这棵大树早就深深地扎下了根，任何人也无法走近。我拒绝了所有的追求者，毕业后一心回到母校任教。每天到学校，我首先来到校园内那几棵白杨树下，默默地看着白杨、闻着丁香花香，听它们窃窃私语，回忆高中三年的美好时光。晚上，月缺月圆，我同样会在白杨树下，回忆着我们曾经许下的诺言。毫不夸张地说，站在白杨树下的每一个夜晚，我都会流下思念的泪。分手时的那一吻，温暖了我一生，牵绊了我一生。

我相信，你不是把爱随便说出口的人。所以，当我期盼了四年终于等到约定的那个见面的日子到来的时候，我的心简直要从心脏里蹦出来了。你的失约让我失落让我忧伤。我知道，你一定是遇到什么特殊的情况。直到今天，我仍坚信，你一定不会忘记当初的誓言。四年来音讯杳无，大学期间，我曾想法和你联系，但是，不知道你在哪个学校，或者说在哪儿从事什么工作……看了你的书我才知道，原来你根本没参加高考，3000块钱学费的丢失彻底改变了你，也改变了我的命运。我不在乎你有没有体面的工作，只要能和你在一起，一切都不在乎。说句不好听的，即便你变成聋子瞎子瘸子，我也会不离不弃，我愿做你的耳朵眼睛和拐杖……只要你的人在，不管在哪里，我都会义无反顾地扑向你的怀抱（请不要怀疑我的真诚）。

我非常迫切地想弄清你到底在哪，在干什么。于是，我假称民政局的工作人员来到你家。你家的贫穷丝毫不影响我对你的爱。我想象着走进这个家庭，和爸爸、妈妈（请允许我这么称呼）生活在一起，我自信会成为一个合格的儿媳妇，我也相信，通过我们的共同努力，会让这个家发生翻天覆地的变化。你的爸妈说，你到东北只来过两次信，信里只是报个平安，并没说在哪上学或者在哪工作、生活，婚姻的事更是只字未提。这一趟我基本白来。临走时，我给二老扔下100块钱，希望对这个家略有帮助。其实，我已经把自己当作这个家的一分子了。五年后，我又去小张庄，向两个年轻人打听你，他们摇摇头，都说不认识你。我来到你家的门前，你家的大门上着锁，就又带着失望离开了。其实，后期我完全可以到你的家中，和你的家人实话实说，要你的联系方式。可是，我真的害怕听到你"已经结婚"的消息——我如同尾生抱柱，宁愿永远生活在这个自欺欺人的虚幻世界里，也不愿听到这四个让我彻底迷失生活方向彻底崩溃的字！我甚至怕自己……如果你结婚了，我要到你的联系方式又能怎样？就让这微弱渺茫的一线希望残存在我的内心深处吧！

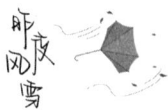

学校教书期间，也有很多同事追求我，或者给我充当媒人，其中不乏县长、公司老总……后来，我干脆直接告诉他们说，我有男朋友了……

我最不喜欢参加亲友的婚礼，那种热闹喜庆的场面我有些受不了，有时索性随个份子，干脆不参加了。看到人家手挽手肩并肩出双入对，我心里十分难受。我把一切精力都放在教学上，这么多年所获殊荣无数。但是，这又有何用！拥有你我便拥有整个世界，没有你拥有整个世界我也是一无所有！

有一次，我感冒了。高烧烧得我说胡话。模糊的意识中我觉得我在不停地呼喊你的名字。我多希望你能出现在我的身边给我一个热烈的拥抱啊！模糊的视线中，我看见坐在床边的母亲擦着眼泪走出我的房间。

爸爸身体还好，退休后赋闲在家，养花弄草，有时也练练书法，不用我惦记。母亲身体不好，三年前离我而去！老人家临走时拉着我的手一直不肯闭上眼睛——她牵挂的是我的婚姻大事啊！仅从这一点，我觉得我是个不孝的女儿！

时光无言，相逢无期。花开花落，月缺月圆。望着星空想象着你现在的模样。高了？瘦了？黑了？有时则努力打开记忆的大门，极力回忆你过去的样子。偏偏越着急越想不起来，一片模糊，让人焦急万分。可奇怪的是，在某个不经意的瞬间，你的模样又清晰地出现在脑海。我恨自己不是一个画家，能把你的容貌清晰地描绘出来。我曾以老师的便利条件，到学校的档案室，去寻找你读高中时的照片或者你写过的作文之类的东西，但结局同样令我失望。你的档案应该在你转学的时候取走了，至于你写过的作文，也早就没有了。我不止一次地恨自己，当初怎么不跟你要一张哪怕一寸的黑白照片！

还记得高一元旦的那个文艺晚会吗？三十年过去了，你唱的歌一直响在我的耳畔。那晚，我朗诵了普希金的爱情诗《致凯恩》。你知道吗？其实，我就是朗诵给你的：

我记得那美妙的一瞬，

在我的面前出现了你，

有如昙花一现的幻影，

有如纯洁之美的精灵。

在无望的忧愁的折磨中，

在喧闹的虚幻的困扰中，

我的耳边长久地响着你温柔的声音，

我还在睡梦中见到你可爱的面容……

　　我喜欢夜晚更害怕夜晚。孤独寂寞如两条毒蛇啃噬着我受伤而孤寂的心。那种痛，痛在心头，痛在肝肠，甚至痛在每一个细胞。就连呼吸，都是痛的。这种痛，无论采取什么方式，都摆脱不掉，如影随形。无论做什么，痛都会发作，让自己难以忍受，甚至痛到窒息。

　　我曾无数次幻想——在某个阳光明媚的清晨，在微风轻拂香气扑鼻的午后，或者在夕阳西沉红霞满天的傍晚，你给我一个惊喜——单膝跪地，把象征爱情的戒指举在我面前。但结果，希望越多，失望越多。我猜测到，你一定成家了，所以多次劝自己赶紧嫁人。可我做不到！

　　我写这封信并没有埋怨你的意思，更谈不上恨。环境改变一切。在那样特殊的环境下，换作我可能也会如你一样。你有了幸福的家庭，我真心为你祝福！

　　这个学校有我太多的青春梦想，有我太多的思念煎熬。我想离开这里，到一个陌生的环境走一走。去年春天，县政府号召教师到偏远山区支教。于是，在你走后一个多月，我来到这——西藏聂拉木县樟木镇的一个偏僻小学。这里海拔4000米，是西南边陲。

　　五年前，这里曾发生过地震，大面积受灾，群众流离失所。年仅3岁的藏族小女孩央格卓玛失去了爸妈。她的眼睛就像两颗晶莹的葡萄，像一潭圣洁的湖，真诚、淡然、沉静、温和、单纯、清澈。

　　第一眼看到她，我就喜欢上了这个大眼睛的女孩。作为一个女人——一个五十岁的独身女人，我多么希望自己身边有个孩子啊！孩

子亲切地称呼我"妈妈"，我对她视如己出，我把所有的爱都倾注在她身上，尽一切所能改善她的生活和学习生活，我幻想着陪她一起长大，让她接受良好的教育，将来有个真正属于自己的家庭……如此，我的人生也就有了意义。然而，天有不测风云，命运跟我开个天大的玩笑。两个月前，央格卓玛患上重感冒，加上高原反应强烈，几近昏迷，生命垂危。经过医学检查，卓玛被诊断为急性化脓性阑尾炎并伴有先天性心脏病、贫血……病情危急，急需紧急输血抢救。我是万能血，我毫不犹豫地把血浆输送到了央格卓玛体内。我有高血压，每天都坚持服药……此后的几天，我心脏难受得受不了。我偷偷地去医院检查，医生惊愕的眼睛和凝重的表情告诉了一切。于是，我把这么多年写的30多本日记放在我房间的行李箱里。我拜托学校的校长——一位热心的老大姐，一旦有那么一天，让她帮我把这些东西邮寄给你（你到学校赠书后，我跟陈校长要了你的地址和电话）。

读到这儿，张志龙内心极度紧张，忽地从座位上站起，双眉紧蹙，心怦怦跳得厉害。他接着读下去。

> 窗外，传来那如诉如泣的歌声：
> 自你离开以后，
> 从此就丢了温柔，
> 等待在这雪山路漫长，
> 听寒风呼啸依旧……

我怎么感觉这首歌就是特地为我写的！听到这首歌儿，我禁不住泪如雨下。流吧，尽情地流吧！

我所在的樟木位于喜马拉雅山中段南坡，海拔1800米处的一个山沟里，四面全是雪山。这里的冬天让人陶醉。晚上的一场大雪染白了整个山川大地。太阳出来后，大雪迅速融化，仅两个多小时，草地就会露出原貌，雪山又变回鲜嫩的翠绿。天格外蓝，空气分外清新，鸟鸣啁啾。山上有密密的树林，上百种各式各样的树。到了夏季，山坡上会开满红红的杜鹃花和粉色的丁香花。我喜欢这里！遵照我的意愿，我死后，聂拉木县教育局将会把我葬在这里的一座荒山之上。志龙，将来如果有机会来西藏，你能到我的墓前陪我说会儿话吗？

我蓦然想起《简·爱》中的一句话：我现在不是凭习俗、常规，甚至也不是凭着血肉之躯跟你讲话，这是我的心灵在跟你的心灵说话，就仿佛我们都已经离开人世，两人一同站立在上帝面前，彼此平等——就像我们本来就是的那样。

《活出生命的意义》里的一句话，跟《简·爱》中的那句简直有异曲同工之妙，我特别喜欢：爱一个人可以远远超过爱她的肉体本身。爱在精神和内心方面具有深刻的含义，无论伴侣是否在场，是否健在，爱以什么方式终止是很重要的……没有什么能阻挡我的爱，我的思想以及对于爱人形象的回忆。即使我知道妻子已经死去，也不会影响我对她的殷切思念，我与她的精神对话同样生动，也同样令人满足……从我的角度而言，即使我知道你已经结婚，也不会影响我对你的殷切思念，我与你的精神对话同样生动，也同样令人满足。志龙，你懂吗？！

世间有一种爱，不需要回报和拥有。让一个人永远地温暖着她的精神世界，何尝不是一种美好。今生无缘，来世，我愿还在那个飘雨的路口等你！

永别了，我一生中最爱的人！

萧桐

2019年11月2日

望着窗外的漫天飞雪，张志龙泪如泉涌。他大叫一声：

"萧桐，我对不起你啊！"

犹如万把钢针扎在心口，张志龙陷入极度痛苦中。陡地，只觉心口一热，一股温热冲开喉咙，冲开口腔，"噗——"的一声，一摊热血喷在那花花

绿绿的日记本和一张张信纸上。他扶着桌子站立不住，一下子昏倒在地。

数日后。长春龙嘉机场，一架飞机腾空而起穿越云霄，向雅拉香布大雪山方向飞去。马莲陪着张志龙来到萧桐支教的那个学校，找到了那个无家可归的女孩儿卓玛。在学校校长——那位热心大姐的陪伴下，他们手捧丁香花来到萧桐的墓前，把鲜花摆放在萧桐的坟前。张志龙眼里含泪，把三十年前赠给萧桐的那支象征着他们爱情信物的钢笔以及一本《在远方》放在萧桐的坟头。

微风轻拂，山花烂漫，张志龙仿佛又闻到那熟悉的丁香淡雅的芬芳……

（2018年3月——2023年3月）一稿

（2023年6月——2023年11月）二稿

后　记

我的故乡　我的爹娘

鲁西的月、关东的雪，青春的躁动、苦难的生活，曾经的艰苦岁月具化为点点滴滴，总在脑海里浮现。

我的父辈是在二十世纪六十年代初从鲁西一路逃荒来到吉林的。在六十年代末的一个大雪飘飘的日子，我出生在东辽县渭津镇福民村五组的一个"马架子"里。八十年代初，在我小学即将毕业时，父亲出于叶落归根的考虑，我们又搬回山东。三年的初中生活可以说平平淡淡，在我的记忆里几乎没留下什么痕迹。1986年，踌躇满志的我迈进高中校门。两年多的时光里我阅读了大量中外名著，对我后来走上文学道路影响颇深。在这里，我拥有了一生中难以忘怀的初恋。此情可待成追忆，只是当时已惘然！

莽莽苍苍的大东北以及广袤的鲁西平原给我留下太多难以忘怀的记忆。我无比怀念那个笑容真诚的年代；我十分热爱大山深处以及鲁西平原那些淳朴善良日出而作日落而息的父老乡亲；我怀念那片神奇的沃土；我怀念长眠在那片沃土上的爹娘……

母亲给了我血肉哺育我成长，父亲给了我骨骼教会我站立。我从母亲身上学到了与人为善负重前行，我更继承了父亲的刚直不阿宁折不弯！

一生中最大的遗憾就是愧对爹娘——由于特殊原因未能在老人的晚年略尽孝心是我今生最大的痛！

用一位了解我的朋友的话说，我的经历是不可复制的。回望来路，历经

坎坷，一切都是财富。

从构思到动笔创作，历经七年，几易其稿，30万字的长篇小说在2023年春节期间终于完成。每到动情处，我都泪流满面甚至号啕大哭，以至于不得不放下。

感谢文学！让一个农民成为记者、作家。感谢妻子对我的挚爱和支持！感谢女儿给我的安慰和快乐！她们是我强大的后盾和精神支撑！她们使我拥有了圆满的人生，让我成为一个拥有幸福家庭、可以整天做着文学梦的人……

巴尔扎克说：苦难是人生的老师。感谢生活中支持和帮助我的人，让我能够坚守人间正道努力前行；也感谢诋毁甚至伤害过我的人，让我在阻力和磨难面前学会了坚强！

生活的路和文学的路都很长，我将不负众望，继续跋涉攀登。

由于阅历浅薄，加之水平有限，作品一定会有诸多不足，恳请批评指正！

薛成龙

2023年11月于东辽河畔